エリザベス朝史劇と国家表象

演劇はイングランドをどう描いたか

佐野隆弥

九州大学出版会

目次

凡例

凡例

（一）戯曲の創作年代と戯曲名は、特に注記しない限り、Alfred Harbage, *Annals of English Drama 975–1700*, rev. S. Schoenbaum（London: Methuen, 1964）に拠る。

（二）ウィリアム・シェイクスピアの作品からの引用と登場人物名表記は、G. Blakemore Evans and J. J. M. Tobin, eds., *The Riverside Shakespeare*, 2 vols.（Boston: Houghton Mifflin, 1997）に拠る。それ以外の作品からの引用と登場人物名表記は、その都度注記する。

（三）本書では、「英国史劇」や「歴史劇」に付随する定義上の曖昧さを回避するために、「イングランド史劇」という呼称を使用する。ただし、イングランド史劇をも包含する、さまざまな史実や材源に取材した戯曲に言及する場合、ならびに、イングランドという概念が帯びる政治的ニュアンスを意識化していないと考えられる先行研究に言及する場合は、総称的に「歴史劇」という呼称を使用する。

序章

第一節　本書の目的と方法

本書は、一六世紀初頭から一七世紀劇場閉鎖期に至る、広義のエリザベス朝演劇におけるイングランド史劇を対象にした演劇史研究であり、特に、個別のイングランド史劇に描き込まれた国家表象（イングランド表象）の有りようを、時系列に沿って記述することを目的としている。

この論点を設定するに当たっては、二つの問題点が存在する。

（一）国家表象を中心とした分析の有意性

（二）イングランド史劇の定義と範囲

前者の有意性に関して述べれば、要するに、当該時期の先行演劇史研究において、国家表象を中心的な視座とした、体系的な先行研究が存在しなかったためであり、本書のオリジナリティもまさにそこに存在する。この点については、後節の先行研究の概観においてさらに詳述する。

次に、第二の問題点、イングランド史劇選択の基準だが、これにも二つの項目が関与する。

（一）イングランドならびにブリテンの歴史（および歴史と見なされていた伝説）・政治・宗教・外交・経済などに取材した戯曲であること。

（二）それらの材源を劇作家が歴史意識をもって処理していること、あるいは当該戯曲の創作時もしくは初演時に、観客が歴史意識をもって受容している（と考えられる）こと。

このことをよりよく理解するために、（悲劇や喜劇をも含めた総合的な演劇史を除けば）イングランド史劇に関する唯一の先行演劇史であるアーヴィング・リブナーの『シェイクスピア時代のイングランド史劇』（一九五七年）に言及しておこう[1]。同書においてリブナーが行ったイングランド史劇の選択は、その戯曲が歴史的教訓――過去の事象が現在に付与する政治的教訓――を与えうるものであるのかどうか、という一点に関わるものであった。そのためにリブナーは、ある戯曲に教訓を読み取ることができると判断すれば、例えば、その戯曲がイングランド史劇とは定義しにくいロマンスものであったとしても、それらにいくどとなく言及する。本書では、こうした曖昧さを回避するために、上述の二項目を選択基準として設けるが、では、その際使用した劇作家や観客の歴史意識とは何であろうか。

歴史劇とは、概括的に定義すれば、過去に生起した事象を戯曲の形で（再）表象したものであるが、その際に作用する歴史意識とは、主として三つの場合が想定される。

（一）過去の事象をそれが発生した時点に定位した上で、その事象に対してそそがれる意識やまなざし。
（二）過去の事象を材源とし、それに取材し演劇化することを通して、劇作家が自己の生きる同時代に伝達しようとする意味やメッセージ。また、創作時や初演時（に近接した時期）に、歴史劇を観劇した観客が受容するメッセージや、観客の意識内に生起する歴史的意味づけ。
（三）歴史劇が創作の時期よりも、ある程度時間間隔を置いた後代に上演された場合に発生するメッセージ。シェイクスピアの『ヘンリー五世』（一五九九年）が、連合王国の国難のたびに上演される事例などが、これに該当する。

演劇史記述をめざす本書では、この中で（二）の項目を最重要視し、それに基づいて議論を進める。その理由は、（一）の項目は主に歴史学の分野であり、また（三）の上演史的研究の意義は認識しつつも、創作時に劇作家と観客を包み込んでいた空間に循環していたであろう、より大きな戯曲創造のエネルギーや動因を、本書は重視し、またそれに関心を寄せるからである。

本書は、繰り返し言及しているように、イングランド史劇の演劇史記述の試みである。したがって、記述の基本的方針は、戯曲を創作年代順に配列した、時間軸に沿ったものとなる。しかし、イングランド史劇や歴史劇と総称されるジャンルの中にも、多彩な実体を有するさまざまな戯曲が包含されているのであって、これらをただ単に時代順に並べて議論してみても、あまり生産的とは言えない。そこで本書では、創作年代順という時系列配置を基本としながらも、各戯曲の主題や様式に配慮することに特に意を用いた。そうすることで、シェイクスピアのイングランド史劇に集約されがちな、エリザベス朝歴史劇の多様性を、よりよく呈示できると考えている。

具体的には、時代区分として、一六世紀初期・中期、一五八〇年代から一五九〇年代前半、一五九〇年代後半、そして一七世紀前半期という形で、四つの時代区分を想定している。一六世紀初頭から一六四二年の劇場閉鎖――戯曲名にそくして言えば、一五一五年の『寛仁』から一六三三年の『パーキン・ウォーベック』――までの、およそ一二〇年間を四分割する理由は、以下の通りである。まず、「一六世紀初期・中期」と「一五八〇年代から一五九〇年代前半」との分割に関しては、第一章においても記述しているように、一六世紀前半期のインタールードと一五六二年の『ゴーボダック』に続く歴史劇が出現するまでには、二〇年近くの年月を要したことが関わる。次に、一五八八年のスペイン無敵艦隊撃破を契機として、一五九九年頃まで、愛国的な特徴を有するイングランド史劇が多数創作されるようになったが、この時期を一括して扱うには戯曲数が多すぎること。また、より本質的な事由として、一五九二年から二年近く上演禁止命令が出され、その間、劇団の大規模な再編が生じ、さらに、第五章で指摘しているように、(この時期のイングランド史劇創作の中心にいた)シェイクスピアの劇作術に重要な変化を認めることができることなどから、「一五八〇年代から一五九〇年代前半」と「一五九〇年代後半」との間に区切りを設けた。最後に、「一五九〇年代後半」と「一七世紀前半期」との区分については、第九章の記述にもある通り、一六〇三年の王朝交替を契機として、イングランド史劇の創作に量的・質的な面で大きな変動が生じていることによる。

上記四つの時代区分に基づき、本書には一〇の章を配置した。第一章「歴史劇の祖型あるいは黎明期の歴史劇――一六世紀初期・中期のインタールードとイングランド表象――」は、「一六世紀初期・中期」に対応し、五つのインタールードと『ゴーボダック』を扱う。「一五八〇年代から一五九〇年代前半」の歴史劇は、第二章「セネカ流歴史劇と英雄劇的イングランド史劇」、第三章「王権と教皇権とイングランド――『ジョン王の乱世』と『ジョン王』――」、第四章「弱き王たちの王国――『ヘンリー六世』と『エドワード二世』におけるイングランド――」、第五章「一五九〇年代前半期における民衆暴動表象の展開――反乱暴動劇を中心に――」、第六章「一五九〇年代前半期のその他の歴史劇――『エドワード一世』と『エドマンド剛勇王あるいは戦が皆を友人とす』――」、の五つの章で分析を行う。「一五九〇年代後半」のイングランド史劇の検証は、第七章「シェイクスピアの第二・四部作――近代的国家表象を求めて――」と第八章「ロマンス化するイングランド史劇――『サー・ジョン・オールドカスル・第一部』と『エドワード四世』――」とにおいて展開される。そして、第九章「『ヘンリー八世』への道――一七世紀初頭におけるイングランド史劇の展開――」ならびに第一〇章「ジェイムズ朝中・後期とチャールズ朝の歴史劇」が、「一七世紀前半期」の歴史劇に関する記述となる。

上述したように、各時代区分の中で、主題や劇的様式に配慮することを優先したために、戯曲の分析順序が創作年代と多少前後する場合も存在することは、ことわっておかなければならない。また、各章は、演劇史としての相互参照性を保つと同時に、個別の作品論としても十分に耐えうる内容のものであるよう留意した。G・K・ハンターの演劇史のように、総体としては評価できる業績であったとしても、個別の作品分析に散見される記述のばらつきと偏りを避けるためである。(2) 演劇史を記述する際、戯曲の選択と記述全体を貫く演劇史家のヴィジョンが重要なことは言うまでもないが、同時に、分析対象となった戯曲の作品としての評価を行うことも、同様に重要であると考えられる。したがって、作品論の叙述にも意を用いる本書において、説明的記述が多用されているのは、このような理由による。

本書が、イングランドの国家表象解析を中心とした、エリザベス朝イングランド史劇の演劇史研究であることは既述の通りだが、この研究が、歴史劇研究史の中でどのような位置を占め、どのような意味を有し、そしてどのような貢献をすることが可能であるのかを理解するためには、先行研究を概観し、その中に本研究を定位するという作業を行う必要がある。次節では、この点に関して記述したい。

第二節　イングランド史劇論批評史

歴史劇批評の歴史をさかのぼれば、古くは一九世紀前半、ロマン主義時代にその嚆矢を確認することができる。サミュエル・テイラー・コールリッジは、彼のシェイクスピア論において歴史劇に言及し、ジャンル論的関心から、シェイクスピアの歴史劇を、叙事詩と悲劇の中間領域に位置づけてみせた。[3] また一九世紀後半になると、エドワード・ダウデンが『シェイクスピア——その精神と芸術に関する批評的研究』（一八七五年）において、歴史劇の登場人物たちを性格論の立場から考察し、[4] 二〇世紀初頭から一九三〇年頃にかけては、フェリクス・E・シェリングがイングランド史劇から愛国心昂揚の意味を読み取り、[5] J・A・R・マリオットは『シェイクスピアのイングランド史劇』（一九一八年）で、シェイクスピア劇の政治的メッセージを読解し、[6] さらにH・B・チャールトンは、イングランド史劇における政治性の重要さを指摘し、イングランド史劇における真の主人公がイングランドであることを、早くも主張している。[7]

続いて、一九三〇年代から四〇年代にかけては、コンヴェンション研究やエリザベス朝の思想史研究が、シェイクスピア批評の主流を形成するようになるが、その流れの中でアーサー・O・ラヴジョイ、『存在の偉大なる鎖——思想史研究』[8]（一九三六年）や、シオドア・スペンサー、『シェイクスピアと人間の本質』[9]（一九四二年）などの成果が登場する。そして、この動向の行き着く先に、E・M・W・ティリヤードの二つの著作が姿を現すこととなる。[10] 周知のように、ティリヤードのイングランド史劇解読は、シェイクスピアの二つの四部作にエドワード・ホールの政治的・宗教的歴史観が反映されていることを主張し、そのことによってシェイクスピアは、テューダー王朝が構築を試みた「テューダー朝神話」（The Tudor Myth）言説の流通に与した、というものであった。[11] また、リリー・B・

キャンベルも同系列の視点に立ち、『シェイクスピアの歴史劇――エリザベス朝政治の鑑』（一九四七年）において、シェイクスピアのイングランド史劇を「為政者の鑑」的な視座から分析を行っている。[12]

ティリヤードのイングランド史劇解釈は、これまたよく知られているように、二〇世紀の後半を通じて、さまざまな局面で大きな影響力をふるった。すべての歴史劇研究者は、ティリヤードという太陽の巨大な引力に引き寄せられるにせよ、あるいはその勢力圏からの脱出を試みるにせよ、陰陽いずれの形にしろティリヤードの何らかの影響下にあったと言ってよい。近年のポスト構造主義批評家による激しい指弾の中で、完全に消滅したかに見えたティリヤード的方法論だが、二一世紀の今日に至っても、かすかではあっても、再び影響を行使する兆しが観測されうるほど、隠然たる力を有している。[13] 以下、脱ティリヤードの流れを中心に、この時期における歴史劇の批評史を確認しておこう。

ティリヤードの歴史的ヴィジョンに対する修正論や反論は、一九六〇年代から陸続と公にされ始める。その主要なものを数点拾ってみると、歴史劇の源流として、中世の聖史劇や道徳劇を重視しようとするM・M・リースの『荘厳の終止――シェイクスピアの歴史劇研究』[14]（一九六一年）、シェイクスピアのイングランド史劇における政治性の特徴を、双価性に求めるA・P・ロシターの『角のある天使――シェイクスピアに関する一五の講義』[15]（一九六一年）、シェイクスピアのイングランド史劇における創作年代の順序を優先させるジェイムズ・ウィニーの『役者の王――シェイクスピアの歴史劇における主題』[16]（一九六八年）などの研究を指摘することが可能である。そして、一九七〇年代に入ると、より本質的なティリヤードへの批判が公刊されるようになる。シェイクスピアのイングランド史劇におけるテューダー朝神話の作用を否定してみせたヘンリー・A・ケリーの『シェイクスピアの歴史劇に描かれたイングランドにおける神の摂理』[17]（一九七〇年）、ならびにティリヤードの主張する位階の概念を退け、社会を構成する個人間のネットワークを重視しようとしたロバート・オーンスタインの『舞台の王国――シェイクスピアの歴史劇の功績』[18]（一九七二年）――この両著がその双璧と言ってよかろう。

一九八〇年前後では、観客論と言語分析に立論した歴史劇論が目を引く。観客論的視点から、イングランド史劇に価値観の二面性を探求したラリー・S・チャンピオンの『シェイクスピアのイングランド史劇における視座』[19]（一九八〇年）、また、J・L・オースティンの言語行為理論に立脚したジョゼフ・A・ポーターの『発話行為の演劇――シェイクスピアのランカスター四部作』[20]（一九七九年）、さらに、台詞のメタドラマ的分析を行ったジェイムズ・L・コールダーウッドの『シェイクスピアの第二・四部作におけるメタドラマ――「リチャード二世」から「ヘンリー五世」まで』[21]（一九七九年）などが、この時期の批評モードを代表する業績である。

一九八五年は、シェイクスピア批評史に大きな断層が生じた年代であり、新歴史主義および文化唯物論を掲げる画期的な論集が、英米で同時期に刊行された。『もう一つのシェイクスピア』[22]、『政治的シェイクスピア――新文化唯物論集』[23]、『シェイクスピアと理論の問題』[24]の三冊がそれである。既成のキャノンを修正し、リベラル・ヒューマニズム的ヴィジョンを排除し、ポリティックスを重視した多層的なシェイクスピア劇解釈を標榜する、こうした批評家たちの動向は、その後の批評に多大な影響を及ぼし、現在もなお、何らかの意味でその影響下にあると言ってよいであろう。このような批評風土の大変動の中で、新歴史主義および文化唯物論を指向する多量の研究論文が生産された訳だが、ここでは歴史劇研究の分野に限定して、代表的な数点のモノグラフを概観しておこう。まず最初に取り上げるべきものは、新歴史主義の泰斗スティーヴン・グリーンブラットの『シェイクスピア的交渉――ルネサンス・イングランドにおける社会的エネルギーの循環』[25]（一九八八年）。特定の社会に作用する支配的なイデオロギーの振る舞いに着目しながら、『ヘンリー四世』（一五九七年）および『ヘンリー五世』の中に描出された権力の転覆と包摂を、グリーンブラットは読み込んでゆく。エリザベス朝演劇の劇場や舞台の場に注目し、体制と反体制のせめぎ合いに留意しながら、観劇行為の文化的意味合いを探求したのが、スティーヴン・マレイニーの『舞台の場所――

ルネサンス・イングランドにおける認可・演劇・権力』[26]（一九八八年）。さらにもう一名、グレアム・ホウルダーネスの名前を挙げておこう。彼は、一連の単・共著において、ティリヤード的摂理史観を退けた上で、初期近代イングランドにおける歴史編纂の問題を追求している[27]。

イングランド史劇論は、一九九〇年前後になると、新歴史主義や文化唯物論にジェンダー系の方法論が合流する形で、新たな展開を見せる。特に、女性人物や民衆など、ジェンダーの差異や階級格差によって隠蔽されてきた人間の声に関心を寄せる、ポリフォニーを検証するような研究が顕著となる。アナベル・パターソンの『シェイクスピアと民衆の声』[28]（一九八九年）やフィリス・ラキンの『歴史の舞台——シェイクスピアのイングランド年代記劇』[29]（一九九〇年）がその代表的な成果であり、彼女たちの斬新な分析は、イングランド史劇の批評史に新鮮な知見を付け加えることとなった。

ところで、こうした民衆や女性へのまなざしを特徴とする批評様式とならんで、九〇年代にはもう一つ、新機軸と呼んでよい、ポストコロニアル批評の方向性が存在した。それは、イングランドのアイデンティティや、イングランドおよびブリテンの国家表象を洗い直す作業をともなうものであり、これらは、世界規模のナショナリズムの勃興や、イギリス国内における歴史学の修正の動向と連動する現象と見てよかろう。次節では、こうした批評動向の概観を行い、そのことを通して本書の位置づけを確認しておきたい。

第三節　国家表象の視座とその位置づけ

シェイクスピアのイングランド史劇連作における真の主人公は、イングランドそのものである、といったたぐいの主張は、すでに触れたように、チャールトンやティリヤードによってすでになされてきた。そして、確かに、この主張は、シェイクスピアのイングランド史劇についてのすべてを語っていると同時に、イングランド表象の細部に踏み込まない、茫洋としたその切り口は、実は何をも語ってはいないものでもあった。その意味で、さまざまな言説によって構築されたイングランドの主体に、分析的なメスが入れられたのは、やはり一九九〇年代を迎えてからということになろう。

狭義のエリザベス朝期に創作されたイングランド史劇を、国家表象の視点から分析した、最も早期でかつ重要な業績の一つが、リチャード・ヘルガーソンの『国家の形――イングランドをめぐるエリザベス朝の著述』(30)(一九九二年)である。同書の中でヘルガーソンは、初期近代イングランドのさまざまな著述に見られる国家表象を二つの体系――"state"表象と"nation"表象――に整理し、その両者の関わりようを検証している。ヘルガーソンは、一五五一年から一五六四年の時期に生まれたイングランド人たち――エドマンド・スペンサーやシェイクスピアまたリチャード・ハクルートやリチャード・フッカー――が、それぞれの社会的・文化的領域――詩歌・法律・年代記・航海記・歴史劇・神学――で、イングランドについていかなる記述を行っているかを検証し、その分析を通して、「国民国家」(nation-state)としてのイングランドの表象を探り、「国民国家」への推移のプロセスや"nation"としての主体性成立の有りようを検証している。彼の議論においては、君主や国王また貴族階級が統治の実権を掌握し支配する形態の政治、あるいはそれに関連する言説は"state"的であるとされ、それとは対照的な"nation"を中心化するような方向性、もしくはイデオロギーは"nation"的ということになる。ヘルガーソンは、この両者の二項対立的構図を使用しつつ、演劇作品に限らず当時の実際の著作物にあっては、両者は同時併存的であり、微妙で曖昧な関係を保っていたことを指摘している。"state"と"nation"の概念を軸に、一六世紀後半のイングランドにおける、イングランド表象の解明を指向するヘルガーソンの論は説得力があり、本書も立論において、この書全体の議論の方向性に負っていることは、ここで述べておかなければならない。

本書に直接関連する部分は、第五章の歴史劇に関わる箇所だが、その中でヘルガーソンは、シェイクスピアのイングランド史劇と、フィリップ・ヘンズロウを中心とする海軍大臣一座系の歴史劇とを比較検討することで、そこにエリート文化と民衆文化の対比を確認しようとしている。しかしながら、ヘルガーソンの議論は、エリートと民衆という単純な二項対立の構図に依存しすぎており、すべてをこの二項目に収斂させる還元主義の陥穽を抱え込んでいることは否定できない。また実際、この図式化に関して、ルイス・A・モントローズによる批判を受けてもいる。[31] さらに、ヘルガーソンの問題点は、戯曲のエリート性と民衆性を弁別する際の根拠が、材源の年代記とバラッドの違いに依拠しすぎていて、材源を処理する劇作家の創造力を看過している点や、各戯曲におけるエリート性と民衆性の判断が、登場人物の置かれた位置や劇的構図といった「静的な」意味に集中していて、ドラマのアクションの展開が生成し観客の心理に喚起する「動的な」意味を考慮していない点に、見出すことができる。本書は、ヘルガーソンの分析ヴィジョンの重要性を認識しながら、同時に、個別の歴史劇のより十全な検証と記述を通して、こうした問題点の修正を試みるものでもある。

さて、この後、一九九〇年代後半を中心に、イングランドの主体や国家表象の問題系を主軸に据えた研究書が、立て続けに刊行される。まず、一九九四年には、パターソンの『ホリンシェッドの年代記を読む』が出版された。[32] 一六世紀後半のイングランド人が、国家意識を形成する際、多大な影響を受けたと推定されるこの年代記を、本書はテューダー朝文化史の中から読み直す。ラファエル・ホリンシェッド一人の声に還元されがちな本年代記の中に、多様な声を聞き取ろうとするパターソンの姿勢は、前著より一貫している。また、クレア・マキーチャン、『イングランド国家の詩学――一五九〇年から一六一二年まで』（一九九六年）は、スペンサーの『妖精の女王』（一五九〇、一五九六年）、『ヘンリー五世』、マイケル・ドレイトンの『ポリオルビオン』（一六一二、一六二二年）を分析対象として、イングランド表象の変遷をたどる。[33] そして、エリザベス朝からジェイムズ朝へと時代が移るにつれて、イングランドおよびブリテンが、それぞれの作家の国家意識の中で、政治的により一層尖鋭化される様子が指摘されている。

さらに、一九九七年には、四本の注目すべきモノグラフと論集が出そろった。デイヴィッド・J・ベイカー、『国家のはざまで——シェイクスピア、スペンサー、マーヴェルとブリテンの問題』は、初期近代イングランドにおけるナショナリズムと国家意識の問題を扱った研究書である。[34] J・G・A・ポーコックの「新ブリテン史」に触発されたベイカーの書は、タイトル通り、一六世紀末から王政復古期までの長い期間を扱っているが、シェイクスピアの作品としては『ヘンリー五世』のみが対象とされているように、分析テクストに偏りがあるところに難がある。ジーン・E・ハワードとラキンの共著『国家を産み出す——シェイクスピアのイングランド史劇に関するフェミニスト的解釈』は、イングランドが中世的王朝国家から近代的国民国家へと立ち上がってゆく際の表象と、それにともなうジェンダー化を分析している。[35] そして、そうした政治・経済・文化的移行の中での商業演劇という制度と、そこに参入する消費者としての女性観客との相互作用に着目した点に、本書の新しさが感じられよう。論集では、まず、ジョン・J・ジューギン編『シェイクスピアと国民文化』を取り上げておこう。[36] 連合王国・(旧) 植民地・EU・世界全体という四つの地域設定を行った上で、気鋭の論客が、各地域における今現在のナショナリズムとシェイクスピア領有の関係を探っているのが特徴である。シェイクスピアの同時代ではなく、二〇世紀末のシェイクスピアをめぐる文化状況を探求したカルチュラル・スタディーズである。最後の一点、マーク・ソーントン・バーネット、ラモーナ・レイ共編『シェイクスピアとアイルランド——歴史・政治・文化』も、『シェイクスピアと国民文化』同様、カルチュラル・スタディーズ系の論集である。[37] シェイクスピアと初期近代アイルランド、二〇世紀アイルランド文化に対するシェイクスピアの影響、そして上演・教育・言語におけるシェイクスピアの領有、の三部から構成されていて、国民国家言説生成に際しての他者の重要性を主張している。

世紀が変わり、二一世紀に入ってからは、歴史劇研究において、特に顕著な潮流を見出すことは今のところできない。ただ、本書との関連から、国家表象や国家主体の構築に焦点を当てた研究書二本に言及しておこう。二〇〇二年に刊行された、ベイカーとウィリー・マレイ共編の『ブリテンのアイデンティティと英国ルネサンス文学』は、ベイカー自身の『国家のはざまで』と同じく、ポーコックの歴史観に基づきながら、連合王国のイングランド以外の地域を視野に入れる形で、（イングランド史劇に限らない）シェイクスピアの作品を分析している。[38] また、マレイが単独で著した『英国ルネサンス文学における国民・国家・帝国――シェイクスピアからミルトンまで』（二〇〇三年）は、表題通り、国家主体構築の問題を植民地言説の方向に展開することで、植民地拡充にともなう国家表象の変容を追求している。[39]

以上、一九世紀から二一世紀に至る、イングランド史劇論の批評史を概観してきた訳だが、この概観を通して、本書の当該批評史における位置づけと独自性が明らかになったと考えられる。その要点を、ここで二点要約しておこう。

（一）本書は、広義のエリザベス朝イングランド史劇に特化した単著の演劇史としては、アーヴィング・リブナーの先行研究以来、約半世紀ぶりの業績である。

（二）本書は、広義のエリザベス朝イングランド史劇に対して、イングランド表象分析を「体系的に」適用した業績である。

イングランド史劇の研究においては、従来、登場人物、特に国王の人物像分析から始まって、王権（権力）表象、ポリティックス、政治思想、歴史記述や歴史編纂、領有の問題など、その研究が置かれた同時代のさまざまなイデオロギーや言説を反映した検証方法が用いられてきた。だが、多様なイングランド史劇が、それ自身の意味やメッセージとして提示しようとするものが何であるかを考える時、やはり、権力が機能する枠組みであり、またその権力が機能した結果、構成維持される領域である国家への視線は、欠かせないものと言えよう。

薔薇戦争を終結させてテューダー朝を成立させたヘンリー七世が、封建大貴族からの王権の強化、重商主義政策の採用といった政策を通して、イングランドに絶対主義時代を招来したことは歴史学の通説であるが、その方向性を受け継いだヘンリー八世が、一五三〇年代を中心に、議会制定法という形で次々と施行した宗教改革関連法と修道院解散法は、政治・宗教・経済面で大きな勢力をふるっていた封建大貴族と教会勢力を弱体化させ、王権の強化と中央集権的国家の自覚増進に貢献した。さらに、一連のこの改革は、ヨーロッパの覇権争奪をめざす、ハプスブルク家スペインとの多面的な摩擦を通して、イングランド人にイングランドの国家や国民としての意識を高める結果をもたらしたことも間違いなかろう。本書が扱う戯曲は、一五一五年の『寛仁』を除けば、すべて、このイングランドの国家意識が高まった後の時期に創作された作品であり、第一章で分析をほどこすインタールード以降のすべての歴史劇に、濃淡の差はあれ、国家の表象が刻印されているのは、その意味で自然なことなのである。また、絶対主義的中央集権国家を志向するテューダー王朝のもとで、その政治的・宗教的イデオロギーを呼吸していた劇作家たちが、政治や宗教などの歴史的事象を素材に戯曲を創作するのであれば、創作の前提としてあるいは創作の枠組みとして、意識的無意識的にみずからの歴史劇において、国家の描出を試みるのもまた自然なことと言えよう。(40)

しかしながら、それにもかかわらず、先行研究の概観が実証するように、イングランドそのものへの体系的で分析的なまなざしは、歴史劇の批評史において意外にも乏しいと言わざるをえない。本書が、国家表象を、イングランド史劇の、そしてイングランド史劇分析の最重要項目として措定するのは、以上のような理由からである。したがって、本書の批評史への貢献は、何よりも、従来看過されがちであった、個別の歴史劇におけるイングランドの再現の実体を統一的に記述したことに存在するが、同時に、その分析・記述を通じて、(世界演劇史を通して)初期近代イングランド固有のテクストである歴史劇が、いかなる性質を有する演劇作品であるか、という問題に対する解答の一端を提示することができると考えている。

また、国家表象と一口に言っても、きわめて明白な国家の姿や形の呈示に始まって、とらまえどころのない隠微なレヴェルのものまで、さまざまな場合が想定されうる。そこで、本書では、視点の一貫性と議論の有機的連携性を確保するために、国家表象の主要な意味として、以下の項目を列挙しておく。また、第一章以下の各論においては、"nation" 表象探求の手がかりとして重要な、民衆や市民の描写に留意するために、下記の各項目と並行して、民衆の描出や言及をも積極的に取り上げる。

（一）国家（イングランド）への直接的言及
（二）寓意的人物による国家の表象
（三）国家の政治や社会、また国家全体の歴史や運命の有りようの描出
（四）国家やその歴史を意識させる描写や措辞
（五）国家に対する関心を呼び起こす描出
（六）愛国心を昂揚させる台詞やプロパガンダ的描写
（七）国家を構成する個々の構成員のヴィジョンの上に喚起され、結晶化する国家像の総体

ところで、歴史劇における歴史記述という難解な問題を考察する時、暫定的だが妥当性のある解答としては、過去に生起した歴史的事象の再現という定義に行き着くだろう。そして、この定義にしたがえば、過去のある時点に存在した国家（本書では、イングランド）の、戯曲創作の時点での存在様態の記述も、歴史記述の一部となる。本書

で分析を試みる、個別の歴史劇における国家表象の検証も、その意味で、歴史記述解析の一環としての作業となる。

繰り返すことになるが、本書では、広く世界演劇史を概観した時に、初期近代イングランドに固有のテクストであると評価しうるイングランド史劇が、いかなる性質を有する演劇作品群であるのか、という一貫した問題意識のもとに、分析記述作業を行っている。換言すれば、他のいかなる国家・地域にも、また他のいかなる時代にも、イングランド史劇と同類の、あるいは共通した特徴を有する戯曲群は存在しない訳だが、イングランド史劇のその固有性・独自性の一端が、各作品に描き込まれた国家表象の検証から解明できるのではないか、という仮説に基づいた記述が、本書の内実ということになる。演劇史の記述に当たっては、さまざまな方法論が考えられうるが、本書が、個別の歴史劇に描出された国家表象を具体的に記述する方法を用いる理由を、ここまで述べてきたことを踏まえて要約・敷衍すれば、次のようになるだろう。

(一) 既述のように、演劇史記述を指向する本書では、各歴史劇の作品論を重要視する。
(二) 同時に、ヘルガーソンの提示した図式の有効性を、各歴史劇において具象的に検証する。
(三) 尖鋭な理論装備がほどこされた先行演劇史や歴史劇研究——例えば、新歴史主義的視点を打ち出した演劇史、ジョン・D・コックス、デイヴィッド・スコット・カスタン共編『新初期イングランド演劇史』[41](一九九七年)——にしばしば見受けられるいくつかの問題点——分析対象作品の少なさや恣意的選択、戯曲解釈の際の提示理論への還元主義の問題、提示理論にとり不都合な戯曲内容の捨象——をできる限り回避する。

以上のように、本書における国家表象検証の基本方針は、個別の歴史劇に表象されたイングランド像を丹念に検証する、事例研究的分析であり、各歴史劇におけるイングランド表象の分析に際しては、上述の七項目の定義を中心に、個別の戯曲の実体にそくして、記述を試みるものである。

（1） Irving Ribner, *The English History Play in the Age of Shakespeare*（Princeton, NJ: Princeton UP, 1957）. ただし、本書では、バーンズ・アンド・ノーブル社刊行の一九六五年版を使用している。
（2） G. K. Hunter, *English Drama 1586–1642: The Age of Shakespeare*（Oxford: Clarendon P, 1997）.
（3） Thomas Middleton Raysor, ed., *Coleridge's Shakespearean Criticism*, 2 vols.（London: Constable, 1930）.
（4） Edward Dowden, *Shakspere: A Critical Study of His Mind and Art*（London: Routledge & Kegan Paul, 1875）.
（5） Felix E. Schelling, *The English Chronicle Play: A Study in the Popular Historical Literature Environing Shakespeare*（New York: Macmillan, 1902）.
（6） J. A. R. Marriott, *English History in Shakespeare*（London: Chapman & Hall, 1918）.
（7） H. B. Charlton, *Shakespeare, Politics and Politicians*（Oxford: Oxford UP, 1929）.
（8） Arthur O. Lovejoy, *The Great Chain of Being: A Study of the History of an Idea*（Cambridge, MA: Harvard UP, 1936）.
（9） Theodore Spencer, *Shakespeare and the Nature of Man*（New York: Macmillan, 1942）.
（10） E. M. W. Tillyard, *The Elizabethan World Picture*（London: Chatto & Windus, 1943）および E. M. W. Tillyard, *Shakespeare's History Plays*（London: Chatto & Windus, 1944）参照。
（11） Tillyard, *Shakespeare's History Plays* 29–32.
（12） Lily B. Campbell, *Shakespeare's "Histories": Mirrors of Elizabethan Policy*（San Marino, CA: Huntington Library, 1947）.
（13） 一例を挙げれば、Dominique Goy-Blanquet, *Shakespeare's Early History Plays: From Chronicle to Stage*（Oxford: Oxford UP, 2003）参照。
（14） M. M. Reese, *The Cease of Majesty: A Study of Shakespeare's History Plays*（New York: St. Martin's, 1961）.
（15） A. P. Rossiter, *Angel with Horns : Fifteen Lectures on Shakespeare*, ed. Graham Storey（London: Longman, 1961）.
（16） James Winny, *The Player King: A Theme of Shakespeare's Histories*（London: Chatto & Windus, 1968）.

(17) Henry Ansgar Kelly, *Divine Providence in the England of Shakespeare's Histories* (Cambridge, MA: Harvard UP, 1970).

(18) Robert Ornstein, *A Kingdom for a Stage: The Achievement of Shakespeare's History Plays* (Cambridge, MA: Harvard UP, 1972).

(19) Larry S. Champion, *Perspective in Shakespeare's English Histories* (Athens: U of Georgia P, 1980).

(20) Joseph A. Porter, *The Drama of Speech Acts: Shakespeare's Lancastrian Tetralogy* (Berkeley: U of California P, 1979).

(21) James L. Calderwood, *Metadrama in Shakespeare's Henriad:* Richard II *to* Henry V (Berkeley: U of California P, 1979).

(22) John Drakakis, ed., *Alternative Shakespeares* (London: Methuen, 1985).

(23) Jonathan Dollimore and Alan Sinfield, eds., *Political Shakespeare: New Essays in Cultural Materialism* (Manchester: Manchester UP, 1985).

(24) Patricia Parker and Geoffrey Hartman, eds., *Shakespeare and the Question of Theory* (New York: Methuen, 1985).

(25) Stephen Greenblatt, *Shakespearean Negotiations: The Circulation of Social Energy in Renaissance England* (Berkeley: U of California P, 1988).

(26) Steven Mullaney, *The Place of the Stage: License, Play, and Power in Renaissance England* (Chicago: U of Chicago P, 1988). マレイニーのアプローチは、劇場を国家や教会に対する第三の文化的空間と考えたルイス・A・モントローズの方法論の延長線上にある。Louis A. Montrose, "The Purpose of Playing: Reflections on a Shakespearean Anthropology," *Helios* 7 (1980): 51–74.

(27) Graham Holderness, *Shakespeare's History* (New York: St. Martin's, 1985) および Graham Holderness, Nick Potter and John Turner, *Shakespeare: The Play of History* (Basingstoke: Macmillan, 1988) ならびに Graham Holderness, *Shakespeare Recycled: The Making of Historical Drama* (New York: Harvester Wheatsheaf, 1992) 参照。

(28) Annabel Patterson, *Shakespeare and the Popular Voice* (Oxford: Basil Blackwell, 1989).

(29) Phyllis Rackin, *Stages of History: Shakespeare's English Chronicles* (Ithaca, NY: Cornell UP, 1990).

(30) Richard Helgerson, *Forms of Nationhood: The Elizabethan Writing of England* (Chicago: U of Chicago P, 1992).

(31) Louis A. Montrose, *The Purpose of Playing: Shakespeare and the Cultural Politics of the Elizabethan Theatre* (Chicago: U of Chicago P, 1996) 78.

(32) Annabel Patterson, *Reading Holinshed's Chronicles* (Chicago: U of Chicago P, 1994).

（33）Claire McEachern, *The Poetics of English Nationhood, 1590–1612*（Cambridge: Cambridge UP, 1996）.

（34）David J. Baker, *Between Nations: Shakespeare, Spenser, Marvell, and the Question of Britain*（Stanford, CA: Stanford UP, 1997）.

（35）Jean E. Howard and Phyllis Rackin, *Engendering a Nation: A Feminist Account of Shakespeare's English Histories*（London: Routledge, 1997）.

（36）John J. Joughin, ed., *Shakespeare and National Culture*（Manchester: Manchester UP, 1997）.

（37）Mark Thornton Burnett and Ramona Wray, eds., *Shakespeare and Ireland: History, Politics, Culture*（London: Macmillan, 1997）.

（38）David J. Baker and Willy Maley, eds., *British Identities and English Renaissance Literature*（Cambridge: Cambridge UP, 2002）.

（39）Willy Maley, *Nation, State and Empire in English Renaissance Literature: Shakespeare to Milton*（Basingstoke: Palgrave Macmillan, 2003）.

（40）歴史劇に刻印された国家表象は、さまざまなレヴェルのものが存在するが、例えば、国家への直接的言及を一つの例として考えた場合、ヘルガーソンが提唱する“state”と“nation”以外にも、“kingdom（realm）”や“country”などが使用される場合もある。*The Oxford English Dictionary*, Second Edition on CD-ROM Version 3.0（Oxford: Oxford UP, 2002）の定義にしたがえば、“kingdom”は、二の定義として“An organized community having a king as its head”（初例一三〇〇年以前）という政体面が提示され、三のaでは“The territory subject to a king; a realm”（初例一二五〇年頃）という地理的な国土が強調されている。また、“country”の場合は、二のaの“A tract or district having more or less definite limits in relation to human occupation”（初例一二九七年）が、土地としての側面を強調する一方で、三の“a region…distinct in race, language, institutions, or historical memories”（初例一三三〇年頃）は、歴史的側面を前面に出している。本書では、こうした国家を指示する用語が有する意味の多面性を考慮して、その指示語が有する意味内容をコンテクストにそくして確定した上で、分析を進める。

（41）John D. Cox and David Scott Kastan, eds., *A New History of Early English Drama*（New York: Columbia UP, 1997）.

第一章　歴史劇の祖型あるいは黎明期の歴史劇
――一六世紀初期・中期のインタールードとイングランド表象――

広義のエリザベス朝演劇における、歴史劇の消長を演劇史的に俯瞰する時、通常、一五九〇年代をピークとして、その前後は急激な傾斜――すなわち一五八八年のスペイン無敵艦隊撃破を一つの契機とする、爆発的な歴史劇の創作ブームと、一六〇三年の王朝の交替を契機とする顕著な量的および質的な変貌――をもって描かれることが多い。実際、ハーベッジの『イングランド演劇年譜九七五―一七〇〇』（一九六四年）に基づいて数えてみると、シアター座が建設された一五七六年から一五九〇年までの歴史劇の本数は二〇本であるのに対し、一五九一年から一六〇〇年までの一〇年間には八七本もの作品が創作されている。このあたりの状況をもう少し詳しく見てみると、先に言及した無敵艦隊撃破前後の時期には、作者不詳の『ジョン王の乱世』（一五八八年）やシェイクスピアの『ヘンリー六世』三部作（一五九一―九二年）、また作者不詳の『ヘンリー五世の名高き勝利』（一五八六年）といった、いわばエリザベス朝イングランド史劇の本格的開始を告げる作品が続々と生み出されているのだが、そこからさらにさかのぼってゆくと、「リチャード三世もの」の嚆矢となる、一五八〇年のトマス・レッグによるラテン語劇『リカルドゥス・テルティウス』（『リチャード三世』）（ラテン語劇であることを示すため、以下、前者の表記を使用する）を経由して、次に来るのが一五六二年の『ゴーボダック』となり、その先にはインタールードや道徳劇の世界しかない。この概観によってまず驚かされるのは、歴史劇がこの時期、一〇年単位という大きな時間的間隔をあける形でしか創作がなされなかったという点である。そこで本章では、この散発的に歴史劇的要素を具備したインタールードや『ゴーボダック』が創作された、言うなれば歴史劇の黎明期を分析対象として取り上げ、『ゴーボダック』に先行するインタールードから『ゴーボダック』に至るまでの戯曲を分析し、そのことを通じて、歴史劇の祖型の有りようと、各戯曲におけるイングランド表象を検証したい。

インタールードから『ゴーボダック』に至る歴史劇の黎明期、という表現を今使用したが、考えてみればこれは何も歴史劇に限った話ではなく、エリザベス朝悲劇の発展の軌跡でもあろうし、喜劇にしてもこの展開にまったく無縁という訳ではもちろんない。これは、イングランドの演劇が、基本的には、中世の聖史劇から道徳劇・インタールードへという形で変容してゆき、そこに古代ギリシア・ローマの古典演劇が流入することで生成されたという経緯を考慮すれば、当然のことではある。ここで意味していることは、「インタールードから『ゴーボダック』」という演劇史的展開の中には、歴史劇に関わる祖型のみが存在するということではなくて、悲劇や喜劇また歴史劇といったジャンル意識は、この当時いまだ比較的未分化な状態にあり、そのような時期の演劇作品の中から、歴史劇的要素を備えた作品を選び出し、それらを素材に解明の手を加えたいということである。

では、その「歴史劇的要素を備えた作品」を選抜する際の基準は、どこに求めればよいのであろうか。従来の文学史や演劇史をひもとけば、どの研究書も例外なく歴史劇の源流のありかを一六世紀の前半に設定している。この見解自体に異論はない。おそらくこの歴史劇誕生という現象の背後には、一五〇九年に即位したヘンリー八世の中央集権化体制整備のポリティックスが、演劇などの社会的・文化的言説に及ぼした影響を見て取ることは可能なのであろう。こうした先行演劇史が、歴史劇を選別するに当たって用いた基準には、大別すれば二つのものが存在したように思われる。すなわち、第一の基準としては、過去の歴史的事象あるいは歴史的事象と見なされていた伝説や物語が、作品の主題や主筋として用いられているか否かということ。さらに、第二の基準としては、そうした過去の歴史よりえられた教訓や政治的メッセージが作品から提示され、また創作や上演時の政治状況とも関連づけられているか否かということ。つまり、劇作家・観客双方における歴史意識の有無に関する問題である。

序章において既述したように、本章において採用された戯曲選別の指針も、ある作品が、その劇中に、過去の政治や宗教に関する言説や政治的メッセージなどを盛り込み、それらを作品を取り巻く同時代の歴史的状況に向けて投げかけているのかどうか、という点を主軸にしている。そこで、以上の観点から、本章では、当該時期の戯曲から六本の作品の選抜を行った。選抜に際しては、ダリル・グラントリー、『イングランド・インタールード案内一三〇〇―一五八〇』（二〇〇四年）に収録された一〇四のインタールード（およびその断片）の中から、(1) 国家・イングランド・国王・歴史的事象・政治的事件・社会体制や状況・宗教問題などを作品全体として扱っているものを選び出すという方法を用いた。その上で、次に、それら六本の戯曲を三つの作品群に分け、分析を行うこととする。分類の基準は、創作年代と各インタールードの大まかな特徴に基づいている。まず第一の集団としては、寓意的人物が多数登場し、道徳劇的色合いの濃い『寛仁』（一五一五年）、『騎士アルビオン』（一五三七年）および『三階級の諷刺』（一五四〇年）を取り上げる。次に、プロテスタンティズムならびにカトリシズムそれぞれの陣営からのインタールードである『ジョン王』（一五三八年）と『国家』（一五五三年）を、そして最後に、初の本格的歴史劇と評価される『ゴーボダック』を検証する。

第一節　『寛仁』・『騎士アルビオン』・『三階級の諷刺』――モラル・インタールード

道徳劇およびインタールードの定義に関しては、現在でも研究者間で統一された見解が提示されている訳ではないが、仮に道徳劇を、キリスト教の教義体系の中で人間の魂の救済を描いたものと考えた場合、インタールードは、中世から初期近代にかけて（とりわけ、一五世紀後半から一六世紀中期にかけて）創作された、余興的特色を備えた雑多な演劇作品を指すことが多い。特にその中で、道徳的教訓色の濃いものは、モラル・インタールードと呼称されている。インタールードの歴史は、現存のテクスト（の断片）で判断する限り、『聖職者と娘のインタールード』（一二九〇―一三三五年頃）から始まるが、一四世紀と一五世紀に書かれたインタールードはその大半が失われてしまっているため、インタールードをめぐる実質的な研究は、一六世紀のテューダー朝期のインタールードが中心となっている。

『寛仁』――最初期の歴史劇的インタールード

本章で最初に取り上げるジョン・スケルトンの『寛仁』は、したがって、このテューダー朝インタールードの比較的初期の作品ということになる。作者スケルトンは、オックスフォード・ケンブリッジ両大学から桂冠詩人の称号を授与され、ヘンリー八世の王子時代の教育係を務めていたが、金銭問題や廷臣批判のため投獄の処分を受けた。しかし、その後、トマス・ウルジーの後見をえて宮廷に参内していたが、いくつかの詩でウルジーの金銭欲や野心を痛烈に攻撃したため、数度投獄されたと言われている。『寛仁』に含意されていると考えられる、宮廷の（金銭的）腐敗への諷刺は、スケルトンのこのような経歴を反映したものと思われる。(2)

『寛仁』は、登場人物がすべて寓意的人物のみの、完全なモラル・インタールードである。タイトルロールの「寛仁」とは、国王ヘンリー八世もしくは廷臣ウルジーを意味すると解釈されてきた。(3) 内容を最初に紹介しておこう。当初「中庸」など美徳と共にいた主人公「寛仁」は、ヴァイス役の「気紛れ」につけ込まれ、「愚行」を始めとするさまざまな悪徳と交わる。自己の力を過信し、得意の絶頂にある「寛仁」のところに「逆境」が現れ財産を奪取し、

「寛仁」を失墜させる。絶望した「寛仁」は、喪失した富と権力を探し回り、

どこにある、私の富と高貴な地位は。
どこにある、私の宝と土地と地代は。
どこにいる、つい先ほどまで私に仕えていた従者たちは。
どこにある、その雇用のための私の金貨は。
どこにある、私の豪華な衣装は。
どこにいる、私の親族は、友人は、高貴な血筋は。
どこにある、私の快楽とこの世の財産は。
（四幕三場二〇五五―六一行）

神に祈る言葉も失い自殺を試みるが、そこに「希望」と「償い」が登場し、「寛仁」を救う。最後に教訓として、人生と富の移ろいやすさが語られる。

何と突然にこの世の富は失われることか。
放縦により英知は消え去る。
何人もみずからの豪奢な暮らしを確保することはかなわぬ、
この世の富はいつまでもそこにあるものではないのだから。
（五幕四五場二五五〇―五三行）

この梗概からも明らかなように、本作品の構成は、典型的なモラル・インタールードのものである。唯一の相違

点は、主人公が人間一般ではなく、国王や廷臣を寓意する人物であり、ドラマの教訓が人間の生き方全般に関するものではなくて、国王や廷臣のあるべき姿だという点であろう。君主や廷臣に正しい政道を説くという意味で、この戯曲はインタールードを政治問題に適用した最初の例とされている。また、上述のように、スケルトンが当時の宮廷との関係で占めていた位置から、ウルジーを「愚行」という人物にたくすことで批判を加えている、という見解も提出されている。だが、作者の劇的ヴィジョンにおける国家表象の有りよう、という本書の視座から検討した時、ここには宮廷権力の濫用への諷刺は存在するものの、イングランドを明瞭にうかがわせるものを見出すことはできない。また、国王＝国家権力という形で、国王と国家が同一視される傾向にある他のインタールードと比べても、本作品の「寛仁」には、そうした国家統治のための権力行使へと向けられた視線は明確には認められず、あくまでも一個人として、しかもインタールードの主人公らしく、受動的に描き出されているにすぎないのである。

『騎士アルビオン』——イングランドの客体化

次に、作者不詳の『騎士アルビオン』だが、四〇〇行強の断片で、完全な形では現存していない。創作年代もハーベッジは一五三七年としているが、ロンドン書籍出版業組合登記簿への登記が一五六六年であることから、創作時期の可能性は三〇年もの幅をもって考えられていて、インタールード全体の中での位置を確定することが難しい作品の一つである。内容もアクションの途中から始まっており、「正義」をともなって行動していたのであろう騎士アルビオンが、「危害」の奸計にさらされている最中である。(4) 「危害」の目的は、アルビオンのもとから平和を追放することであることが告げられ、

私には「分裂」という名の旧友がいて、

この件では私の相談役となってくれるだろう。
拒否するようなことはないと信頼している、
「平和」がアルビオンのもとから完全に追放されるまでは。　（一五三―五六行）

「危害」は仲間の「分裂」と組んで、国王と平民、国王と教会勢力が互いに反目し合うよう、情報操作を行う計画を立てるところで断片は終了している。

まず最初に、私自身こんな計画を立てている、
「平和」には一切活動させないのだ、
平民と君主の間でも、
高位聖職者と君主の間でも。　（二五三―五六行）

このプロットから分かることは、本作品も政治問題を扱い、政治的教訓を付与しようとしていたモラル・インタールードだということである。ここから、同時期の実際の政治的出来事を並行的に読み込んで、一五三六―三七年に、修道院の解散を直接の契機として発生した反乱「恩寵の巡礼」（Pilgrimage of Grace）が書き込まれているだとか、一五六〇年代前半の政治社会問題がその背後にあるといったような諸説も提出されているが[5]、テクストの中にそうしたものを明瞭に指示するものはほとんどないという事実は、留意しておいてよいだろう。それはさておき、本書の関心からは、アルビオンと国王が別個の主体として表現されていることが、何よりも興味深い。アルビオンとは言うまでもなくイングランドのことであるが、たとえそれが平板な一個の登場人物にすぎず、盛期のイングランド史劇のイン

グランド表象とは比ぶべくはなくとも、作者の劇的ヴィジョンの中で客体化されたことは重要であり、『国家』の主人公や『ジョン王』の登場人物としての「イングランド」（Englande）の先駆けあるいは同系列の人物となっている。

さらに本劇で見落とせないのは、階級分化あるいは平民の登場である。先の梗概で言及した国王や平民あるいは聖職者階級が、実際に劇中に登場し役割を演じたのかどうかは断定の仕様がないが、もしこの作品が通常のモラル・インタールードのパターンを踏襲しているのなら、その可能性は高い。一個人としての国王（あるいは廷臣）に終始した『寛仁』に比べて、当時の主要な社会階層を代表する人物が、同じく登場人物としてのイングランドと共に、舞台上に出現した、あるいは少なくとも作者の劇的想像力の中に現れたということは、同時期に創作された『ジョン王』ともども、国家共同体としてのイングランドの実体の表象に向けて、大きく一歩を踏み出したと言ってよいであろう。

『三階級の諷刺』――階級分化の前景化

そして、この階級分化をより前景化した作品が、『三階級の諷刺』である。この戯曲は、スコットランドの廷臣で紋章院長官であったサー・デイヴィッド・リンジーが、一五四〇年の十二夜にジェイムズ五世の御前上演を行うために執筆したもの（第一版）だが、原文は失われ、一五五二年野外劇として公開上演されたもの（第二版）と、二年後の（メアリー・ステュアートの）御前上演（第三版）の二種類の台本が伝わっている。この作品はイングランドでは上演されず、一六〇二年まで印刷もされなかった。また、このインタールードは、イングランドのインタールードとは多くの点で異なっているため、[6] イングランドのインタールードの展開には直接関係しないと思われるが、通常イングランド演劇史の一部として扱われるため、本書でもそれにしたがう。

総行数四六〇〇行を越えるきわめて長い本作品は、二部構成となっており、第一部がサイコマキア風の筋、第二部が政治劇仕立てとなっている。第一部では、「人間の王」が、「好色」や「追従」など悪徳の言いなりになり、美徳を追放してしまうが、「神聖なる改革」の登場で悪徳たちは聖職者たちのもとに逃れる。[7]「神聖なる改革」は国王に議会の招集を命じ、それが実行に移されたところで、この前半部は終了する。

あなたに忠告しよう、すぐさまに
議会招集の宣言を行うことだ、
　三階級からなる議会を。
彼ら国家の主力が迅速に
あなたに恭順の意を示し、
　それを受けて討議に取りかかれるように。（一七八七―九二行）

第二部は、「聖職者」・「貴族」・「貿易商人」の三階級が主人公であるが、ここで興味深いのは、この三階級の悪弊を告発する役柄として、「国民ジョン」（Johne the Common-weill）が、片足を引きずりながら登場することである。彼の足の不具合は、国民の利益が搾取されていることを意味していようが、為政者階級の悪事を摘発する機能としてこの「国民ジョン」は、他の寓意的人物とは異なった、具象的な姿を与えられている。さらに、この「国民ジョン」は、スコットランド内の腐敗を一掃しなければ、イングランドから国家を護ることはできないとも語る。

お願いです、国境から始めて下さい。
イングランドからわが身を護るにはそれしかないのですから。

スコットランドの自国内で、
忠実な労働者たちに連日危害を加える
同国人の不埒な匪賊を我々が撲滅できぬ時には。　（二五八九―九三行）

この台詞自体、ドラマの本筋とは連動しない挿入的なものであるが、社会の底部を構成する民衆が国家共同体の行く末について思いを語る、というこの劇的状況あるいは作者のヴィジョンは、一六世紀前半の歴史に取材したインタールードとしては、それなりに瞠目すべきものである。それは、上記の台詞の中で、母国スコットランドを構成する一員として、「国民ジョン」が自分自身を認定しており、このような統治者階級以外の人物による国家との一体化の表明は、"nation" 表象の兆しとして、この時期としては斬新だからである。

この告発を受けて、「神聖なる改革」は三階級に対し行動の矯正を命じると、「貴族」と「貿易商人」はしたがうものの、「聖職者」はこれに応じようとしない。そこで、「神聖なる改革」は「聖職者」を追放し、有能な「神学博士」を迎えることにするが、この過程で「聖職者」や「修道院長」たちの無学と堕落ぶりがあぶり出される。最後に議会が条例を制定し、聖職者たちに厳しい規制を与えて幕となる。以上のように、この作品では三階級がすべて諷刺の対象となっているが、とりわけ聖職者階級に対する攻撃が辛辣である。これには、作者リンジーが、スコットランドの宗教改革期の詩人として、本インタールードにおいて反カトリック的な立場から教会と国家の悪弊の諷刺を試みたことが関与している(8)。

ところで、本作品は、宮廷内の内紛や反乱、またイングランドの侵略に見舞われた、一五二〇年代からおよそ三〇年間の多難な時期のスコットランド史を反映したものであるとされていて、劇中の「人間の王」とはジェイムズ五世を寓意している(9)。実際、リンジーは、ジェイムズ五世の側近として権力闘争に巻き込まれ、政治的浮沈を経験した人物であるが、そのような経歴が、このインタールードを執筆させた動機の一環であったことはいなめないであろう。そして、このインタールードが御前上演で初演されたことが明瞭に示すように、『三階級の諷刺』は、廷臣から国王への国政運営提言の試み――悪徳の追放と善政・国内の団結・議会の重視――でもあったのである。リンジーの創作のヴィジョンの中で、国王中心の国家像が構築されているのは、このような政治的意図に由来していることは明らかであろう。

三階級を題材とした作品自体は、ジョン・ガウアーやジェフリー・チョーサー以来、詩などの他ジャンルでは珍しいものではないが、演劇への登場は、この作品や『ジョン王』などから判断すると、一六世紀の中盤ということになるのであろう[10]。王、貴族、聖職者、商人そして人民という顔ぶれは『ジョン王』ともかなり共通し、国境を越えた演劇の展開の類似性には興味をそそられるが、『三階級の諷刺』には、『ジョン王』の「イングランド」のような、登場人物としての国家共同体が存在せず、いち早く寓意的手法から抜け出しつつあるようである。また、議会重視の姿勢なども、『ゴーボダック』の先駆けとして見逃すことはできない。

第二節　『ジョン王』と『国家』――新教・旧教からのプロパガンダ

『ジョン王』――歴史意識を具備したインタールード

次に、『ジョン王』の検討に移ろう。創作年代は一五三八年頃で、ジョン・ベイルが庇護を受けていた大法官トマス・クロムウェルの友人であり、カンタベリー大主教であったトマス・クランマーのカンタベリーの屋敷で上演されたと考えられている（A版）。ここでベイルの経歴をまず確認しておくと、彼は一五三〇年代半ばにプロテスタントに改宗している。一五三八年頃クロムウェルの庇護を受け、『ジョン王』を含む四本の反カトリック劇をこの年に執筆した。しかし、一五四〇年にはクロムウェルの失脚により、大陸への亡命を余儀なくされる。一五四八年に帰国するが、一五五三年には、メアリー一世の即位により再度亡命。一五五九年、エリザベス一世の即位により帰国。『ジョン王』の後半約一〇〇〇行は、ベイルが大陸亡命より帰国した、この一五五九年以降に改訂付加されたもの（B改訂版）で、一五六一年のエリザベス一世のイプスウィッチ行幸のためのものである、との説も存在する。『ジョン王』の何よりの特徴は、このような上演形態に明示されている、プロテスタントのプロパガンダ性である。

しかし、それにもまして、この作品が、イングランド史劇に向けて大きく前進した最初のインタールードであるという点にこそ、演劇史的重要性は付与されなければならない。その根拠としては、イングランドの栄光を称える愛国主義や、歴史再解釈による教訓性などもあろうが、歴史劇の発達という視点からは、実在の君主を実名で登場させた最初の戯曲であること、また作者が創作のヴィジョンの中で、過去の歴史を創作時の環境に関連させようとしていること、この二項目ははずせない。とりわけ、後者の劇的ヴィジョンの項目は、一五八〇年代後半以降のイングランド史劇に特に特徴的な、戯曲中の歴史的事象と作劇時の政治的状況を重ね合わせようとする歴史意識を先取りするものである点、貴重である。

『ジョン王』の筋は単純で、ローマ教会の横暴により疲弊したイングランドを救おうとしたジョン王が、「聖職者」・「貴族」・「法秩序」の三階級に協力を求めるが、「反乱」（＝カンタベリー大司教）、「私有財産」（＝枢機卿パンダルフ）、そして「簒奪権力」（＝教皇インノケンティウス三世）などのカトリック勢力の策略のため、聖務停止や破門を宣告され、国内の三階級の抵抗と不服従に遭い、さらには外国勢力の侵略危機に遭遇して、ついに教皇に屈服し最後には修道士に毒殺される、というものである。(11) だが、ここで、「皇帝陛下」（＝ヘンリー八世）が登場し、「簒奪権力」など教会勢力を処罰追放し、三階級に国内の団結を呼びかけて、イングランドの危機を救う。実在の君主と寓意的人物が同時に舞台をにぎわす本劇は、この時期の戯曲にしばしば見受けられる混淆劇（hybrid play）の形態を有しているが、主人公ジョンは、一貫して高潔な性格と厚い信仰心でもって造型されていて、サイコマキア劇の主人公にありがちな動揺や逡巡といった葛藤からは、完全に逃れている。開幕のジョン自身による自己定義を引用しておこう。

私が何者であるかを示しておくのがよいだろう。
イングランド王ジョンと年代記では呼ばれている。
わが祖父は比類なき皇帝であり、
わが父は直系の継承による王であった。
わが兄も、父同様直系の王であり、
リチャード獅子心王とフランスでは呼ばれ、
敵に対して優れた武運の持ち主であった。

神の意志とその厳粛なる定めにより
アイルランドならびにウェールズ、アンジューならびにノルマンディー、
そしてイングランドを私は統治してきた。
王冠を戴き、そして勝利を収めてきたのだ。
今私は実行の努力により
法を改革し、国民に秩序を回復せんと企てている、
真の正義が国の隅々にまで執行されるように。　（一幕八―二一行）

このように、国王としてのジョンは、君主としての資質を備えた理想的な統治者として立ち現れてくるが、当然これには、プロテスタント劇としての効果を計算する作者ベイルの意図が働いている。プロパガンダ劇の創作を通してイングランド国教会の確立と教皇権の否定を主張し、ジョンを教皇と対決した英雄として、またその闘いに倒れた殉教者として描き出すために、ベイルはこの国王に関する先行表象の大胆な書き換えを試みているのである。[12] しかし、こうした劇作術は、イングランドという国家共同体を表象する際、結果的に制限をかけることになってしまっている。[13] この作品では、「イングランド」という人物は教会の迫害により夫である神を奪われて、困窮しきった未亡人として表象されている。国家共同体が、女性というジェンダーで、しかも寡婦という社会的・経済的位置に設定されていること自体も興味深いが、ここでは第一に、国家が一個の登場人物として造型されている点、次に、国家が、君主や国家を構成する貴族や聖職者などの主要階級とはまったく別個の、民衆階層の人物として描かれている点に留意しておきたい。しかも、貧窮の寡婦「イングランド」がジョン王の庇護にすがるという構図は、王権が国家を扶養・養育するという、上からの"state"表象的なまなざしであり、そのことは、「イングランド」の息子である「平民」(Commynalte)が、ただ哀れみと同情を受けるためだけに、盲目の衰弱した姿を現すところに典型的にうかがわれる。

ジョン王　神の名において答えよ、どのようにしてお前の財産はなくなったのだ。
平民　　司祭や律修司祭、修道士によってです。カトリックの煉獄をちらつかせることで、私の汗と労働を搾取し私腹を肥やすのです。

……………………………………

イングランド　私の夫である神と私の土地を私の手に取り戻して下さい。

そうすれば、お約束します、ここにいるわが息子平民に
陛下に忠誠を捧げるようにさせると。　（二幕一五六五―六七、一五七二―七四行）

民衆や人民が国家の基盤を形成し、その位置から国王を見上げつつ、そのすべてを包み込む形で一つの国家共同体が描き出される、換言すれば、君主や主要階級と民衆とが国家全体を有機的に構成するという国家共同体のヴィジョンは、この作品にはまだ無縁のものである。

『国家』――カトリックのインタールード

イングランドの宗教改革期に産出されたいくつかのプロパガンダ劇の中で、『国家』は、現存する唯一のカトリック側のインタールードである。メアリー一世即位の一五五三年に創作されていて、その年のクリスマスに宮廷で少年劇団によって上演されたと考えられている。[14] プロテスタント君主であるエドワード六世時代の（カトリック側から見た）悪政や弊害を、メアリー一世の即位によって一掃し、国の政治を矯正することを主張するのが本劇の狙いであり、政治的意図の鮮明なインタールードと言える。だが、新教と旧教の教義面が問題とされる訳ではなく、告発される社会悪も、宮廷人の腐敗や土地の占有、貧困や物価高騰といったかなり一般的なものであるため、プロパガンダと呼ぶことは必ずしも適当ではないかも知れない。

『国家』は一五五三年という、『ジョン王』などと比べればかなり後の時期に書かれた戯曲であるにもかかわらず、純然たる寓意劇の構成を保っている。主人公は「国家」本人なのだが、その本人がイングランドの現状を嘆いているところに、ヴァイス役の「強欲」と彼に率いられた「追従」、「抑圧」、「傲慢」が美徳の名を騙って易々と取り入る。「強欲」が「国家」に取り入る計画を語る部分から引用してみよう。

ではよく聞いてもらいたい、この国の女主人レスプブリカは、
ご存知の通り、このところ悲惨な状態にある。
彼女の富は減少し、彼女の幸福は完全に去ってしまった。
どのような言動を取ればよいのかまったく分からないでいるのだ。
彼女は支援と悲しみの軽減を求めており、
救援を約束する者には大いなる昇進が与えられるだろう。
彼女の心を元気づけることを請け合う者は、
高い地位に昇進し、間違いなく成功するだろう。
（一幕三場一三七―四四行）

この悪徳たちは、私利私欲の追求に専念するため、国情は当然悪化するが、「国家」は彼らの正体を見抜けず、生活苦と腐敗摘発の声をあげるのは「民衆」（People）である。

本当に、おれたち無学の人間でも盲目って訳じゃない、
ちゃんと気づいてるんだ、小麦や家畜がどうなってるのか、
羊毛や羊、木材や鉛や錫、鉄やその他の金属もだ、
……………………………………………………
しかし、何もかもものの値段は高くなってしまい、
まるでこの大地すべてが何も生み出さなくなっちまったみたいだ。
（三幕三場六六五―六七、六七〇―七一行）

この「民衆」は、自分たちの困窮や宮廷の腐敗を積極的に主張するという点において、『ジョン王』の「平民」よりはるかに主体的な存在であるが、同様に社会の悪弊を批判していた『三階級の諷刺』の「国民ジョン」の危機意識と比較した時、「民衆」には国家の存立への意識が欠けている分、限界があると言えよう。

「民衆」の切実な訴えにもかかわらず、悪徳たちに言いくるめられた「国家」は、何ら改善の手を打てない。そこにようやく最終幕に至って、「慈悲」や「真実」などが到来し、悪徳たちの正体を暴き、とどめに女神ネメシスが登場し、悪徳たちを処罰して幕となる。このネメシスは救済と矯正を意味し、女王メアリー一世を表している。[15] 要するに、この作品はメアリー一世の権力を再確認し、彼女の即位によって初めて、イングランドは正しい状態に復帰しうるということを、メッセージとして伝えようとしているのである。[16]

しかし、歴史劇の系譜に与するものとしてこの作品を考えた時、寓意的人物によるサイコマキア劇風の作りという古めかしさもさることながら、イングランドという国家共同体を指示するものが、「国家」という一個の主体性を欠く、優柔不断な人物では、国家を表象する器として平板であり深みに欠ける。君主を表すネメシスも、デウス・エクス・マキナ風に、アクションに有機的に絡めないこの戯曲の結構は、あまりにも旧式であると言わざるをえないであろう。ただ、『国家』本来の政治的メッセージにかんがみれば、メアリー一世という強力な王権の登場とその庇護によって、困苦と混迷にあえいでいた「国家」すなわちイングランドは、正常な状態に回復するということになるが、この構図自体は、王権が国家を保護するという、上からの“state”表象的なまなざしという点で、『ジョン王』とまったく共通するものとなる。君主による新旧両宗派の選択が、イングランドの存立を左右した時代の、プロパガンダ的インタールードであってみれば、こうした構図の採用も自然なことと言えよう。

第三節　『ゴーボダック』――初の本格的歴史劇

最後に、第三の作品群、エリザベス一世即位後の戯曲について検証しておこう。『ゴーボダック』という戯曲は、イングランド演劇史上、最初のブランク・ヴァース劇であり、同様に最初の本格的悲劇でもあるという具合に、最初づくしのこの作品は、歴史劇のジャンルでもやはり最初の本格的歴史劇と評されることが多い。ブルート以来のブリテン王国の崩壊を描く本劇は、構成面から見た時、ゴーボダック王朝の断絶を描写する第四幕までと、内乱による王国の荒廃と貴族や顧問官たちの対応を中心に据える第五幕とに大別されるが、歴史劇としてはこの最終幕が重要である。もちろん第四幕までの前半部分にも、感情に流された国王による王国分割や、思慮深い顧問官の忠告を退け、若い取り巻きの煽動を受け入れる若輩の王の悪政等、歴史劇の素材やテーマとして見落とせないものも多いのだが、これらはいずれも、最終幕における作者たちのメッセージを支えるものとして機能している。つまり、王国分割であれ、煽動による悪政であれ、何らかの事情や原因で国王の血統が途絶える、国王の後継者が欠如し不在になる事態に、作者らの関心は集中しているのである。

『ゴーボダック』の共作者トマス・サックヴィルとトマス・ノートンは、よく知られているように、法学院出身の有能な議会政治家であり、この戯曲を執筆していた時期には、すでにエリザベス一世が招集した第一回の議会に議席をえており、その後も要職を重ねてゆく(17)。インナー・テンプルで初演された直後の一五六二年一月に、ホワイトホールで御前上演の形で演じられた本劇には、即位してまだ間もなく、行く末も定かでないエリザベス一世の政権に対する、国家の繁栄を案ずる若きエリートたちの愛国心にみちた提言が込められている、と当然考えてよい。そしてその提言とは、国王が存命中に正当な後継者を指名すべきことであり、またその際の議会の重要性である。

では、作者たちが構想していた国家あるいは国家のあり方とは、どのようなものであったのか。その手がかりは、劇の幕切れ近くで、王位簒奪者ファーガス打倒に結集した貴族らに呼びかける顧問官たちの台詞に見出すことができる。[18]二箇所引用してみよう。

まず、皆さん全員の衆議による
議会の中で、王冠が
確固たる統治権を有する者に与えられねばならない。
その議会の中で、そして皆さん自身の選択によって、
諸卿よ、正しき者を選び出すのです。…
……………………………………
私が意味する正しき者とは、
正統な血統によって、
もしくは王統を維持すべく定められた古の法の効力によって、
人民がその名に信頼を寄せる者のことである。
諸卿よ、そのような者を王として選出するのです。
そのような資格を持ってこの祖国に生まれた者を。　（一六七四—七八、一六八二—八七行）

ならば、君主がまだ存命であり、
合法的な召集と権限によって

王の名と権力が、議会を有効なものとし、
国家を平穏安定の状態に保つことができた間に、
議会が開催されるべきであった、
そして確かな王位継承者が指名されるべきであったのだ、
王権を安定させ、
人民に服従の心を植えつけるためにも。　（一七八一―八八行）

セネカ風の言い回しを多用しながら、ブリテンの破局を写実的に描き出す、第五幕における顧問官たちの台詞には、簒奪者ファーガスをカトリック勢力に重ね合わせ、その支配を何が何でも阻止するために議会の重要性を声高に主張する、作者たちのプロテスタンティズムが露骨に見え隠れする。

しかし、法学院生やエリザベス一世など国家のエリート層に向けて放たれた、このきわめて同時代性の高い政治的メッセージの意義もさることながら、本書の関心からは、ここに現れた国家表象の実体を見ておきたい。この戯曲における国家共同体表象の変化をたどってみると、興味深いことに、第四幕までは王室を中心とした"realm"・"kingdom"・"state"が国家の主要な指示語であった。だが、ゴーボダックの血統が途絶え、内乱による荒廃が前景化される最終幕では、それが「母国」（motherland）（一六九六行）へと重心移動する。ブリテンという国家を、身体を備えた、とりわけ生殖機能を備えた身体として表象するこのメタファーは、これ以外にも、ブリテンそのものを「母」（mother）（一六一五、一六六八、一七三八行）や「子宮・胎」（womb）（一五三七行）という言葉で描く部分にも見出される。近年の研究では、これを受けて、エリザベス一世をも含めたすべてのイングランド人が、母なるイングランドのために忠誠をつくすよう説いたのが『ゴーボダック』という劇なのだ、と主張しているが、[19]「すべての」イングランド人とは言いすぎであろう。確かに、この「母国」という一語には、法学院や宮廷の選りすぐられた観客を前にして愛国心を昂揚させ、もって女王と議会の協同のもと新たなイングランドを建国しようとする、作者たちの熱いメッセージが込められている。だが、この呼びかけは、物語次元では危機に結集した貴族や廷臣たちに、実際の上演レヴェルでは国政を運営する支配層に、限定されていることを忘れてはならない。

『ゴーボダック』にも民衆への言及は存在する。それは、第四幕で王妃ヴィデナが次男ポレックスの命を奪う逸話に関連する。この非情な行為に激怒した民衆は、蜂起し、国王夫妻を殺害したことが第五幕で報告される。後のイングランド史劇における、民衆暴動の先駆けとして興味を引かれるエピソードだが、しかし、これも、道を踏みはずした非道な行いに対する神の怒りの発現と、反乱の恐怖と、そして大逆に対する厳しい戒めとが、意図されているのであって、民衆が主体的に機能している訳ではない点に、留意しなければならない。

『ゴーボダック』という作品は、歴史劇として見た時、寓意的な人物を完全に排除し、史実と見なされていた伝説に取材し、国王と顧問官らによるより近代的な政治運営体制を採用し、愛国心に代表される国家共同体に対する高い自己参照性を誇り、そして創作時の政治状況と積極的に関わり合う教訓とメッセージを完備するなど、今回言及した諸作品の中では、歴史劇の完成度の点で頭抜けた戯曲であることは疑いを入れない。だが、その『ゴーボダック』にしても、作者たちの国家ヴィジョンは、あくまでも「上からの」ものであることは、繰り返し強調されなければならない。『ゴーボダック』が、商業演劇成立以前の時期における、エリート知識人によって創作された、政策提言の戯曲であってみれば、このヴィジョンも当然のことであろう。

＊　＊　＊

ここまで総計六本の戯曲に言及してきたが、イングランド表象の視点から本章の内容をまとめておけば、インタールードや黎明期の歴史劇は、統治者である国王を中心とした国家のヴィジョンのもとに、作劇が行われていたということになる。そして、その最大の要因は、戯曲作者の置かれていた政治的位置——すなわち、作者が廷臣や議員といった支配層そのものであったり、有力者と政治的・宗教的に近い場所で活動をしていたため——ということになるだろう。

この時期のインタールードにおいては、イングランドは、国王の政治権力や政治的身体と同一視される方向性を有する場合（『寛仁』）と、権力によって迫害搾取され、哀れまれるべき対象とされる場合（『騎士アルビオン』、『ジョン王』、『国家』）とに二分されるが、『ゴーボダック』に至って、母国愛を捧げる対象としての新たな相が出現する。

（1）Darryll Grantley, *English Dramatic Interludes 1300–1580: A Reference Guide*（Cambridge: Cambridge UP, 2004）.

（2）Greg Walker, *John Skelton and the Politics of the 1520s*（Cambridge: Cambridge UP, 1988）参照。

（3）『寛仁』からの引用および登場人物名表記は、Robert Lee Ramsay, ed., *Magnyfycence: A Moral Play*, by John Skelton（London: Oxford UP, 1958）に拠る。また、「寛仁」がヘンリー八世あるいはウルジーを指示するという解釈については、Ramsay cvi–cxxviii および Grantley 218 参照。

（4）『騎士アルビオン』からの引用および登場人物名表記は、*English Verse Drama Full-Text Database*（Cambridge: Chadwyck-Healey, 1994）に拠る。

（5）G. A. Jones, "The Political Significance of the Play of *Albion Knight*," *Journal of English and Germanic Philology* 17. 2（1918）: 267–80.

（6）E. K. Chambers, *The Mediaeval Stage*, vol. 2（London: Oxford UP, 1903）157.

（7）『三階級の諷刺』からの引用および登場人物名表記は、Peter Happé, ed., *Four Morality Plays*（Harmondsworth: Penguin, 1979）に拠る。

（8）Grantley 316.

（9）Joanne Spencer Kantrowitz, *Dramatic Allegory: Lindsay's* Ane Satyre of the Thrie Estaitis（Lincoln: U of Nebraska P, 1975）29.

（10）Ruth Mohl, *The Three Estates in Medieval and Renaissance Literature*（New York: Ungar, 1962）参照。

（11）『ジョン王』からの引用および登場人物名表記は、Peter Happé, ed., *Four Morality Plays* に拠る。また、各人物が指示する歴史上の人物名も、基本的には同書の登場人物一覧表にしたがった。

（12）Carole Levin, "A Good Prince: King John and Early Tudor Propaganda," *Sixteenth Century Journal* 11（1980）: 23–32.

（13）あるいは、ジョンの統治者としての理想性を強く打ち出すため、およびカトリックによる国家への弊害を強調するために、ベイルが「イングランド」を意図的に卑小な存在として表象した可能性を、想定してよいかも知れない。

（14）W・W・グレッグは、『国家』の作者をニコラス・ユーダルと考えている。ユーダルはオックスフォード大学卒でイートン校校長。メアリー一世とスティーヴン・ガードナーの愛顧をえる。後にウェストミンスター校校長。W. W. Greg, re-ed., *Respublica: An Interlude for Christmas 1553*（London: Oxford UP, 1952）viii–xviii.『国家』からの引用および登場人物名表記も同書に拠る。

（15）Grantley 291.

（16）David M. Bevington, "Drama and Polemics under Queen Mary," *Renaissance Drama* 9（1966）: 105–24.

（17）トマス・サックヴィル：オックスフォード大学と法学院卒。一五五七年議席を獲得し、女王の寵をえて外交使節を務める。一五六七年男爵。その後枢密院議員、大蔵卿。一六〇四年伯爵。メアリー・ステュアートの死刑判決に関与。『為政者の鑑』（一五五九―一六〇九年）に作品を提供。トマス・ノートン：ケンブリッジ大学と法学院卒。一五六一年にジョン・カルヴァンの『キリスト教綱要』（一五三六年）を翻訳。王位継承問題に強い関心を持ち、熱狂的な新教徒で、議会政治家・法律家としてカトリックを弾圧。

（18）『ゴーボダック』からの引用および登場人物名表記は、William Tydeman, ed., *Two Tudor Tragedies*（Harmondsworth: Penguin, 1992）に拠る。

（19）Jacqueline Vanhoutte, "Community, Authority, and the Motherland in Sackville and Norton's *Gorboduc*," *Studies in English Literature* 40. 2（2000）: 227–39.

第二章　セネカ流歴史劇と英雄劇的イングランド史劇

第一節　セネカ流歴史劇

本章では、一五八〇年代および九〇年代前半に創作されたいくつかの歴史劇を取り上げ、まずその前半部では、リチャード三世言説に取材した三本のリチャード三世劇を中心としたセネカ流歴史劇を、国家表象の視座から分析することを試みたい。

第一章で分析したように、一五〇〇年代の初頭よりイングランドの政治や国家体制を扱った戯曲を演劇史的に跡づけた場合、『寛仁』、『騎士アルビオン』また『三階級の諷刺』や『国家』などの、寓意的人物を配した道徳劇的性格の色濃い作品を拾ってゆくことができるが、その中にあって、一五三八年頃の創作と推定されるジョン・ベイルの『ジョン王』（A版）と、一五六二年のサックヴィルとノートン共作による『ゴーボダック』が、大きな里程標として存在した。しかし、それに後続するイングランド史劇を考えた時、そこには二〇年近くの歳月を置いて、ようやくトマス・レッグの『リカルドゥス・テルティウス』（一五八〇年）が登場する。そしてこの作品が取材したリチャード三世言説――グロスター公爵リチャードの野心による王位奪取と、暴君としての統治ならびにその破滅にまつわる一連の言説――は、さらに一〇年少々の間隔の後に、作者不詳の『リチャード三世の真の悲劇』(一五九一年) および ウィリアム・シェイクスピアの『リチャード三世』(一五九三年) の二作品において、連続して取り上げられることになる。

本章前半では、初期近代演劇において広く流布していた、このリチャード三世言説に取材した三つのイングランド史劇を分析することにする。またこれら三作品が、セネカ悲劇の影響――五幕構成やコーラスまた激情表現といった形式面から、姦通・殺人・亡霊・復讐などが喚起する残忍な煽情性と、狂気や良心の呵責が喚起する教訓性といった内容面まで――を濃厚に受けていることから、同時期に創作された同系統の歴史劇――トマス・ヒューズの『アーサーの悲運』(一五八八年) ならびに作者不詳の『ロクライン』(一五九一年)――をもあわせて考察し、これら五作品における国家表象の分析を通して、商業演劇成立前後における歴史劇の変化 (あるいは変化の有無) を調査し、発展期にあったとされる同ジャンルの展開の有りようの一部を解析し、かつそれに関与したいくつかの影響力を探求することをここで試みたい。

ところで、分析を開始する前に付言しておかなければならないが、本章前半で論述の対象としたセネカ流歴史劇や、後半で記述する英雄劇的イングランド史劇の他にも、当該時期にはイングランド史劇は存在する。一五八〇年代後半から九〇年代前半にかけては、例えば、作者不詳の『ジョン王の乱世』(一五八八年) やジョージ・ピールの『エドワード一世』(一五九一年) といった、エリザベス朝イングランド史劇の本格的幕開けを告げる作品が生み出されており、またシェイクスピアのイングランド史劇にまつわるあらゆる問題を包含すると言ってよい、『ヘンリー六世』三部作 (一五九一―九二年) もこの時期に創作されている。これらの作品群は、第三章から第六章でそれぞれ検証を行い、その成果と本章の分析の成果とを相互参照させることで、より精緻な歴史劇の記述を予定していることを先にことわっておきたい。また本章で用いた方式のように、ほぼ同一の主題と物語を扱う三つの戯曲を比較検討することで、本章の狙いである、一五八〇年から九〇年代前半にかけてのイングランド史劇の展開の有りようのいくつかの側面が、より鮮明に浮かび上がる可能性があると言ってよいであろう。

歴史劇に限定した言及ではないが、ハンターも「…『タンバレイン大王』以降の演劇は一つの通史というよりはむしろいくつかに分かれた形で展開する」と指摘するように、[1]一五〇〇年代の初頭以来、比較的未分化で単線的な形で移行してきた歴史劇が、この時期に至って主題面で複数の系統に分化し、複線的な発展を開始するようになった。一五八〇年代後半から九〇年代前半にかけて、歴史劇が多産された背景には、(一)社会的・政治的要因、(二)文化的要因、(三)演劇界の要因、の三つの相が考えられよう。まず第一の社会的・政治的要因だが、これがスペイン無敵艦隊への勝利を指すことは言うまでもない。この戦勝による、イングランド人としての自意識の向上と、イングランドに対する愛国的感情は、イングランドの過去や歴史への関心を大いに増大させたはずだからである。第二の文化的要因とは、教育による知的水準の向上と知識人階層の拡大が、過去から教訓を学ぶための歴史に対する関心と需要を増したことを意味する。『為政者の鑑』や相次ぐ年代記の刊行が、この現象を裏書きするであろう。第三の演劇界の要因として、最初に指摘しておくべき点は、当該時期の劇団の第一人者であるエリザベス女王一座による、『ヘンリー五世の名高き勝利』(一五八六年)の上演とその成功である。ここに、大学才人の登場と演劇の成熟化、さらには成人劇団間の競合やめまぐるしい再編が加わることで、多様な歴史劇が生み出されることになったと考えられるのである。

第二節　『リカルドゥス・テルティウス』――アカデミズムのイングランド史劇

リチャード三世言説に取材した三作品の中で最も早期のものは、一五八〇年の『リカルドゥス・テルティウス』だが、この戯曲は、イングランド史劇としては、その直近の先行作品と考えられる『ゴーボダック』とさまざまな側面で類似点を有している。作品をめぐる外的環境から言えば、サックヴィルとノートンが法学院出身の有能な議会政治家であり、レッグの方は法学博士で、ケンブリッジ大学ゴンヴィル・アンド・キーズ学寮の学寮長兼副総長補佐であったという具合に、作者は共に知識人階級に所属し、作品を上演する側もそれを観劇する側も、やはり共に法学院や大学関係者であり、上演場所も法学院や大学という、比較的閉ざされた商業ベースではない舞台で初演されている。また作品そのものも、セネカ悲劇に根ざし、広義のイングランド史に取材し、劇中には国家の有りようへの高い関心が記述されていることが特徴と言えよう。

周知のように、『ゴーボダック』の作者たちが、（政治家としても）国家存続のための円滑な王位継承に多大な情熱をそそぎ、彼らの作劇の意図がそのイデオロギーの主張であってみれば、『ゴーボダック』の中に、国家体制をめぐる台詞や、国家を指示する「王国」や「母国」などの言葉が頻出するのは、当然のことであろう。とりわけ、第一章で述べたように、ゴーボダックによる王国分割とその結果の王朝断絶を描写する第四幕までは、王室を中心とした“kingdom”・“realm”・“state”が国家を指示する主要な言葉であったのに対し、内乱による王国の荒廃と貴族や顧問官たちの対応を中心に据える最終幕では、それが“motherland”へと重心移動している点は見逃せない。そして、『リカルドゥス・テルティウス』においても、この『ゴーボダック』に勝るとも劣らないほどの国家への言及に我々は出合う。もちろんこのことは、質的な面を取りあえず考慮外に置いての比較だが、他の二つのリチャード三世劇と比べて、際だつ特徴であるためまず最初に指摘しておきたい。

『リカルドゥス・テルティウス』は、構成上三部に分かたれており、そのそれぞれが五幕編成となっている。第一部は、グロスター公リチャードの王位への野望と計略が描き出され、第二部では、その成就つまり戴冠までが描写されている。そして第三部で、リチャード三世の敗北と死、リッチモンドの即位がドラマ化され、最後にエリザベス一世の治世への神の加護を祈って幕となっている。この中にあって、国家への言及が多用されるのは第一部および第三部だが、ここには、『ゴーボダック』にも似た国家指示語の変化が存在する点に注目したい。第一部での国家への言及の主だったものは、要するにグロスター公ならびにその取り巻きが、権力を手中に収めるべく、自分たちの王位継承権の正統性を声高に主張するためだけに使用するもので、その「国家」の内包する意味は表層的で、国家の実体を感じさせないものと言わざるをえない。彼らは、英語訳では"Britain"・"England"・"country"・"native land"・"kingdom"・"realm"といった言葉を用いるが、それに相当する原文のラテン語では、"Britannia"・"Anglia"・"patria"・"regnum"・"imperium"が使われている[2]。第一部から数例引用を挙げておこう。まず、グロスター公リチャードがバッキンガム公を仲間に引き入れようとする場面では、

それ故に、ああ公爵、王妃の背信行為から祖国（patriae）を、
嘆き悲しむイングランド（Angliae）を解放する者と、あなたを呼ぼう。
（一幕一場一二九—一三〇行）（傍線部著者、以下同様）

続いて、グロスター公がリヴァーズを罠にかけとらえる場面では、

お前は我々が破滅するように皇太子に働きかけ、
無分別にもこの王国（regna）をお前の仕掛けた争いごとに巻き込もうとしている。
…………………………………………
お前一人でブリテン（Britonum）の大いなる栄光を破壊するつもりか。

（二幕一場一九九―二〇〇、二〇六行）

また、ヘイスティングズを大逆罪で弾劾する場面では、

王国（imperii）の状態や国土（regni）の安全、
また祖国（patriae）の名誉が要求するものとは何であろう。

（五幕六場二四―二五行）

しかし第三部になると、とりわけ、リチャード王とたもとを分かったバッキンガム公が母国の行く末を案じる箇所（第三幕第四場）や、イングランドに上陸したリッチモンドが正義の戦いの許可を母国に求める場面（第五幕第二場）では、“natale solum”が用いられている。

ああわが母国（natale solum）よ、ああイングランドの輝かしき栄光よ、
残虐な暴君が隷属の頸木でお前を支配する時、
いかなる恐ろしい運命がお前を待ちかまえているのか。

（三幕四場一九―二一行）

私は母国（Natale solum）への想いを常に心の中にかたく抱いてきた。
隷属の頸木は全力で私が取り除いてみせよう。
（五幕二場二〇—二一行）

イングランドを表象するに当たって、リチャードには父権的な“patria”（fatherland）を、リッチモンドらには母系的な“natale solum”（native soil）を用いさせることで、リチャードには国家を野心の対象として客体化させ、その一方でリッチモンドには母国との一体化をかもし出そうとする、作者レッグの台詞操作を見逃すべきではないであろう。

『リカルドゥス・テルティウス』においては、もう一つ重要な検討項目として、主人公リチャードがどの程度主体性を有した人物として前景化されているか、というドラマトゥルギーの問題が存在する。第一部の最後にエピローグ役のコーラスを登場させ、第二部の最後では戴冠式の行進を演出し、第三部の冒頭には復讐の女神によるリチャード王への呪いを配置する、といった周到な形式重視が端的に示すように、主人公像の構築はあくまでもこうした外枠の内で処理されていて、この劇にあっては、リチャードは決して屹立した存在を付与されることはなく、アクションの原動力としての存在感も、後続の二作品と比べて小さなものとなっている。言葉を換えて言えば、『リカルドゥス・テルティウス』では、主要な人物はすべて、背丈の大小はあっても運命の手の内にあり、その移ろいやすさに翻弄される存在——彼らの思惑は挫折を強いられ、疑心暗鬼の中、運命に対する嘆きと呪いにまみれながら、悲惨な形で最期を迎える——であり、一人の野心家が運命を切り開いてゆく姿ではなく、運命とその支配下にある人物たちが織りなす、歴史物語の分析的描出に作者の関心はあった、と考えてよいと思われる。

ところで、この国家への多様な言及と形式重視の劇作術とは、材源と比較した時、いかなる様相を見せるのであろうか。サー・トマス・モアを始め、リチャード三世言説を扱うエドワード・ホールやラファエル・ホリンシェッドなどの年代記に当たれば容易に判明することだが、これら材源におけるこの言説の描き方は、暴君リチャードの抑制を知らぬ野心と、その破壊性と残虐さが喚起する教訓性とが主眼で、彼が統治しようとする国家本体へのまなざしは、意外にも乏しい点が特徴となっている。それにもかかわらず『リカルドゥス・テルティウス』には、先述のように、今回扱う三作品の中でも最多の国家への言及が存在するのだが、これはどう考えればよいのであろう。その理由を探ることは、実は難しい。手がかりと考えられる学寮長としてのレッグの演劇活動や、表題のみ伝わる別作品『エルサレムの陥落』（一五八四年）からは、何も断定することはできない。[3] ただ言いうることは、『リカルドゥス・テルティウス』には、リチャード三世言説が通常内包する為政者に対する自制ある統治という教訓を除けば、『ゴーボダック』のような強烈な政治的メッセージを読み取ることは困難である、ということである。ジョン・ハリングトンやフランシス・ミアズなど、同時代人のこの劇に対する言及を見ても、君主に対する教訓性を称えたり、悲劇としての優秀さを指摘するものにとどまっている。[4] 三夜にまたがって初演された、五〇〇〇行にせまるこの大作は、（おそらくは限られた観客を対象に）後に何度か再演されて、ある程度評判を呼んだ可能性が高いのだが、[5] 劇中に頻出する国家への言及は、その限定性を反映するかのように、主人公や貴族がみずからを主体と措定する国家像——いわゆる“state”表象——の域を超えるものではない。以上のことを総合的に勘案すれば、レッグの創作の意図とは、つまるところ、セネカ悲劇をモデルに自国の歴史をラテン語で書くことにあったのであり、『リカルドゥス・テルティウス』という戯曲は、その創作年代同様、イングランド史劇の展開において、前後の歴史劇とは異なった特色を有する、いささか孤立した位置を占めるもののように思われる。

第三節　『リチャード三世の真の悲劇』——女王一座のイングランド史劇

次に、『リチャード三世の真の悲劇』の考察へと話を進めよう。[6] 本劇は従来、生硬な劇作術と粗野な文体のため

「アマチュアの芝居」ではないかと酷評されてきた作品であり、事実、リチャード三世言説をセネカ悲劇風に処理し、リチャードの治世の混沌の呈示とテューダー朝の平和と繁栄を言祝ぐ愛国的な教訓性以外には、見るべきものも後世への影響もない作品とされている。[7] しかし、『初期英国演劇記録』（*REED*）を利用した研究の進展により、この劇を上演したエリザベス女王一座の素性が明らかになるにつれ、『リチャード三世の真の悲劇』の「アマチュア性」に関しても、さまざまな興味深いことが判明してきた。『リチャード三世の真の悲劇』が、エリザベス女王一座のレパートリーの一角を占めていたと推定される時期は、同劇団が、看板俳優リチャード・タールトンの死去などのため、徐々に下降線をたどり始めていた時期と符合するが、この劇の評価を下げていた要因である、洗練を欠いた劇作術と寄せ集め的な文体は、実はエリザベス女王一座の同時期のレパートリー――例えば、『ヘンリー五世の名高き勝利』や『リア王実録年代記』（一五九〇年）――にある程度共通する特徴でもあった。[8] これらの劇はすべて作者不詳であり、そのためこうした共通性は単なる偶然の可能性もあるが、少なくとも韻律や場面構成、登場人物の配当などに見られる類似性を考慮するならば、上演時の一座の物理的事情との関連性を推測してみてもよいかも知れない。

エリザベス女王一座は、エリザベス一世という絶対的な権威を背景に、定期的に宮廷での上演をこなしたが、きわめて精力的に地方巡業も行っている（一五八六―八七年のストラットフォード・アポン・エイヴォン公演が、シェイクスピアが演劇界に入る直接のきっかけとなった、とする説も存在する）。だが、一五八三年の結成以来の五年間にわたるエリザベス女王一座の繁栄も、一五八八年を境にかげりが見られるようになる。先述したように、通常、この年に人気道化役者のタールトンが死去したことが、主要な原因とされている。もちろんそれも大きな要因ではあるが、しかし実態はより複合的で、ストレインジ卿一座や海軍大臣一座との競合、清教徒がイングランド国教会の主教制度を攻撃したマーティン・マープレリット論争（一五八八―九〇年）に巻き込まれたことなども考慮しなければならない。実際、エリザベス女王一座が一五九〇年代の初めまで、ロンドンでも地方でも最も高額の報酬を支払われていたことは、この劇団の地位の高さを証すものであろう。エリザベス女王一座は、タールトンの死で一気に没落した訳ではなかったが、演目の古さで人気を失い、また劇団員の移籍などもあって、二大劇団時代を迎える一五九四年頃には実質的な役割を終え、その後は、残存劇団員がちょうど王朝の移り変わる一六〇三年頃まで地方公演を続けたが、やがて演劇界の表舞台から姿を消していった。『リチャード三世の真の悲劇』は、上演劇団が凋落期にあった時期の演目で、同時代の他劇団の戯曲と比較して、やや時代遅れになっていた戯曲だということは言えそうである。また、本劇の上演場所は不明だが、地方巡業のための物理的制約が、現存のテクストに影響を与えている状況も、可能性の一つとして考慮すべきであろう。

『リチャード三世の真の悲劇』をめぐる外的事情はこのあたりにして、次に作品内のイングランド表象の有りようや、主人公の主体の描かれ方について検証してみよう。まず注目すべき点は、この作品にあっては、国家や国体を表象する用語や台詞が極端に減少していることである。国家を指示する言葉が頻出した『リカルドゥス・テルティウス』においても、確かにその意味内容は表層的なものが多かった訳だが、その先行作と比較しても、本劇で重要な意味を担わされたイングランドへの言及はわずかで、あえて指摘すれば、リチャードとの戦いに臨む場面ならびに戦勝後の場面において、リッチモンドが同国人に愛国的に呼びかける部分（一六八四—一七〇〇、二〇三六—三九行）、および即位後の彼が建国への所信を表明する部分（二〇九七—二一〇〇行）に目立つ程度である。しかし、『リカルドゥス・テルティウス』のような、運命や歴史といった作品に枠を提供していたしばりが相当に取り払われた分、『リチャード三世の真の悲劇』では、人物と人物が織りなす人間ドラマが前景化されているし、「たとえ短時間でも何が何でも王になりたい」というリチャードの王位への熱望が語られるなど、俗な表現を使えば、生き生きとしたドラマ造型への志向が見て取れる。

そうだ、さあ運命の女神よ、おれを王にしてくれ。女神よ、
おれに王国をくれ。グロスター公爵は王になったと世界中に
知らしめよ。だから女神よ、おれを王にしてくれ。もし王になれるなら、
一年でいい、いや半年、いや一月、一週間、三日、一日、半日、
いや一時間、ええい半時間、いや女神様よ、ほんの一瞬
王冠を載せてくれるだけでいい。家臣どもがたった一回
「リチャード王万歳」と唱えさえすれば、それで十分だ。（四四三―四九行）

ただ問題なのは、そうした志向にもかかわらず、重要な歴史的事件の多くを小姓その他の端役の語りで片づける一方、例えばエドワード四世の愛人であったショアの妻の没落ぶりは、センティメンタルかつセンセイショナルに描くという具合に、どうも俗受けする方向に流れているきらいがあることであり、このあたりにこの芝居が低い評価に甘んじてきた理由があることはいなめない。

第四節　『リチャード三世』――イングランド史劇なのか悲劇なのか

シェイクスピアの『リチャード三世』の場合はどうであろうか。セネカ悲劇的要素を濃密に取り込み、暴君の恐怖政治とリッチモンドによる救済という教訓的構図の使用という点では、本劇におけるリチャード三世言説の利用・処理は、他の二作品と基本的には変わるところはない。シェイクスピアの独創性の一つは、ここにマーガレットの呪いに象徴されるような様式性や儀式性を付与し、主人公を『キャンバイシーズ』（一五六一年）のアンビデクスター

（二枚舌）ばりの、ヴァイスあるいはマキアヴェリアンの系譜の中で造型することにより、先行作品の人物像を鋳造し直し活性化したことであろう。こうした操作を通して、リチャードは、運命などの作品を規制する外的な枠組みからは一層解放され、みずからの意志や判断で行動するより主体性を有した人物として立ち上がり、そのことがひいては作品全体の悲劇性を高めることに寄与している。しかし、主人公の内面性が充実する一方、イングランド史劇としてのこの作品が描き出すイングランド表象が後退してしまっていることは否定できない。国家を直接に指示する台詞は、『リチャード三世の真の悲劇』よりもさらに少数で、無力な市民たちや処刑を目前に控えた貴族が、イングランドの行く末を案じる箇所（二幕三場一六―三〇、三幕四場一〇三―五行）に散見されるだけであり、それ以外では、大団円でリッチモンドがエピローグ的にみずからの子孫の繁栄と平和を神に祈念する部分（五幕五場二三―四一行）が目立つ程度である。

もちろん本劇を、『ヘンリー六世』三部作との連続相のもとで見れば、この四部作の背後には、当然イングランドそのものが存在する訳であり、リッチモンドの機能も、同時代の観客へのメッセージも、まさにそのテューダー王朝成立の部分にのみ関わっている。しかし、繰り返すが、『リチャード三世』本体が焦点化するのは、リチャードの圧倒的な野望が持つ何物をも巻き込む求心力と、それに飲み込まれる人物たちの悲嘆が喚起する様式的・儀式的な悲しみ、そしてそれが観客に与える効果ということになるであろう。換言するならば、『リチャード三世』が最大限に前景化してみせるのは、ポリティックスそれ自体であって、そのポリティックスの舞台となる国家ではないのである。本劇の開幕劈頭で、リチャードが、イングランドの覇権を争う熱い政治の時代が終了したことを宣言し、今や社交の季節となって、それに適合できない自分は、ヨーク家内部の派閥抗争に身を捧げる悪党になってやる、と大みえを切るその身振りがこのあたりの状況を端的に物語っている。

今や我らが不満の冬は終わり、
このヨークの太陽のもと輝ける夏となった。
我らが一族の上に低く垂れ込めていた暗雲はすべて
大海の深きふところへ葬られたのだ。
今や我らが額は勝利の花冠で飾られている。
……………………………………………
だからだ、この巧言令色の時代を気楽に過ごす
恋人風情におれはなれるはずもないのだから、
悪党になってやると決心したのだ。　（一幕一場一―五、二八―三〇行）

『リチャード三世』という戯曲は、このようにポリティックスに翻弄される人間存在の悲哀が生み出す悲劇性と、作品が描き出す歴史そのものの政治的意味合いを問題視する歴史劇性との間で――換言すれば、『リチャード三世』を悲劇と歴史劇のいずれのジャンルに分類するのかという問題において――絶えず揺れ動いてきた作品である。『リチャード三世』の歴史劇性を優先させる、比較的最近の研究としては、一五九〇年代初頭のエリザベス一世による政権と戦闘的な世襲貴族との対立を踏まえて、リチャードの権力闘争を旧式の政治体制と父権制の追求として分析するフィリス・ラキンや、リチャードの身体的不具と性格のゆがみを、テューダー朝イデオロギーとの関連から考察するマージョリー・ガーバーなどが存在するが(9)、このような視点をもってしても、作品全体の意味をすくいきれていないうらみは残る。

シェイクスピアは、リチャード三世言説を取り込んだ先行二作品に対して、すでに飽和状態にあったこの言説の

歴史的・政治的教訓性をさらに付加することの限界をおそらくは見取り、そこで主人公を取り巻くプロットやドラマトゥルギーの改善へと着手したのかも知れない[10]。もしそうであるなら、それは何故なのか。シェイクスピアがこの作品を創作していたと推定される一五九二―九三年頃は、初期の商業劇団が競合し合っていたところへ、外国人排斥暴動やペスト猖獗による長期の劇場閉鎖が襲いかかり、劇団が合従連衡を重ねていた時期と合致する。『リチャード三世』や『タイタス・アンドロニカス』（一五九四年）は、まさにこの劇団間を渡り歩いた生き証人だが、もし仮にシェイクスピアが、当時の演劇界における競争相手の一つであるエリザベス女王一座の『リチャード三世の真の悲劇』を視野に入れながら、題材は同一ながらもそれとは明瞭に異なる特徴を備えた別作品を構想し、そのことでこの困難な時期を生き抜くための一助を試みたとしたならば、やはり主人公像の改善、とりわけその主体性の深化という手しかなかったのではないであろうか。

以上のように、リチャード三世言説に取材した三作品は、イングランド史劇の政治的含意という観点から見た場合、あまり大きな意味の相違を認めることはできないし、国家表象の展開やイングランド史劇の発展という相から見た時に、ここに単純な直線的進化を認定することは困難である。あるいは、この言説に関しては、モアの伝記やそれを基にした後続の年代記がすでに決定的な役割を果たしており、また広く流布していたために、それに変奏を加えることは難しかったのかも知れない。しかし、それにもかかわらず、これら三作品は、戯曲としての作りとそれがもたらす観客受容効果の点では、それぞれが異なる相貌を有していることは確かであり、各作品が創造される磁場を想定して考えた時、創作や上演環境の相違が三作品個々の特徴を生み出している、と言うことは可能であろう。

第五節　『アーサーの悲運』と『ロクライン』――セネカ流歴史劇の変奏

　ここまで我々は、リチャード三世劇三作品に描き出されたイングランド表象の変遷を中心に、検証を進めてきた訳だが、一五八〇年代後半から九〇年代前半における、広義のイングランド史とセネカ悲劇との折り合いという観点から、さらに二作品『アーサーの悲運』と『ロクライン』とについて言及しておく必要があろうし、そのことで当該時期におけるセネカ流歴史劇の別の有りようを確認することができる。

『アーサーの悲運』――一五八〇年代の『ゴーボダック』

『アーサーの悲運』の劇的葛藤は、ローマへの貢納問題を武力で解決すべく、大陸遠征を行っていたアーサーが九年ぶりにブリテンへ帰国するところから生ずる。不在中の国政を委ねられていた、アーサーが不義によりもうけた息子モードレッドは、しかし、王位を簒奪し、王妃の愛を獲得し、なおかつ外国勢力とも結託していた。モードレッドはアーサー軍の上陸阻止に失敗するが、強硬な姿勢を崩すことなく父王に最終決戦を通告する。息子への愛情と国王としての立場の間で揺れ動いていたアーサーだが、悲嘆と絶望のうちに決戦に臨み、両軍の壊滅とモードレッドの死、そしてアーサー自身は致命の重傷を負うことで幕となる。

　このように、アーサーとその息子モードレッドとの王位争奪を主軸に据えた『アーサーの悲運』は、各幕に付された黙劇やコーラス、スティコミシアや内的独白といった劇的道具立てから、不義密通や近親相姦、殺人とその復讐という主題に至るまで、エリザベス朝演劇の中でも最もセネカ悲劇的なものの一つに数えることが可能なドラマだが、作者ヒューズを中心としたグレイズ・インのメンバーが、一五八八年の二月に女王の御前で初演を行ったという事実から、「一五八〇年代の『ゴーボダック』」と呼称する気持ちさえ起こさせる作品である。メアリー・ステュアートの処刑と無敵艦隊来襲との間に挟まれた一五八八年二月という、きわめて緊迫した危機的時局を背景に創作上演された本劇は、エリザベス一世への称賛とその治世下のイングランドにおける平和と繁栄への祈念を第一義とするものだが、アーサーと廷臣との、またモードレッドとその腹心との王権や国家、国家権力の有りようやその執行をめぐる議論を通して、初演時の観客たち、とりわけエリザベス一世に国政運営の提言を試みたものでもあった。[11]したがって、国家表象という見地からこの作品を考えた時、数量的には『ゴーボダック』や『リカルドゥス・テルティウス』の系譜に連なる豊かな頻度を見せる一方、そこに込められたメッセージの切迫性では、『リカルドゥス・テルティウス』とは比較にならないほどの熱さを感じさせる作品となっている。こうした状況に加えて、国外勢力と結託したモードレッドを、ブリテンの正統王アーサーが倒すところから、先行研究が指摘するように、アーサーとエリザベス一世が、そしてモードレッドとメアリー・ステュアートが二重写しにされていて、この『アーサーの悲運』が非常に政治的な、しかも時事言及的な作りであることが理解されるであろう。[12]

さらに、『アーサーの悲運』における国家表象の演劇史的意義を考察する際、先に触れたセネカ悲劇的道具立て、とりわけコーラスの独特の利用を、我々は見逃す訳にはゆかない。第一幕から第四幕までの終結部には、各幕の内容を要約し道徳的コメントを高みから加えるコーラスが定型的に配置されているが、第五幕だけはこのコーラス隊が、みずからブリテンの「臣民」（五幕一場二二、一四〇行）と名乗り、内乱を制した直後の瀕死の重傷のアーサーと、国家や国土の荒廃を同じ地平に立って議論し嘆き合う場面が存在する。[13]

コーラス一　神々が大いなる恩寵を我らに与えて下さっていたなら、
　と申すのも、我らは生きながらえ陛下の苦しみの共有者となり、同様に陛下の偉業の成果の享受者ともなりました。
しかし、神々は陛下から至福を奪われ、
一層の冷淡なる運命で
臣民と君主の破滅を一つに結びつけられもしたのです。
……………………………………………
アーサー　わがブリテン人よ、私の憤怒がもたらした結果を悔やむでない。
お前たちの国土を引き裂いた王を、むしろ責めるのだ。（五幕一場一七―二二、二五―二六行）

内乱の嵐に襲われたブリテンを同じように見つめていた者が、『ゴーボダック』にあっては国家の上に立つ廷臣たちであったのと比較すれば、『アーサーの悲運』では、国家の行く末を案じる存在が国王のみならず臣下の民にまで拡大されていて、ここには確かな変化が生じていると言うべきであろう。

『ロクライン』――煽情的歴史劇

残る一作品『ロクライン』では、ブリテンの伝説の建国者ブルータスが、長子ロクラインに王位を譲渡する場面からアクションが開始される。ドラマは、ここに外敵スキタイ人の王ハンバーが侵攻し、ブリテンの一部を占領するものの、結局ロクラインが勝利するという展開をたどるが、この外敵の侵入とその撃退という枠組みから、この劇にも『アーサーの悲運』同様、対スペイン関係などの政治的な意味が読み取られてきた(14)。しかし、作品そのものの主眼は、占領に成功したハンバーとそのハンバーを敗走させることに成功したロクライン、この二人の王の思い上がった高慢ぶり、ならびにその両者に訪れる運命の急変、そして悲惨な死といういささかお定まりの教訓性、そして何よりも、自分の正妻をうち捨てて、捕虜にしたハンバーの王妃に入れあげるロクラインの劇的なまでの懸想という煽情性にある。

『ロクライン』という作品は、ドラマ冒頭でブルータスが語るブリテン建国神話にうかがえる歴史劇的枠組みの中に、復讐神アーテーや亡霊を随所に配してセネカ悲劇的構えを見せる一方、今触れた教訓性や煽情性を盛り込み、なおかつ靴屋などの庶民階級を喜劇的に織り交ぜるなど、さまざまな素材と様式の混淆を特徴としている。作者も上演劇団もつまびらかにはなっていないが、海軍大臣一座系の芝居との近さを感じさせる作りであることは相違ないであろう。こうした劇的結構のため、歴史劇としてのヴィジョンや、国家への言及の観点からはあまり見るべきものはないが、注意しておきたいのは、喜劇的脇筋の中心人物で新婚間もない靴屋のストランボーが、抵抗むなしく防衛隊に強制的に徴兵され、その一方で外敵のスキタイ兵が彼の集落を焼き払い、新妻も焼死するという展開であろう。そしてこの事態を耳にしたブルータスの三男で北部の領主アルバナクトは、民衆の惨状を共感的に思いやり、外敵に対し憎悪の怒りを燃やすが、

諸卿、わが臣民の財産が、スキタイ人により
かくも略奪されるとは、悲しいことだ。
諸卿も見ての通り、足の速い襲撃部隊を使って、
やつらは侵攻した場所を根こそぎに略奪する。
だが、いまいましいハンバーめ、お前がこのカレドニアに
到着したその日を必ず後悔させてやる。(15)　(二幕三場九五—一〇〇行)

ここには『アーサーの悲運』とも近い形で、支配階級と民衆相互の、戦争という国家的事件への関わり合いが描き込まれている。

第六節　英雄劇的イングランド史劇

一五八〇年代後半から九〇年代前半にかけて、イングランド史劇は第一の隆盛期を迎えるが、主題面から分類した時、主人公の英雄的行為や事績をとりわけ前景化した、一群のイングランド史劇の存在に気づかされる。対フランス戦における国王や皇太子の英雄的活躍を中心に据えた、『ヘンリー五世の名高き勝利』と『エドワード三世』（一五九二―九三年）の二作品がその代表的なものである。[16] 本章後半では、まず英雄劇的イングランド史劇が生み出された演劇的環境について記述し、次にこの二作品を、イングランド表象の視点から順次分析することにしたい。

初期近代演劇において英雄劇の水脈が顕著な形で顕現してくるのは、一五八〇年代後半になってからであるが、この現象の生成に関わった要因を考察するに当たっては、主として二つの項目を押さえておく必要があろう。一つは、愛国主義の台頭とない交ぜになった英雄の持つ教訓性であり、今一つは、ニコロ・マキアヴェリの思想における主体的自由意志と、その自由意志による想像力の拡大である。両者は、クリストファー・マーロウの『タンバレイン大王』（一五八七―八八年）の中で合流した後、多数の模倣作品を産出しながらシェイクスピアの『ヘンリー六世・第一部』（一五九二年）へと流入することになるが、[17] こうした演劇史の流れをここで確認した上で、先の二要素の内容を検討しておこう。

英雄の教訓性をめぐる同時代の証言

まず前者の英雄による教訓性だが、これについては、同時代の文学・演劇関係者の証言がいくつか残されている。最初にサー・フィリップ・シドニーが、『詩の弁護』（一五九五年）の中で、詩の最高の形式である「英雄的なるもの」に対して与えた記述を引いておく。

しかし、もし美しき詩を擁護するために、すでに何らかの発言がなされているとすれば、それらはすべて英雄的なるものの擁護へと収斂するものである。そして英雄詩とは詩の一つの種類であるだけでなく、最も完成された最高の詩なのである。何故なら、すべての行為のイメージが人の心に感情を起こし教え導くように、偉人の崇高なイメージは、みずからも立派になりたいという願望で人の心を最も燃え立たせ、またその方法を助言してくれるからである。[18]

次に、トマス・ナッシュの『文なしピアスが悪魔への嘆願』（一五九二年）における演劇擁護の部分から引用する。戯曲の材源となった年代記に記述された英雄的事績が、舞台上で再現され、観客の眼前に現前した場合の効果が、この叙述では強調されている。

まず第一に、劇の主題に関して（その大部分は）、わがイングランドの年代記からの借用であり、そこでは、我々の祖先の勇敢なる行為（それらは錆びついた真鍮や虫食いの書物の中に、長い間埋もれていた訳だが）が甦らされ、父祖みずからが忘却の墓から立ち上がり、公衆の面前でその年月を経た名誉を主張すべく、姿を現すのである。当代の堕落し柔弱化した世相に対し、このこと以上にきびしい叱責がありえようか。[19]

最後に、トマス・ヘイウッドの『俳優弁護論』（一六一二年）では、役者が作り出す英雄のイリュージョンが、観客の心中に生起させる模倣への衝動に、焦点が当てられている。

わが国の歴史（劇）に話題を転じてみれば、勇敢なイングランド人が舞台で演じられるのを見て、その名声に愛着を感じ、その剛勇を愛情を持って語ろうとしないイングランド人などいようか。観客は、その勇者の行動の成功を祈りつつ注視し、役者が歴史上の勇者であるがごとき思いに包まれ、上演の上首尾を心中で念じるのである。生き生きとした活発な演技は、それほどまでに魅惑的なため、観る者の心を新たに作り直し、高貴で傑出した企てへと、彼らを駆り立てる力を有するものなのである。[20]

ここに引用した三者の文章は、いずれも英雄（とりわけ自国の英雄）あるいは英雄的なるものの表象が、教育的・啓蒙的効果を有することを主張している。シドニーとヘイウッドの場合は、価値あるものをまねたいという模倣への欲求を強調し、ナッシュの場合では、自己認識覚醒の利点を打ち出すという具合に、力点に多少の違いはあるが、英雄的なるものの表象が、価値体系の中で高位に置かれた価値観への推進力となりうる点で共通していると言えよう。

しかし、シドニーやナッシュの文章とヘイウッドのものとの間には、執筆時期の開きが二〇年あるいはそれ以上存在する点や、これらの文章がそろって詩と演劇の擁護論であり、ある程度の誇張を想定しておく必要がある点など、史的資料としての信頼性に関しては、いくらかの留保をつけておかなければならない。ただナッシュの文章は、当時としては最も時事に関連したものの一つであるだけに、演劇における英雄表象がもたらした熱気をよりよく伝えてくれている。と言うのも、ナッシュは先の引用に続く部分で、シェイクスピアの『ヘンリー六世・第一部』に

言及して以下のように述べ、

（フランス人の恐怖の的であった）あの勇敢なトールボットにとり、次のように考えることは何と喜ばしいことであったことだろう。すなわち、二〇〇年間墓に横たわった後、舞台上で再び勝ち誇り、少なくとも一万もの観客の涙で（数度にわたって）その遺骸に新たに香油を塗布されることは。観客は、トールボットが新たに血を流す様を、彼を演じる悲劇役者の中に目撃していると想像するのだ。[21]

トールボットへの有名なオマージュを捧げ、さらにはこれに続く段落の中で、（おそらくは）『ヘンリー五世の名高き勝利』におけるヘンリー五世の愛国心を昂揚させるタブローに言及することで、これらの英雄表象を強く肯定しているからである。

ヘンリー五世が舞台に現れ、フランス王を囚人として引き回し、王や皇太子に忠誠を誓わせる場面の上演がいかに栄誉あるものか、彼らに話したとしても、「なるほど、だがそれで何の得になるというのだ」（と連中は答えるだろう。[22]）

愛国心を高めるものとして、英雄表象は意義あるものとして意味づけられ、同時代の価値体系の中で高い位置を与えられる。そしてそのことを通して、英雄表象は、模倣されるべきものとして感化力を有するようになる。このような言説との相互作用の中で、英雄劇の生成はまずとらえておく必要があろう。

マキアヴェリ思想における主体的自由意志

次に、マキアヴェリの思想における、主体的自由意志の問題について検討したい。通俗化された「マキアヴェリズム」がこの時代の演劇に与えた影響は、例えばマーロウの『マルタ島のユダヤ人』（一五八九年）を見れば一目瞭然であるが、マキアヴェリの思想の本質が、初期近代イングランドでどのように受容されたかは厄介な問題であり、特にマキアヴェリの思想とマーロウやシェイクスピアとの影響関係は、二一世紀の現在においても解決を見ていない。[23]その最大の理由は、これらの劇作家の作品の中に、マキアヴェリの思想と確実に断定できる証拠が、ほとんど見出されえないことにつきるのだが、この問題をめぐる近年の批評家の主要な見解を概観しておけば、例えば、フィーリクス・ラーブは、マキアヴェリの『君主論』（一五一四年）や『ティトゥス・リウィウスの初篇十章に基づく論考（『ディスコルシ』）』（一五一七年）が、エリザベス朝の知識人階層の読者にとって、すでに入手可能なものであり、一五八〇年代以降はイングランドで広く読まれていたと主張している。[24]またウィルバー・サンダーズも、マーロウへのマキアヴェリの影響を裏づける根拠の僅少さに言及しながらも、一五八〇年代までには、マキアヴェリの思想がケンブリッジで受容されていた可能性の高さを強調しており、[25]さらにN・W・ボーカットがやはりマーロウの作品への影響を認めている。[26]

本書では、彼らが主張するような間接的状況証拠の妥当性にかんがみ、マーロウを始めとする当時の知識人階層の人々がマキアヴェリの思想に接していた、との立場に立って議論を進めたい。周知のように、マキアヴェリがその主著を著した意図の一つとして、祖国イタリアの国家統一への希求が存在した訳であるが、そのような政治的行動の原動力として、彼が「力」（virtù）というものを重視していたことは、今一度留意しておく必要がある。そしてこの「力」に含意される、君主などの政治権力者の主体的自由意志は、タンバレインなどの政治的「無限の欲望探求者」（overreacher）を構築する際に、劇作家の想像的創造力と接合した可能性がある。[27]『タンバレイン大王』の場合ならば、それは、主人公の想像力の中における、無限大の領土拡張とその実現という形で結晶化するであろうし、『エドワード三世』では、黒太子の不屈不抜の精神力と奇跡的勝利にそれを確認することができよう。『タンバレイン大王』を一つの頂点とする、一五八〇年代後半以降の英雄劇の台頭現象を分析するに当たっては、こうした英雄劇を取り巻く、あるいは英雄劇生成の磁場に流入したとさえ言いうる、マキアヴェリの思想へのまなざしも不可欠なのである。

第七節　『ヘンリー五世の名高き勝利』——発達途上のイングランド史劇

作者不詳の『ヘンリー五世の名高き勝利』は、一五八三年から一五八八年の間に創作され、エリザベス女王一座によってブル館で上演されたが、相当な人気を博したことは、先に引用したナッシュの報告が証言する通りである。これには、作中の道化的人物デリックを演じた、エリザベス女王一座の看板俳優タールトンの力が大いにあずかっていたことであろう。また一五九五年一一月から翌一五九六年七月にかけて、一三回ものリヴァイヴァル上演が海軍大臣一座の手によって行われている[28]。この作品は、劇的結構の観点から見た時、初期の歴史劇にありがちなエピソード主体の構成を特徴としているが、ホリンシェッドの年代記由来の歴史的材料と、道徳劇の放蕩ものの流れを汲む喜劇的部分との、一貫性のない混淆に典型的にうかがわれるように、歴史劇の一つの発達段階を示す戯曲と考えてよいであろう。

周知のように、本劇はシェイクスピアの『ヘンリー四世』二部作（一五九七年）および『ヘンリー五世』の主要な材源の一つであり、『ヘンリー五世の名高き勝利』の物語は、これら三作品のプロットの大半に及んでいる。その概略をたどれば、オールドカスルを始めとする不品行な連中と自堕落な生活を送っていた皇太子ヘンリー（ハリー）が、父ヘンリー四世の涙ながらの嘆願を受けて奇跡的に改心し、王位継承者としての自覚に目覚める。そして即位後はフランス王位の継承権を主張し、対フランス戦争においてこれまた奇跡的な勝利を収め、実質的なフランスの統治権とフランス王女を獲得する、というものである。『ヘンリー五世の名高き勝利』は、先にも述べたエピソードを連ねた場面構成故、アクションの統一性に欠け、劇的完成度の点ではシェイクスピアの三作品に比ぶべくもないが、その一方で、民衆的ヒーローの系譜を受け継ぐハリーと、愛国心を昂揚させる英雄ヘンリー五世を中心軸に立て、そのことを通して、観客のイングランドへの思いに訴えかける仕掛けを共有していることも確かである。ただ、『ヘンリー五世の名高き勝利』の場合、その仕掛けが粗雑であり、ニュアンスを欠く平板なものである分、主人公のかもし出す英雄像は良くも悪しくも直截的であるが、一五八〇年代後半という時代環境が好意的な受容を可能にしたものと考えられる。

　では、『ヘンリー五世の名高き勝利』においては、イングランドはどのように表象されているのであろうか。本劇の場合イングランドという国家を差異化する他者は、フランスということになるが、ヘンリー五世が即位直後にフランスへ向けて統治権と王位を要求する第九場に先立って、臨終間際の父王ヘンリー四世を前にして、ハリーはイングランド王位継承者としての自覚を表明する。

今私は陛下から王冠を受け取り、それを受け継いだからには、誰の手にも渡しはしない。私の頭から王冠を奪おうとする者は、おのれの鎧が私の鎧よりも厚手のものであるよう気をつけるがよい。さもなければ、たとえその鎧が真鍮や黄金の塊よりも堅牢であろうとも、心臓まで一突きにしてくれよう。(29)

（八場五八―六一行）

そしてそれを受けて、ヘンリー四世は、息子を歴代の王の中で最高の勇者へと位置づける（「さて本当に、両卿よ、わが息子は、かつてイングランドを統治した君主の中で、間違いなく最も勇ましくまた勝ち誇る王となろう」〔八場六二―六四行〕）。ヘンリー四世のこの予言は、ヘンリー五世の英雄伝説という観客における先行言説を、再度確認させる効果を有するが、こうした英雄的オーラをまとう形で、新王の国王像は立ち上げられてゆくことをまず確認しておきたい。

『ヘンリー五世の名高き勝利』が、対フランス戦をアクションの中心に据えるのは第一一場以降であるが、この展開の中でイングランドが表象される場面は二箇所あり、それらはいずれもヘンリー五世自身によるものである点、注意が必要である。最初に検討しておきたいのは、第一八場冒頭、アジンコートの戦いで勝利を収めた後、ヘンリー五世が初めて和平交渉に臨む場面である。彼は、フランス王に対して、改めてフランス侵攻の目的を述べるのだが（「さて、親愛なるフランス王、私がこの国にやって来たのは流血のためではなく、わが国の権利のためである」〔一八場一―二行〕）、ここでヘンリー五世が言及する「わが国の権利」とは、実は、第九場でカンタベリー大司教がヘンリー五世に進言する、「国王の権利」そのものでもあったのである（「陛下のフランス王位継承権は、エドワード三世王の王妃でありフランス王シャルルの兄弟でもあった、陛下の曾祖母イザベル様によるものです」〔九場五三―五五行〕）。換言すれば、『ヘンリー五世の名高き勝利』にあって、イングランドとは、国王およびその統治権と等符号で結ばれているということである。

もう一つの箇所、第一四場の終わりでは、アジンコートの決戦を前に、ヘンリー五世は貴族らに対し気勢をあげる。

諸卿よ、君たちは陽気な顔つきで私を見ているようだな。では、声を一つに合わせて、そして真のイングランドの勇者らしく、私と一緒に帽子を投げ上げ、イングランドのために「聖ジョージ！」と叫ぼうではないか。神よ聖ジョージよ、我らを助けたまえ。鼓手よ、太鼓を打ち鳴らせ。
（一四場五〇―五三行）

ハンターは、一体感と昂揚感を誘うこの台詞におそらくは基づいて、ヘンリー五世は国王としてまた軍司令官として、平民と貴族とを結び合わせ、同質の国家共同体を作り出している、との評価を与えているのだが[30]、はたして本当にそうであろうか。確かに、カンタベリー大司教は、先に引用した進言に続けて、「陛下の臣民は進んで金と人を提供し、陛下を援助致します」（九場五八―五九行）と述べて、国王と臣民の一体化を保障していたが、彼の発言が権力者側の欺瞞であることは、すぐに暴露される形で作劇がなされている。続く第一〇場、草の根木の根でさえご馳走だと言う、貧乏な靴屋のジョン・コブラーを隊長が徴兵にやって来る。コブラーとその妻は懸命の抵抗を試みるのだが、それもむなしい。

隊長　さあ、さあ、どう仕様もないのだ。お前は王に仕えるしかないのだ。
ジョン　隊長殿、見逃して下さい。外国になど行けません。
女房　お願いです、隊長殿、夫にはよくしてやって下さい。
……………………
ジョン　ああ、修繕する靴が家に山のようにあるのです。
女房　お願いです、夫を家に帰して下さい。
隊長　ええい、おれの知ったこっちゃない。お前は連れてゆく。
（一〇場一―三、七―九行）

国家権力により徴兵される民衆の悲哀は、『ロクライン』にも描かれていたが、ここには当然のことながら、平凡な日々を生きる市井の民衆の生活があり、「国王の権利」とは無縁の日常がある。ハンターのコメントは、観劇に訪れた市民の愛国的想像力の中でなら、という条件をつければ成立する可能性もあるが、ドラマ本体には彼の評価を支える根拠はどこにもない。しかし、だからと言って、ヘンリー五世の英雄像にかげりが生ずると判断するのは早計であろう。本劇終盤の第一九場、妻への土産と称して、死んだフランス兵から衣服を略奪したジョン・コブラーが登場する。この場面は、やはり靴を略奪したデリックとの喜劇的掛け合いを楽しむべき場面なのであろうが、強制的に徴兵された被害者としての市民の姿を、一気に無効化もしてしまう。そしてそのことを通して、戦争のむごたらしい現実を呈示すると同時に、ヘンリー五世の英雄像に付与されたかげりをも、相対化してしまうことになるだろう。国王と民衆の同質化の問題は、結局この劇では曖昧なまま開かれてしまい、一〇年以上後にシェイクスピアの手により再び取り上げられることになる。

第八節　『エドワード三世』——百年戦争を扱うイングランド史劇

『エドワード三世』の研究は近年急速に発展してきた。ハーベッジは、この作品の推定創作年代を一五九〇年、上演劇団を不詳とし、作者に関しても部分的にシェイクスピアか、とのことわりをつけた上で不明としていたが、現在では、創作年代は一五九二年後半から一五九三年前半の間と推定され、上演劇団もペンブルック伯一座の可能性が高いと考えられている。[31]また作者問題も、従来より「伯爵夫人の場」を中心に、シェイクスピアの関与が主張されてきたが、近年ではその関与は確実なものと見なされ、さらにはシェイクスピアの単独執筆説も勢いを増し、シェイクスピア・キャノンの一つとして、『エドワード三世』を格上げする動きも相次いでいる。[32]

『エドワード三世』と騎士道精神

『エドワード三世』の構成は、エドワード三世のよこしまな恋愛とそこからの覚醒を中心とした前半、黒太子の騎士道に則った勲爵士への叙任を描く中盤部、そして黒太子の奇跡的勝利を前景化する後半の三部仕立てとなっているが[33]、もう少し詳細に確認しておこう。フランスを追放され、エドワード三世の廷臣として迎えられた伯爵のアルトワが、エドワード三世に正当なフランス王位継承権を主張するよう、進言するところからドラマは開始され、かくして百年戦争の幕が切って落とされる。同時に、フランスと連携していたスコットランドが国境を侵犯し、イングランドは両面作戦を強いられる（フランスとスコットランドとの同盟は、この時期のイングランド史劇に常用される常套的設定ではあるが、本劇のようにそれが明示される事例は多くはなく、それだけに留意しておく必要がある）。対フランス戦の準備を黒太子らに委ねたエドワード三世は、スコットランド軍撃退に赴くが、ここから前半部の主題であるソールズベリー伯爵夫人との出合いと横恋慕とが用意されることになる。エドワード三世は夫人の城を包囲していたスコットランド王デイヴィッドを難なく退け入城すると、夫人への強烈な情欲にとらわれる。夫人に対する単刀直入の要求も功を奏さなかった王は、夫人の父親であるウォリックに圧力をかけ、娘の説得を命じるが、名誉（貞潔）と権力という、シェイクスピア劇で繰り返されるテーマの一変奏をここで確認しておきたい[34]。エドワード三世はこの後、黒太子の姿に王妃の面影を見て一時的に良心の呵責を感じるが、最終的には、命と引き替えに名誉を守りきろうとする、伯爵夫人の自殺の決意を見せつけられることによって、ようやく覚醒する。情欲という小宇宙の攪乱を鎮圧し、横恋慕という愛の戦争に倫理的勝利を収めた王は、かくしてフランス征討へと向かうのである[35]。

『エドワード三世』の中盤部は、百年戦争の初期、とりわけクレシーの戦い（一三四六年）と黒太子のデビュー戦を中心に扱う。イングランド海軍は、フランス王家の紋章をすでに取り込んだイングランド王旗を掲げて海戦に勝利した後、フランス本土に上陸、クレシーの地で両軍は相まみえる。[36] 初陣に臨む黒太子に、まず王が紋章つきの鎧を、続いて三人の貴族が順に兜・槍・盾を騎士道に則って授け、黒太子も名誉に恥じない戦いをすることを誓い、クレシーの戦いが開始される。[37] 黒太子は敵軍に包囲され苦戦を強いられ、イングランド貴族らもエドワード三世に援軍を要請するが、王は息子の武運を試すため拒絶する。だが、黒太子は見事に活路を開き、フランスの援軍ボヘミア王の遺体と共に凱旋し、それを受けてエドワード三世は黒太子を勲爵士に叙し、王位継承者としての資格を認定する。

本劇の後半部第四幕・第五幕では、ポワティエの戦い（一三五六年）が演劇的な時間圧縮の操作を受けて、クレシー戦に引き続く形で描写される。エドワード三世の軍がカレーで包囲戦を展開する一方、黒太子の軍はポワティエで圧倒的戦力差のフランス軍に包囲され、危機的な状況に置かれる。黒太子は絶望に打ちのめされながらも、生死を超越した達観の境地に到達し、突然の日食の恩恵と火打ち石を用いた奇策によって奇跡的に形勢を逆転させ、フランス王と王子らを捕虜にする。カレーのエドワード三世のもとには、まずスコットランド王が、次いでフランス王が捕虜として連行され、黒太子の生還が王を歓喜させる。そして最後に、黒太子が、子孫のイングランド王の勝利と自身の英雄的物語の啓発的効果を、神に祈願して幕となる。

エドワード三世と黒太子は、中世イングランドにおける最大級の政治的事件――百年戦争と薔薇戦争――に直接関連する王侯として、初期近代イングランドの年代記や歴史資料の中で、群を抜いて著名な存在であった。エリザベス朝演劇における彼らの受容のあり方は、本劇で活写されているごとく、英雄的な統治者である一方、リチャード二世の失政や薔薇戦争に至る権力闘争によって崩壊の危機にひんするイングランドの現況と対比的に、そして場合によっては憧憬と共に、遡及的に言及される理想的な時代の王者でもあったのである。[38] 換言すれば、中世的理想の世界の君主としてエドワード三世と黒太子は一般に理解されていた訳であり、そこから――そしてエドワード三世が、ガーター勲爵士団の創設者であることもあわせて考慮に入れれば――この両者が騎士道精神の体現者として表象されることは、自明の理であろう。[39]

『エドワード三世』のイングランド表象も、まさにこの線上に位置づけられるべきものである。本劇にあってイングランドに国家的輪郭を付与する他者は、すでに梗概において言及したように、フランスとスコットランドであるが、両国の軍事的提携が明示される割には、後者の描写は僅少と言わざるをえないため、南北からの挟撃を通してイングランドの政治的・軍事的状況が浮き上がる形態とはなっていない。ただ、大団円において、エドワード三世が両国の国王を捕虜として従属させる構図が、本劇の重要な意味として最終的に確立されている訳であるから、フランス・スコットランド両国の上に君臨する形で、イングランドが浮き彫りにされていると見るべきであろう。また一四世紀という時代背景故、新旧キリスト教絡みの宗教的ニュアンスは明示的には描き込まれてはいないが、無敵艦隊撃破後のナショナリスティックな昂揚感を伝達する台詞が、存在することも確かである。[40] したがって、『エドワード三世』における国家表象の基本的な枠組みは、スペイン無敵艦隊戦勝利後の愛国的な磁場の中で、伝統的に英雄言説をまとうエドワード三世と黒太子を主人公として、騎士道精神に則った形で両者の活躍を活写し、そのことが、とりもなおさずイングランドの描出につながるというものであり、このような意味において、本劇のイングランドとは、結局エドワード三世と黒太子自身（および彼らを支える廷臣たち）によって代表されることになる。

『エドワード三世』における両義性

では、『エドワード三世』には市民階級の描写は存在しないのであろうか。イングランド側に限って言えば、本劇には市民徴兵の場面も、また兵士として従軍する場面も一切なく、イングランドを基底から支えるべき臣民の姿は描き込まれていない。この作品は、英雄的王侯として広く受容されていたエドワード三世と黒太子に焦点を絞りきった劇作術を特徴としているが、臣民不在という現象は、このことと密接に連関すると考えてよいであろう。しかし、戦場となったフランス側では、事情は一変する。第三幕第一場でのフランス海軍敗北を受けて、続く第二場では、家族と共に家財道具一式を背負って逃げまどう市民の姿が迫真性をもって描かれるが、この場面は材源に基づかない劇作家の工夫であるだけに、興味を誘う。

逃げろ、フランスの市民よ、同国人よ。
……………………………………………
はるか彼方まで見晴るかした時
五つの都市が炎上しているのが見えた。
小麦畑も葡萄畑もかまどさながらに燃えていた。
そして、風に乗った大量の煙が
一瞬それた時、同じくこの目に見えたのは、
炎から逃げまどう哀れな住民たちが、
敵兵の槍に突かれて無数に倒れる様。
……………………………………………
だから逃げろ、市民たちよ。分別があるのなら、
ずっと遠くに住み家を探せ。
こんなところでぐずぐずしていたなら、君たちの妻は乱暴され、
君たちの泣き腫らした目の前で、財産は山分けされるぞ。

（三幕二場四六、五五―六一、六九―七二行）

ここにあるのは、君主の統治権争いに巻き込まれて、常に破壊と略奪の犠牲となる市民の姿であるが、被害者側からのこの戦争表象を加害者側から見た時にどうなるか――本劇はその視点をも提供してくれる。大陸上陸以来、別行動を取っていた黒太子が父王に戦果を報告する台詞で、イングランド軍の行動は次のように要約される。「服従する者は優しく許してやりましたが、／わが軍が申し出た和平をさげすみ拒絶した者には／鋭い復讐の罰を味わわせてやりました」（三幕三場二四―二六行）。この両者の台詞を突き合わせて言いうることは、王位継承権の大義がイングランドにあることが明確に主張されているにもかかわらず、エドワード三世と黒太子のフランス侵攻は、英雄劇的な本劇にあってさえ、必ずしもすべてが英雄性に彩られたものではなく、むしろ両義性・曖昧さをともなったものだということである。そして、このような両義性を産出する劇的仕掛けは、カレー包囲戦において再度繰り返される。

第四幕第二場、同盟の提案を拒絶したカレーに対して、エドワード三世は包囲戦を決行するが、やがて守備隊長が現れ講和を申し出る。エドワード三世はみずからの慈悲をカレーがはねつけたことを理由に、講和を拒否し、下着姿で首に絞首索をかけた最も裕福な市民六人を慰み者として差し出すなら、再考の余地ありと伝える。そしてこの状況が第五幕第一場で現出させられ、カレー侵攻回避と引き替えに、エドワード三世は六人の市民八つ裂きの指令を兵士たちに出すが、結局王妃の取りなしで容赦することになる。これらの場面が、一義的には、エドワード三世の慈悲心の称賛を通して、理想的な国王に必須の資質とされる慈悲が彼に具備されていることを確認し、もってエドワード三世らの英雄性を一層亢進させる機能を有していることは、間違いないであろう。しかし同時に、みずからの意向にそぐわぬ者に対しては容赦なく権力を行使し、破壊を遂行しようとする君主の姿が透けて見えることも確かであって、こうした形で描出される国王の両面性が、権力というものの両義的意味を我々に突きつけてくるのである。

『エドワード三世』というドラマは、政治権力者の英雄的活躍を前面に押し立てた、あるいはそのように受容されることが意図された作品である、と取りあえず総括することはできようが、今検討したように、権力が本質的に内在させる両義性を同時に暗示する演劇でもある。そしてこの権力の両義性という問題は、フランスにおける軍事行動——すなわち作品の中盤以降——においてのみ観察されうるものではない。『エドワード三世』の前半部第二幕「伯爵夫人の場」の中で、エドワード三世が臣下のウォリックに伯爵夫人の取り持ち役・女衒となるよう要請する状況は、まさに不道徳行為実行の誓いを、権力によって強要することである(「そして光り輝く権力者が罪へと傾く時、／栄光と汚辱の対照が不面目を三倍にする」(二幕一場四五三―五四行))。

このように『エドワード三世』が、権力とその両義性という問題系を、本劇の主題である英雄言説と背中合わせの形で、作品の意味の裏面にあわせ持つということは、今一度繰り返されなければならない。何故なら、本劇全編を通して、いかにエドワード三世の王位継承の正統性が主張されようと、またいかに彼の慈悲心が強調されようと、[41] このことは『エドワード三世』そのものに、抜き差しならない形で構造的に内在しているからである。それは、英雄劇の源流とも言うべき『タンバレイン大王・第一部』の「ダマスカスの乙女の場」に典型的に顕現しているように、英雄劇というサブジャンルにそもそも本質的に備わっているものなのかも知れない。その意味で、この問題系が、(善悪は別にして)英雄的背丈を備えた歴史的主人公を擁する『リチャード三世』を経由して『ヘンリー五世』まで、シェイクスピアの脳裏を去らなかったことは自然なことなのである。

*　*　*

最後に、本章における国家表象の特徴をまとめておこう。本章前半で扱ったリチャード三世劇における国家表象は、その創作年代順にイングランドへの言及が減少してゆくのが特徴であり、それに反比例して主人公の内面性が掘り下げられてゆく（ただし、これらの作品におけるイングランドへの言及は、内実をともなわない表層的なものが多数である）。また、『リカルドゥス・テルティウス』では、父権的な「祖国」（patria）と母系的な「母国」（natale solum）の使い分けがなされ、そのことで国家を野心の対象として客体化させたり、母国との一体化をかもし出そうとする台詞操作が行われている。その一方で、『アーサーの悲運』と『ロクライン』では、作劇時の対カトリック関係を踏まえた政治的な意味を見出すことが可能であり、特に前者では、為政者に対する真摯なメッセージが呈示されている。さらに、両作品には、部分的ではあるが、臣民へのまなざしを確認することができ、統治者と民衆双方を取り込んだ国家像の兆しを感じ取ることができる。

　イングランド史を代表する英雄王――エドワード三世とヘンリー五世――を主人公とした戯曲を扱う本章後半では、当然のことながら、イングランドを背負って立ちイングランドと一体化する国王の振る舞いと、それが喚起する愛国心とが、最も重要な項目である。しかし同時に、これらの戯曲は、英雄王の活躍の陰で犠牲になる人民の姿をも露呈するのであって、こうした権力が本質的に内在させる両義性も、重要な分析点となる。

（1）Hunter 51.
（2）『リカルドゥス・テルティウス』からの引用は、Robert J. Lordi, ed., *Thomas Legge's* Richardus Tertius: *A Critical Edition with a Translation*（New York: Garland, 1979）に拠る。
（3）レッグの演劇活動に関しては、Frederick S. Boas, *University Drama in the Tudor Age*（Oxford: Clarendon P, 1914）109–32 を参照。
（4）E. K. Chambers, *The Elizabethan Stage*, vol. 4（Oxford: Clarendon P, 1951）238 and 246.
（5）Chambers, *The Elizabethan Stage*, vol. 3 408.

（6）『リチャード三世の真の悲劇』と『リチャード三世』の年代順を決定することは、実は困難な問題で、ハーベッジは二年の差をつけて『リチャード三世の真の悲劇』を先に置いているが、両者の影響関係は従来より意見が分かれたまま、未解決となっている。『リチャード三世の真の悲劇』の結末部には、無敵艦隊撃破に言及したエリザベス一世への愛国的な賛辞が存在することから、この作品の推定創作年代を一五八八年に近い時期に置く考え方もあるが、断定はできない（この賛辞は、アクションの本体とは無関係の付加的なものでしかないが、それでも観客に愛国的な感情を喚起したことは、確かであろう）。しかし、軍馬と王国の等価交換を申し立てるリチャードの有名な台詞が、『リチャード三世』では「馬だ、馬を持ってこい！　王国をくれてやるぞ！」（五幕四場七行）であるのに対して、『リチャード三世の真の悲劇』では「馬だ、馬を持ってこい、元気のいい馬を」（一九八五行）となっていて、ここには、後者から前者への明らかに不可逆的な劇的効果の改善が見られると考えられる。なお、『リチャード三世の真の悲劇』からの引用は、W. W. Greg, ed., *The True Tragedy of Richard III*（Oxford: Oxford UP, 1929）に拠る。

（7）Greg, *The True Tragedy of Richard III* vi.

（8）Scott McMillin and Sally-Beth MacLean, *The Queen's Men and their Plays*（Cambridge: Cambridge UP, 1998）84–154.

（9）Rackin 195–96; Marjorie Garber, "Descanting on Deformity: Richard III and the Shape of History," *The Historical Renaissance: New Essays on Tudor and Stuart Literature and Culture*, eds. Heather Dubrow and Richard Strier（Chicago: U of Chicago P, 1988）79–103.

（10）リチャード三世言説に関連した年代記と戯曲、また戯曲間の影響関係については、George B. Churchill, *Richard the Third up to Shakespeare*（1900; New York: Johnson Reprint Corporation, 1970）参照。

（11）Ribner 230.

（12）Gertrude Reese, "Political Import of *The Misfortunes of Arthur*," *The Review of English Studies* 21（1945）: 81–89.

（13）『アーサーの悲運』からの引用は、John W. Cunliffe, ed., *Early English Classical Tragedies*（Oxford: Clarendon P, 1912）に拠る。

（14）Ribner 240.

（15）『ロクライン』からの引用は、C. F. Tucker Brooke, ed., *The Shakespeare Apocrypha: Being a Collection of Fourteen Plays Which Have Been Ascribed to Shakespeare*（Oxford: Clarendon P, 1908）に拠る。

（16）この二作品以外にも、『アルカザーの戦い』（一五八九年）と『エドワード一世』（一五九一年）、さらには一五九〇年代前半という時間枠を多少逸脱することにはなるが、『トマス・ステュークリー隊長』（一五九六年）の三戯曲を、「英雄劇的イングランド史劇」のサブジャンルに分類する見解もありうる。しかし、以下に述べる理由から、上記三作品は本章における分析対象から除外することが適切であろう。

『エドワード一世』は、主人公エドワード一世による十字軍遠征とウェールズの併合、またスコットランド征討での活躍を描く、同時代の観客の愛国心に訴えかけたであろう作品である。エドワード一世のこうした軍事的・政治的行動には、確かに、「英雄的な」側面がないとは言えない。しかし、この戯曲がむしろ突きつける意味は、エドワード一世の対外政策によってあぶり出される、被支配民族とりわけウェールズ人の民族意識であり、ドミナントな力に対するレジスタンスであると考えられる。よって、『エドワード一世』におけるイングランド表象は、第六章において記述することとする。

『アルカザーの戦い』と『トマス・ステュークリー隊長』は共に、破天荒な民衆ヒーロー、トマス・ステュークリーを描く作品である。法学院出身にもかかわらず、法律を嫌ったステュークリーは、妻の莫大な持参金を利用して軍隊を編成し、アイルランドでの反乱鎮圧に赴く。ステュークリーは、その後スペイン王、次いでローマ教皇に仕えることとなり、教皇からアイルランド侯爵の肩書きを授けられたため、領地に向かうことになるが、その途中でポルトガルに寄港し、そこでポルトガル国王セバスチャンから、彼が介入していたモロッコの王位継承争いに参戦するよう誘われる。ステュークリーはその申し出を受け入れたことで、結果的に一五七八年のアルカセルの戦いで落命することとなる。ステュークリーは、これ以外にも、カトリック教徒や海賊、公然たる謀反人といった具合にさまざまな顔を有する人物であり、その活力や野心、大胆不敵さ故、死後間もなくから半ば伝説化されたヒーローとして、チャップブックやバラッドで大いにうたわれていた存在であった。『アルカザーの戦い』は、ステュークリー最後の冒険となるモロッコの王位継承戦争を描写した戯曲であるが、ポルトガルとモロッコの三人の国王による権力闘争がこの作品の主題であって、ステュークリーの扱いは小さく、英雄的活躍の名に値するものは見出しえない。また『トマス・ステュークリー隊長』は、上に概略を述べたステュークリーの半生を、伝記劇風に描いた戯曲である。ヨーロッパ大陸の覇権を争う強国間のパワー・ポリティックスと、その間隙を渡り歩くステュークリーの活躍ぶりには、間違いなく観客への訴求効果が存在したであろうが、イングランドそのものの描写や、覇権闘争から描出されるイングランドの表象は、この作品には欠けている。

（17）David Riggs, *Shakespeare's Heroical Histories:* Henry VI *and Its Literary Tradition*（Cambridge, MA: Harvard UP, 1971）

1–33.

（18） Sir Philip Sidney, *An Apology for Poetry or The Defence of Poesy*, ed. Geoffrey Shepherd（London: Nelson, 1965）119.

（19） Thomas Nashe, *Pierce Penilesse His Supplication to the Divell*, *The Works of Thomas Nashe*, ed. Ronald B. McKerrow, vol. 1（Oxford: Basil Blackwell, 1966）212.

（20） Arthur Freeman, ed., *An Apology for Actors*（by Thomas Heywood）. *A Refutation of the Apology for Actors*（by I. G.）（New York: Garland, 1973）B4r.

（21） Nashe 212.

（22） Nashe 213.

（23） 例えば、John Roe, *Shakespeare and Machiavelli*（Cambridge: D. S. Brewer, 2002）では、シェイクスピアにおけるマキアヴェリの思想の受容を立証不可能とした上で、マキアヴェリの言説の間テクスト性の方向に議論を展開している。

（24） Felix Raab, *The English Face of Machiavelli: A Changing Interpretation 1500–1700*（London: Routledge & Kegan Paul, 1964）.

（25） Wilbur Sanders, *The Dramatist and the Received Idea: Studies in the Plays of Marlowe & Shakespeare*（Cambridge: Cambridge UP, 1968）61.

（26） N. W. Bawcutt, introduction, *The Jew of Malta*, ed. N. W. Bawcutt（Manchester: Manchester UP, 1978）参照。ただし、ボーカットは、二〇〇一年にヴァレンシアで開催された第七回国際シェイクスピア学会大会でのセミナー“Machiavelli in Shakespeare and Early Modern English Playwrights up to 1642”において、シェイクスピアによるマキアヴェリの思想の受容を否定したとのことである。大島久雄、「マキアヴェリの影を求めて」、*Shakespeare News*, Vol. 43, No. 1, 日本シェイクスピア協会、二〇〇三年、四三—四四頁。

（27） Ribner 17–19.

（28） Chambers, *The Elizabethan Stage*, vol. 4 17.

（29） 『ヘンリー五世の名高き勝利』からの引用は、Peter Corbin and Douglas Sedge, eds., *The Oldcastle Controversy:* Sir John Oldcastle, Part I *and* The Famous Victories of Henry V（Manchester: Manchester UP, 1991）に拠る。

（30） Hunter 172.

（31） Giorgio Melchiori, introduction, *King Edward III*, ed. Giorgio Melchiori（Cambridge: Cambridge UP, 1998）3–9. 本書にお

ける『エドワード三世』からの引用は、すべてこの版に拠る。

（32）「伯爵夫人の場」を中心とした、四場（第一幕第二場、第二幕第一場・第二場および第四幕第四場）は、シェイクスピアの手によるものとして、すでに広く認められているが、近年単独執筆を主張する見解が相次いで公にされている（例えば、Eliot Slater, *The Problem of* The Reign of King Edward III: *A Statistical Approach*（Cambridge: Cambridge UP, 1988））。こうした流れを受けて、『エドワード三世』はまず『リヴァーサイド・シェイクスピア』第二版（一九九七年）に、次いで本書で使用している新ケンブリッジ・シェイクスピア版（一九九八年）に収録され（ただし編者のメルキオーリは共作説）、さらにアーデン・シェイクスピア第三シリーズにも収められる予定である（リチャード・プラウドフット編）。

（33）Richard Proudfoot, "*The Reign of King Edward the Third*（1596）and Shakespeare," *Proceedings of the British Academy* 71（1985）: 166.

（34）最も典型的な例は、『尺には尺を』（一六〇四年）。リブナーは、本劇の中心的政治問題は王の法と道徳律との関係であって、「伯爵夫人の場」はこれに関わると述べ、臣下に悪事への加担を命ずる王は暴君であり、結婚という自然法を犯す王は、神に対する謀反人であると指摘している。Ribner 145–46 参照。

（35）『エドワード三世』の主要な材源はフロワサールとホリンシェッドであり、「伯爵夫人の場」に関してはウィリアム・ペインターの『快楽の宮殿』（一五六六年）が利用されているが、メルキオーリは、「伯爵夫人の場」がシェイクスピアによる後からの「追加」であり、そのために前半部と中盤および後半部との間にトーンの違いが生じた、と分析している（Melchiori, introduction 14–38）。「伯爵夫人の場」が有する劇的意味は、いわゆる「君主の教育」ということになるが、ドラマ前半部で教育を受けたエドワード三世は、フランスでは転じて教育を授ける立場となり、黒太子の教師役となる。

（36）第三幕第一場、フランドル沖に出現したイングランドの大艦隊を、フランス海兵はフランス王に向かって、「エドワード王の堂々たる大艦隊を／…／三日月型の陣形を取り」（三幕一場六四、七二行）と描写するが、これはスペイン無敵艦隊のフォーメイションへの言及と考えられる。

（37）この儀式はきわめて様式的に執り行われる。エドワード三世と三人の貴族は、まず「エドワード・プランタジネット」と呼びかけ、それぞれの贈り物と添え言葉を授けながら、最後に同じ台詞（「戦え、そして雄々しくあれ、行く先々を征服せよ」（三幕三場一八四、一九一、一九七、二〇三行））を繰り返すことで、各人の台詞を閉じている。

（38）例えば、『トマス・オヴ・ウッドストック』（一五九二年）第一幕第一場、『ヘンリー六世・第二部』（一五九一年）第二幕第二場、『ヘンリー五世』第二幕第四場参照。

（39）メルキオーリは、この路線をさらに拡大させて『エドワード三世』を「ガーター勲爵士劇」ととらえ、シェイクスピアの第二・四部作をも射程に入れた分析を行っている。Melchiori, introduction 17–36 および *Shakespeare's Garter Plays: Edward III to Merry Wives of Windsor* (Newark, NJ: U of Delaware P, 1994)、特に第六章参照。

また「誓約・誓い」や「忠誠」が、本劇全体をつなぎ合わせる重要なキーワードとして機能しているが、これらが騎士道的な言説の形成に参与していることにも注意しておきたい。

（40）注の（36）に引用した箇所を含め、第三幕第一場における海戦の描写は、観客のスペイン無敵艦隊に関する記憶を喚起する効果を有する。

（41）第五幕第一場での裕福な市民に対する助命行為の他に、第四幕第二場でエドワード三世は、長期の罹患のため戦闘不適格者として町を追放された、六人の貧しいカレー市民に対しても、金銭と食料を恵んでやっている。

第三章　王権と教皇権とイングランド
――『ジョン王の乱世』と『ジョン王』――

一六世紀初頭から一七世紀中葉の劇場閉鎖までの期間において、ジョン王を主人公とした戯曲は四作品創作されているが、本章ではそのうち、作者不詳の『ジョン王の乱世』（一五八八年）とシェイクスピアの『ジョン王』（一五九六年）の二作品を分析の対象として取り上げる。[1] これら二作品は、戯曲のプロットという見地から比較対照させた時、少数のエピソードを除けば、ほぼ同一の粗筋を有すると考えることができるが、その一方、作品の提示する意味や劇的なトーンの点では、鮮やかな対比を見せることも事実である。こうした相違の中でその最大のものは、この二作品の比較検証を行った研究であれば例外なく指摘する、プロパガンダ性の有無あるいは濃淡であろう。つまり、『ジョン王の乱世』には、反カトリック的なイデオロギーが明瞭に書き込まれているのに対し、『ジョン王』では、宗教問題の扱いが相当に減少しているというものである。[2] そしてそのことと連動する形で、『ジョン王』の登場人物たち――とりわけ私生児フィリップとコンスタンス――の人物像がより深く掘り下げられており、また作者シェイクスピアのまなざしが、複雑に絡み合う政治力学とそれに翻弄される個人に一層そそがれていることも、『ジョン王』批評史の常識と言ってよいであろう。

本章では、しかしながら、こうした問題系を踏まえつつも、これら二作品においていかにイングランドが描出されているかを検証することをその目的とする。それは国家表象の相違（あるいはその有無）の分析が、『ジョン王の乱世』と『ジョン王』のドラマとしての質の相違を、別の角度から明示してくれると考えるからである。結論から言えば、『ジョン王の乱世』では、正統な王位継承権を保持するジョンが、ドラマの中心人物として機能し、ジョンの王権がすなわちイングランドという国家を体現するよう設定されていて、教皇の権力も外国の軍勢もすべてイングランドを侵犯する外敵としての意味を付与されている。これに対して、『ジョン王』では、ジョンはドラマ冒頭から簒奪王としての位置づけとなっているため、イングランドの王権およびイングランド国家そのものは、教皇（代理）と英仏両王三者の間で争奪される対象として宙吊り状態に置かれ、中心に巨大な空白を抱えたままドラマは進行し、そのことが『ジョン王』の真の主人公はイングランドそのものである、といった解釈を生む素地ともなっている。

『ジョン王の乱世』は、歴史的素材としてジョンの治世を取り上げ、（おそらくは）スペイン無敵艦隊来襲時の愛国的な空気を反映させて、それを反カトリックの見地から描き出している。[3] 無敵艦隊の来襲と作品の創作が同じ年であり、また女王一座によって上演された本劇が早くも一五九一年に出版されていることなどから、『ジョン王の乱世』が初演の時期に相当の人気を博した戯曲であったことは確実であろう。こうした創作状況と上演状況から、『ジョン王の乱世』は、ジョン・ベイルの『ジョン王』と同一の路線にある後継作品と評価されるイングランド史劇であり、そのことに対して反論する余地はない。[4] しかし興味深いことに、ベイルの『ジョン王』におけるイングランドは、ジョンの庇護を受ける困窮した寡婦として登場し、教会の迫害を受ける存在として設定されていて、この点ではむしろ諸権力の狭間で翻弄されるシェイクスピアの『ジョン王』のイングランドに近い。これには、宗教改革期の激しい対立のただ中にあったベイルと、無敵艦隊来襲前後のナショナリズムの昂揚した雰囲気の中で作劇していたであろう『ジョン王の乱世』の作者との、作劇環境の違いが大いにあずかっていると考えられるが、同一のイデオロギーを体現している作品であっても、国家表象の視点を導入することで、上記のような個別の特徴を指摘することが可能となってくる。そこで、以下の議論では、『ジョン王の乱世』と『ジョン王』のイングランド表象の相違をよりよく理解するために、まず『ジョン王の乱世』ではドラマを三つの段階――アンジェ攻防戦、教皇権との闘争、外敵の侵攻――に整理した上で作品を検証する。そして次に『ジョン王』では、三つの鍵概念――「父権制」(patriarchy)[5]・「世襲財産」(patrimony)・「愛国心」(patriotism)――を中心に設定することで、シェイクスピアの歴史再現に対する姿勢を追いながら、本劇における国家の描かれ方を探ることにしたい。

第一節　『ジョン王の乱世』――正統王の統べるイングランド

『ジョン王の乱世』は二部構成の戯曲であるが、しばしば指摘されるように、これにはマーロウの『タンバレイン大王』の影響を受けた可能性が高い[6]。そして後者の二部作編成が、主人公の隆盛と失墜を鮮やかに描き分けているのと同様に、『ジョン王の乱世』の前後編も、アーサーの死を契機として、ジョンの政治的成功と敗北とをそれぞれ描き出している。つまり『タンバレイン大王』も『ジョン王の乱世』も、伝統的な“de casibus”(運命の変転と盛者必衰)のテーマを踏まえて作劇されている訳である。しかし『ジョン王の乱世』の第一部は、劇的なアクションの観点からさらに下位区分を行う必要がある――イングランドの王位継承権をかけてのアンジェ攻防戦、およびイングランドの統治主権をかけてのローマ教会との闘争がそれに当たる。そこで、以下、『ジョン王の乱世』全体のアクションを前半・中盤・後半と三分割した上で、そこに描出された国家表象を検証してゆくことにする。

『ジョン王の乱世』でのイングランド表象を考察するに際して、最も重要な項目の一つは、(『ジョン王』とは違って)ジョンが先王リチャード一世の遺言で指定された、正統な王位継承者だという位置づけである[7]。この設定は、国王の地位にともなう重責に思いを致しながらのジョンの戴冠の決意や、フランス側からの王位返還要求の裏にコンスタンスの野心を見抜き、この返還要求の打算性を嗅ぎつける皇太后エリナーの指摘などと相まって、ジョンの王座の正統性を強化する方向に機能してゆくのだが、その一方で、ジョンの王権が必ずしも盤石なものではない事実は、アンジェ市民の中立的な態度が示すところでもある。アンジェ防衛のために駆けつけたにもかかわらず、ジョンを正統王と認定しようとしない、アンジェ市民の中立的な態度が示すところでもある。このように『ジョン王の乱世』前半部におけるジョンの存在は、正統王として導入はされたものの、必ずしも国家を統括的に統べる力量に溢れた人物とは言い難く、その分、ジョンによって表象されるべきイングランドの存在感も鮮明なものとは言えない。それは、今回の政治的対立が、ジョンとアーサーの王位継承権争いを前提にしているとはいえ、直接的対決の相手方がフランスである以上、この状況下でイングランドを代表しうる者はジョンをおいて他になく、その肝腎のジョンの国王としての押し出しが弱いためである。

カトリック勢力との抗争

だが、この状況は教皇代理パンダルフの闖入によって一変する。そして、イングランドの統治権をめぐっての、王権と教皇権との軋轢を描き出す『ジョン王の乱世』のこの中盤部こそ、プロパガンダ的見地からも国家表象の観点からも、『ジョン王』との相違が最も顕著な部分と言えよう。パンダルフの意図は、教会の平安を乱し、カンタベリー大司教の就任を妨害した理由をジョンに問い質すことにあったが、ジョンはそれには回答することなく、単刀直入に教会への政治的経済的従属を拒絶し、国王は神のもとで直接に国家を統治するという、実質的な「国王至上法」を宣言する。あたかもパンダルフが触媒であるかのごとく、ジョンの精神的切迫感は急激に高まり、それに呼応する形で、イングランドを担う国王としてのジョンの人物像も、ここから一気に鮮明化するのである。[8] これを受けて枢機卿は、ジョンの破門を宣告し呪いを付与することで、ここにローマ教会とジョン（＝イングランド）との対立の図式が成立する訳であるが、パンダルフの命に応答してフランス王フィリップが（これまた『ジョン王』とは異なって）即座にジョンに挑戦することにより、同時に英仏の対峙が再度前景化する点にも留意しておきたい。そして、この一連のカトリック勢力との抗争の中で、ジョンはイングランドの貴族に向かって「さあ、諸卿、お前たちのために戦う王のために戦うのだ」（第一部、一〇三〇行）と力強く呼びかける。もちろんこれは、パンダルフがジョンへの忠誠を放棄するよう命じたことへの反応として出てきたものではあるが、アンジェ攻防戦で統率力の不足を露呈していたジョンとは別の姿を、ここで確認しておく必要がある。

この第二次の英仏の抗争はイングランドの勝利に終わり、カトリック勢力が敗北すること、またこの後『ジョン王の乱世』の第一部終了の時点まで、パンダルフがジョンにとっての直接的脅威となる状況が皆無であることなどから、本劇の中盤部におけるカトリック表象は、全体として否定的なものとなってはいるのだが、それほど声高なものとも言えない。むしろ『ジョン王の乱世』における反カトリックのプロパガンダは、私生児フィリップを中心とする別のエピソードにより濃厚に描き込まれていて、この両者が相乗効果を上げるよう作劇がほどこされている。そのエピソードこそ、修道院に対する戦費拠出強要の場（第一部第一一場）である。この場面は、私生児フィリップがある修道院で金銭や財宝の提供を修道士や修道女に強制し、彼らが私生児フィリップを金庫や食器棚に案内してみると、そこに愛人がひそんでいたというだけのたわいもないものであって、要するに信仰生活とは遠くかけ離れた、修道院の性的乱脈ぶりを描き出したものである。しかし、この挿話的場面が笑劇的トーンで作劇され、修道士らの振る舞いが、滑稽かつ揶揄的に描写されている点こそ重要であろう。つまり、『ジョン王の乱世』での反カトリック表象の手法は、ジョンによる激越な攻撃と、そしてこのエピソードに顕著な搦め手からの批判との、両面作戦になっている訳である。『ジョン王の乱世』のプロットをほぼ忠実になぞっているシェイクスピアが、『ジョン王』ではこの挿話を割愛し、そのことが『ジョン王』におけるプロパガンダ性の過少さという一般的評価を生み出す一因ともなっているが、シェイクスピアがそうした操作を行った理由を、ドラマ全体の宗教的方向性の問題としてのみ評価するのは妥当ではない。『ジョン王』の中盤以降、イングランドの愛国精神を背負って立つ私生児フィリップには、修道院略奪や性的堕落の諷刺といった役回りは不要であり似つかわしくない、との判断がシェイクスピアにはあったのではないであろうか。イングランド表象の中枢にジョンが存在し続ける『ジョン王の乱世』と、イングランドを体現する権力者の所在が不明確な『ジョン王』との相違が、この挿話一つを取っても明瞭に現れている。

フランスとの争いとジョンの崩壊

『ジョン王の乱世』の第二部が、第一部におけるジョンの成功と勝利とは対照的に、主人公の敗北と死を描き出すことはすでに言及した通りであり、第二部第一場でのアーサーの墜落死がその転換点となっている。だが、それに先行する第一部最終の第一三場――ジョンが自己の地位を再確認し、貴族たちの忠誠心を今一度得心するために二度目の戴冠式を強行し、その意味でジョンの権勢が頂点をきわめる場面――では、天空に五つの月が出現するという超自然現象が出来し、ジョンを大いにおびえさせ、この現象の不吉な解釈がジョンにアーサーの死刑宣告をさせてしまう。そしてこの一連の流れの中で、イングランド貴族はジョンとたもとを分かち、結果的にジョンは自暴自棄の中自身の王冠や生誕を呪うことになるが、この栄光から絶望への急激な変化と、それをもたらした貴族の国家の支柱としての重要性とが、ドラマの一大転換点の直前に置かれている点には、改めて注意を喚起しておきたい。

外敵の侵攻を描出する『ジョン王の乱世』の後半部の中でも、ジョンが教皇権力に屈服する第二部第二場は、本劇における最も重要な場面の一つである。それは、ジョン＝イングランドという図式で進行していた『ジョン王の乱世』のイングランド表象に、大きな変化が生ずる場となるからである。貴族の離反とフランス皇太子を国王としてかついでの反乱、さらには民衆の蜂起の情報がジョンに伝えられると、彼は再び自暴自棄の状態に陥る。ジョンの王権を支えていた貴族と民衆が反逆した今、ジョンの統治していた国家は有名無実となり、その実体を失う。つまりジョン＝イングランドという等号関係が崩壊し、ジョンとイングランドは乖離するのだが、このことは「ああ、イングランドよ、お前がいやしくも悲惨な目に遭うとして／その姿を今、イングランド王ジョンが目の当たりにしている。／ジョンよ、イングランドをこうしたのもお前の罪のせいなのだ。／民衆は自分たちの王の無謀な行為のために苦しむ」（第二部、二三八—四一行）と祖国に呼びかけ、イングランドを客体化するジョンの台詞に明瞭に見て取ることができよう。この状況を打開すべく、ジョンはついに彼にとっては諸悪の根元であるローマ教会に服従する。しかし留意すべきは、ジョンのこの屈服が、救済すべき対象となってしまったイングランドを、結果的には救う唯一の方法であったという点であり、祖国を外国人の継母ではなく血のつながった本物の母の手に委ねるための、起死回生の策であったという点である。ジョンは、自分と一体化していたイングランドが、自分の罪故に哀れむべき対象へと転落し、しかも自分自身の手では救えないことを痛烈に自覚しており、その救世主の役割は子孫にたくすしかない。

お前の行為はあまりにも罪深く、お前の国土から
教皇とカトリック教を根絶やしにする任務など担えるはずもない。
だがお前の王座には、いやしくも私に先が見通せるなら、
やがて教皇もその教義も押さえ込める王が君臨するだろう。　（第二部、二七八—八一行）

『ジョン王の乱世』における、この未来のイングランド王（すなわちテューダー朝の国王たち）へのまなざしは、本劇独自の重要なヴィジョンであり、『ジョン王の乱世』の反カトリック性を執拗なまでに強調する。

この後パンダルフは、フランス皇太子ルイと和平交渉を行うが不首尾に終わり、ルイとその配下の貴族たちに破門と呪いを宣告する。ジョンはこの政治状況に対応できず混乱をきたし、身体状況の悪化と毒殺という展開を経て、舞台から消えてゆく。シェイクスピアの『ジョン王』ではこの経緯の中でジョンの存在感は確かに後退し、代わって私生児フィリップがイングランドを担うよう設定されているが、それとは対照的に『ジョン王の乱世』では、ジョンの強烈な印象は揺るがない。毒を投与されて地獄の苦しみにのたうちつつ、ジョンはおのれの罪深さを後悔し、幻覚の中絶望と不名誉と恥辱を痛烈に思い知らされる。そしてこのきわめつけの劇的テンションの高さの中で、ジョンは再びあの来たるべき世のヴィジョンを、死に際の言葉として語るのである。

ジョンはローマの司祭に屈伏したからには、
ジョンもその一族もこの地上で栄えることはなかった。
教皇の祝福は呪いであり、呪いは祝福なのだ。
……………………………………
だがこの死にゆく心が誤っているのでなければ、
この腹から王の枝が生い出で、
その腕はやがてローマの門に届き、
その足は、バビロンの玉座に君臨する
高慢な娼婦を踏みしだくであろう。　（第二部、一〇七五―七七、一〇八三―八七行）

そして間髪を容れずここに反逆貴族と皇太子ヘンリーが登場し、ジョンは貴族を赦免し、その貴族はヘンリーを王位に就けることで、イングランドの正統王位は（私生児フィリップが間に介入することなく）脈々と継承されるよう描写されている。新王ヘンリーの最初の命令が、父ジョンを毒殺した修道院の引き倒しであることは、反カトリックの政策もまた揺るぎなく継承されている訳であって、この二つの継承の同調は、本劇における劇的構造や意味の一貫性という見地から、見逃すことができないものである。

『ジョン王の乱世』の最終場第二部第九場は、ジョンのローマ教会への屈服の原因であった貴族と民衆の離反が、回復された状態を執拗に強調する。和平交渉で対峙した新王ヘンリーとフランス皇太子ルイは、国王に貴族が忠誠を誓ったイングランドが無敵であることを口をそろえて主張する。暫定的ながら和平は成立し、ヘンリーの戴冠式がイングランド貴族の手で執り行われる。『ジョン王の乱世』ではジョンが常に中心に位置づけられ、彼が体現する国家を、貴族と民衆が支える体制が基本的なイングランドの姿として提示されていた訳だが、ヘンリーが国王として中心に定位された今、貴族と民衆を支柱とするイングランド表象（の再建）が、ドラマの大団円で私生児フィリップにより高らかに宣言される。

イングランドはみずからの内にては忠実であろう。
そうすれば全世界とてその王国に害をなすことはない。
……………………
イングランドの貴族と民衆が力を一つにすれば、
教皇であれ、フランスであれ、スペインであれ、我らにあだをなすことはない。
（第二部、一一八七―八八、一一九五―九六行）

この宣言は新生イングランドの自信でありまた自負であると同時に、あらまほしき姿への強烈な願望でもある。シェイクスピアの『ジョン王』の結末部にも同じ趣旨の台詞が置かれていることは周知の事実であるが、カトリックの大国を最後の最後まで名指しするところに、我々は『ジョン王の乱世』の作者の徹底したこだわりを見届けるべきであろう。

第二節　『ジョン王』――宙吊りのイングランド

簒奪王ジョン

周知のように、二〇世紀の半ばに至るまで、事実上『ジョン王』はシェイクスピア批評史の上で等閑に付されるか、あるいは失敗作との評価を下されてきた。そしてその最大の根拠は、中心人物の不在とモラル・構成面での弱さであった。とりわけ、第二の点に関しては、「エピソードのつぎはぎ細工」としてアクションの不連続性を非難する声とならび、その曖昧さやとらえどころのなさを指摘する声が高い(9)。タイトルロール、ジョンにおける第四幕以降でのドラマ前面からの後退、私生児フィリップの人物像の断絶、偽誓と変節、偶発的事件の多用等、確かに、観客のドラマへの同化を支えうる現象は、アクションの中にはほとんど見られないと言ってよいかも知れない。だが、このような『ジョン王』にあって、きわめて明瞭なそして揺るぎのない価値基準が、一つだけ存在する。それは、アーサーこそイングランドの正統王位後継者であり、ジョンはその非道なる簒奪者ということなのだが、アーサーとジョンを正邪に分かつそのコードは、明らかに家父長制に基づく長子相続の法ということになる。つまり、『ジョン王』のイングランドとは、簒奪王によって父から子への王位継承が断ち切られた世界なのである。

ところで、ジョンの簒奪者としての位置づけは、ホリンシェッドや『ジョン王の乱世』における、リチャード獅子心王の遺言による正統後継者としてのそれと対比される時、特に顕著な改変と言われねばならない。開幕冒頭、アーサーの権利を擁護するフランス王フィリップからつかわされた大使シャティヨンによる、王権の不法なる簒奪と不当なる横領の非難に続いて、皇太后エリナーは権利よりも兵力を頼みとするようジョンに忠言する。英仏両陣営によるジョンの簒奪者への同定は決定的である。

世襲財産としての父子関係

プランタジネット家の父権制をめぐる問題は、次に、フォーコンブリッジ家の嫡男・世襲財産論争へと卑俗化されて変奏されてゆく。ここには、ラキンの指摘する通り、家父長制的継承の中断という現象が共通して見受けられる(10)。もっぱら容貌の相違を論争の理由として揶揄的に述べる私生児フィリップに対し、弟ロバートは故フォーコンブリッジの直接の証言と遺言を土地要求の根拠として主張するが、それに対するジョンの裁定は仮定と推論に満ちた詭弁的響きを有するものである。

よいか、お前の兄は嫡男である、
お前の父親の妻が結婚後に生んだのだから。
たとえその妻が不義を犯したとしても、それは本人の罪であり、
その罪は、妻をめとる夫のすべてが遭遇する
危険の一つなのだ。

……………………………………………………裁決はこうなる、

わが母上の息子がお前の父親の相続人をもうけた。
お前の父親の相続人は父親の土地を相続しなければならない。（一幕一場一一六―二〇、一二七―二九行）

ラキンによれば、この台詞に見られるジョンの論理は、シェイクスピア時代の家父長制的なイングランド法を反映したものであり、女性は男性の所有物と考えられ、結婚後の女性の言動は、たとえそれが姦通といえども、その子供の法的地位には何ら関わりを持たず、その産出する子供はすべて男性のものと見なされたという。[11] 父権制のコードはそれみずからの転覆性をはらみ、家父長制の中断に存立するジョンの王権と奇妙に呼応し合う。

この直後、私生児フィリップは郷士か貴族かという皇太后の二者択一の問いかけに応じて、土地を持たぬ騎士となることを決心するが、彼女のこの質問の動機ならびに私生児フィリップの返答の理由には、明らかに同一のコードが包含されている。皇太后が私生児フィリップの容貌・体軀・話しぶりの中に認識し、またジョンによっても追認される事柄は、私生児フィリップはまさにリチャード獅子心王の生き写しということであり、実際、私生児フィリップが土地放棄の決意を固めるのも、自己の容貌の保持のためなのである。つまり、私生児フィリップは獅子心王を父と想定し、その肉体的類似性を「世襲財産」として継承したことになり、そのことによって私生児フィリップとロバート各々の家父長制的継承は維持されることになる。獅子心王との父子関係の認識は、彼にとり名誉なことであり、宮廷への上昇志向を持つ者にとっては、最高の世襲財産なのである。そして第一幕の最後に登場するフォーコンブリッジ夫人による証言は、この父子関係を確定する。家父長制がそのコード上抹殺する女性によってのみ、父権社会の正統性は立証されうるという父権制が抱え込む最大矛盾の一つを、ここに我々は再び読み取ることができる訳だが、視点を替えて言えば、その女性による父子の認定は決定的なものとなる。私生児フィリップによる母親の不義称賛は、このあたりの事情を雄弁に物語るものであり、獅子心王の子息というアイデンティティこそ彼にとっての大いなる遺産なのである。

父権制の混乱

続く第二幕・第三幕は、アンジェの領主権の争奪という形で具象化されるイングランドの王位継承問題に、ローマ・カトリック教会の覇権が絡んだ場面であり、父権制を特徴づける国家・法・宗教がエリザベス時代の言説と二重写しにされながら、興味ある現象を提示している。

第二幕第一場冒頭、アンジェの城壁前に結集したフランス軍が、援軍に駆けつけたオーストリア公を迎えるに際して、公爵の仇敵であった獅子心王はアーサーの偉大なる先祖と描写され、またアーサーみずからもその子孫と称しその直系性をにおわせることで、舞台上に現前するアーサーの王権への正統性が強く印象づけられる。さらに、強大な軍勢を率いて進攻してきたジョンならびにエリナーを前にして、フランス王フィリップおよびコンスタンスは、アーサーと父ジェフリーの容貌の類似性、そしてアーサーの長子・嫡男の地位を強調することによって、家父長制に基盤を置くイングランド王位への彼の権利の正当性を増幅してゆく(もちろん、この場面におけるエリナーとコンスタンスの論争の中で、夫ジェフリーの生まれの正しさを疑問視するコンスタンスの台詞や、自己の遺言状によるアーサーの資格剥奪の可能性をほのめかすエリナーの台詞など、『ジョン王』自体が拠って立つ父権制のコードそのものを転覆しかねない事象が示されはするが、ドラマの中で実効を持つことはない)。

ところで、家父長制を維持する最大機構の一つであり、かつ最高原理の一部を構成する国家という視点から考えた場合、そのヒエラルキーの頂点に位置する国王の機能としては、王国領の治安の維持および外敵からの防衛、またその道徳律としては愛国精神を指摘することができる。実際、アーサーの保護者としてジョンと対峙したフランス王が、ジョンに向けて最初に発する科白は、イングランドに対する彼自身の愛であり、ジョンにおけるその欠如の非難であった。しかし、フランス軍がアンジェに出現したその動機は、まぎれもなくアンジェに対する攻撃そしてその破壊である。アンジェの市民を前にしたジョンの演説は、逃すことなくその点を突く。すなわち、フランス軍は攻撃に、イングランド軍は救援に来たのだと。イングランドを愛する者がイングランドの臣民を攻撃し、イングランドへの愛に欠ける者がその防衛に赴く。ここには、アンジェの領主権をめぐる家父長制的コードの混乱という形で、イングランドの王権の無秩序状態が具現化されているのである。

父権制の混乱は、しかしながら、この段階で終結するものではない。自己をイングランド王と同定するよう市民に要求するジョンは、自己の肉体の現前性や王冠による認定が失敗に帰した後、最後の手段として三万の兵力の証人喚問を試みる。だが、エリナーの忠告通り「権利よりも兵力」を頼みとするジョンのこの試みは、まさに自己の王権の正統性を否定する自殺的行為であり、家父長制的継承の中断に存立する彼としては、こうするより他に方策はなかったのである。英仏両軍による戦闘でも決着がつかず、また一貫して不明確な中立的立場を取り続ける市民に業を煮やした私生児フィリップは、ここでついに、両軍の合体、アンジェの徹底的潰滅、その後での領主権の争奪を提案し、ジョンとフランス王はすぐさまそれに賛同する。だが、家父長制的ヒエラルキーの基礎たる臣民を失った王権に、一体何の意味があろうか。ジョンの国家像はまさに倒錯的でさえある。ところが、この危機を回避すべく市民の代表は、フランス皇太子ルイとジョンの姪ブランシの政略結婚を対抗提案し、英仏両王の承認するところとなる。ブランシの持参金としてのイングランド所領の贈与は、明らかに家父長制的フランス王権を強固なものにするであろうし、フランス王のアーサー擁護の熱意をそぐことで、間接的ながらジョンの王権への権利の強化が目論まれることになる。ホリンシェッドや『ジョン王の乱世』における青年貴族アーサーの、『ジョン王』での少年化、ならびにフランス王の後見人的振る舞いにより、真のイングランド王の代理という形で巧妙に隠蔽されてきた、家父長制的王位継承問題と仏軍アンジェ進攻とのずれは、ここに来て暴露され、未亡人コンスタンスの愁嘆（第二幕第二場）は、父権制最初の犠牲者としての状況を具象する。しかし、アンジェの領主権が決定不能の状態で曖昧化されてしまった今、イングランド王権の正統性も、宙吊りにされたままである。

王権と教皇権の対峙

続く第三幕になると、王権と教皇権の葛藤が前景化されてくる。教皇インノケンティウス三世の全権大使として登場した枢機卿パンダルフは、教会に対しジョンが示した侮蔑的態度の釈明を要求する。しかしジョンは教皇の名など無意味・無価値な記号にすぎず、神のもとにおけるイングランドでの自己の最高主権性を主張し、教皇こそ神の権威の簒奪者との非難でもってパンダルフの要求を一蹴する。そこで当然、枢機卿はジョンに対する破門・異端宣告ならびにフランス軍へ攻撃命令を下すのだが、この場面における一連のアクションは、エリザベス一世のイングランド国教会再建（一五五九年）、教皇ピウス五世によるエリザベス一世への破門宣告（一五七〇年）およびグレゴリウス一三世による暗殺指示を考え合わせる時、きわめて同時代的である。そして、政治・宗教両面における国内の統一という現象は、イングランドは言うに及ばず、一六世紀ヨーロッパ全般における普遍的な動向であった。この現象を支えたものは、一五五五年のアウグスブルク宗教和議で認定された「彼の領域には彼の宗教」の一項目であったのだが、宗教改革の波及による内乱の回避をその目的としたこの決定は、その実、国王による王国の全面的支配という明白な政治的要素を内包するものでもある。反カトリシズムのプロパガンダ的性格の強い『ジョン王の乱世』とは異なり、『ジョン王』におけるイングランド統治権のこの強烈な主張は、たとえ正統王の問題が未決定の状態にあろうとも、教皇権ではなく、イングランドの王権こそ唯一イングランドを支配しうる、というテューダー絶対主義思想そのものである。ジョンと枢機卿との論争は、明らかに覇権争奪の方向を指向する。神ではなく、権力がドラマのライトモチーフなのである。

英仏両軍がアンジェを包囲した時、窮地に置かれたのはその市民たちであったが、イングランドとローマ・カトリック教会が対決する今、窮地に陥るのはフランス王である。王国間の友好を保とうとする国王としての機能と、教会の戦士としてのそれとの間で引き裂かれる彼は、国王と教皇の家父長権争奪の象徴的犠牲者なのである。共に神の代理人として、神―国王―臣民というヒエラルキーを措定するジョンと、神―教皇―国王―臣民という中世的体系を保持しようとする教会との対峙の中で、フランス王は（最終的にはカトリシズムに与するものの）判断不能の状態に置かれ、そしてこの状況は父権制社会のさらなる弱者ブランシへと、より悲劇的な形で引き継がれてゆく。ところで、カトリシズムの支持者として、代わって前面に登場してくるのが皇太子ルイである。何の躊躇も見せずに、教会擁護・ジョンとの破約を主張するルイのこの場面以降での台頭は、カトリック大国フランスの国王として十分にローマ教会を支えきれなかったフィリップの、舞台外への後退とあわせて考察する時、『ジョン王』のアクションにとって意味深い現象である。そして、第三幕第四場におけるパンダルフの一層の政治家・策略家への変容をてことして、フランス王国の家父長権は実質的にはルイへと継承されてゆく。

私生児フィリップの機能

イングランド王権の正統性、教皇権の覇権問題とならんで、『ジョン王』の中盤を構成する重要な要素の一つに、私生児フィリップの機能がある。無論、「利益・便宜主義」（commodity）の独白に代表される、利益優先の王侯貴族の変節や偽誓に対する痛烈な諷刺やアイロニカルな滑稽化が、これらの場面における私生児フィリップ造型の眼目であることに疑いはない。だが、それらの諷刺や滑稽化の中に響いてくる、ある一貫したトーンを聞き逃すことはできない。それは、私生児フィリップとオーストリア公との関係性の問題である。そもそも、自己のアイデンティティの確認後、オーストリア公に対する復讐への固い決意を誓う『ジョン王の乱世』の私生児フィリップと比較して、『ジョン王』の私生児フィリップでは、そのような側面はむしろ抑圧されていると考えてよいであろう。しかし、登場と同時のオーストリア公の獅子心王に対する勝利者としての同定、英仏両軍対峙の場面における私生児フィリップのオーストリア公への唐突なる罵詈讒謗、さらに戦闘直前の私生児フィリップによる嘲笑を込めた挑戦というように、「獅子」の記号をめぐる一連の私生児フィリップ側からの挑発は、やはりそこに復讐の構図の痕跡を感じない訳にはいかない。そして「獅子」の記号表現と記号内容とのずれの指摘は、第三幕に入り、オーストリア公の偽誓に対するコンスタンスの徹底的な非難と絡んで、一層増幅されてゆく。

その臆病者の体には子牛皮の道化衣装でも羽織るがいい。（三幕一場一三一行他）

多少の変奏をともないながら、五度執拗に私生児フィリップにより反復されるこの台詞は、第一義的には、オーストリア公の変節と軽薄に対する私生児フィリップの諷刺なのであるが、と同時に、獅子心王を介したオーストリア公に対する私生児フィリップの敵意をも我々に想起させるものである。すでに検討したように、上昇志向の私生児フィリップにとり、獅子心王との父子関係が彼の「世襲財産」であった訳であるが、それならば、獅子心王とオーストリア公の敵対関係およびその結果生ずる私生児フィリップの敵意さえも、彼にとってのいわば世襲財産と考えることができよう。したがって、第三幕第二場でのオーストリア公の首を取る果敢な彼の活躍ぶりは、この敵対関係を踏み台とした父親譲りの勇猛さの立証と考えられ、ドラマ後半での獅子奮迅の行動へと展開してゆくものである。そして、続く第三場でのジョンによる戦費調達の全権委任は、私生児フィリップの廷臣としての存在感の高まりを示すものであるし、最終幕におけるイングランド軍指揮権の委任へと発展してゆくものであると言えよう。

昏迷のイングランド

家父長制の中断にジョンが存立する『ジョン王』の世界は、その冒頭から秩序の崩壊した世界であったが、第四幕におけるアクションは、その父権制の混乱をさまざまなレヴェルで共鳴させながら、一層前景化させた状態で提示しようとする。とりわけ、ジョンの令状により、ヒューバートがアーサーの目を焼きつぶそうとする出来事は象徴的であろう。先述したように、アーサーの王位継承の正統性は、本劇における唯一の揺らぎのない価値基準であり、彼こそ「この王国全体の命、正義、真理」（四幕三場一四四行）そのものであって、そのアーサーの瞳の輝きを消すことは真理・真実の光を消すこと、つまり昏迷の世界の到来の表象に他ならないからである。この現象は、ジョンによる奇妙な二度目の戴冠式という形でまず現出させられ、さらに妄想と不安におびえる民衆についての私生児フィリップの報告や、五つの月という超自然現象に関するヒューバートのそれという形で、連鎖的に提示されてゆく。そして、廷臣貴族たちのジョンに対する反逆および敵方のフランス軍への合流という、イングランド王権中枢部の父権制的ヒエラルキーの混乱は、家父長制的国家の基盤を構成するこの臣民の昏迷と連動し合いながら、『ジョン王』の後半をさらなる闇の世界へと導いてゆくことになる。

ところで、アーサー暗殺の嫌疑で、貴族たち反逆の引き金となったヒューバートに対する、ジョンと貴族らによる「容貌解釈」は、アイデンティティの確立と父権制的権力機構への定位という点において重要である。先に我々は第一幕で、容貌の類似性を決定要素とする獅子心王と私生児フィリップとの父子関係の認定、ならびに勲爵士リチャード・プランタジネットの誕生を見た訳であり、続く第二幕でもやはり容貌の類似性によるジェフリーとアーサーとの父子関係の確認と、アーサーの王位継承への正統性の強調を目撃した。だが、『ジョン王』の前半では保たれていた容貌という記号表現と血統や実体という記号内容との対応関係は、後半においては混乱をきたし、もはや失われてしまっている。極悪非道の忌まわしき顔と描写されるヒューバートの容貌解釈が、前場で観客に呈示される彼の慈悲心に照らし出される時、貴族反逆というアクションの次元における混乱と呼応し合う、記号現象の混乱に我々は気づかされる。『ジョン王』の大詰、第五幕第六場での夜の暗闇における私生児フィリップとヒューバートとのアイデンティティの不確定は、イングランドの昏迷と記号現象の混乱とのまさに延長線上にある。

第四幕における三つの死の描写は、宙吊り状態にあるイングランド王権の正統性問題をさらに複雑なものにする。使者による報告という形で提示されるエリナーとコンスタンスの死は、この二人の女性がそれぞれ、実質的には、ジョンの王権の擁護者でありまたアーサーの権利の主張者であったことを考え合わせるならば、父権制的長子相続法に基づくジョン対アーサーの対決の構図が、相当な程度にまでその有効性を喪失しつつあることを示唆している。換言すれば、この両者間での正統性の問題そのものでさえ、『ジョン王』後半におけるアクションの焦点の、周縁へと移行されている訳である。そして第四幕第三場でのアーサーの事故死は、錯綜し混乱する情報のため、結局その死因不特定のまま、最も慎重・理性的な態度を取る私生児フィリップさえ昏迷の迷宮へ置き去りにする。アーサー死亡の真相をめぐる、ジョン側の私生児フィリップらと反逆貴族との決裂は、アーサーの事故死が舞台上において明瞭に呈示された直後であるだけに、一層イングランドの混乱を象徴し、アクションの拡散とも相乗しながら、我々観客をも昏迷の渦中へと巻き込んでゆく。アーサーの死は、イングランド王位正統後継者の死であると同時に、ジョンの王権を正統化するはずのものでもある。しかし、『ジョン王』のテクストは、彼の王位を正統の二文字で飾ることは一度もない。

　　　　今やイングランドは
争奪されるがまま、その堂々たる王国の
所有者を失った主権は食い散らかされている。　（四幕三場一四五―四七行）

本章の冒頭部で言及した、迫害と侵犯の対象としてのイングランドの究極の姿が、ここにある。

英仏の対峙とイングランドの前景化

最終幕第五幕は、ジョンのローマ教会との和解・服従を象徴する、枢機卿への王冠譲渡の場面から始まる。教皇使節の権限によるフランス軍の進攻阻止を期待するジョンと、ジョンの改悛・忠勤を戦乱終結と同一視するパンダルフには、今回のイングランドの混乱をローマ教皇へのジョンの反抗の罰と考える、共通認識が存在する。だが、枢機卿は私生児フィリップの予想通り、この和睦交渉に失敗する。ローマの奴隷ではないと主張し、枢機卿を拒絶するフランス軍総司令官ルイには、一見したところ、ローマ教皇と対決する第三幕第一場でのジョンを想起させるものがある。しかし、家父長権の争奪をその本質とする教皇対国王の対立の構図が、もはやここで再現されている訳ではない。ジョンのローマとの和解など無意味であると断言し、教会の戦士としての大義を放棄する皇太子ルイのイングランド進撃の目的は、その王位獲得の野心と名誉であり、戦争支援のための経済的負担の不履行を非難されるローマ教会は、ルイの野心達成の過程における一同盟国へと還元され、ずらされている。つまり、『ジョン王』の最終幕は、カトリシズムという構成要素を縮小・矮小化し、イングランド対フランスという形での国家主権の争奪（もちろんこれも家父長権争奪の一形態ではあるが）を現出・前景化しようとするのである。そして、この現象が、私生児フィリップにより高らかに宣言されるイングランド愛国精神の前提条件となることは、言うまでもないであろう。

英仏両主権国家の直接対決の構図の中で、ジョンの人物像の変容は注目に値する。思慮深き迅速さを称賛され、敵方のルイ自身によってさえ手本とされるジョンの積極的・敏捷な「行動」は、ヒューバートに対するアーサー暗殺指令の際の逡巡（第三幕第三場）、二度目の戴冠式に見られる疑心暗鬼（第四幕第二場）、エリナーの死やフランス軍上陸の報を聞いての動揺・狼狽（同）、そしてローマ教皇への服従（第五幕第一場）を通して、徐々に不活性化されてゆく。常に前進しみずからの足で行動してきたジョンにとり、これらの後を受けての決定的転回点となるのが、熱病の悪化をともなう戦場離脱と、乗り椅子で担われてのスウィンステッドへの後退である。そして、行動不能の状態に置かれたジョンがやがて経験するものは、修道士による毒殺の実行、心神の喪失ならびに呪われた血の認識を抱いての死である。確かに、ジョンの死去という出来事は一人の王者の崩御にすぎないものであり、血の絆によって維持される父権制王権の正統性を中断させた、呪われた血の罪と非難のすべてを背負っての、現象界からの退場と考えてよい。だが、ジョンの終焉と共に、彼にまつわるあらゆる事象が終結を迎える訳ではない。無秩序・混沌のままに残された混乱は、いまだ存在するのである。

ところで、ジョンの側近としての私生児フィリップの機能も「行動」をその本質とするもの、と規定してよいであろう。第四幕第二場、貴族たち反逆の後、戦費調達成功の知らせを持って登場した私生児フィリップに対して、ジョンは使神マーキュリーばりの使者となることを要請する。貴族たちの説得に失敗し、昏迷の迷宮に迷い込む私生児フィリップではあったが、しかしながら、ジョンとは対照的に決して行動への意志を失わない。

おれは王のもとへ行く。
迅速な処理が必要な仕事が山のようにあるのだ。

（四幕三場一五七―五八行）

ここには、巨大な混乱に立ち向かい、行動へと前進する私生児フィリップの姿が明確に現れている。そして、その結果、イングランド軍の総指揮権を委任された彼は、第五幕第二場、皇太子ルイを前にしてジョンの気力充実ならびに自軍の臨戦体制の完了を告げ、和平使節パンダルフの無効を主張する。虚偽的項目を数多く有する私生児フィリップのこの挑戦は、しかし、その内容の真偽にアクションの焦点があるのではない。イングランド軍の実情との乖離にもかかわらず、あえてこのような防戦意志を示そうとするその私生児フィリップの行動姿勢こそ、問題とされるべきであり、彼の孤軍奮闘の報告（第五幕第四場）は、その姿勢の実際行動への展開を裏書きするものである。

カトリシズム的要素の縮小化による英仏対立構図の設定は、やがてフランス的要素の遠景化によるイングランドそのものの前景化をもたらす。すなわち、イングランド反逆貴族に対する皇太子ルイの変節、その情報提供者でフランス重臣のメルン伯の戦死、そしてフランス援軍難破の知らせなどと連動する形で、反乱貴族のジョンのもとへの帰順、ならびに混乱に秩序を与えるべく生をうけた王子ヘンリー（「王がかくも無秩序、未処理のままにされた／混乱に形を与えるべく／お生まれになった」（五幕七場二五―二七行））の導入が、最終局面に向けて準備されてゆく訳である。

カトリックの大国を最後の最後まで名指しする『ジョン王の乱世』の徹底したプロテスタント的こだわりと比較して、『ジョン王』の焦点は、カトリシズム的要素の縮小化→英仏対立構図の設定→フランス的要素の遠景化→イングランドそのものの前景化という形で移行してゆく。『ジョン王の乱世』が無敵艦隊来襲時の愛国的な空気を反映しているとすれば、『ジョン王』の焦点の移行は、一五九〇年代中期の同時代的コンテクストと照らし合わせた時、どのような意味を有しているのであろう。『ジョン王』は、何らかの時局と密接に連関した戯曲だとは通常考えられていない。だが、仮にそうだとしても、一五九〇年代前半の難局――継続するスペインとの戦闘、アンリ四世絡みのフランスへの出兵、アイルランドでの反乱、国内での疫病や飢饉等[12]――を前にして、女王のもとでの団結・連帯を訴えるメッセージをシェイクスピアが書き込んだ、もしくは少なくとも観客がそのようなメッセージを感じ取った可能性は存在するであろう。そして、このことは、帰順貴族の描写に確認することができよう。アーサー暗殺の虚報に激怒し、ジョンの不正行為に反旗をひるがえし、正しき権利の回復の実現を計る貴族たちのやむをえぬ反逆行為には、確かに、王位継承の正統性という限定された視点が付与する大義は存在する。だが、家父長制のコードには、その最高原理である国家それ自体の存亡の危機に際しては、たとえ簒奪王であろうとも、そのもとへの結集・連帯の必要性が明記されているのであって、この愛国精神のモラルを体現する私生児フィリップの見地からは、イングランドを切りさいなむ忘恩のネロどもとの烙印を、ソールズベリーらは甘んじて受ける他ない。

お前たち、堕落と忘恩の謀反人どもよ、
母なる愛しきイングランドの子宮を
切り裂く残虐なネロどもよ。
（五幕二場一五一―五三行）

（第二幕第一場でのエリナーとコンスタンスの論争は、国家に対する女性性の持つ脅威を垣間見せたが、それとは対照的にこの場面では、イングランドが「母国」として、女性として表象され、その効果が結果的には国家という家父長制的機構の再生に寄与している点に注意しておきたい。）そして、ここで導入される王位正統継承者ヘンリーの機能は、反逆貴族復帰における仲裁と、イングランド王権の家父長制的ヒエラルキー再建にある。貴族は復帰し、新生イングランドはその秩序を回復しつつある。しかし、彼らの反乱が異常な爪痕を残したように、そして私生児フィリップによる大軍の喪失や戦局情報の不完全な把握に代表されるように、『ジョン王』の闇と混乱は、いまだ消え去った訳ではない。

このイングランドが、征服者の傲慢な足下に
身をひれ伏すことなどかつてなかったし、これからも決してない、

おのれの手で初めておのれを傷つける幇助をした今回を除けば。
ここにいる貴族たちが戻ってきたからには、
たとえ全世界の三方から敵が攻め寄せようと、
見事に打ち負かせてみせよう。我らを悲しませるものなど何もない、
イングランドがみずからに忠実でさえあれば。（五幕七場一一二―一八行）

終幕に響く私生児フィリップのイングランドへの愛は、やはりこの昏迷へと放たれた、連帯へ向けての行動宣言と見るべきものである。

＊　＊　＊

最後に、本章における国家表象の特徴をまとめておこう。『ジョン王の乱世』では、正統な王位継承権を保持するジョンがドラマの中心人物として機能し、ジョンの王権がすなわちイングランドという国家を体現するよう設定されていて、教皇の権力も外国の軍勢も、すべてイングランドを侵犯する外敵としての意味を付与されている。これに対して、『ジョン王』では、ジョンはドラマ冒頭から簒奪王としての位置づけとなっているため、イングランドの王権およびイングランド国家そのものは、教皇（代理）と英仏両王三者の間で争奪される対象として宙吊り状態に置かれ、中心に巨大な空白を抱えたままドラマは進行し、最終的には、イングランドは、虐げられた犠牲者として、愛国心を呼び起こす存在として、表象されている。

（1）残る二作品は、『ジョン王』（一五三八年）および『ジョン王とマティルダ』（一六三一年）であるが、これらの分析に関しては、それぞれ第一章ならびに第一〇章を参照。また、『ジョン王』の創作年代および『ジョン王の乱世』との影響関係は、『ジョン王』をめぐる最大問題の一つであり、比較的近年出版された二つのテクスト――オックスフォード・シェイクスピア版（一九八九年）の『ジョン王の乱世』材源説、ならびに新ケンブリッジ・シェイクスピア版（一九九〇年）の『ジョン王』先行説――においても、見解の一致を見ていない。本書では、E. K. Chambers, *William Shakespeare: A Study of Facts and Problems*, 2 vols.（Oxford: Clarendon P, 1930）にしたがい、『ジョン王の乱世』材源説の立場に立つ。

（2）例えば、Hunter 217 参照。

（3）Virginia Mason Carr, *The Drama as Propaganda: A Study of* The Troublesome Raigne of King John（Salzburg: Institut für Englische Sprache und Literatur, U Salzburg, 1974）は、この見地から『ジョン王の乱世』を徹底的に分析した研究書であり、同書の中でカーは、ジョンとアーサーの関係をエリザベス一世とメアリー・ステュアートの関係のアナロジーとして解釈している。

（4）例えば、Chambers, *The Elizabethan Stage*, vol. 4 23 参照。

（5）社会学においては、主として家族内の制度として「家父長制」を、社会・国家・政治のシステムとしては「父権制」を当てているが、王室の家父長権と国家の統治権を有契的と考える本書では、両者を同義的に使用している。

（6）Ribner 81.

（7）『ジョン王の乱世』本体には、このことを明瞭に指示する台詞は存在しない。しかし、開幕冒頭の皇太后エリナーの台詞「神および運命の女神は、我らより／異教徒の鞭、勝利のリチャードを奪われたが、／…／ここに喜ぶことを許してもらいたい、また皆も喜んでもらいたい、／わが子宮より次なる希望が生まれ出たことを。／王国の統治においても、また徳の高さにおいても／その兄の後を継ぐ王が」（第一部、二―三、五―八行）に示されているように、リチャードからジョンへの王位継承は、材源の一つホリンシェッドの記述を反映したもので、本劇の基盤を構成するものと考えられる。Hunter 218参照。なお、『ジョン王の乱世』からの引用は、Geoffrey Bullough, ed., *Narrative and Dramatic Sources of Shakespeare*, vol. 4（London: Routledge & Kegan Paul, 1962）に拠る。

（8）『ジョン王の乱世』との対比において、『ジョン王』は反カトリックのトーンや宗教問題の扱いが過少であるとの指摘をしばしば受けるが、それが誤りではないにしても誤解を生みやすい評価であることも確かである。例えば、ジョンが劇中パンダルフと初めて対峙する場面で、ジョンがローマ・カトリックに示す激越さは、『ジョン王の乱世』においても『ジョン王』においてもまったく変わらない。

（9） E. K. Chambers, *Shakespeare: A Survey*（London: Sidgwick & Jackson, 1925）105; Victor Kiernan, *Shakespeare: Poet and Citizen*（London: Verso, 1993）49.

（10） Rackin 188.

（11） Rackin 189.

（12） Alan G. R. Smith, *The Emergence of a Nation State: The Commonwealth of England 1529–1660*（London: Longman, 1984）221–50; John Loftis, *Renaissance Drama in England & Spain: Topical Allusion and History Plays*（Princeton, NJ: Princeton UP, 1987）64.

第四章　弱き王たちの王国

——『ヘンリー六世』と『エドワード二世』におけるイングランド——

一五八〇年代後半から九〇年代前半のイングランド史劇は、『ヘンリー五世の名高き勝利』や『エドワード三世』といった戯曲において、英雄的国王を主人公に仕立てる一方、それらとはきわめて対照的な国王たちをも舞台上に現前させていた。エリザベス朝演劇研究の中で、通常「弱き王」（weak kings）と呼称される一群の国王がそれに相当するが、(1) シェイクスピアの『ヘンリー六世』三部作（一五九一—九二年）を皮切りに、マーロウの『エドワード二世』（一五九二年）、さらにはリチャード二世の治世前半を描いた作者不詳の『トマス・オヴ・ウッドストック』、そしてその続編とも言うべきシェイクスピアの『リチャード二世』（一五九五年）がその範疇に含まれる。本章では、そのうち『ヘンリー六世』三部作と『エドワード二世』を分析対象とし、これら四作品における「弱き国王たち」と彼らが統治するイングランドの表象の有りようを探ることにする。

第一節　『ヘンリー六世・第一部』——権力闘争による自己崩壊

シェイクスピアの演劇界へのデビュー作と考えられている『ヘンリー六世』三部作を扱う際、通常最も留意すべき点は、この三部作の創作の順序であるとされている。従来より、「『ヘンリー六世・第一部』・『ヘンリー六世・第二部』・『ヘンリー六世・第三部』」という具合に時間軸に沿って執筆されたと考える立場と、「『ヘンリー六世・第二部』・『ヘンリー六世・第三部』・『ヘンリー六世・第一部』」とする『ヘンリー六世・第一部』追加説とが並存していて、現在でもなお最終的な決着を見ていない。百年戦争に取材した『ヘンリー六世・第一部』と薔薇戦争における権力闘争に焦点を当てた後半二部作との明らかな劇的トーンの相違、ならびに三部作間の整合性の微妙なずれなどが、こうした現象を生む理由となっている。しかし、仮に『ヘンリー六世・第一部』が後づけされたものであったとしても、歴史的素材をイングランド史劇の中で自在に操ったシェイクスピアとはいえ、この三部作の構想においては、百年戦争から薔薇戦争へ、フランス領の喪失からイングランド国内の内乱へという、歴史的事象通りの展開が記述されているのであるから、彼の創作のヴィジョンにあっても、この流れが想定されていたことは間違いない。したがって、三部作におけるイングランド表象の変化を追う本章では、その分析を『ヘンリー六世・第一部』より開始することとする。

『ヘンリー六世』三部作は、シェイクスピアが劇作家としての地位を不動のものとする以前の作品であるため、さまざまな謎に彩られているが、『ヘンリー六世・第一部』の場合、この作品がシェイクスピアの単独作であるのかそれとも合作なのかという点、およびフィリップ・ヘンズロウの出納簿である「日記」の、一五九二年三月三日の項に記載された『ハリー六世』と『ヘンリー六世・第一部』との同定関係とが、その最大のものである。『ヘンリー六世・第一部』は、二〇世紀後半にはシェイクスピアの単独作という見解で決着した感があったが、近年合作説が再浮上し[2]、予断を許さない状況となっており、また後者に関してもよほどの新事実でも発見されない限り、論争は続くものと考えられよう。『ヘンリー六世・第一部』には、このように、時間の壁の彼方に見え隠れするおぼろげな側面も確かに存在するのではあるが、同時にこの戯曲は、歴史的資料の上にくっきりと足跡を残してもいる。それがナッシュによる『文なしピアスが悪魔への嘆願』での、トールボットへの有名な言及である。

まず第一に、劇の主題に関して（その大部分は）、わがイングランドの年代記からの借用であり、そこでは、我々の祖先の勇敢なる行為（それらは錆びついた真鍮や虫食いの書物の中に、長い間埋もれていた訳だが）が甦らされ、父祖みずからが忘却の墓から立ち上がり、公衆の面前でその年月を経た名誉を主張すべく、姿を現すのである。当代の堕落し柔弱化した世相に対し、このこと以上にきびしい叱責がありえようか。（フランス人の恐怖の的であった）あの勇敢なトールボットにとり、次のように考えることは何と喜ばしいことであったことだろう。すなわち、二〇〇年間墓に横たわった後、舞台上で再び勝ち誇り、少なくとも一万もの観客の涙で（数度にわたって）その遺骸に新たに香油を塗布されることは。観客は、トールボットが新たに血を流す様を、彼を演じる悲劇役者の中に目撃していると想像するのだ。(3)

ナッシュのこの文章は、スペイン無敵艦隊撃破前後の愛国主義の高まりと、教訓的英雄言説流布との証言として、一般には受容されているが、同時に『ヘンリー六世・第一部』の国家表象を考察する上でもきわめて示唆的である。何故なら、「一万人もの観客の感涙」をしぼりきったとされるトールボットは、イングランド側に限定して議論を進めれば、ヘンリー五世亡き後、エドワード三世以来の中世的騎士道精神をただ一人継承する人物であり、ヨーク公に援軍を要請する使者の台詞「ボルドーへ、閣下。ボルドーへ、ヨーク公。／さもなければ、トールボット卿も、フランスも、イングランドの名声もおさらばです」（四幕三場二二―二三行）が象徴するように、トールボットの存在はまさにフランス領におけるイングランドの名誉と権益――しかも「征服王」と劇中で何度も形容されるヘンリー五世が血によってあがなった名誉と権益――の守護者そのものとして描写されるからである。

『ヘンリー六世・第一部』は、このヘンリー五世の葬儀と、フランスから矢継ぎばやにもたらされる領土喪失の知らせとによって開始される。輝かしき英雄的国王が隠れた後のイングランドは、光を失ったかげりの世界であり、年少の国王ヘンリー六世といがみ合う貴族たちが統治するイングランドには、中央集権的な国家体制はおろか、国王個人の絶対的権力が体現する国家像さえ存在せず、何らかの秩序を備えた政治体制である国家の名に値するものは、皆無に等しいと言っても決して誇張ではない。そして、この政治権力機構の不在と引き替えに描出されるのが、ヘンリー六世の後見的立場にあるグロスター公とウィンチェスター司教との感情的とさえ言いうる国政の主導権争いと、ヨーク公（＝白薔薇）とサマセット伯（後に公爵）（＝赤薔薇）を頭とする貴族勢力間の権勢争いなのである。これら二つの権力闘争は、『ヘンリー六世・第一部』では微妙に交錯し、『ヘンリー六世・第二部』では複雑に入り乱れ、そして『ヘンリー六世・第三部』で薔薇戦争という形へ収斂してゆく。最終『ヘンリー六世・第三部』の劇中、「国王擁立者」ウォリックのさじ加減一つで、国王の首はヨーク家とランカスター家の間でめまぐるしく交替してゆくが、それとは裏腹に国家の姿は一層認識し難くなり、三部作全体を通して政治的混沌は漸増的に拡大してゆくことになる（この状況を陰画的に見れば、権力闘争に翻弄されるイングランドの姿を認めることは可能であって、E・M・W・ティリヤードはそのことをもってして、『ヘンリー六世』の主人公をイングランドであると判断したことは言うまでもない[4]）。

我々は今、大ブリテン島における国家次元での政治中枢機構の不在を確認した訳だが、その一方で、フランス領にあっては興味ある対照を目撃することができる。それは、ヘンリー五世が築き上げた栄えあるイングランドという国家像の遺産を受け継ぐ者たちが見せる愛国心と、敵方フランス人が母国へ寄せる祖国愛とによって照射されるイングランド像であり、このような形で表象されるイングランドの姿は、たとえそれがどれほど否定的なものであったとしても、国家機構不全の状況に置かれた本国の現況と、いちじるしい対比をなすものである。

『ヘンリー六世・第一部』にあって、ヘンリー五世を敬愛しその愛国的精神を相続する者には、トールボットを始めとして、ベッドフォード公、エクセター公、ソールズベリー伯らがいる。しかし、ベッドフォード公とソールズベリー伯はドラマの中盤までには老衰死や戦死のため姿を消し、エクセター公も時にコーラス的機能を果たすのみで、アクションの後景へと退いたままである。そして、ただ一人愛国心を背負って獅子奮迅の活躍を続けていたトールボットも、イングランド貴族の権勢争いの影響を受けて落命するに及んで、ここに誇り高きイングランドの矜持を維持する者は絶えてしまう。ヘンリー五世亡き後のかげりの世界で、かすかに揺らめいていた彼らの愛国心はここで完全に消え去る訳ではあるが、その炎はかすかではあっても、暗黒を背景とするだけにある程度の（あるいはトールボットに限って言えばかなり強烈な）印象を我々に与えるのである。

それでは、フランス人の祖国愛とはどのようなものであろうか。百年戦争はフランスを戦場として戦われた戦争であるから、フランスの大地の蹂躙と民衆の略奪、そしてそれに対する憐れみが祖国愛描写の基本線となる。実際、第三幕第三場で、ジャンヌがイングランド側に参戦していたバーガンディ公を、フランス側に寝返らせる際に取る戦略も、まさに同一線上にある。

ご覧なさい、あなたの祖国を。豊かなフランスを見て下さい。
その上で見比べて下さい、残忍な敵の破壊と壊滅の手によって
都市もそして町も荒廃させられた様を。
静かに息を引き取ろうとするいとけない赤子の
閉じゆく両の眼をじっと見つめる母親のまなざしで、
ご覧なさい、やせ衰えてゆくフランスの病状を。

ご覧なさい、この傷を、人の道にもとる非道の傷を。
悲しみの母国の胸にあなた自身が与えた一撃を。
ああ、その鋭い刃を別の方向に向けるのです。
母国を傷つけた者どもは撃ち、母国を護る者は傷つけてはなりません。
あなたの母国の胸から流された血の一滴は、
侵略者どもの血の池よりも、あなたを深く悲しませるはず。
だから、涙の川を渡ってお戻りなさい、
そして母国の汚辱をその涙で洗い流すのです。（三幕三場四四—五七行）

祖国の窮状を訴えることで母国愛を喚起するという手段自体は、常套的なものであるかも知れない。だが、この場面に続く第四幕第一場——ヘンリー六世がパリで戴冠式に臨む場面——において、騎士フォールスタッフは卑劣な敵前逃亡故、トールボットから武勇と徳の名誉の印ガーター勲章を剝奪され、さらに新王の御前では、赤薔薇白薔薇の貴族が衝突する場面が配置されている。イングランド人の祖国への忠誠心の崩壊が、このようにして描き出され、またこの英仏両者の対照を通して、否定的なイングランドの姿が召喚されることになるのである。

『ヘンリー六世・第一部』はこの後、トールボット父子の壮絶な戦死を舞台上に呈示する。先に言及したナッシュの証言通り、観客の感情の高まりはそこで最高潮に達したことであろう。トールボットのこのような英雄性とイングランドの政治機構の不全とを、『ヘンリー六世・第一部』がフランスを主な舞台として描写していることはすでに検証した通りだが、創作時の時局との絡みで考察した時、このことからどのようなことが言いうるであろうか。無敵艦隊来襲後のイングランドは、スペインとの戦闘を継続する一方、一五八九年にプロテスタントのアンリ四世がフランス王として即位したことを受けて、同年以降積極的な支援を行っていた。多額の資金援助（一五八九―九五年間に三〇万ポンド）に始まって、軍需物資の供給、そして数次にわたるイングランド兵の派兵（同二万人）が行われ、一五九一年にはエセックス伯の軍勢三〇〇〇人がルーアンの包囲戦に参戦している。(5) トールボットの活躍は、エセックスに代表されるイングランド軍の勝利（への期待）として観客に受容された可能性が高い。と同時に、出兵した兵士の半数は帰国できなかったという事態が、トールボットの死とそれをもたらした貴族間の内紛に重ね合わされたかも知れない。

トールボットの死が喚起する昂揚感は、しかしながら、『ヘンリー六世・第一部』の大団円を飾る効果となる訳ではない。フランスとの妥協的な休戦協定ならびにマーガレットをイングランド王妃に仕立てることを通して、国政を牛耳ろうとするサフォーク伯の野望が、その昂揚した愛国心を一気にしぼませ無効化する。トールボットの部下ウィリアム・ルーシーがいみじくも「フランス軍ではなく、イングランドの不正と欺瞞が／高潔なトールボット卿を陥れたのだ」（四幕四場三六―三七行）と述べたように、『ヘンリー六世・第一部』とは、トールボットが象徴するイングランドの名誉と栄光が、あるいは名声と栄誉を誇っていたイングランドが、おのれの権力闘争によって自己崩壊をきたす世界なのである。

第二節　『ヘンリー六世・第二部』――民衆暴動とクーデター

『ヘンリー六世・第二部』の劇的世界は、『ヘンリー六世・第一部』で描かれた対フランス百年戦争休戦後の、イングランド国内での政治闘争に焦点が当てられており、ヘンリー六世の摂政グロスター公の暗殺を転回点として、ドラマの前半ではウィンチェスター司教やサフォーク公を中心とした反グロスター勢力による摂政包囲網の構築が、そしてドラマの後半ではヨーク公の軍事クーデターが、アクションの中心を構成する。

すでに『ヘンリー六世・第一部』の分析において検討したように、この段階のイングランドは政治機能の不全を起こし、統一体としての国家は崩壊の危機にひんしていた。しかし、『ヘンリー六世・第一部』の中心的人物トールボットが、イングランドの栄誉と名声そのものを表象していたように、『ヘンリー六世・第二部』にあっても、ただ一人国家次元での道徳的良心を体現する人物が存在する——それがグロスター公爵ハンフリーである。この人物はすでに『ヘンリー六世・第一部』冒頭より登場していたのではあるが（そしてそこでも、ある程度国家と国王に忠誠を捧げる廷臣として、設定されていたのではあるが）、不倶戴天の敵ウィンチェスター司教との（観客にとっては）原因不明の感情的ないさかいが前景化されていたために、むしろイングランドの国政混乱の一翼を担う人物との印象を与えかねない存在であった。だが、『ヘンリー六世・第一部』の終盤、ヘンリー六世が先に決定していた婚約を破棄する際、グロスター公はそれを道義的にいさめる人物へと変容する。『ヘンリー六世・第二部』における彼の人物像はこの延長線上にあり、そのことは国王ヘンリー六世みずからが認めるところである——「ああ、叔父上ハンフリー、あなたのお顔は／名誉と真実と忠誠の縮図だ」（三幕一場二〇二—三行）。

統治能力を欠く若年の国王を実質的に支配しようと画策する貴族たちにとり、このグロスター公は目ざわりな障害物であり、彼らはその排除のために暫定的な反グロスター同盟を結成する。グロスター公爵夫人を手始めに罠で失墜させた同盟貴族たちは、次にグロスター公本人にさまざまな嫌疑をかけることで公職から追放し、その上監禁することで最終的にこの摂政を暗殺する。だがこの後、反グロスター同盟の中心人物サフォーク公とウィンチェスター司教がいずれも悲惨な死を迎え、ヨーク公が王位継承権を主張するに及んで、同盟の脆弱な結束は瓦解し、最終的に赤白両薔薇貴族の対立へと発展、ついに『ヘンリー六世・第二部』の終盤で薔薇戦争の火ぶたが切って落とされ、『ヘンリー六世・第三部』へとなだれ込む展開となる。複数の大物貴族が並び立ち、それぞれの権力への思惑が複雑に交錯するために、エピソード主体の構成と表面的には受け取られやすい『ヘンリー六世・第二部』のアクションを、このように摂政グロスターを軸に整理することで、『ヘンリー六世・第二部』が（とりわけその前半部は）国王への影響力をめぐって、貴族たちが暗闘する世界であることが明確に理解できよう。しかし、『ヘンリー六世・第二部』が、上述のような密室的宮廷世界に限定されたドラマとのみ解釈することは、大きな誤謬と言わねばならない。

『ヘンリー六世・第二部』には、国王や貴族の宮廷権力の世界と交渉し、その存立を脅かし転覆しかねない民衆の世界が、色濃く刻み込まれている。第一幕第三場の武具師とその徒弟、第二幕第一場で奇蹟と騒ぎ立てるシンコックスと市民、第三幕第二場でグロスター公暗殺の報に逆上し、下手人サフォーク公の追放を請願するために宮廷に押し寄せる民衆、変装して海外逃亡を図るサフォーク公を第四幕第一場で殺害する海賊船の船長たち、そして第四幕第二場以降イングランドを大混乱に陥れるジャック・ケイドと暴徒たちが、その代表的なものである（演劇史を概観すれば判明するように、『ヘンリー六世・第二部』で舞台化された民衆暴動は、この後『ジャック・ストロー』（一五九一年）、『エドワード二世』、『トマス・オヴ・ウッドストック』、『サー・トマス・モア』（一五九二―九三年）などの作品で陸続と取り上げられることになるが、詳細な分析は第五章にゆずる(6)）。このように、『ヘンリー六世・第二部』の劇世界は、最下層の民衆階層から権力機構の頂点に位置する国王まで、本作品が取材した時代の社会階層を余すところなく包含しているため、一見したところイングランド社会あるいはイングランド国家という枠組みを舞台上で呈示しているように見えるが、はたして実際はどうであろうか。

本劇における民衆表象の特徴は、二つの両極端な民衆像――非理性的で気まぐれな有象無象の民衆（いわゆる「暴徒」（mob）としての民衆）と、善良な為政者のもとで国家と国王に忠誠を捧げる民衆――が呈示されていることである。前者の代表がケイドと暴徒らであり、後者はサフォーク公追放請願の民衆たちである。またこの二分化に呼応する形で、王侯貴族の対民衆観も際だった対照を見せている。先に言及した反グロスター同盟を構成する野心的な貴族たちは、一様に民衆をさげすみその存在価値を否定する。そしてその対極にあるのが、民衆の支持を勝ちえている摂政グロスターと、統治力はなくとも慈愛にだけは溢れたヘンリー六世ということになるだろう。「神に誓って、私は夜も床につくことなく、／そう、いく夜もいく夜もイングランドの国益のために努力してきたのだ」（三幕一場一一〇―一一一行）と公言するグロスター公とその彼を慕う民衆との間には、支配階級と臣民との間の理想的な統治形態が「限定的ながら」存在したと十分に考えることができるし、民衆はそのグロスター公を殺害された義憤から宮廷に乱入する。

おそれ多くも陛下、民衆は私を通して次のように訴え出ております。
サフォーク卿がただちに死罪に処せられるか、
それともこのイングランドの領土から追放されぬ限り、
自分たちは暴力に訴えてでも陛下の宮殿から卿を引きずり出し、
耐え難い拷問でなぶり殺しにすると。
サフォークによりあの善良なハンフリー公は殺害されたのであり、
サフォークの手で陛下のお命も危険にさらされる、と民衆は訴えております。
陛下に対する敬愛と忠誠の純粋な思いに突き動かされて、
民衆はかくもサフォークの追放を強く主張しているのであり、
陛下のお気持ちにあらがうやも知れぬ
反抗的、敵対的意図とはまったく無縁でございます。　（三幕二場二四三―五三行）

だが、グロスター公は暗殺という形で為政者の座から失墜し、乱入した民衆へ「余は民衆の親愛の情のこもった心づかいに感謝する」（三幕二場二八〇行）と謝意を表する国王も、サフォーク公を国外追放に処するのが精一杯であって、グロスター公亡き後には、統治者と民衆とが協同で構築するイングランドはもはや存在しえない。

こうして、『ヘンリー六世・第二部』の後半ではグロスター公が暗殺され、そのために唯一のつえを失ったヘンリー六世は、ジャック・ケイドの蜂起とヨーク公のクーデターを通して名目上の統治権さえ喪失し、それと入れ替わり既得権益を死守しようとする王妃マーガレットと王位奪取をめざすヨーク公の野望とが激突する形で、ドラマは進展する。ケイドはヨーク公の傀儡であり、その反乱は、ヨーク公が軍隊を進軍させてクーデターを起こすための隠れみのにすぎず、その意味でケイドを筆頭とする反徒たちは権力に利用される捨て駒であって、ここには有機的に一体化された国家の姿などは無論ない。しかし、ジャック・ケイドの反乱描写が、裏で糸を引くヨーク公によって管理される、統御可能なレヴェルを超えた激越なものである点には、注意しておく必要がある。

ケイドの反乱は、歴史的には、一四五〇年に発生した「ケントの乱」に相当するものだが、シェイクスピアが描写した実体は、リチャード二世の治世初期に起こった「一三八一年の農民一揆」そのものであった。この農民一揆は、文字通り、ケント・エセックス両州の貧農を主体とする反乱ではあったのだが、同時にジェントリーや宗教関係者など幅広い階層から参加者をえ、さらには、ロンドンの徒弟層を取り込んだ、複雑な相を有する民衆蜂起でもあったのである。そのためこの反乱は、破壊的な暴力とアナーキーを特徴とする一方、整備された命令指揮系統や、時の国王に要求書を提出し支配層と交渉を持つといった、統率のとれた側面も持ち合わせていたのだが、シェイクスピアは後者を一切削ぎ落とし、それに代わって蜂起の無秩序さと群衆の軽佻浮薄、ならびにケイド自身の野心家ぶりを強調している。そしてこのケイドの権力への志向は、『ヘンリー六世・第二部』前半の反グロスター同盟の貴族たちの野心と呼応し合い、かくして“commonwealth”（＝「国家」と「公共の安寧」）へのまなざしの完全な欠如は、イングランドの最上層・最下層の両者に見事に共通する。

ところで、このケイドの首を取るのが、ケントの一紳士アレグザンダー・アイデンである。アイデンが登場する場面は、ケイドの反乱とヨーク公のクーデターという巨大な政治的争乱に挟まれた、ささやかなものにすぎないが、それだけに一層イングランドの国家的混乱をあぶり出しており、その意味できわめて象徴的な場面となっている。それは、「父上が遺産として残してくれたこの小さな庭は、／私にとっては十分なものであり、一つの王国に値する」（四幕一〇場一八―一九行）と言いきるアイデンは、野心とは別世界の住人であり、その彼がケイドを成敗することを通して、シェイクスピアは『ヘンリー六世・第二部』全体の権力闘争を批判しようとしているからである。イングランドにわずかに残された忠誠の徒と、そのイングランドを覆う破壊的権力欲の巨大なエネルギーとの対比が鮮明であるだけに、『ヘンリー六世・第二部』におけるイングランドの混迷は、より一層強烈に浮かび上がる。

第三節　『ヘンリー六世・第三部』――薔薇戦争の不安定な動乱の世界

『ヘンリー六世・第三部』は、シェイクスピアの演劇界への登場を証すテクストとして名高い。一五九二年に出版登録された『百万の後悔によってあがなわれた三文の知恵』の中で、ロバート・グリーンは劇作家仲間に向かって、役者どもの忘恩に気をつけるよう警告を発する。

そうだ、連中を信用してはならない。と言うのも、成り上がり者のカラスが一羽おり、我らの羽根で美しく飾り立て、役者の皮でその虎の心を包み隠し、君たちの中の最高の者に負けないくらい見事に、ブランク・ヴァースを振り回せると思い上がっているからだ。その上、疑う余地のない「何でも屋」で、この国

でただ一人の「舞台震撼請負人」とうぬぼれているのだ。(7)

グリーンが攻撃する「成り上がり者のカラス」とは、通常シェイクスピアその人と考えられており、「役者の皮でその虎の心を包み隠し」という修辞的表現は、「ああ女の皮で包み隠された虎の心！」(一幕四場一三七行)という、とらわれのヨーク公の激昂の叫びのもじりであることに間違いはない。グリーンのこの警告は、新たに登場した劇的才能に対する敵意と悔しさと驚嘆の念がない交ぜになった、彼の高ぶった感情を如実に伝えており、グリーンがヨーク公の台詞を借用したその理由は、「虎の心」を有するライヴァル劇作家にひそむ非情な残忍性を訴えたいがためという点もさることながら、幼子を殺されたヨーク公の、マーガレットの非道さに対する激怒とグリーンの憤りの激しさとが同調したからに他ならない。

『ヘンリー六世・第三部』の特徴を一言で表現するなら、まさにこの「情念の高さ」ということになる。一四五五年の第一次セント・オールバンズの戦いの直後から、一四七一年のテュークスベリーの戦いまでの、薔薇戦争の血みどろの一六年を描く『ヘンリー六世・第三部』は、各幕毎に情念の高い場面を配している。すなわち、紙の王冠をかぶらされ残忍になぶり殺しにされるヨーク公(第一幕)、薔薇戦争の阿鼻叫喚の惨状を陰画的に現前させるモグラ塚のヘンリー六世(第二幕)、フランス王の眼前で体面をつぶされ復讐の鬼と化すウォリック伯(第三幕)、兄エドワードの処遇に不満を覚えたもとを分かつクラレンス(第四幕)、そして皇太子エドワードとヘンリー六世を惨殺し王位への野望に燃えるリチャード(第五幕)、といった具合である。これらの項目からも容易に判明するように、『ヘンリー六世・第三部』の劇的世界は、ランカスター・ヨーク両家による王位奪取の争いと、両家に連なる貴族たちの合従連衡・集合離散の、非常に不安定な動乱の世界であり、唯一の例外はそのような権謀術数の中心に置かれながらも、その実疎外されているヘンリー六世の存在であって、第二幕第五場のモグラ塚の場は、この国王のそうした立場をきわめて象徴的に表象している。

『ヘンリー六世・第三部』を不安定な動乱の世界にしている要因として、（一）劇中ランカスター・ヨーク両家間で戦闘が数度行われ、その都度勝者が入れ替わり、そのために王位がヘンリー六世とエドワード四世の間で移動すること、（二）戦闘における敗者の幽閉先あるいは逃亡先が多岐にわたること、（三）「国王擁立者」としてヨーク方を支えていたウォリック伯が復讐のため、ドラマの中盤よりランカスター家と手を組み、さらにエドワード四世の弟クラレンスも兄への反発からランカスター側に走るものの再度ヨーク方に寝返ること、などが指摘できよう。このように、めまぐるしいほどのアクションの転変が、『ヘンリー六世・第三部』の芝居としての見せ所となる一方で、内乱や王権の争奪という王国規模の政治的変動が描出される割には、国家としてのイングランドへのまなざしを、『ヘンリー六世・第三部』の政治的言説に見出すことはきわめて困難になっている。このことは、『ヘンリー六世・第三部』の登場人物の意識が内向化し、個人の思惑にのみ関心が向かう現象と軌を一にしているが、王権を投げ出し羊飼いへの転身を憧憬するヘンリー六世（「ああ神よ、飾り気のない質朴な羊飼いの身分でいることが、／私にはいかに幸せな暮らしに思われることであろう」（二幕五場二一―二二行））や、逆に王権奪取にのみ専念しそのためならマキアヴェリアンと化すことさえいとわないリチャード（「おれはネストル顔負けに雄弁家を演じよう、／ユリシーズ以上に狡猾に人を欺こう、／…／そしてあのマキアヴェリでさえ残忍さではおれの教え子だ。／ここまでやって、王冠が手に入らないことなどあろうか。／ええい、それが手の届かないほど遠くにあろうとも、もぎ取るまでだ」（三幕二場一八八―八九、一九三―九五行））の言動が、まぎれもなくその典型である。

『ヘンリー六世・第三部』におけるイングランド表象は、ドラマの舞台がイングランド一国に限定されてゆくのとは裏腹に、『ヘンリー六世・第一部』から『ヘンリー六世・第三部』にかけて徐々に乏しくなってゆき――換言すれば、権力闘争と王位の奪取奪還にのみ大貴族たちが専心し、そのために公的な政治への関心を喪失する――最終『へンリー六世・第三部』にあっては、国家としてのイングランドの描写はおろか、登場人物たちの愛国意識さえ希薄なのである。

しかし、それではイングランドの姿が完全に消え去ったのかというと、必ずしもそうではない。第四幕第六場、フランスの精鋭部隊を率いたウォリック伯はヨーク軍を撃破し、ヘンリー六世を王位に復帰させる。復位の席でサマセット公が連れていた少年に気づいたヘンリー六世は、以下のように述べる。

サマセット　陛下、リッチモンド伯の若きヘンリーでございます。
ヘンリー六世　こちらに参れ、イングランドの希望の星よ。
（リッチモンドの頭に手を置く）　　もし神秘的な力が
わが霊感に真理を暗示するものなら、
この美しい若者はわが国の至福の源となろう。
その容貌は穏やかな威厳にみちており、
生まれながらにして、その頭は王冠を戴き、
その手は王笏を握り、そしてその身体は
やがて王座に華を添えるよう、形作られているのだ。　（四幕六場六七―七四行）

シェイクスピアはここでテューダー朝の開祖リッチモンド（＝ヘンリー七世）を導入し、観客自身の歴史意識を利用することで、『ヘンリー六世』三部作の物語に（しかも物語の最終局面で）イングランドという国家的枠組みを再び付与しようとしているのである。その創作が一五九〇年から九二年と推定される『ヘンリー六世・第三部』の初演

時期は、無敵艦隊撃破の一五八八年からも遠くはなく、[8] 観客層の中核をなしていたロンドン市民の間では、女王エリザベス一世とイングランドに対する敬愛の念と愛国心はいまだ高い状態にあった訳だが、そのような状況は当然彼らの目をそして歴史的な意識を、過去へとそして薔薇戦争へと、連れ戻す。シェイクスピアがリッチモンドの登場を触媒として活性化を狙ったのは、観客のこの愛国意識であり、その意識がドラマに与えうるイングランドという枠組みなのである。そして、このドラマトゥルギーが、続編『リチャード三世』を創作の射程において行使されたものであることは言うまでもない。

だが、『ヘンリー六世・第三部』の大団円、ヨーク家の勝利を言祝ぎ、「我らの永遠の喜び」（五幕七場四六行）の開始を高らかに宣言するエドワード四世の背後には、早くもリチャードのどす黒き野望が忍び寄っている。

ヘンリー六世と皇太子は死んだ。
クラレンスよ、次はお前の番だ。残りの奴らはその後だ。
王になるまでは、おれは卑しい身分のままだ。（五幕六場八九―九一行）

クラレンスの命をうかがうリチャード――この劇的設定は、『リチャード三世』の開幕部へと直結する。そしてその世界で、権力闘争と権謀術数のポリティックスを――すなわち、イングランドの国家的混迷とそれに付随する愛国意識の欠如を――我々はまたもや目撃することになるのである。

第四節　『エドワード二世』――歴史的実体を欠くイングランド

シェイクスピアが先輩劇作家マーロウから、さまざまな影響を受けたことはよく知られているが、[9]『エドワード二世』の創作に関しては、逆にマーロウがシェイクスピアの『ヘンリー六世』を参照した可能性が高い。[10] このイングランド史劇での影響関係は、主として「弱き王」にまつわる主題面と、台詞の語句レヴェルにおける借用、そして反乱表象の利用に及ぶが、シェイクスピアとマーロウが登場させる二人の国王は、共に「弱き王」というレッテルを貼られるものの、その統治の実体面では鮮明な対照を見せていて興味深い。ヘンリー六世とエドワード二世の相違は、前者が良き為政者として善良な統治をめざす意志を有しながらも、その「能力」に欠け強大な大貴族たちの狭間で圧倒される存在である一方、後者にとっては、そもそも王国を治めること自体がまったくの関心外なのである。

国王の責務を放棄した国王

では、エドワード二世にとって重要なこととは一体何か。『エドワード二世』はエドワード二世の即位（一三〇七年）からモーティマー（甥）の処刑（一三三〇年）までのおよそ二三年間を扱う作品であるが、エドワード二世は開幕早々すなわち即位するやいなや、早くもギャヴェストンの帰国をめぐって貴族たちと対立・一触即発の関係となり、その時彼はこう宣言する――「貴族どもと一戦を交えてやろう。／死ぬか、ギャヴェストンと生きるかだ」（一幕一場一三六―三七行）。[11] みずからの破滅かギャヴェストンとの生かというこの二者択一には、国王としての責務――国家と臣民への統治者としての意識――は完全に欠落している。エドワード二世とは、王国の為政者としての矜持と責任感をまったく持ち合わせていない王なのである。だが、それだけならまだよい。この国王は、寵臣ギャヴェストンの国外追放と国土の消滅を、寵臣をかばうことと臣民の生活の壊滅を、いささかの躊躇もなく同等視する王でもある。

お前をこの国から追放するための船を海に浮かべるくらいなら、
その海にわが国土を飲み込ませてしまえ。　　（一幕一場一五一―五二行）

そうだ、反逆者どもよ。かくも公然と反抗されるくらいなら、
わが宮殿の外にあるイングランド臣民の住む町など
巨大な瓦礫の山や耕作用の更地にでもしてしまえ。　　（三幕二場三〇―三二行）

エドワード二世にとり最も重要なこととは、ギャヴェストンやスペンサー（子）といった若い寵臣たちとのホモセクシャルな関係で結ばれた愛情であり、それ以外のあらゆるものはまったく意味をなさない、きわめて個人的で内向的な欲望で満たされた人物――それがこのドラマの主人公なのである。そして、エドワード二世の公的な領域への関心のなさは、対外関係とりわけフランスとの外交関係に典型的に表れている。フランス王のノルマンディー侵攻を過小評価し（第二幕第二場）、ノルマンディー占領の報に接しても、フランス王との交渉を王妃と王子に委ねて（第三幕第一場）、エドワード二世自身の意識は戦闘の最中に生き別れになったギャヴェストンにのみ向けられる始末である。内政を放棄し外患の処理は丸投げすることで、エドワード二世はおのれの関心と欲望のすべてを同性愛的耽溺の世界へと注ぎ込む――イングランド史劇としての『エドワード二世』の王とは、かくのごとき存在なのである。

その一方で、本劇には、このような国王の失政を正そうとする貴族たちが存在する。モーティマー（甥）、ランカ

スター伯、ウォリック伯らがその代表格であるが、彼らの要求は一貫してギャヴェストンの追放であり、これは先王エドワード一世への貴族たちの誓約であった――「ここにおりますわが叔父上、ランカスター伯、そしてこの私モーティマーは、／陛下のお父上の死の床でお誓いしたのです、／ギャヴェストンは決してこの王国には戻させないと」（一幕一場八一―八三行）。しかし、エドワード二世のギャヴェストンに対する異常なほどの愛情と思い入れのため、王と貴族の関係は結局破局を迎えついに武力衝突の内乱となるが、そのような局面においても、貴族たちの要求は揺るがない――「陛下に対して武力を行使するなど／このランカスターにとり考えもつかないことです。／我々はただこの王国からギャヴェストンを取り除きたいのです」（二幕四場三三―三五行）。国政には無関心で外交は放棄し、臣民民衆の窮状をかえりみず、寵臣との交遊には莫大な国庫財産を惜しげもなくそそぎ込む――失政の上に失政を重ねてゆくエドワード二世は、「暴君」（三幕二場五七行）の呼称さえ付与されて、彼から否定的な人物像をぬぐい取ることは難しい。そして、こうした国王の人物像とは鮮やかな対比をなす形で、貴族たちの言動は構築されてゆく――国家と民衆（そして改心した場合には国王）への献身こそ彼らの身上なのである。

北部国境周辺の住民は、自分たちの家が焼かれ、
妻子が殺されるのを見て、右往左往している、
陛下、あなたとギャヴェストンの名を呪いながら。　（二幕二場一七八―八〇行）

『エドワード二世』がドラマとして、上述のような結構を見せる以上、観客の同化は当然貴族側へと向かうはずである。だが、そう簡単に断定できないところに、『エドワード二世』解釈の難しさがある。開幕冒頭、ギャヴェストンに執心する王に向かって、ランカスター伯はこう言い放つ。

さらばです、陛下。お気持ちをお変え下さい。
さもなければ、お気をつけになることだ、陛下の玉座が
血の海に浮かび、そのやりたい放題の頭には
卑しいお気に入りの追従の首が投げつけられるやも知れませんぞ。（一幕一場一一九―一三二行）

エドワード二世に対する貴族たちのこの激越な抵抗の姿勢は本劇全編に及び、国王の退位や王冠の奪取の示唆、さらには王の生命への脅迫に至るまで、その過激さは（広くエリザベス朝演劇を見渡しても）通常の歴史劇の許容範囲を大きく超越している。もちろん、この作品がいわゆる「不服従・不従順」を奨励した反体制的な、転覆的な戯曲ではないことは言うまでもない。ドラマの随所に内乱や反乱を戒め、国王への忠誠を訴える台詞が、安全弁として組み込まれていることは確かなのである。そしてこのような過激な作劇術が、いかにもマーロウ的だと言ってしまえばまさにそういうことにはなる。しかし、問題はそこにある訳ではない。貴族たちがどれほどイングランドの大義を声高に唱え、祖国と民衆への愛を主張しようとも、ここにはイングランドの姿が――マーロウが表象しようと試みた一四世紀前半のイングランドが（あるいは、過去のイングランドに重ね合わされた同時代のイングランドの潜在的な姿が）――触知しうる形で、あるいは観客の想像力の中で実感をともなう形で、浮き彫りにはされてこないのである。それは、貴族たちのあまりにも激しい国王への言行と、またエドワード二世のあまりにも常軌を逸した同性愛とが相まって、「無限の欲望探求者」（overreacher）不在と評される本劇のアクションそのものを“overreaching”なものと化し（あるいは、マーロウが材源操作によってそのような効果を作り出し）、そしてそのことが、基本的には年代記に取材して作劇されたはずのこの作品の歴史的な内実や実体を、相当に奪ってしまっているからなのである。(12)

動揺する観客の同化

その結果、観客の同化は基本的には貴族側に向かいながらも十全に同化することができず、不安定な状態に置かれることになる。そして、こうした観客の宙吊りにされた心理を代弁する人物が、王の弟ケント伯爵である。彼は当初兄を擁護して貴族たちの批判に敢然と立ちはだかるが、やがてエドワード二世のギャヴェストンに対する過剰な傾斜に疑念を抱き、祖国のためにと貴族側に合流する――「諸卿、わが祖国への愛故に、／王を捨て、あなた方と合流しに来ました」（二幕三場一―二行）。しかし、モーティマー（甥）が国王の命を狙っているという理由で、また王妃イザベラがそのモーティマー（甥）と性的・政治的に共犯関係にあるという理由で、ケント伯は兄に同情し国王側へと帰順する。


ああ、エドワードよ、あなたのことを気の毒に思います。

高慢な反逆者モーティマーよ、何故お前は剣をふるい、
お前の君主、正当な王を追いさいなむのだ。

……………………………………………………………

エドワードよ、このモーティマーめは、あなたのお命を狙っておりますぞ。

……………………………………………………………

何故ならモーティマーと
イザベルは、口づけしながら共謀しているのだから。（四幕六場二―四、一〇、一二―一三行）

ここで重要なことは、ケント伯の転向理由がかなり感情的な色彩が強いという点であり、諸悪の根本的原因であっ

た同性愛的性向を、エドワード二世は捨て去った訳でも、善良な為政者に変身した訳でもないのである。換言すれば、ケント伯に兄への憐れみの心を復活させた要因は、王妃の不貞と、王妃の協力を後ろ盾にしたモーティマー（甥）の増長ということになり、その意味で本劇におけるイザベラの動向が、劇理解の鍵となる。ギャヴェストンに夫の愛情を奪われた彼女は、ドラマ前半部では孤独と悲哀にさいなまれ、そのことで貴族たちも同情の気持ちを彼女に寄せる。しかし、エドワード二世からはモーティマー（甥）との関係を疑われながらも、イザベラの夫に対する深い愛情は揺るがず、国王の廃位を望むこともない。だが、二人の不倫を描くマーロウの筆は徐々に曖昧になってゆく。フランス王のノルマンディー占領に対処するため、フランス行きを命じられた王妃は、英仏の外交的駆け引きの流れの中で、次第に政治的機能を果たす役回りに位置づけられ、最終的には夫エドワード二世と対峙する政治勢力へと変容し、王の死を願うまでになる——「私が直接に関与するのでなければ、そうなって（＝王の処刑と死）もらいたい」（五幕二場四五行）。こうしたいわばイザベラの政治化と並行する形で、モーティマー（甥）との不貞は進行するのだが、彼女の政治化が説得的な展開を付与されるのに反して、イザベラとモーティマー（甥）との関係には合理的で自然な描写は与えられず、二人の男女関係の深化の契機を観客が見届けることはない。そして、観客の視点人物的な役割を担っていたケント伯のエドワード二世への感情的帰順が、先述したように、イザベラとモーティマー（甥）の不倫の認識を理由にしたものであるだけに、観客の宙吊りとされた同化は一層不安定化し、『エドワード二世』の政治的・イングランド史劇的枠組みに反応することを困難なものとする。この作品が、第五幕に至ってイングランド史劇から離れて悲劇的色合いを濃厚にするのは、このような仕掛けによるものなのである。

悲劇への傾斜とその限界

本劇第五幕の焦点は、エドワード二世の地下牢への幽閉と拷問虐待、そして王冠の譲渡に象徴される王の廃位にある。エリザベス朝演劇で描かれたすべての死の中で、最も悲惨な死と評されるエドワード二世の死は、その悲惨さが生み出す圧倒的な衝撃故、[13] それを目撃する者に畏怖と憐憫すなわち悲劇的な感情を付与せずにはおかない。そしてその感情を一層増幅させるのが、エドワード二世自身による王権に関する内省的な考察である。モーティマー（甥）の使者ウィンチェスター司教らに王冠の譲渡を迫られた王は、おのれの存在について次のように陳述する――「だが、王権が失われた今、王とは何者だ、／日の光にあぶり出されるまごうことなき影法師そのものではないか」（五幕一場二六―二七行）。実体と影という伝統的な二項対立を用いて、内奥の苦悩を訴えるエドワード二世には、第四幕までの彼には見られなかった自己認識の深まりが確かにある。しかし、暗殺者ライトボーンの魔の手が王の生命を脅かすその瞬間、

わきまえよ、余は王である。ああ、その名を耳にすれば、
地獄の悲しみだ。余の王冠はどこだ。
ない、なくなってしまったのだ、なのに余は生きているのか。

（五幕五場八八―九〇行）

エドワード二世は、寵臣との愛欲に耽溺していた時には完全に等閑視していた、王の威厳にすがりつこうとする。ここにはまぎれもなくエドワード二世の個人的な悲劇的アイロニーが存在し、先に述べた畏怖憐憫の感情とない交ぜになることで、本劇の大団円を悲劇的色彩で彩ることになる。だが、王権という現世的な権威に固執し、そこに自己の存在理由を確認しようとするエドワード二世には、それ以上の自己認識の深化を望むべくもなく、このあたりがマーロウの限界と言わなければならない。自己の内奥を深く見つめる国王――この主題はシェイクスピアによって引き継がれ、数年後に『リチャード二世』において掘り下げられることになる。

『エドワード二世』という作品は、近年の批評においては、主として以下の三点を中心に分析されてきた。(一)エドワード二世と寵臣たちとの同性愛が惹起する政治的・社会的秩序の混乱の視座から悲劇性を考察するもの。エドワード二世個人の主体と国王としての主体の軋轢を論じる。[14](二)マーロウがギャヴェストンの出自を意図的に低くしたことを足がかりに、宮廷における階級問題を扱うもの。権力機構内の階級格差の維持あるいは解消を政治力学的に論じる。[15](三)『エドワード二世』のアクションの骨格を形成する国王と封建貴族との権力闘争を抵抗の理念から読み解くもの。失政を重ねる君主への抵抗を政治思想の見地から論じる。[16]これらの概要から判明するように、近年の『エドワード二世』の批評動向は、主体論・政治力学・政治思想などの、作品を取り巻く同時代的コンテクストからの解析を指向している。本章における『エドワード二世』の国家表象の議論では、やはり政治力学的視座を中心に、イングランドが触知できる明瞭な形で描写されていないこと、また国政を放棄した国王の権力行使と貴族勢力の抵抗とが衝突する際の視点操作が本劇を悲劇の方向に導くこと、を軸に記述を行った。『エドワード二世』とは、つまるところ、テューダー王朝の「正統主義」(the orthodox doctrine)——君主が仮に暴君であったとしても、神の代理人としてあくまで服従すべきことを説く思想——をめぐるテクストであり、その意味で君臣の義にまつわるさまざまな思惑を観客に喚起した戯曲であったことは間違いなかろう。

＊　＊　＊

最後に、本章における国家表象の特徴をまとめておこう。トールボットが象徴するイングランドの名誉と栄光が、あるいは名声と栄誉を誇っていたイングランドが、おのれの権力闘争によって自己崩壊をきたす様を描いていた『ヘンリー六世・第一部』は、ケイドの反乱とヨーク公のクーデターという巨大な政治的争乱により、一層混迷を深める『ヘンリー六世・第二部』のイングランドへと引き継がれるが、『ヘンリー六世・第三部』において、シェイクスピアは、リッチモンドの登場を触媒として、観客の愛国意識とその意識がドラマに与えうるイングランドという枠組みとの活性化を図る。一方、『エドワード二世』ではそもそも王国を治めること自体がエドワード二世のまったくの関心外であり、国王としての責務――国家と臣民への統治者としての意識――は、彼からは完全に欠落してしまっている。またマーロウの過激な劇作術が、この作品の歴史的な内実や実体を相当に奪っており、マーロウが表象しようと試みたイングランドが、触知しうる形であるいは観客の想像力の中で実感をともなう形で、浮き彫りにはされてこないのである。

（1）「弱き王」に関する先行研究としては、例えば、Michael Manheim, *The Weak King Dilemma in the Shakespearean History Play*（Syracuse, NY: Syracuse UP, 1973）参照。

（2）Gary Taylor, "Shakespeare and Others: The Authorship of *Henry the Sixth, Part One*," *Medieval and Renaissance Drama in England* 7（1995）: 145–205.　また、アーデン・シェイクスピア第三版（二〇〇〇年）の編者エドワード・バーンズもテイラーの説を支持している。

（3）Nashe 212.

（4）Tillyard, *Shakespeare's History Plays* 147–98.

（5）John Guy, *Tudor England*（Oxford: Oxford UP,1990）343–46; Gabriele Bernhard Jackson, "Topical Ideology: Witches, Amazons, and Shakespeare's Joan of Arc," *English Literary Renaissance* 18（1988）: 40–65.

（6）『サー・トマス・モア』の推定創作年代に関しては、E. M. Thompson, "The Autograph Manuscripts of Anthony Munday," *Transactions of the Bibliographical Society* 14（1917）: 325–53 にしたがった。トムプソンの説は、本書で使用したレヴェルズ・プレイズ版『サー・トマス・モア』の編者ヴィットーリオ・ガブリエリとジョルジョ・メルキオーリも支持している。Anthony Munday and others, *Sir Thomas More*, ed. Vittorio Gabrieli and Giorgio Melchiori（Manchester: Manchester UP, 1990）

12. また、スコット・マクミリンも劇団史の観点から、本劇オリジナル版の推定創作年代を「一五九〇年代初め」と推測している。Scott McMillin, "*The Book of Sir Thomas More*: dates and acting companies," *Shakespeare and* Sir Thomas More*: Essays on the Play and Its Shakespearian Interest*, ed. T. H. Howard-Hill (Cambridge: Cambridge UP, 1989) 57–76.

(7) Robert Greene, *Greenes Groats-Worth Wit*, *The Life and Complete Works in Prose and Verse of Robert Greene*, ed. Alexander B. Grosart, vol. 12 (New York: Russell & Russell, 1964) 144.

(8) ヨーク方のヘイスティングズは、この海戦を示唆する台詞を語っている――「神と、神が難攻不落の防壁として与えて下さった／海でもって、わが国は支えられるべきなのだ。／そしてそれらの助けだけで、わが国を防御するのだ。／神と海、そして我々自身に、わが国の安全はかかっている」(四幕一場四三―四六行)。

(9) 『ヘンリー六世』三部作の『ヘンリー六世・第二部』と『ヘンリー六世・第三部』は、アクションの緊密さなどから判断して、二部連作の形を取っていると考えられるが、これもマーロウの『タンバレイン大王』二部作の影響を受けたものと考えられる。

(10) Hunter 196.

(11) 『エドワード二世』からの引用はすべて Christopher Marlowe, *Edward the Second*, ed. Charles R. Forker (Manchester: Manchester UP, 1994) に拠る。

(12) 『エドワード二世』の主要な材源となった年代記はホリンシェッドの第二版(一五八七年)であるが、マーロウは、エドワード二世の国政上のさまざまな失態――スコットランド軍の国境侵犯への対応の不首尾、徴税をめぐる王国の混乱、フランス内のイングランド領に関わるフランスとの係争の処理失敗――に言及することを省略する、もしくは劇的重要性を付与することを避けている。こうした操作によって、エドワード二世の国王としての欠点が、国政運営能力に関する事項にあるのではなく、同性愛という彼の性癖に存在することになるが、このことがひいては、イングランド史劇としての『エドワード二世』の歴史的内実の希薄化につながってゆく。Raphael Holinshed, *Holinshed's Chronicles: England, Scotland and Ireland*, vol. 2 (New York: AMS, 1976) 553–77.

(13) Brian Gibbons, "Romance and the heroic play," *The Cambridge Companion to English Renaissance Drama*, ed. A. R. Braunmuller and Michael Hattaway (Cambridge: Cambridge UP, 1990) 224.

(14) Claude J. Summers, "Sex, Politics, and Self-Realization in *Edward II*," *'A Poet and a filthy Play-maker': New Essays on Chris-*

topher Marlowe, ed. Kenneth Friedenreich, Roma Gill, and Constance B. Kuriyama (New York: AMS, 1988) 223–34.

(15) Bruce R. Smith, *Homosexual Desire in Shakespeare's England: A Cultural Poetics* (Chicago: U of Chicago P, 1991) 191–223.

(16) Roger Sales, *Christopher Marlowe* (Basingstoke: Macmillan Education, 1991) 111–22.

第五章　一五九〇年代前半期における民衆暴動表象の展開

――反乱暴動劇を中心に――

一六世紀テューダー王朝が、イングランド国教会の成立や修道院の解散に代表されるように、政治すなわち宗教を軸にして、国家財政基盤の確立といった経済的側面を加味しながら、中央集権化が計られた、近代的統一国家への道を踏み出した時代であったことはよく知られている。王国を二分して争われた薔薇戦争をようやく終結させて発足したテューダー王朝にとって、最初にしてしかも最大の課題は、国家政治の回復と安定であった訳だが、その過程において、国家意識の形成が成されていったことは容易に理解されよう。そしてさらに、ここに宗教改革絡みの大陸カトリック諸国との対立関係が加わって、イングランド的自意識が加速度的に増大されていったことも忘れてはならない。

このような政治的・宗教的言説の中で、過去に取材し、現在や未来の自己を意味づけるという動機にかられて、数多くの年代記が編纂された。ホールやホリンシェッドを筆頭とするエリザベス朝期における年代記の隆盛には、上述のごとき、各階層に浸透した国家意識の高まりをにらんでの出版意図と同時に、ある政治的意味を担った年代記の発行を通しての、社会的言説形成への参与という意図をも看取することができる。(1)つまり、一六世紀後半における年代記の存在意義とは、そのような相互作用、あるいは双方向性の影響関係に求めてしかるべきものなのである。

エリザベス朝演劇の生成・発展を概観する時、一五八〇年代から九〇年代にかけて、イングランドとりわけ中世後期より初期近代に至るイングランドを主題とした、イングランド史劇が多産されたことは周知の現象であるが、これらのイングランド史劇はこうした年代記を材源とし、またその中の記述に取材しながら、先行する時代が今現在に直接にそして密接に連なる時間相であるという自意識、あるいはエリザベス朝人全般の歴史意識のもとに、単独作品として、また時には連続作として構想されていった。(2) もちろんこれらの劇作品は商業演劇的基盤の上に制作されたものである以上、商業的側面の比重がはるかに増すとはいえ、年代記と同様にあるいは年代記と軌を一にすると表現した方が正確であろうが、演劇を取り巻く政治的言説と相互作用的関係にあったことは、十分に理解されることであろう。

ところで、この種のイングランド史劇は、先述したように、主として年代記に取材しながら作劇される訳であるから、王侯貴族あるいは政治・宗教上の有力者が中心化されるのは、創作の展開上自然なことである。だが、本章がその対象とする時期のイングランド史劇には、ある興味深い現象が存在する。それは民衆の暴動や反乱が、劇作家たちの関心を集める形で、特に集中的に描写されていることである。確かに、主人公や中心人物として設定された国王や権力者たちが、政治を担当している期間に発生した暴動が、そのエピソードの一部としてアクションの中に組み込まれることは、ある意味で当然のことなのかも知れない。しかし問題なのは、そうした反乱描写の存在もさることながら、個々の劇におけるその表象の有りようそのものなのである。言うまでもないことだが、暴動・反乱の描写は、体制側にとりきわめて危険な項目であるため、作劇時の政治情勢や演劇と政治をめぐる力関係など、時々刻々と変化するさまざまな言説の影響下に置かれており、必ずしも一様なものではない。だが、比較的短い期間に、ある特定の表象が集中するという現象の背景には、何らかの共通する、あるいは一連の反応を生起させる演劇的磁場が存在し、その影響圏の中で劇作家たちは作劇していたのではないであろうか。その磁場の探求と、複数のイングランド史劇における暴動表象の有りよう、さらにこれらの反乱暴動劇の中に描き込まれたイングランドの姿を解明することが、本章の課題となる。

第一節　一五九〇年代における民衆暴動表象

一五九〇年代（とりわけその前半期）に、反乱や暴動の描写を包含するイングランド史劇が集中して産出された現象を取り巻く社会的文脈として、我々はイングランド全体に及ぶ経済的世情不安を、まず最初に指摘することが可能であろう。商業演劇に台本を提供することで生活を成立させていた劇作家たちが、作劇に当たって配慮する最大の要素の一つは時事言及性（トピカリティ）であり、観客の関心や嗜好を先取りすることであった。その意味で一五九〇年代は、エリザベス一世の治世の中でもまさに危機の時代であり、社会不安の言説が観客層の母体となる市民や民衆の間を流通していた。図式的な見取り図を承知で列挙すれば、農村部では土地の囲い込みや買い占め、人口増大にともなう土地喪失や地代の上昇で、多くの農業労働者がロンドンへと移住し、そこで「労働拒否の健常な物乞い」（sturdy beggars）や「主人なき放浪民」（masterless men）と呼ばれた浮浪民と化して、暴動や犯罪を頻繁に生じさせていた。また、ロンドンなど都市部周辺を中心に、相次ぐ対外戦争のための徴兵や増税に対する反感、九〇年代中期の危機的凶作と食糧飢饉、穀物価格を主としたインフレーション、疫病の蔓延、外国人排斥運動など、暴動や騒乱およびその種は至るところに存在していたと言ってよいであろう(3)。

しかし、ここで注意しておきたいことは、本章が主張しているのは、一五九〇年代という時期がそれに先行する時期と比較して、「きわめて顕著な形で」・「いちじるしく」社会不安の高まりが経験された時期ではないということである。むしろ、それ以前の時期から漸増的に累積されてきた複数の社会不安言説に新たな要因が付加され、相互に交渉し合うことで形成された社会不安の「濃密さ」あるいは「切迫感」にこそ、この時期の特徴を見るべきであろう。そしてこのような社会的かつ演劇的環境の中で、暴動・反乱表象を取り込んだ何らかの演劇的テクストがきっかけとなることで、同系統の劇作品がある一定の期間、継続的に産出されるようになったと考えてよいのではないであろうか。この嚆矢となったテクストを正確に同定することは手ごわい問題だが、当該時期の、現存もしくは現在にある程度内容の伝わる劇作品を調査する限り、シェイクスピアの『ヘンリー六世・第二部』は重要な候補の一つと言わなければならない。そして、ロバート・グリーンによる「成り上がり者のカラスが一羽おり、我らの羽根で美しく飾り立て」の評言が端的に示すように、この三部作の人気と演劇界への衝撃度を考えれば、我々はケイド反乱のエピソードが、後続作品に与えた影響を無視する訳にはいかないのである。

演劇というものが、仮に社会に掲げられた鏡だとしても、反乱や騒乱と演劇表象とは直接対応の関係にあるのか、あるいはドラマにおける暴動場面は、必ずや実際の反乱を前提としているのかといった問いかけは、一筋縄ではいかない微妙な問題をはらんでいる。確かに、『サー・トマス・モア』と外国人排斥運動や、『コリオレイナス』(一六〇八年)冒頭の食糧暴動と一六〇七年のミッドランド蜂起のように、きわめて時宜にかなった形で創作が行われた事例が存在することも事実である。しかし基本的には、社会不安とその演劇表象は必ずしも正比例の関係にはないと考えておく方が、実際的であるように思われる。つまり、一五九〇年代前半のイングランド史劇における暴動表象の集中化は、八〇年代後半以降のイングランド的自意識の昂揚と、大学才人以来の演劇の成熟化、そして先に触れた社会不安言説の濃密化という三つの要因が、時宜をえて交差したところに成立した現象である、と考えてよいのではないであろうか。

こうした社会不安言説の流布と、それをにらんでの作劇という観点から、上は権力者による内乱から始まって下は貧農階級の暴動まで、さまざまな反乱表象を取り込んだ劇作が行われたが、本章が関心を寄せる民衆暴動の視点からは、『ヘンリー六世・第二部』、『ジャック・ストロー』、『サー・トマス・モア』、『トマス・オヴ・ウッドストック』、『エドワード二世』および『エドワード四世』（一五九九年）の六編を取り上げ、以下、これらのイングランド史劇における暴動表象の展開を検証する。さらに、『ジャック・ストロー』、『サー・トマス・モア』ならびに『トマス・オヴ・ウッドストック』を対象に、これら三作品におけるイングランド表象に関して、考察を試みたい。

第二節　流通する貧農イデオロギーと起点としての『ヘンリー六世・第二部』

ところで、それに先立って検討しなければならないのは、民衆暴動の表象が、当時の支配的な文化の中で、どのような振る舞いを見せていたかということである。この点でジョージ・パトナムの次の記述は、きわめて示唆的であると考えられる。

…多くの暴動や反乱がこの王国で起こされてきた。例えば、リチャード二世の時代におけるジャック・ストローの乱やジャック・ケイドの乱。また、この時代におけるキャプテン・ケットと名乗るノーフォークの反徒による暴動や、さらには王国内のさまざまな場所での予言詩に煽動された蜂起などである。これらの予言詩は、反徒たちが唱える意味以外にも何通りにも解釈されうるものであり(4)、…

この文章は、彼が『英詩の技法』（一五八九年）の中で、「多義性」（amphibologia）という修辞を否定的に定義する際記述したものだが、文体の乱れを国家秩序の崩壊へと連係させる、エリザベス朝的想像力の飛翔は今は措くとしても、ストローとケイドという二人の名高き暴徒を、リチャード二世の治世という同時代に帰属させる現象は注目に値する。この両者の混同というよりはむしろ同一視は、後の大主教リチャード・バンクロフトが一五九三年に出版した反ピューリタン文書など、他にも類例が存在するのだが、それらが意味するところはおそらく、一三八一年の農民一揆がエリザベス朝の人々の思考の中で――少なくとも知識階級や支配階級の人々の思考の中で――民衆暴動の祖型的・原型的な位置を占めていたということである。(5) 演劇においても事情は変わらない、あるいは観客のトピカリティや流行に対する関心という観点から、むしろそれらを積極的に利用したきらいがあるのである。

それでは、まず最初に『ヘンリー六世・第二部』から検討してみよう。本劇のケイドの反乱では、サヴォイ宮殿の破壊や監獄・法学院の打ち壊し、さらには記録文書の焼却やチャタムの書記への暴力などに明らかなように、その描写は一三八一年の農民一揆に大きく依存している。しかしそれだけにとどまらず、ここには一五九〇年代前半の民衆暴動表象を考える上で、いくつかの重要な傾向がすでに現れていることにも、注意を向けなければならない。それは、要するに、反乱の主体とその振る舞いに関わる問題である。歴史的には、一三四八年にイングランドを席巻した黒死病の流行が、賃金雇用の貨幣経済体制と物価の高騰をもたらし、さらに追い討ちをかける形で実施された三次にわたる人頭税が、農村部をいちじるしく疲弊させた。(6) 一三八一年の農民一揆とは、こうした社会情況が流通させた原始共産主義的貧農イデオロギーに突き動かされた農民主体の反乱であった訳だが、ケイドの軍勢が仕立屋に手職人、皮なめし職人に肉屋などで構成されているように、これが、ロンドンやその周辺の職人や徒弟、あるいは「主人なき放浪民」などの浮浪民を中心とした都市貧民層の暴動へとすり替えられていることは、一見して明らかであろう。そして、このすり替えと連動する形で、当然、反乱軍の振る舞いにも脚色の手が加えられることになる。緊密な情報の連絡と連係、整然とした進軍と伝えられる農民軍団と、「おれたちはきわめつけの乱雑状態にある時こそ整然としているのさ」(四幕二場一八九―九〇行)と言い放つ、ケイドの暴徒集団との顕著な相違は、この時期の暴動表象における偏向のかかり方・その方向性を如実に物語っていると言わなければならない。

第三節　民衆暴動表象における重心移動──『ジャック・ストロー』と『サー・トマス・モア』

『ジャック・ストロー』──都市職人化された農民一揆

ところで、原型としてのこの一三八一年の農民一揆を、題材そのものとして利用した作品が、作者不詳の『ジャック・ストロー』である。しかし、『ヘンリー六世・第二部』と同様、このドラマにおいても、舞台上で前景化されるのは生活苦にあえぐ貧窮農民では決してなく、やはり観客層にとって身近で、それだけ一層関心をそそる職人層的人物であると見て間違いはない。確かに、この作品は歴史上の貧農の反乱を描写しているのではあるのだが、貧困への言及は多数存在するものの、農村部における貧苦や農耕性と接続する言及はきわめて少なく、ここに事実上再現されているのは、農民ではなく重税に苦しむ都市貧民層なのである。(7) そして、このような、地方貧民層から都市職人階級への貧困階層の重心移動とあわせて、ワット・タイラーやストローらの振る舞いも、史実とはかけ離れた、殺戮と略奪に明け暮れる形で描かれることになるが、この点に関しても『ヘンリー六世・第二部』との間に相似関係が認定できることは、興味深い現象と言ってよいであろう。また本劇には、エピソード的に挿入された外国人への襲撃の場面が存在する。(8) これは本来、反乱農民のロンドン進軍に便乗した織物職人たちが、商売敵のフランドル人を約一六〇人虐殺した事件を指すのだが、これをそのまま「都市職人化」された反乱軍の仕業として描き出すことで、彼らの暴虐性が一層強調されることになる。また、このフランドル人の登場する場面は、一五九〇年代に猖獗をきわめた外国人排斥運動への連関を当然意識したものとして、我々は理解すべきであろう。

『ジャック・ストロー』という戯曲は全編、反乱の勃発からその鎮圧までの描写で占められており、そのために、反乱軍と国王やロンドン市長を中心とする体制側との二項対立が、構成上の特徴となっている。したがって、本劇における国家表象も、それぞれの立場を反映した二つのイングランド像が提示されることになる。反乱軍が想定するイングランドは、自分たちが置かれた悲惨な状況を映し出す、哀れむべき零落した国ということになるが、このことは、反徒たちの精神的指導者ボール司祭の次の訴えかけによく表明されている。

同胞よ、この頃では最も弱き者たちが苦しい目に
遭っている。
だが私の話を聞いてくれ、ジョン・ボールの言うことにしたがってほしい。
金持ちが栄え、貧乏人はその門前でほどこしを乞うという
悲しむべき国へと、イングランドは今やなり果ててしまった。
しかし神はこの仕打ちを決してお許しにならないし、よしともされないのです。
そのことを私は皆さんの前で聖書にかけて証明することができる。（一幕一場七五―八一行）

他方、体制側の国家像は、国王を絶対的中心に位置づけた国体であり、臣下はすべてその中心に向けて、忠誠と愛情をそそぐべきものとされている。臣民の不満について討議する国務大臣の台詞を引用してみよう。

両閣下、仰せのお言葉はもっともなことです。
と言うのも、両閣下のお話は、理性という確かな根拠に基づいており、
国王の利益を常に念頭に置いておられるからです。
そしてその利益こそこの国の利益そのものなのです。

我々は皆国家のためだけに生きており、
その国家とはすなわち王権そのものなのです。　（一幕二場一九七―二〇〇、二一〇―一一行）

反乱軍のイングランドは、ベイルの『ジョン王』における寡婦「イングランド」と同様、迫害された悲哀の対象として客体化されている点に特色がある。そして、このことは、権力に搾取され他者化された反徒たちの自己像と通じ合うものであろう。その一方で、体制側のイングランドは、中心としての国王にすべてのものが求心的に志向する構造となっており、この両者はいちじるしい対照を示すことになるのである。

『サー・トマス・モア』――外国人排斥運動の演劇化

『ジャック・ストロー』が一エピソードとして挿入した外国人排斥運動を、正面から取り上げたものが『サー・トマス・モア』（マンディ原作。改訂は、ヘンリー・チェトル、ヘイウッド、シェイクスピア、トマス・デカー他）である。もちろんこのドラマは、ヘンリー八世の治世下、一五一七年に発生した大規模な外国人襲撃事件である「血の五月祭事件」（Evil May Day）に取材し、それをかなり忠実に再現してはいるのだが、まぎれもなくそこに描き出されているものは、一五九〇年代の反外国人騒動であり、かつ両者に通底する外国人嫌悪の感情なのである。この劇は、先の二作品のようには、一三八一年の一揆を再現または利用していないものの、都市貧民層へのすり替えではなく、反外国人感情をたぎらせた市民や徒弟そのものを正面きって登場させている点で、注目されるべき作品である。つまり、暴動や反乱が有するエネルギーの象徴として、あるいはまたその震源地として、『ヘンリー六世・第二部』や『ジャック・ストロー』においても措定されてきた徒弟連中の無法性や暴発性が、ドラマの背景的なトーンとしてではなく、アクションの本体として活用されている、ということになる訳である。

『サー・トマス・モア』は、モアをめぐるさまざまな歴史的・非歴史的事件やエピソード（シティの司政官→一五一七年の外国人襲撃事件鎮圧の功績→枢密院議員・大法官→国王からの書状への署名拒否→幽閉・処刑）をつなぎ合わせることで、モアの人徳を浮かび上がらせる構成を取った伝記劇である。(9)『サー・トマス・モア』におけるイングランド像は、したがって、モアのこの政治的経歴との関連で表明されることになるが、それらを二点確認しておこう。まず一点目は、モアを昇進させる契機となった、外国人襲撃事件絡みの場面である。外国人による乱暴狼藉や人権無視に業を煮やしたリンカンらロンドン市民たちは、暴力でもって対抗することにするが、外国人を敵対視するその過程で、市民らは否が応でも自分たちがイングランド人であることを意識させられる。

イングランド人の忍耐が外国人によってこんなにも愚弄された挙げ句に、
自分たちのこうむった権利侵害に復讐しちゃあならないとは、
耐え難い世の中だ。
（一幕一場一二五—一二七行）

損害と損失は
我らすべてに被害を与えております故、我ら全員、
救済のため意識を高めねばなりません。そして、上述の外国人が繁栄し、
このイングランドの地に生を享けた者が破滅することを、
許してはならないのです。
（一幕一場一一八—一二二行）

『サー・トマス・モア』の市民たちのこうした自国意識は、同時代の外国人排斥運動を目の当たりにしていたロンドン市民たちのイングランド意識と同調したことは確実である。

またもう一点は、国政の要職にたずさわる大法官としてのモアの言動に関わる箇所である。枢密院の議長として政治の舵を取るモアには、常にイングランドの安寧への思いが存在する。『サー・トマス・モア』という戯曲は、モアの昇進から没落までを伝記劇的に描くという性質上、大法官として政治運営を行うモアの姿はわずかしか存在しないが、それでも本劇におけるイングランドへの言及として、指摘しておく必要があろう。

ああこのおごそかな会議卓、
この小さな卓上において、わが国の
健康とその維持が日々診断されている。
その利益をもたらす我ら医師団は、
時に注意深く食事療法をほどこし、また時に瀉血を行う。（四幕一場一四—一八行）

ところで、これら『ヘンリー六世・第二部』、『ジャック・ストロー』、『サー・トマス・モア』の三作品には、作劇上共通するある方向性が存在する。それは端的に言えば、暴動と暴徒の他者化の問題なのだが、これは主として事前の自己検閲を含む検閲への配慮からのことと考えてよかろう。[10] ケイドの悪魔化しかり、『ジャック・ストロー』や『サー・トマス・モア』における群衆の衆愚化しかりなのである。そして、それとは引き替えに、体制側に大義ありとの神話化が図られてゆくことになる。『ジャック・ストロー』から一例を引いてみよう。一三八一年の農民一揆における反乱農民の最も重要な主張点は、政治の私物化と重税の導入を強行した、ジョン・オヴ・ゴーントならびに当時の大司教・大蔵卿の排除であり、国王の救出・王政の回復そして農奴制の廃止であったと言われている。しかし、ドラマにあっては、ジョン・オヴ・ゴーントはその存在さえなく、大司教・大蔵卿は愛国心溢れる忠臣として登場しており、国王への忠誠を掲げてロンドンへと進軍したはずの農民たちは、私的復讐と略奪を求めてシティへと殺到する有象無象の群衆へと変換され、国王リチャード二世の眼前に罵詈を投げつける憎悪と敵意の化身として表象されている。(11) このことからも明らかなように、民衆は基本的には、常に負の表象を背負うよう描かれている、と考えてよいであろう。

第四節　消える民衆暴動表象――『トマス・オヴ・ウッドストック』と『エドワード二世』

しかし、負の表象であれ、表象そのものが存在する分、まだ民衆への方向性が残存していると言える。作者不詳の『トマス・オヴ・ウッドストック』は、リチャード二世およびその側近と大貴族との抗争を描く、史実を大胆に改変したドラマだが、そこにはもはや民衆とその暴動が持つエネルギーは直接的な形では存在しない。一三八一年の農民一揆と推定されるエセックス・ケント両州での蜂起は、ドラマ前半部では何度か言及され、リチャード二世らの圧政を観客に印象づけるものの、その後のアクションとは本質的な形では連動してゆかない。また、ドラマ終盤での民衆蜂起への最後の言及は、やはり言及されるのみで、舞台上に再現されることはない。グロスター公トマス・オヴ・ウッドストックの失踪を受けてのこの反乱は、しかし、反乱の直接描写の隠蔽という再現上の操作も注目すべきことだが、さらにもう一点、民衆暴動表象の展開を考える上で、興味深い問題を含んでいる。

愛国的であると民衆が認定した王侯貴族の死をきっかけとして、あるいは民衆が忠誠を捧げる権力者の身を危険から救うために、民衆が蜂起するというこの構図も、実は、『ヘンリー六世・第二部』にその先例を見ることができる。グロスター公ハンフリー暗殺の噂に反応して暴徒と化した民衆は、実際に舞台上で王の御前へと押し寄せ、わずかとはいえ台詞も配当されている。そして、彼ら群衆の意図ならびにその流れの勢いは、ソールズベリー伯を通して王に伝えられ、サフォーク公の追放という実効を生むにまで至る訳である。しかし、これに対して『トマス・オヴ・ウッドストック』では、同様に民衆はウッドストックの失踪の知らせに対して反乱を起こすのだが、先に述べたように、舞台上での存在と台詞を一切奪われているため、ここでは民衆の蜂起がもたらす成果はアクションの上で目に見える形で実を結ばず、実感しにくいのが現状である。また、『ヘンリー六世・第二部』の反乱が、年代記に基づくものであるのとは対照的に、『トマス・オヴ・ウッドストック』におけるこの暴動は、劇作家による創作である上、貴族たちの復讐のための反逆に呼応する形で、あるいはそれに寄り添い支持する形で描かれている点に特徴があり、貴族側の政治抗争への民衆エネルギーの吸い上げさえ、感じさせるものがあると言えるのではないであろうか。

『トマス・オヴ・ウッドストック』は、国王と大貴族の権力闘争を軸としつつも、そこに民衆への言及やその民衆の側に立つウッドストックを配置しているため、本劇におけるイングランド表象は、以下に列挙するように、きわめて多彩で興味深い。（一）リチャード二世と貴族たちとの間で争奪される対象としてのイングランド。（二）リチャード二世によって側近に賃貸され、搾取される不動産としてのイングランド。（三）リチャード二世の王権と同一視されるイングランド。（四）リチャードのフランスでの出生や側近たちの外国風のファッションとの対比で浮かび上がるイングランド性。（五）圧政のもとで破滅させられ、それ故憐れみの対象として愛国心を喚起するイングランド。（六）エドワード三世や黒太子への言及を通して喚起される英雄的国家像。（七）祖国として母国愛を喚起するイングランドなど。ここでは、第四と第五の項目に特に注目してみたい。

国王やその寵臣による異国風のファッションが、非イングランド的なものとして攻撃を受ける事例は、イングランド史劇に限っても『エドワード二世』や『リチャード二世』にも見受けられる。しかし、『トマス・オヴ・ウッドストック』の場合、その描写が群を抜いて詳細なだけでなく、主人公ウッドストックのトレードマークである質実さ（「私は常に質実なるトマスだ」（三幕二場二四一、四幕二場一五三行））と際だった対照を見せるだけに、観客のイングランド性の意識に大きな効果を持ちえたであろう。[12]

お前もすでに気づいていよう、我々はこの質素な王国の
粗野なファッションを変え始めたのだ。
言っておくが、ナン（＝王妃）、私はこのイングランドの王権を
他のキリスト教諸国の驚嘆の的にするつもりだ。
これらの衣服を考案するために、我々は枢密院の会議を開いた。
サー・ヘンリー・グリーンはこの流行りの型の靴を考え出した。
ブッシーはこの突き出た部分だ。バゴットとスクループが今回発表したのは、
この結合部、つま先とひざの間を
美しく鎖でつないだものだ。　（三幕一場四七―五五行）

また、憐れみの対象として愛国心を喚起するイングランドという項目も、決して『トマス・オヴ・ウッドストック』に限った固有のものではないが、イングランドの窮状を訴えるウッドストックの感情の激しさは、やはり特筆に値する。

真の貴族をこのような形で
排斥するとは、このイングランドという国家もやがて
ひび割れ、粉々に砕け散り、破滅するだろう。　（二幕二場一六二―六四行）

ところで、『トマス・オヴ・ウッドストック』における民衆エネルギーの回収という観点から言えば、『エドワード二世』にも同様の現象を確認することができる。ホモセクシャルな愛情で結ばれた王と寵臣による政治の専横と、国家を憂う貴族たちとの権力闘争――劇的構造に限って見れば、『トマス・オヴ・ウッドストック』と『エドワード二世』はきわめて酷似した構成を有している。そして、前者が舞台上での民衆表象を回避したのと同様、後者にも民衆の姿は存在しない。いやそれどころか、『エドワード二世』にあっては、民衆暴動の報告さえないのである。この劇で描かれるのは、高まる民衆の不満のみであって、貴族側――とりわけマキアヴェリアン的モーティマー（甥）――が、自分たちの政治行動を正当化し補強する手段や根拠としてのみ、その膨張する民衆の鬱屈したエネルギーを取り込もうとする。[13]ここには、『トマス・オヴ・ウッドストック』以上の、民衆の主体の剝奪と民衆表象の隠蔽、そしてそのエネルギーの搾取が描き込まれているのである。

一五九〇年代前半のイングランド史劇における民衆暴動の表象は、以上検討してきたように、一三八一年の一揆を原型として使用し、かつその主体を農民層から都市貧民層へとすり替えることで、時事関連性を巧みに利用しながら成立してきた。しかし、その展開をたどってみれば、そこでは、それらが徐々に民衆的エネルギーを喪失してゆく方向に、向かっていったことも理解されるであろう。つまり、イングランドにおける王権あるいはイングランドという国家そのものの、屋台骨を揺るがすような反乱や騒乱の再現と、その結果としての混沌相の呈示という図式を有するイングランド史劇の系統が、このあたりで大きな転換点を迎えたのは確かなことであると言ってよいで

あろう。『トマス・オヴ・ウッドストック』のリメイクであるシェイクスピアの『リチャード二世』が、第二幕までは同一のトーンを引きずりながらも、それ以降の後半の展開において、リチャード二世個人の精神的悲劇性へと、アクションを大きく傾斜させていったことは、一五九〇年代後半のエリザベス朝演劇のたどるべき方向性を、見事に予告したドラマトゥルギーであった。(14) エリザベス朝の演劇史を検証する際、この二作品の間に横たわる、イングランド史劇の展開が持つ重要性に、我々は十分な注意を向けなければならない。(15)

第五節　パロディ化される民衆暴動表象——一五九〇年代後半期以降

一五九二年六月に再燃した外国人排斥運動絡みの暴動は、折からのペストの猖獗と相まって二年近くロンドンの劇場を閉鎖し、その間大がかりな劇団間の再編を生じさせた。前節で指摘したドラマトゥルギーの変化は、こうした外的環境の激変と時間の経過による演劇的風土の変容とが生み出した結果の一つと考えられうるが、それでもこの時期以降のイングランド史劇において、暴動表象がまったく途絶えてしまうという訳ではない。一五九九年に出版された、ヘイウッドの創作とされる『エドワード四世』二部作は、金細工商夫妻の夫婦愛のセンティメンタルな悲劇を主筋としているものの、民衆暴動表象の展開を考察する上で、見逃せない反乱を描き込んでいるからである。

イングランド史劇としての『エドワード四世』は、エドワード四世即位直後の時点からリチャード三世の即位までを扱い、フォーコンブリッジの反乱、エドワード四世のフランス遠征、およびグロスター公リチャードの王位奪取が主要な政治的事件となっている。だが、これらはいずれもショア夫妻のプロットを浮き彫りにする効果を有する、同時代的出来事にすぎない。『エドワード四世・第一部』の冒頭で展開されるフォーコンブリッジの反乱にしても、ロンドン市長とシティの有力者そして徒弟たちの愛国的な団結力、ならびにそれを背景にしてのショアの前景化に主眼が置かれている。しかし、この反乱は、しばし途絶えていた舞台上での暴動を再現しているという点で、また一五九〇年代前半の暴動表象の背骨を形成していた一三八一年の農民一揆言説の再利用という点で、そして何よりもその言説をパロディ化しているという点で、きわめて特異なのである。

だが、第八章で詳述するように、『エドワード四世』が、センティメンタリズムを主眼とした劇作術故に、政治と歴史を遠景化し、その中で民衆暴動を九〇年代前半のイングランド史劇以上に私的略奪へと矮小化し、アクションの引き立て役へと還元してしまっている。こうした事例から明らかなように、そこに暴動表象の顕著な変質を認めることはたやすい。そしてイングランド（およびブリテン）の歴史に取材した歴史劇が、この後民衆暴動を舞台にあげることは二度とない。『サー・トマス・ワイアット』（一六〇四年）ならびに『ノウバディとサムバディ』[16]（一六〇五年）において、悪政改革を企てるクーデターの首謀者が、みずからの大義を補強するために、膨れあがる民衆の不満にかろうじて言及することはあっても、アクションに実効を持つことはもはやないのである[17]。一七世紀における民衆暴動劇の消滅は、要するにそれを支えていた演劇的磁場の消失を意味するが、その遠因――歴史劇（への需要）それ自体の衰退、歴史劇ジャンルのロマンス化、そして王朝の交替による市民社会の環境変化（などの複合的作用）――を列挙することは可能であっても、その要因を正確に特定することは容易な作業ではない。だが、一七世紀における衰退というこの現象が、一五九〇年代前半期での、民衆暴動表象の漸層的減少の延長線上にあることだけは確かであろう。

＊　＊　＊

最後に、『ジャック・ストロー』、『サー・トマス・モア』ならびに『トマス・オヴ・ウッドストック』のイングランド表象を要約しておこう。『ジャック・ストロー』では、反乱軍と体制側との対峙という劇構造がそのまま国家表象に反映されており、反乱軍のイングランドは、迫害された悲哀の対象として客体化されている点に特色がある。そして、その一方で、体制側のイングランドは、中心としての国王にすべてのものが求心的に志向する構造となっている。同時代の外国人排斥運動に取材した『サー・トマス・モア』では、ロンドン市民たちが外国人を敵対視するその過程で、彼らは（そして観客たちも）否が応でも自分たちがイングランド人であることを意識させられる結構となっている。『トマス・オヴ・ウッドストック』のイングランド表象は、既述のように多様であるが、主人公ウッドストックを中心とした大貴族らによる外国風ファッションの排撃と、圧政のもとで破滅させられたイングランドへの哀悼とが、イングランドへの意識を喚起する点で、とりわけ目を引く。

（1）年代記やイングランド史劇と国家意識の形成を扱ったものとしては、ヘルガーソンを参照。またホリンシェッドの年代記をテューダー朝の文化史の中で読解したものに、Patterson, *Reading Holinshed's Chronicles* がある。

（2）イングランド史劇の制作総数は研究者により多少のばらつきがあるが、例えばポール・ディーンは、一五八〇―一六二〇年に上演された歴史劇数を約八〇（その内シェイクスピアのものが一〇、また現存作品はおよそ半数）と考えている。Paul Dean, "Forms of Time: Some Elizabethan Two-Part History Plays," *Renaissance Studies* 4 (1990): 410–30.

（3）初期近代イングランドにおける浮浪者と貧困問題に関しては、A. L. Beier, *Masterless Men: The Vagrancy Problem in England 1560–1640* (London: Methuen, 1985) を参照。また一五八〇―九〇年代を中心とする一六世紀後半における民衆の経済的困窮に関しては、William C. Carroll, *Fat King, Lean Beggar: Representations of Poverty in the Age of Shakespeare* (Ithaca, NY: Cornell UP, 1996) 127–57 あるいは同じ著者による "'The Nursery of Beggary': Enclosure, Vagrancy, and Sedition in the Tudor-Stuart Period," *Enclosure Acts: Sexuality, Property, and Culture in Early Modern England*, ed. Richard Burt and John Michael Archer (Ithaca, NY: Cornell UP, 1994) 34–47 を参照。さらにブライアン・マニングは、一五八一年から一六〇二年の間に、三五回もの暴動がロンドンで発生し、この数値は、一五一七年から一六四〇年の期間にやはりロンドンで発生し

た、九六回の騒乱の三分の一以上の割合を占めていることを指摘している。Brian Manning, *Village Revolts: Social Protest and Popular Disturbances in England, 1509–1640*（Oxford: Clarendon P, 1988）187.

（4）George Puttenham, *The Arte of English Poesie*, ed. Edward Arber（1906; Ohio: The Kent State UP, 1970）267.

（5）Patterson, *Shakespeare and the Popular Voice* 38–42.

（6）本書における一三八一年の農民一揆の記述は、Charles Poulsen, *The English Rebels*（London: Journeyman, 1984）1–50 に負うところが多い。

（7）有名な「アダムが耕し、イヴがつむいでいた昔、／身分の違いなどなかった」（一幕一場八二―八三行）を含むジョン・ボールの台詞の中に、「地主は小作料を、弁護士は手数料を取ります」（八七行）や「地主に多額の借地料を支払わねばならない」（九八行）などの農耕性関連の表現が存在するのみである。『ジャック・ストロー』からの引用は、Kenneth Muir and F. P. Wilson, eds., *The Life and Death of Jack Straw*（Oxford: Oxford UP, 1957）に拠る。

（8）「おいお前、隊長たちがお決めになったんだ、『パンとチーズ』をちゃんとした英語で発音できないやつは、みんなそれだけで死刑だってね。スミスフィールドで大勢の外国人が死んだのも、それが理由なんだ。『パンとチーズ』と言えるか、さあ、聞かせてもらおうじゃないか」「ピャンとキーズ」（三幕五場一―六行）。この場面はこの六行によってのみ構成されており、また話者名も欠落しているが、前者が反乱軍の少年ノブズの、後者がフランドル人の台詞と考えられる。

（9）伝記劇に関しては、第八章参照。

（10）当該戯曲と検閲の関わり合いに関しては、例えば、Janet Clare, '*Art made tongue-tied by authority*': *Elizabethan and Jacobean Dramatic Censorship*（Manchester: Manchester UP, 1990）ch. 3 を参照。

（11）『ジャック・ストロー』における体制側のイングランド表象は、こうした王権の大義を言祝ぐ政治的メッセージに端的にうかがわれるように、国王すなわち国家という非常に単純な構図を特徴としている。

（12）『トマス・オヴ・ウッドストック』からの引用はすべて、Peter Corbin and Douglas Sedge, eds., *Thomas of Woodstock or Richard the Second, Part One Anon.*（Manchester: Manchester UP, 2002）に拠る。

（13）一例を挙げると、「王に反抗して蜂起すれば反逆となります。／ですから民衆を味方につけましょう。／…／だから民衆と貴族が一つに合流すれば、／王とてもギャヴェストンの盾となることはできません」（一幕四場二八一―八二、二八七―八八行）。

(14) 詳細は、第七章第一節参照。

(15) このあたりの影響関係を図解すれば次のようになる。戯曲間の記入事項は、後発戯曲が先行戯曲から影響を受けた項目を表す。例えば、『ヘンリー六世』は、主人公像と反乱表象の点で『トマス・オヴ・ウッドストック』に影響を及ぼし、主題・台詞・反乱表象の点で『エドワード二世』に影響を与えている。この図は、一五九〇年代前半期の「弱き王」劇を中心に、反乱表象を軸として図解を試みたものであり、すべての要素を網羅したものではない。

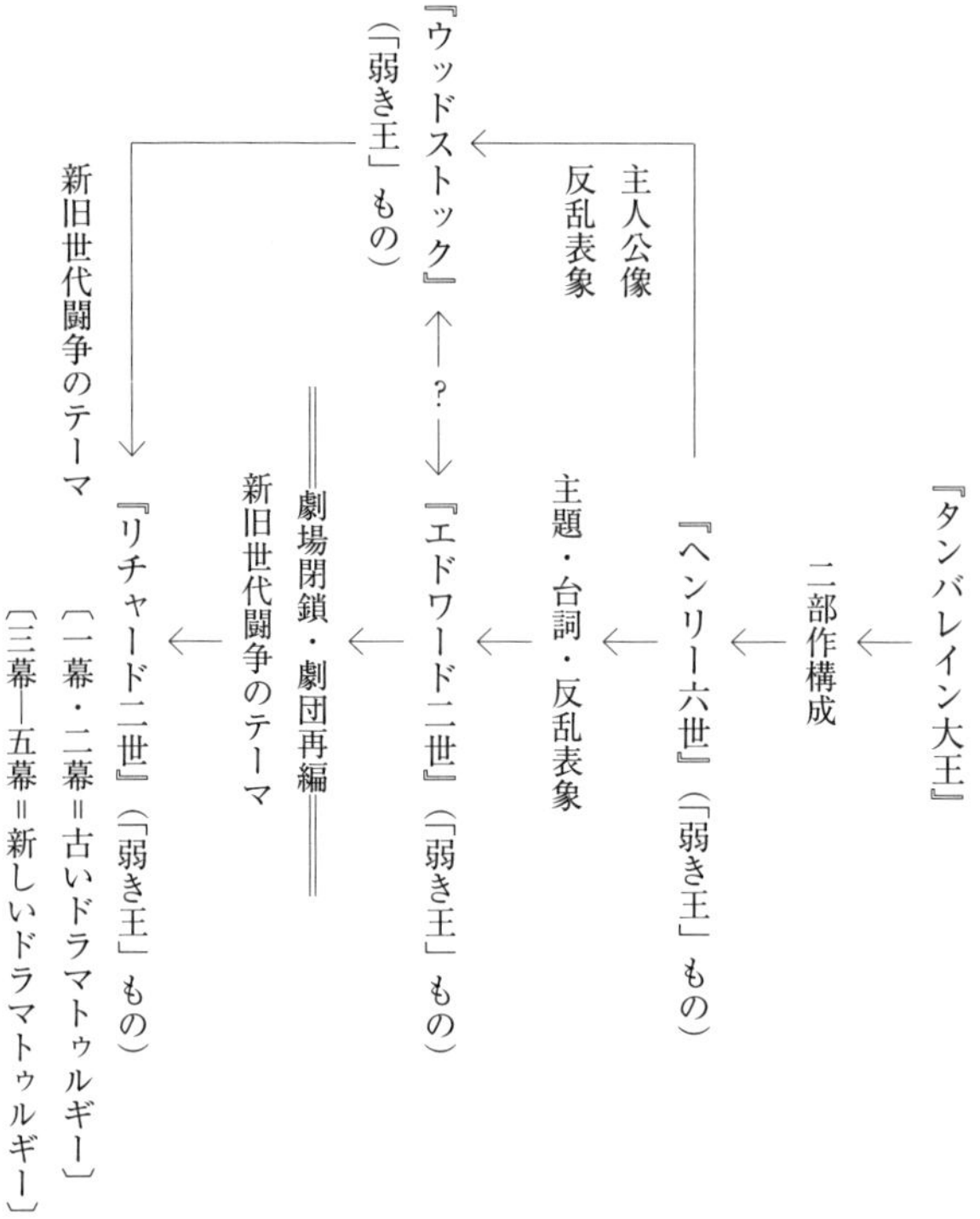

（16）作者不詳の『ノウバディとサムバディ』のプロットは、ブリテンの王エリドュアの三度にわたる戴冠を中心とする主筋と、善良な慈善家であるノウバディをサムバディが中傷迫害する脇筋とがコアになって構成されているが、この両者は必ずしも有機的に連関しているとは言い難い。前者の粗筋をまず要約しておけば以下のようになる。暴君アーキギャロがクーデターによって廃位された後、不承不承で即位した弟のエリドュアが、一旦は憐れみの心から兄に王位を返還するが、アーキギャロの急死で再度即位するものの、今度は弟のペリドュアとヴィジェニアスによって王座から追われる。しかし、彼らの共同統治も、単独政権を狙った戦争で両者が自滅することによりあっけなく崩壊し、エリドュアの三度目の即位となる。

一方、後者の物語は相当にアレゴリカルである。ノウバディとサムバディという道徳劇風の人物は、その社会的地位からして判然としない。正直者で慈悲深く、貧民を救済し、ホスピタリティを体現するノウバディは、サムバディによって中傷され、極悪謀反人として地方からロンドンへ、そして宮廷へと追い詰められてゆくが、最終的にはサムバディの正体が露見し死罪となる。サムバディがノウバディを誹謗迫害する理由は、劇中においてまったく明示されない。ただ、サムバディはノウバディとは正反対の性質を有する人物である、との設定があるのみである。

『ノウバディとサムバディ』という戯曲は、国家表象の観点から述べるべきことはほとんど何もない。また、上演用の戯曲としても、高い評価を与えることはできない。しかし、前者の宮廷を舞台とする権力闘争では、専制君主と忠誠の問題、「弱き王」による統治の不安定さ、共同統治による王国の分割と荒廃、また野心と高慢が招来する道徳的退廃などが、さらに後者のノウバディとサムバディの争いでは、貧民・浮浪者の救済や、重税・高金利といった経済的問題、また美徳や慈善・ホスピタリティの衰退という社会道徳の問題が、それぞれ焦点化されていて、歴史劇としても史的文書としても、さまざまな問題系を提起している。

（17）ハーベッジは、『ノウバディとサムバディ』が、一五九二年頃に創作された戯曲の改作である可能性を指摘しているが、もしそうだとすれば、この作品における民衆暴動表象は、同時期の『トマス・オヴ・ウッドストック』や『エドワード二世』のそれと、同じ方向性を示していることになる。また、さらに時代を下れば、『ヘンリー八世』（一六一三年）と『パーキン・ウォーベック』（一六三三年）においても、重税故の民衆暴動への言及が存在するが、いずれにおいても主人公の政治力を照射するエピソード以上のものではない。

第六章　一五九〇年代前半期のその他の歴史劇
――『エドワード一世』と『エドマンド剛勇王あるいは戦が皆を友人とす』――

本章では、前章までで扱わなかった、一五九〇年代前半期の二つの歴史劇を取り上げ、国家表象の観点から分析を行う。一五八〇年代後半から九〇年代前半は、広義のエリザベス朝演劇史上、イングランド史劇が多産された第一の時期に当たるが、数量面に加えてこの時期の特筆すべき特徴の一つは、主題面での多様性であろう。対フランス戦での英雄的国王を中心に据えた『ヘンリー五世の名高き勝利』と『エドワード三世』、ローマの教会権力と国王の統治権との軋轢を描写した『ジョン王の乱世』二部作と『ジョン王』、「弱き王」がもたらす内乱を描いた『ヘンリー六世』三部作と『エドワード二世』、王位への野心を前景化した『リチャード三世の真の悲劇』と『リチャード三世』。

本章前半で分析するジョージ・ピールの『エドワード一世』（一五九一年）は、しかし、上記のイングランド史劇群と部分的に重なり合う主題は有するものの、そのいずれにも収まらない独自の位置を占めるイングランド史劇と言ってよい。その理由は何よりも、本劇におけるイングランドの描かれ方の――より正確に言えば、イングランドそのものの直接の描出もさることながら、政治的影響関係を有する隣接国家との交渉の有りようをより前面的に描くことを通して、イングランドを結果的に表象する――特異性にあろう。ここで言う隣接国家とは、具体的には、ウェールズ、スコットランド、そして王妃エリナーを通して背後に照射されるスペインの三者であるが、[1]以下本章では、この三国とイングランドとの間の政治力学が本劇においていかにドラマ化されているかを、順次分析する。そしてそれらの関係性の中で、イングランドがどのような姿で輪郭化されるかを論考し、最後に、愛国的歴史劇のレッテルで片づけられがちな[2]、本劇の評価の正当性を検証する。

第一節　『エドワード一世』——イングランド表象（開幕部）と理想的国家像の構築

『エドワード一世』におけるイングランドの描写をその構成面から考えた時、最大の特徴は、イングランドが直接に描き出される場面が、冒頭部と大団円に限られるということである。本章ではそれらを二つに分け、ここではまず冒頭部のイングランド表象を分析してみたい。

冒頭部の第一場は、十字軍遠征より帰還したエドワード（この段階ではまだ皇太子）一行を、居並ぶ貴族や皇太后が出迎える場面から始まる。皇太后は、令名世界にとどろくイングランドの栄光を称え、エドワードのエルサレムからの凱旋を高らかに言祝ぐ。

輝かしきイングランド、古来よりの王の座、
歴代の王の騎士道精神は汝の名声を不朽のものとし、
その誉れは、地上隅々にまで勇ましくとどろき、
征服と戦利品と勝利を宣言し、
はるか彼方の土地にまで栄光を反響させる。

武勲で鍛錬されし、いかなる勇武の国が存在したのか、
また、いかなる残忍獰猛な蛮族が存在したのか、
そして、南方熱帯のいかなる地域が、
あるいは厳寒北極のいかなる地域が存在したのか、
かつてブリテンの名に、そしてその強大な征服王たちの
名に、震えおののかなかったような。
隣国のスコットランド、デンマーク、フランスは、
彼らの偉業に威圧され、イングランドの武力を恐れて、
時に防衛同盟、時に武力同盟を懇願してきた。
かくして、豊かで強大な諸王を擁するヨーロッパでさえ、
畏敬すべき王を擁する、勇敢なるイングランドを畏怖してきたのだ。
古のトロイの名声に匹敵するアルビオンの名誉、
その名誉を擁護してきた先王たちの名を不朽にすべく、
エルサレムよりこのたび愛すべきエドワードが凱旋する。

……………………………………………………

そして見るがよい、ドーヴァーの街についに到着した
お前たちの王、お前たちの栄光、わが息子長脛王を。
勝利の貴族と勇ましき騎士の一団をしたがえ、
血まみれの兜を戴く軍神マルスのごとく大軍を睥睨し、

馬上にて全軍を一頭地抜き、
太陽神さながら燦然と輝きながら行進する王を。(3)　（一場一一―二九、三三―三八行）

同時期のイングランド史劇の中でも、最も愛国的な台詞の一つと言ってよいこの祝福を受けて、エドワードと皇太子妃、貴族、花輪や羽根飾り・赤十字のコートで着飾った兵士らが登場すると、皇太后は歓喜のあまり気絶さえするが、息を吹き返した皇太后はエドワードに、彼の不在中に父王ヘンリー三世が死去したことを伝える（皇太后はこの冒頭部を除けば、本劇ではほとんど機能しない人物だが、それだけにドラマのトーンを決定する情報を提供し、イングランド表象の基底音を設定する、彼女の役回りは見逃されるべきではない）。

これに対してエドワードは、祖国イングランドと貴族らに挨拶を行った後、自己評価と、それを可能にしてくれた兵士たちへの経済的配慮を行う。自己評価とは、今回の凱旋をシーザーの凱旋と比較し、それをもしのぐものと評価し、さらにみずからを神と兵士に護られたオークの木にたとえる振る舞いを指すが、この演出を通してエドワードは自身の栄光を強調し、盤石の礎に屹立する権威的姿を呈示する。そしてその一方で、慈悲深き指揮官として、異教徒に対する兵士たちの戦いを称賛し、また負傷兵へ十分な報酬を約束した上で、年金と宿舎を与えることにし、貴族たちにも協力を求めると、皇太后を始め貴族たちは次々に贈与を申し出る。目下の兵士たちへの配慮を怠らない度量の大きさと、貴族など権力階層を掌握しそれをまとめきる統率力。このような過程を通して、自己成型を行った上でエドワードは、グロスター伯からの戴冠の申し出に向かい合い、神への感謝と共にそれを受諾する。

こうした操作を通して、ここに現前するのは、神の敵をうち懲らし意気揚々と凱旋した征服者の姿であり、また調和と統率が行きわたるイングランドの中心に、揺るぎなく定位された国王エドワードの姿である。国外に対しては威信を示し、国内では完全な統治を行う。『エドワード一世』においてまず確立されるのは、こういった絶対的な中心としてのイングランド国王と、その国王が治めるイングランドの国家像である。

だが、この理想的な国家像には、隠蔽された現実問題と、理想像崩壊への萌芽が早くも用意されている。傷病兵・負傷兵の補償問題は、『エドワード一世』の上演当時大きな社会問題となっており、たとえこの作品が一三世紀後半の治世を取り上げたものだとしても、劇中における国王の慈愛溢れる配慮ぶりは、あまりにも理想的に描かれすぎているだけに、かえって現実との大きな落差をあぶり出し、作品が示そうとする国王像・国家像に対して不安を喚起した可能性がある。[4] さらにもう一点、エドワードや貴族らが退場した後の、王妃の言動には看過できない性質のものがある。王妃エリナーは、戴冠式において王者らしい威厳のある振る舞いを心がけることにし、そのことで母国スペインの栄誉に貢献したいと娘のジョーンに語るが、それに続けて、イングランドの国民はかたくなであり、将来スペインの頸木にかけるつもりである、との驚くべき発言を行う。無敵艦隊来襲からまだ三年ばかりの時期に、しかも依然としてスペインが、イングランド最大の敵国として政治的脅威であった国際状況を考慮に入れるならば、[5] 王妃エリナーはこの時点で彼女の母国スペインと完全な等号で結ばれてしまうことになり、理想的な国家像が造形されたばかりのイングランドに、早くも影がさすことになる。母親のこの言行に対して、ジョーンは、イングランドの民は勇敢で礼節をわきまえ、忠誠心に富んだ国民だと述べた上で、君主論めいたものを展開するのだが、

しかし、もし君主が一旦高慢な心で尊大になり、
最も豊かな国家の力であり礎でもある
国民の愛を軽んずるようなことがあれば、
その君主は、専制と不平で統治するよりも、
公務を退き私的生活に専念する方がよいでしょう。　（一場二五一―五五行）

この発言の要点である「高慢な心で尊大になり」こそ、王妃を規定する最大の特徴となって、本劇の中で展開されてゆくことになるが、それは第四節「スペイン表象と反スペイン感情」のセクションで詳述する。

第二節　『エドワード一世』――ウェールズ表象と民族意識

ウェールズとイングランドの関係は、この両者が支配・抑圧という形態を通して、相互に国家像を規定し合うという意味において、『エドワード一世』の中で最も重要な構成要素である。史実では、一二六七年にヘンリー三世よりウェールズ君主（プリンス・オヴ・ウェールズ）として、ウェールズ諸侯の宗主として認められたルウェリンだが、一二七七年エドワード一世との間に論争・抗争が生じ、結果としてルウェリンの敗北と権勢の低下を招くこととなる。『エドワード一世』第二場は、まさにこの状況から開始される。ルウェリンは、ミルフォードヘイヴンに集結させた腹心の部下を前に決起を呼びかけ、現在の窮状を挽回すべく、自分たちの祖先と信じるトロイ人の血に訴えかける。かくしてルウェリンは、イングランドへの巻き返しを計画し、自分の弟のデイヴィッドをエドワード一世の宮廷に送り込むことで、王のデイヴィッドへの寵愛を利用して着々と情報を入手する。そして、このような国内勢力の結束と並行して、ルウェリンの政略的婚姻が描写される。(6) ルウェリンはこの地でフィアンセ、エリナーの上陸を待ちかまえてもいたのだが、彼女の船は敵方エドワード一世にとらえられてしまい、このことに激怒したルウェリンは、部下たちに「武器を取れ、トロイの血を引く真のブリトン人よ」（二場六一〇行）と迫り、戦いの指示を出すことになる。(7)

ウェールズの不穏な動向に対して、エドワード一世は鎮圧軍を差し向ける（第三場）が、一方ルウェリン側はエリナー奪回のために策略にたけたデイヴィッドに作戦の立案を依頼すると、デイヴィッドは自分がウェールズの捕虜となり、和平交渉時に虐待ぶりを見せつけることで、有利な条件を引き出すことを提案する（第四場）。こうして両軍は第五場で相まみえることとなるが、ルウェリンが計画通りにデイヴィッドの身体を傷つけてゆくと、エドワード一世もついにルウェリンの要求に屈しエリナーを引き渡す。この後、エドワード一世がウェールズの反乱軍に投降と自分への忠誠を呼びかけると、彼らは二つの条件を提示する。一つは兵士全員への恩赦であり、今一つは、ウェールズ生まれのウェールズ人以外は、ウェールズの君主としないようにという要求（「ウェールズで生まれたウェールズ人以外は、／何人も我々を統治するカンブリアの君主であってはならない」（五場九八八―八九行））であった。イングランドの実質的支配権はいささかも揺るがないものの、ウェールズの兵士らは、名目の上だけでもルウェリンの権威と人身の自由を保持しようと試みたのであり、この条件がやがて「イングランド人」のプリンス・オヴ・ウェールズを生み出すことになる。

ここで再び史実に目を向ければ、約五年間こうしたイングランドの有効支配が続いた後の一二八二年、ルウェリンとデイヴィッドは再度蜂起し、エドワード一世の遠征軍によって敗死させられることになるが、ドラマはこの間のルウェリンの状況を、ロビン・フッドのモチーフを用いて描き出そうとする。第七場でルウェリンは、イングランド軍によって都市から荒野へと追い立てられたことに触れながら、自身を無法者・アウトローとしての「無礼講の主催者」（maister of misrule）と定義した上で、みずからをロビン・フッドになぞらえる。ここには、ロビン・フッド物語にお決まりの乙女マリアン（＝エリナー）や修道士もすでに顔をそろえている（そして次の第八場になると、エリナーの動向をひそかに見守るモーティマーが、焼物師に変装してルウェリン一行に参加しさえする）。第八場では、ルウェリン一行は全員緑の衣装を身にまとい、陽気な歌を歌いながら登場する。ルウェリンは悲しみのない森の生活は楽しく、エドワード一世の王冠をねたむこともないと述べるのだが、ここには権力に対して意図的に距離を置くパストラルの言説と、アウトローという位置に追い込まれながらも、プリンス・オヴ・ウェールズとしての矜持とそしてささやかな抵抗をくずそうとしないルウェリンが装う、ロビン・フッド伝説とが交錯していることを忘れてはならない。

ロビン・フッド伝説に特有の、礼節をわきまえた義賊としてのロビン・フッド、というニュアンスをここまでは漂わせつつも、『エドワード一世』におけるこの伝説の領有は、第一一場において別の様相を見せる。義賊ではなく、単なるアウトローとしてのロビン・フッドである。この場面は、まずルウェリンの仲間の修道士が、奸計を用いて集金人の農夫から多額の現金を巻き上げるところから始まる。ルウェリン自身も通行人から強制的に通行料を徴収しており、後に(正体を隠した)エドワード一世と共に再登場した農夫が、この場所はロビン・フッドとその手下が厄介事を起こす危険な通り道だと忠告するほどである。(8) ルウェリンらはエドワード一世に対しても有り金の半額を通行料として強要するが、エドワード一世が応じようとしないため、ルウェリンは、プリンス・オヴ・ウェールズでありロビン・フッドである自分に挑戦するのは何者だと挑発する。国家と民族の誇りを背負っていた「プリンス・オヴ・ウェールズ」の肩書きは、ここでは、恐喝のための脅しの道具に成り下がっている点に留意したい。エドワード一世はルウェリンに一騎打ちで決着をつけることを提案し、国王の正体を明かして、ルウェリン征討のために遠征してきたことを告げる。両者には、デイヴィッドとモーティマーが助太刀に入り、結局痛み分けに終わるが、デイヴィッドの裏切りに驚くエドワード一世に向かって、デイヴィッドはウェールズに対する終始一貫した忠誠を表明する。(9)

イングランドに抑圧されたウェールズという状況下で、ルウェリンはみずからをロビン・フッドと同一視し、「プリンス・オヴ・ウェールズ」というタイトルが包含する国家と民族の誇りを、名目上とはいえ保持し続けてきたにもかかわらず、彼はこの場面に至ってその両者の肯定的価値をすべておとしめてしまっており、この第一一場以降これらの肩書きがルウェリンに使用されることは二度とない。しかし、この場面に先立つ第一〇場で、「プリンス・

オヴ・ウェールズ」はウェールズの完全な同意のもと、すでにイングランドの手に譲渡されており、ルウェリンは実のところ、「プリンス・オヴ・ウェールズ」の名目さえ失っていたのである。この第一〇場は、エドワード一世が貴族たちをともなって、ウェールズで男児を出産した王妃エリナーのもとを訪れる場面が中心となっている。

長脛王　カンブリアの完全な同意により生まれながらのプリンス・オヴ・ウェールズとなった、この幼いウェールズ人にどんな名前をつけるつもりだ。
エリナー　名はエドワード、とても満足しています。
長脛王　では、カーナーヴォンのエドワードとしよう、
そして王族としてプリンス・オヴ・ウェールズの名を与えよう。（一〇場一五〇九―一三行）

ここで注意しなければならないのは、この新生王子が「ウェールズ人」とされ、誕生と同時にプリンス・オヴ・ウェールズの称号が授けられている点である。先に見たように、本劇にあっては、ウェールズ生まれのウェールズ人のみが、ウェールズの君主たりうるというのが、ウェールズの民衆の声であった訳だが、この王子（後のエドワード二世）が「ウェールズ人」という民族性を強引に付与されているのは、この要求との整合性を保たせるためであろう。(10) しかも、プリンス・オヴ・ウェールズの称号が、「ウェールズ人の完全なる同意」によって与えられるという設定も、いかにも予定調和的であり、ここには、イングランドとウェールズの同和政策が障害なく推進されるという意味を生み出そうとする、劇作家の意図が感じられる。実際の歴史においては、プリンス・オヴ・ウェールズの称号が、皇太子時代のエドワード二世に授けられたのは、エドワード一世によるウェールズ征討後のウェールズ人の反感を和らげる目的からであったことを考慮すれば、このあたりのドラマの展開は、イングランド側の政治的な

狙いという点で、史実を反映していると言ってよい。

だが、史実と大きく異なる部分も存在する。エドワード二世が誕生したのは一二八四年、そしてルウェリンから剝奪したプリンス・オヴ・ウェールズの称号が与えられたのは、一三〇一年であった。この事実をピールは故意に変更し、エドワード二世を生まれながらのプリンス・オヴ・ウェールズに仕立てている。つまり、皇太子誕生という国家と王室にとって慶賀すべき出来事に、イングランドとウェールズの調和にみちた統合という政治的事件を重ね合わせることで、イングランド主導のもとでのこの両国の同和政策が、既存の事実であるかのごとき、既定の路線であるかのごとき印象を、この作品は生み出すことになり、ルウェリンらはこの調和を乱す単なるアウトローとしての位置に追いやられることになる。そしてこの過程を加速すべく、この後、四人のウェールズの貴族が登場する。彼らは国を代表して、エドワード一世の幸運を祝福し、皇太子の名誉を祈り、忠誠を誓うためにやって来たのであり、エドワード一世の前でひざまずき、皇太子誕生のお祝いを述べ、贈り物を贈り、忠誠と愛情を表明する。さらに、サセックス伯の報告という形を取るが、ウェールズの人々が正装して、皇太子に忠誠を捧げるために到着し、またスノードンの民衆が家畜と小麦を大量に送り届ける。ウェールズの貴族から民衆に至るまで、すべての国民が忠誠を捧げることで、ウェールズはイングランドの支配下に完全に組み込まれることになる。

そうなると、後はルウェリンらの残党処理だけが問題となる。第一四場の時点ではすでに戦闘が再開されており、モーティマー率いる鎮圧軍が反徒たちを追跡中であり、第一六場では追い詰められたデイヴィッドは自決を覚悟して逃走（後に逮捕処刑）、ルウェリンはイングランド兵によって殺害され首を切られる。そして『エドワード一世』におけるウェールズの命運は、第二一場でのエドワード一世のウェールズ表象によってつきる。ルウェリン敗死の報告を受けた王は、イングランドとウェールズの関係を植物的比喩を使って表現する――「英知によって有害な雑草は根絶やしにされ、／正しく接ぎ木された樹木を害することはありえない」（二一場二三一六―一七行）。ルウェリンは秩序を乱す雑草へとおとしめられ、それが根絶やしにされた今、イングランドへと正しく接ぎ木されたウェールズを攪乱する反乱分子はいないと言うのである。イングランドという大木へ接がれた一本の枝――それが『エドワード一世』におけるウェールズなのである。

第三節　『エドワード一世』――スコットランド表象と国家独立主義

史実では、エドワード一世とスコットランドとの関わりは、一二九二年に王位継承争いを調停してジョン・ベイリオルを王位に就け、臣従の関係を結ぶところより数年さかのぼるが、『エドワード一世』第三場はこの新王選出の部分をほぼ忠実に再現しており、(11) 九人のスコットランド貴族を前にしてエドワード一世は党派争いの危険性を忠告した後、自分にたくされた王位継承者決定権の確認を行う。エドワードはそこでベイリオルをスコットランド王に指名し、貴族全員の賛同をうるのだが、この段階ではまだイングランドの支配的優位性に対する、スコットランドの不満が表明されることはない。

しかし、第九場に至ると、ベイリオルはスコットランドとフランスの貴族を前にして、イングランドの支配を受けていることに対する軽蔑心を表明し、武力でもってイングランドの圧政から脱却し、スコットランドの名誉を回復せんとして、使者をエドワード一世のもとへ送ることにする。この使者は、第一二場でイングランド王の前に現れ、ベイリオルの決起と挑戦、およびスコットランドの軍勢がすでにイングランドに侵攻したことを伝える。エドワード一世はベイリオルの高慢と忘恩を非難しつつ、ただちに軍を召集しスコットランド人征討への号令を出すが、ここで注意しておきたいのは、ウェールズとスコットランド両国の反乱は、いずれも統治主権を求めてのものであるにもかかわらず、(12) ピールがそれぞれに異なった描写を与えていることである。ウェールズの場合、イングランドが侵攻征服を行い、それに抵抗するウェールズ人の声と予定調和的な同和政策が作劇に十分活かされていたが、スコットランドの反乱では、イングランドはむしろ侵略を受けた被害国として描写され、スコットランド人がイングランドからこうむっていた抑圧には、ウェールズほど具体的な声が与えられていない。

両軍の戦闘は第一九場で描き出されるが、結局スコットランド軍が敗れ、ベイリオルは捕虜として登場する。エドワード一世が反逆と忘恩を責めると、ベイリオルは忠誠を約束し、王冠を差し出した上で命乞いをする。エドワード一世は彼が再び強大にならないという条件でこの申し出を認めてやるが、ここには、慈悲心を備えた理想的な国王としてのエドワード一世の資質が強調されている。だがそれ以上に着目すべきは、ベイリオルによる王冠譲渡である。『エドワード一世』の枠内に限って考えれば、ウェールズもスコットランドも、イングランドとの武力を含む政治力学を通してその支配下に置かれた訳だが、すでに考察したように、ウェールズの場合では民衆から貴族までウェールズ国民全体が、イングランドの傘下に入ることを是認した形になっていた。しかしスコットランドの場合では、国王がただ一人、しかも不本意に屈服したのであった。本劇においては、スコットランドの民衆は描出されることがないのでこれ以上の比較は意味がないが、結果的に両国が同じようにイングランドの頸木を受けることになったとしても、スコットランドの民衆の同意がない分、スコットランドの潜在的脅威は、より大きな形で温存されたままであるという印象が、ウェールズとの相違を通して生み出されることになると考えてよいのではないであろうか。

第四節　『エドワード一世』──スペイン表象と反スペイン感情

『エドワード一世』におけるスペイン表象の最大の特徴は、ウェールズやスコットランド表象とは異なって、一三世紀後半の対スペイン関係が描写されるのではなく、本劇創作時における反スペイン感情がドラマ化されている点である。[13] これにはエドワード一世在世中に、特筆すべき政治的係争は、スペインとの間に生じなかったことが関わっているためでもあろうが、それよりもやはり、本劇の創作年代と無敵艦隊来襲との時間的近さがピールにとっては問題なのであり、この種の時事言及性利用による観客嗜好への訴えかけは、ピールはもとより当時の劇作家にとっては常套手段だからである。

ピールは王妃の人物像を造型するに当たって史実を完全に離れ、二つのバラッド――「エリナー王妃の悲しき転落」と「エレナー王妃の告白」――を材源として利用している。これらはバラッド故正確な年代は不明だが、いずれも『エドワード一世』より古い作品とされ、また後者は、ヘンリー二世の王妃エレオノール・オヴ・アキテーヌを主題とするものを、ピールが改変したと考えられている。[14] 王妃エリナーの殺人や姦通また地底降下といった非現実的な、あるいはロマンス的な要素は、すべてこの材源に由来するのであるが、この荒唐無稽なロマンス的要素は、ピール自身の他作品、例えば『老婆の物語』（一五九〇年）とも共通性を有するものであり、したがって本劇においてピールらしさが明瞭に見て取れるのは、このスペイン表象――すなわち王妃エリナーを通して描出されるスペインへの敵対意識――と言うことができる。

王妃エリナーがイングランドの王妃であるにもかかわらず、イングランド国民に対して嫌悪感を示し、その反応が彼女の「高慢さ」によるものであることはすでに指摘したが、開幕第一場で早々と明示されたこの高慢さは、第三場のさりげないエピソードで不気味な実効を持ち始める。この場面は、ロンドン市長夫人が（結婚生活？）一二年で初めて男児を授かった喜びを語り、王妃エリナーが多少嫌みの混じったコメントをするだけの部分であるが、それでも市長夫人は「ああ、私はもうおしまい、あの王妃が、／イングランドの歴史上最も高慢なあの王妃が」（三場七六五―六六行）と意外なほどに過剰な反応を示す。市長夫人のこの予感は不幸なことに後に的中し、彼女は王妃の手で命を落とすことになるが、それはさておいても、王妃の高慢さが他人を破滅させるほどのものであることが、ここで印象づけられる。

『エドワード一世』における王妃エリナーの基本的記述は、事実上これで出そろったことになり、後はそれを実証するピールらしい荒唐無稽なエピソードが連続する。第六場では王妃は、タンバレインばりに、四人のムーア人にかつがれた輿に乗って登場する。妊娠中にもかかわらず、ウェールズの荒野へ夫エドワード一世に呼び出されたため、王妃は非常に気分を害しており、いら立ちのあまり夫の耳を一度殴らないと気が済まないとさえ伝える。意外なことに、王妃は実際に国王の耳を殴打し、エドワード一世の方も妻のためになるならと意に介さない。しかし、家父長制社会の国王の身体に女性が暴力を加えるとは、やはり不自然な展開であり、臨月の妊婦の身体状況を割り引いたとしても、王妃エリナーの高慢さが理不尽なものである、との印象は加算されてゆくことになるであろう。

この理不尽さは、しかし、これにとどまらない。第一〇場で、ウェールズ人が皇太子への忠誠の印にフリーズのマントを贈ってくれたことを王が王妃に伝えると、彼女はウェールズへの軽蔑心から激しく拒絶する。エドワード一世は王妃のスペイン的高慢さを悲しむが（「この高慢な自尊心がいかに私の心を悲しませることか。／…／このスペイン的高慢さはイングランドの君主にふさわしくない」（一〇場一六二四―二六行））、彼女の不機嫌を取り除こうと、王は迎合的態度を取る。そこで王妃は、イングランド人の男のあごひげと女の乳房を切除するよう要求すると、エドワード一世は承諾し、まず自分のあごひげを剃らせることにする。そして驚いた王妃に対し、王は、このような行為は目上の者からすべきと答えて、王妃に自分の乳房を切るよう言いつけ、穏やかな振る舞いこそ女性にふさわしいと忠告する。退場した王妃と入れ替わりに、突然市長夫人が登場し、「尊大の揺りかごに眠る好色な近親相姦よ、／お前は高慢の宮廷で生まれ、スペインで養育される」（一〇場一六八九―九〇行）と述べて、スペイン（Spaine）と高慢さ（disdaine）の結びつきを脚韻を踏むことで一層強調する。この場面で留意すべき点は、王妃の高慢さが二度にわたってスペインと結びつけられることだが、王妃がスペインの出自だということを除けば、この結びつきを支える根拠は劇中には何も存在しない。換言すれば、「スペイン＝高慢」という図式そのものは、ピールの判断によって劇中に書き込まれた訳であり、その判断を可能にしたものは、創作の時点における反スペイン感情であるということになろう。

第一五場に至ると、王妃は市長夫人への復讐を実行に移す。王妃は市長夫人を拷問にかけることにし、現れた市長夫人を椅子にしばりつけ、胸をはだけさせて乳房に毒蛇をあてがい、そのまま放置してロンドンへと出発してしまう。市長夫人は王妃を「イングランドとイングランド婦人への災い」（一五場二一〇四行）と呼びつつ息絶える。場面は変わって、第一八場でチャリングに到着した王妃と娘ジョーンを、雷鳴と稲妻が出迎える。王妃が高慢にも悪天候に怒ると、ジョーンは王妃の冒瀆と悪行が神の怒りを招いたと言い、さらに市長夫人殺害の件で、ロンドン市民は復讐を求めていると告げる。王妃は殺人を否定した上で、もし自分がその事件の張本人ならば、大地に呑み込まれ堕地獄となっても構わないと述べた瞬間、これまた驚くべきことに、王妃は大地に沈んでゆくのである。

地底に降下した王妃は同日中に別の場所で再び地上へと浮上してくるが、ここで重要なことは、この地底経験が王妃に「通過儀礼」的な効果を及ぼしたことであり、王妃はここから宮廷に出向いて、今までの罪深い生活を嘆き、自分の惨めな魂の救済を神に祈ると述べる（第二〇場）。王妃の地底降下と罹患に関する報告が、続く第二一場でエドワード一世のもとに届けられる。その知らせに接した王は、今回のこの不可思議な出来事が王妃の高慢に由来すると断定し（「愛しい王妃よ、このたびの地底降下は、お前の女の心を／膨れ上がらせた、あの高慢の過剰によるものだ」（二一場二三二五―二六行））、王妃を慰め懺悔を聞いてやるために、ロンドンに戻ることにする。

最終第二三場、罪の告白と悔悟のため、修道士の到着を待ちわびていた王妃のもとへ、正体を隠し修道僧にふんしたエドワード一世と王弟エドマンドが登場する。王妃は逡巡の後、二つの驚嘆すべき罪――初夜の前日にエドマンドと床を共にしたこと、および娘ジョーンはある修道士との間にできた子供であること――を告げ、皇太子だけは嫡子であると述べて息絶える。エドワード一世は怒りと悲しみと後悔に包まれながら、王妃の魔性の美貌と情欲を指摘した後、謀反人としてエドマンドに死罪を申し渡し、さらにジョーンを呼び出して王妃の死とジョーンが私生児であることを告げると、彼女は衝撃のあまり突然死してしまう。

ここまで我々は、王妃エリナーの劇中での行動をたどってきた訳だが、その高慢さ故の罪と神による罰そしてその死は、スペイン表象の観点からどのような意味を持ちうるのであろうか。高慢に対する神の罰と死という構図で考えれば、そこに堕天使の影を認めるのはたやすい。そして、『エドワード一世』創作時における反スペイン感情をピールが取り込み、それを王妃の人物像造型に際して利用したのであれば、まず王妃がそしてその延長線上にスペインが神の敵として定位されることになる。一五九〇年前後のイングランド・スペイン両国間の政治力学にそくしてより正確に言えば、この神の敵とは、とりもなおさずカトリシズムということになる。王妃の姦通の相手が修道士であり、ルウェリンの仲間の修道士も好色な変節漢であったことを想起すれば、このことは容易に理解されよう。敵対国スペインとカトリシズムを神の敵と設定することで、ピールはここに愛国的感情を書き込もうとした訳である。

第五節　『エドワード一世』――イングランド表象（終幕部）と理想的国家像の瓦解

『エドワード一世』という作品は、ドラマの冒頭で理想的な国家としてのイングランドを中心に設定し、その中心とそれを取り囲む隣接国家との交渉を描くことで、アクションの骨格を作り上げてきた。そして王妃エリナーの高慢さが、この昂揚された国家像に影を落とす要因として、早くも第一場で同時に呈示されていることは、すでに指摘した通りである。この王妃の影は、最終的に、王室内に謀反と裏切りの暴露と（エドマンドの死罪を含めれば）三人の死をもたらした。国家権力の中枢を担うエドワード一世とその権力を継承するべき王子が無傷であったとはいえ、イングランドがこうむった打撃は決して小さくはなく、むしろ内部崩壊の様相を呈している、と言っても過言ではなかろう。たとえその理想的国家像が、作り上げられた幻想だったとしても、開幕部で描かれた栄光今いずこという有りさまである。この箇所は、王妃の高慢さと連想されるスペインが、イングランドの王権を崩壊させた、という解釈を誘導しうる部分ではあるが、おそらくピールの意図はそこまで徹底したものではないであろう。しかし、スペインの潜在的脅威が、そのような破壊力を持ちうるという意味を伝えようとしている可能性はある。

だが、問題は、この栄光の喪失の原因が内部崩壊にとどまらないことである。最終場の終わり近く、使者が登場し、ベイリオルのノーサンバーランドへの武力攻撃を伝える。その報告を受けて、エドワード一世はウェールズにおける反乱にも言及し、ウェールズへはモーティマーを派遣し、スコットランド軍に対しては、みずからが貴族を率いて征討に向かうことにする。[15] まさに内憂外患的な状況であり、中心として定位されたイングランドがその内部からくずれ、絶対的優位を示していた隣接国家からも、執拗な抵抗を受けて動揺する形でドラマは取りあえず終了する。理想的なイングランドの国家像は、混沌へと開かれたまま宙吊りにされるのである。

ピールが『エドワード一世』の中で、愛国的なトーンを響かせていたことは疑いを入れない。また、タイトルロール、エドワード一世の活躍も、当時の観客の愛国心に訴えかけたことであろう。[16] だがそれにもかかわらず、終幕部におけるイングランドの姿が明示するように、この作品が提示する意味は、必ずしも楽観的なものではない。『エドワード一世』にイングランド人の愛国心を昂揚させるものがあるとすれば、同時に本劇の中には、ウェールズ人の民族意識と、スコットランド人の国家独立主義も存在するのである。作品の材源となった現実の政治力学同様、愛国心だけでは覆いつくせない、複雑な様相が『エドワード一世』にはある。

第六節　『エドマンド剛勇王あるいは戦が皆を友人とす』
――アングロ・サクソン時代に取材した歴史劇

リブナーの指摘によれば、アングロ・サクソン時代――五世紀中期の西ゲルマン族の大ブリテン島への来襲・定着から、一〇六六年の「ノルマン人の征服」までの期間――の歴史に取材した歴史劇は、広義のエリザベス朝演劇において二本現存している。[17] 一五九五年に創作されたと推定される、作者不詳の『エドマンド剛勇王あるいは戦が皆を友人とす』(以下、『エドマンド剛勇王』と略記)および推定創作年が一六一八年のトマス・ミドルトン作『ケントの王ヘンギストあるいはクイーンバラの首長』の二作品がそれに該当し、[18] 本章では、前者の戯曲を分析の対象として取り上げるが、まず最初に『エドマンド剛勇王』の創作年について解説を加えておきたい。先に言及した「一五九五年」という年代は、ハーベッジが本作品に配当した創作年をそのまま表記したものであるが、同時にハーベッジは、『エドマンド剛勇王』の創作年代に一五九〇年から一六〇〇年と、一〇年もの幅を持たせている。本劇に関する先行研究も、ハーベッジ同様、この一〇年間を創作の上限と下限としているが、その一方で、一五九〇年前後(あるいは一五九〇年代初期)の創作を措定するものが多く、[19] 本書も、本劇の反カトリック的描写にかんがみ、それらの見解にしたがうものである。

『エドマンド剛勇王』は、一〇一六年の大ブリテン島南部の政治状況を劇化した作品であるが、本劇の政治的メッセージを理解するためにも、アングロ・サクソン時代の歴史的展開の概略を押さえておこう。先述したように、五世紀中期にジュート人が来襲しケント王国を建国、以降サクソン人やアングル人が陸続と来襲し、先住民族のブリトン人を駆逐しながら王国を建国してゆく。六世紀中期には、いわゆるアングロ・サクソン七王国(Heptarchy)が成立し、以後抗争と興亡を繰り返すが、八二九年にウェセックス王エグベルトがイングランドの統一をほぼ達成し大王となる。しかしその一方で、八世紀後半にはデーン人が初めて大ブリテン島に上陸し、これ以降波状的に来襲を重ね、九世紀後半にはヨーク王国を建設、アルフレッド大王との争いを経て、ついに九九一年のモールドンの戦いで、デーン人はイングランド王エセルレッド二世無思慮王（本劇の主人公の一人エドマンド二世王の父王）の軍を大破する（イングランド史で通常使用される「デーンロー」とは、この九世紀から一〇世紀にかけてのデーン人の法律ならびに彼らの勢力圏を指す）。この後デンマーク王スヴェン一世（本劇のもう一人の主人公カヌート王の父王）は数度イングランドを侵攻し、一〇一三年にはイングランド王と認定され、息子のカヌートも一〇一六年には同様にイングランド王に選出されたが、ロンドン市のみエドマンド二世を王に推挙したため（第三幕第二場でのカヌートの「新トロイ」（三幕二場八六四行）入城拒絶がまさにこれに該当する）[20]、カヌートとエドマンドの間に覇権争奪の戦いが開始される。『エドマンド剛勇王』が描出を試みるのは、およそ半年間にわたる両者のこの闘争なのである。

カヌートとエドマンドの戦争は、史実によれば、エドマンドが統治したわずか七箇月の間に五度戦われ、エドマンドは三度勝利を収め二度敗れている。そしてこの二度の敗戦およびエドマンドの急死そのものも、エドリック・ストレイアナ（本劇のマキアヴェリアン、エドリカスの原型）[21]を始めとする貴族の裏切りによるものとされている。また、『エドマンド剛勇王』の結末部との関連で見逃せないのは、アシンドンの戦いでエドマンドは大敗を喫し、その後の和解でカヌートからウェセックス、エセックス、イースト・アングリアの支配のみ許可されたという事実である。この事項は、エドマンドがカヌートを下した後に友愛を結び、イングランドを分割統治する『エドマンド剛勇王』の大団円とは大きく異なる訳であるが、この点に関しては後述する。

対称性に富む構成

それでは、『エドマンド剛勇王』の重要な項目を順次検証してゆこう。まず戯曲構成の観点から注目すべきことは、主要な登場人物がきわめて対称的に配置されている点であろう。エドマンド王とカヌート王という二人の君主の覇権争いを描く本劇にあっては、この対称性という特徴はある意味で当然ではあるのだが、イングランド人（正確にはサクソン人）対デーン人という対立ではなく、イングランド側の忠実な臣下対イングランドを裏切った背信の臣下、という設定が際だっているのである。すなわち、エドマンドのもとには、忠誠揺るぎなきアルフリック以下の将軍と将校およびヨーク大司教が廷臣団を構成する一方、カヌートのもとには、デーン人の将校とならんでイングランドに背を向けたサウサンプトン伯とカンタベリー大司教が脇を固めるよう配当されている。そしてカヌートに与しながらも両王を天秤にかけ、日和見的に常に自分の有利になるような位置取りに専心するエドリカスが、狂言回し的にアクションを引っ張る仕掛けがほどこされているのである。

こうした人物配置の対称性と相乗効果を上げるよう工夫されているのが、両国王の君主としての道徳的評価である。エドマンドは立派な体格で武勇に優れ、臣下や兵士への配慮や思いやりまた報償を欠かさず、寛大さ（magnanimity）を体現する存在である。その具体例として、一旦は敵方に寝返っていたチェスター伯とノーフォーク公の帰順を、エドマンドが放蕩息子のたとえを用いながら、温かく許可する場面に言及するだけで十分であろうし（第一幕第三場）、このような聖書への言及は、エドマンドの美徳を示すのみならず、キリスト教的徳性をも彼に付与するものであろう。他方、カヌートの人物描写は、エドマンドのほぼ正反対と言ってよい。体格は劣り、敗戦の際には部下の臆病さを激しく叱責し、逃亡したチェスター伯とノーフォーク公の息子たちの手と鼻を切り落として、見せしめとする残酷さを持ち、エドリカスの追従にも容易に動かされる。しかし、言うまでもないことだが、『エドマンド剛勇王』は勧善懲悪、白黒明白な道徳劇ではない。エドマンドにもエドリカスの偽善を見破れぬ人間的な弱さがあるし、カヌートにもそれ相応の人間味――例えば、第二幕第一場におけるエギーナへの求愛の場に見られるような――がある。留意すべき点は、本劇にあっては、これら二人の国王の道徳面での対称性もさることながら、その対称性をも包み込んでしまうエドリカスの悪が存在するということである。ほぼ完全に近い王としての徳性を与えられているエドマンドを、惑わし過ちへと導くのがエドリカスの欺瞞であれば、暴君的人物像を付与されるカヌートの鼻面を引っ張り回すのも、エドリカスの虚偽と追従なのである（そしてそれ故に、カヌートの悪が相対化され、そのことでカヌートに人間味が生ずるという効果がある）。

『エドマンド剛勇王』における重要な政治的メッセージは、上述のごとく、人物配置と道徳的評価が明瞭な対称性を持たせて提示されていることからも判明するように、すべてエドマンド王およびイングランド側から語られ、他方カヌートらデーン人とカンタベリー大司教やエドリカスは他者化され、引き立て役へと格下げされている。そしてその操作の狙いは、一言で言えば、外国軍の残忍さの強調とカトリック性の付与ということになる。

そもそもエドマンドとカヌートが統治権をかけて覇権を争う根拠としては、前者の血統による王位継承に対して、後者は、占領による土地の実効的支配から生ずる領主権・地主権に頼らざるをえない。第五幕第二場で両国王が舞台上で対峙し、土地所有に関する法律問答となった時、カヌートはいみじくも征服による所有を主張するが、エドマンドはそれに対する反論として「いや、お前とお前の欲深い親父スウェインが／…／最初に侵入し、その後で悲惨にも／我らの臣民を生まれ故郷から追い出したのだ」（五幕二場一八二三、一八二六―二七行）と切り返す。そして臣民が住み慣れた土地を追われる際には、悲惨な情景が当然のように繰り広げられることになる。

敵兵はあなたの臣民を無慈悲に略奪致しました、
ちょうど飢えた虎が無邪気な幼子に襲いかかるように。

老人に敬意が払われることもなく、
婦人の無力さが憐れまれることもなく、
無垢な赤子の汚れなき命も、聖職者も、誰も彼も容赦されませんでした。
やつらの凶暴さはそれほどまでに見境なしなのです。（四幕一場一三四八―五三行）

この引用は、六万ものデーン人の大軍が海岸に殺到した様を使者がエドマンドに報告する際の描写であるが、残酷さの強調としてはいささか常套的ではあるものの、逆にステレオタイプを活かした、一定の効果を上げていることも否定できないであろう。(22)

否定的カトリック表象

次に、カトリック性の付与の問題に移ろう。『エドマンド剛勇王』の創作年代が、先行研究の多くが推定するように一五九〇年に近い場合、劇中におけるカトリック的要素の存在は、一五八八年の無敵艦隊撃破という史実と密接に連関することは言うまでもない。つまり、真のキリスト教信仰の、そしてイングランド国家の、敵としての位置づけである。本劇にあっては、カンタベリー大司教とエドリカスという二人のカヌート陣営のイングランド背信者がこれに該当し、エドマンド王に付与されたキリスト教的徳性とも相まって、『エドマンド剛勇王』の観客の愛国心を喚起する結構となっている点は、見逃されるべきではない（ただ本劇の場合、こうした部分が散発的で局所的なために、作品全体の意味として有機的に提示できていないことも事実である）。

カンタベリー大司教の場合では、第三幕第一場でのヨーク大司教との対決が興味深い。カンタベリー大司教はヨーク大司教に対して、ローマ教会内での位階が上位であることを理由に服従を要求し、受け入れない場合は呪いをかけるとの脅しを与えるが、ヨーク大司教は、カンタベリー大司教こそ神と正統な王に対する謀反人だと論駁する。カンタベリー大司教が教皇を中心としたカトリックのヒエラルキーにこだわる一方、ヨーク大司教の措定する信仰体系は、神と神の直接の代理人としての国王を中軸としたものであって、明らかにプロテスタント的意味を担わされている。カンタベリー大司教がエドマンドを裏切るよう強要する時、ヨーク大司教は「正しき生まれの君主である、わが陛下に背を向け、／外国人のもとへ走るようであれば、ああ、わが命など絶えてしまえ」（三幕一場八五三―五四行）と拒絶するが、ここには、外国人国王への警戒と自国の王への忠誠そして国内勢力の求心的団結をうたう、愛国的な言説が背後に控えているのである。[23]

カンタベリー大司教とヨーク大司教の対決が、カトリックとプロテスタントの争いを基にした、緊迫感のある場面であったのとは対照的に、エドリカスが絡む場面は、いささか笑劇的な描写が与えられている。第四幕第一場、大敗に落胆したカヌートの歓心を買うべくエドマンドの宮廷に変装して潜入したエドリカスは、正体を暴露された時、自分が王から好意的に評価されていないならば、イングランドを去りスペインに渡って巡礼と祈りと瞑想の日々を送るつもりであると述べる。他人を欺くことを生業とするエドリカスが、このような空々しい見え透いた敬虔さを装うことは、彼の悪党ぶりをより一層印象づけ、しかもその渡航先に当時の第一級のカトリック大国であるスペインを名指しすることで、観客の持つスペインへの敵愾心とエドリカスの悪徳が、増幅効果を持ちえたことは想像に難くない。

『エドマンド剛勇王』には、こうした否定的な表象を通してのデーン人側の他者化の一方、エドマンド王自身の口から発せられる、好意的なイングランド表象も当然のことながら存在する。その最も典型的な例は、（一）エドマンドが舞台に初めて姿を現し、二人の反逆貴族の帰順を喜んで迎え入れてやる際に語る「イングランドよ、…／…／汝の右手が汝の心臓をえぐり出す／その日まで、汝が滅びることはない」（一幕三場三七七、三七九―八〇行）と、（二）

両軍が初めて戦火を交え、カヌートが敗走、その後を受けてのエドマンドの勝利宣言「この国の不滅の防壁、わが王冠の／要塞イングランドを称えよ。／すべてを征服なさるその腕により、わが敵をかくして／敗走させた全能の神を我は信頼する」（三幕四場一〇一九—二二行）との二つである。神が嘉し天然の要塞イングランドと、国王への揺るぎなき忠誠によって団結した無敵の存在としてのイングランド、という国家像は、『エドマンド剛勇王』と同時期に創作されたイングランド史劇にはなじみの、ステレオタイプとしてのイングランド表象には違いない。だが、後述する大団円での史実改変とあわせて考慮すれば、やはりここには劇作家のイングランドへの肩入れ（もしくは観客の愛国心への訴求を意図した操作）を感じない訳にはいかない。

結末の改変とその効果

では、問題の結末部改変について考察しよう。先述したように、史実では、アシンドンの戦いで決定的な敗北を喫したエドマンドは、その後の和平交渉でカヌートからイングランドの一部のみ領有を許されたのであるが、本劇の作者は、この敗北を国王同士の一騎打ちでのエドマンドの勝利へと一八〇度転回してみせる。ただし、これは『エドマンド剛勇王』における独創ではない。この戯曲の材源はホリンシェッドの年代記であり、その記述をかなり忠実に使用している。関連する部分を引用してみよう。

しかし、自分に有利な点は見当たらず、体格面でもあまりにも劣っており、完全に劣勢であることを感じ取ったカヌートは、大声で次のようにエドマンドに呼びかけた。「この上なく勇敢な王よ、王国の獲得をかけて我々がかくも命を危険にさらすとは、いかなる必要性に突き動かされてのことなのか。…我々は契りを交わした兄弟となり、この王国を分け合おうではないか。友好的な関係を築き、あなたは自分のものとして私のものを使用し、私も自分のもののようにあなたのものを使うというのはどうだろう。」……この後、両者の間で協定が検討され、その結果、王国の分割がなされ、フランスに面した地域はエドマンドに、その他の地域はカヌートに割り当てられた(24)。

興味深いことに、ホリンシェッドはこの合意を「一般の書き手」によるものと記し、彼自身はここに続く数段落で、エドマンドの敗北とエドマンドからの和平の申し出ならびに分割の提案を記述している。『エドマンド剛勇王』の作者は、エドマンドの敗北ではなくエドマンドの勝利を選択し、しかもカヌートの口からではなくエドマンド自身の口から、「エドマンドはあなたのものだ、彼の所有物もあなたのものだ、彼自身そして何もかも」（五幕二場二〇〇七行）と驚くべき発言をさせ、友人として友情を競い合おうとさえ語らせる。そしてそれに輪をかけたような、さらに気前のよい、互恵的ではないエドマンドからの一方的な申し出がなされる。

あなたには、あなたが最良と考える地域を選ばせよう、
東であれ西であれ、右であれ左であれ。
私の宮廷はあなたのものであり、私の顧問官も同様だ。
私の味方はあなたの味方でもあり、あなたの敵は私の敵となる。
私の人民はあなたのものであり、私の財宝も私自身も
すべてあなたのもの、意のままにするがよい。　（五幕二場二〇四一―四六行）

この現実離れしたとさえ言いうる提案には、もちろんエドマンドの王としての度量の大きさを示すことで、彼の美

徳を印象づけるという劇作家の意図が存在するのであろう。そして、イングランド王の勝利と雅量を終幕に同時に舞台上に呈示することを通して、イングランドを言祝ぐという作者のメッセージを、我々は受け取るべきなのであろう。[25]

しかし、ここでドラマが終幕を迎える訳ではない。タイトル通りの友愛を謳歌する二人の国王の背後では、息子を虐待されたチェスター伯とノーフォーク公の復讐の怨念と、一騎打ちが思わぬ展開を見せ目論見が不発に終わったエドリカスの両王に対する復讐のつぶやきが、幕仕舞いに暗い影を落としている。そして何にもまして観客に暗澹たる不安を抱かせたのは、エドマンドの国土分割の台詞であろう――「さて、諸卿、この気高き島の分割に関し／友人として協議しようではないか」(五幕二場二〇三九—四〇行)。もちろんこの分割は史実通りの記述であり、また国土の分割譲渡対象者も、内乱が危惧される血族間のものではない。だが、それにもかかわらず、やはりこのイングランド分割には、『ゴーボダック』以来の歴史劇が繰り返し戒めてきた王国分割の響きが確かに存在する。悲劇の到来は、実はこれからなのかも知れないのである。エドリカスが罰を受けることもなく、また友愛と和平と悲劇的予兆が奇妙に入り交じるこの結末に、リブナーが現存しない続編の存在を感じ取ったのも、自然なことであろう。[26]

＊　＊　＊

最後に、本章における国家表象の特徴をまとめておこう。『エドワード一世』の冒頭部は、高らかにイングランドの栄光を称え、愛国的なトーンを響かせる。しかし、イングランドが武力で併合し撃退したウェールズとスコットランドは、それぞれ独自の民族意識と国家独立主義を主張し、イングランドへの抵抗を試みる。また、王妃を通して描写されるスペインの影響力が、王権内部の切り崩しを行う。『エドワード一世』は、隣接国家とのこうした複雑なせめぎ合いを描くイングランド史劇である。他方、『エドマンド剛勇王』では、イングランド人とデーン人との人物配置と道徳的評価が、明瞭な対称性を持たせて描写されており、さらに外国軍の残忍さの強調とデーン人へのカトリック性の付与によって、イングランドへの肩入れが戯曲の意味として提示されている。しかし、大団円における共同統治の提案が、このドラマの結末を開かれたものにしてしまっている。

（1）本劇には二人のエリナー――エドワード一世の王妃エリナー・オヴ・カスティリャと、ルウェリンのフィアンセ、エリナー・ドゥ・モンフォール――が登場する。本章では、区別のため、エリナー・オヴ・カスティリャを皇太子妃・王妃もしくは王妃エリナーと呼称し、エリナー・ドゥ・モンフォールは単にエリナーと表記する。

（2）Ribner 87–88; Hunter 195.

（3）『エドワード一世』からの引用は、George Peele, *Edward I*, ed. Frank S. Hook, *The Life and Works of George Peele*, vol. 2, ed. Charles T. Prouty（New Haven: Yale UP, 1961）に拠る。

（4）イェール版の編者フックは、エドワード一世による負傷兵への寛大な計らいには、スペイン無敵艦隊海戦後の負傷水兵に対する、エリザベス一世の年金給付を称賛する意図が込められている、との説を紹介しながらも、一五九〇年以降、帰還傷病兵が政府にとり厄介な問題となりつつあった点を指摘している。Hook, introduction 4–5. 一六世紀後半から一七世紀前半における、イングランド社会の貧民・浮浪者問題と退役軍人との関連については、Beier, *Masterless Men: The Vagrancy Problem in England 1560–1640*, ch. 6 参照。

（5）例えば、一五八九年四月からのサー・フランシス・ドレイクによるスペイン北部の港湾攻撃、同年フランスのプロテスタント王アンリ四世への軍資金と軍隊の援助（フランスとネーデルラントにおけるカトリックやスペイン勢力への牽制）、一五九一年アゾレス諸島近海におけるイングランド・スペイン両国艦船による軍事衝突など。

（6）ルウェリンとエリナーの縁組みは、フランス王を仲立ちにすることで、フランスをウェールズの後ろ盾につかせようとしたルウェリンの対イングランド戦略であり、歴史的には、ルウェリンとエドワード両者の最初の武力衝突に先立つものであった。ピールは、この縁組みがウェールズに益する、との発言をルウェリンの部下にさせてはいるが、本劇においてこの外交的縁組みの有する政治的含意は、顕著な形で前面に押し出されることはなく、むしろ作者はこの縁組みを別の効果のために活用しており、そのことは、イングランド貴族のモーティマーがエリナーに思いを寄せるという状況をピールが創作することで、彼らの三角関係が生み出す劇的葛藤が、重要な脇筋の一つとして設定されていることからも明らかであろう。

（7）この時期のイングランド史劇においては、「トロイの血を引くブリトン人」という設定は、圧倒的にイングランド人の系譜に対して用いられているが（先に引用した皇太后の台詞参照）、『エドワード一世』では、ルウェリンによるウェールズ人への適用が際だっている。これは、ウェールズ民族の正統性と、ウェールズ統治の正統な権利がウェールズ人の手にのみ存在することを、強調する効果を付与するためのものと考えられる。

（8）ロビン・フッド伝説では、ロビン・フッドは確かに森で待ち伏せの上襲撃を行い、通行人から金品を略奪しているが、その攻撃対象は、土地所有階級の高位聖職者や地位を私利私欲のために乱用した代官などであって、本劇におけるような、無差別的なあるいは農民を狙ったものではなかった点に、注意する必要がある。

（9）このように、本劇においては、ルウェリン演じるロビン・フッドは（他国の王ではあるが）国王エドワード一世に反逆する存在として設定されている。しかし、興味深いことに、やはりロビン・フッドを扱ったほぼ同時期の劇作品『ジョージ・ア・グリーン、ウェイクフィールドの家畜監視人』（一五九〇年）では、（ロビン・フッド自身も登場するのだが、ロビン・フッド的機能をむしろ主として担う）ジョージは、自国の王に忠誠を捧げるヨーマンとして活躍し、その国王に反逆する伯爵ケンダルと戦い捕虜にしさえする。

（10）ピールは、この設定を可能にするために、第六場でエドワード一世に出産直前の王妃をウェールズに呼び出させた上、そこで出産させている（また同じく第六場で、自分が呼び寄せられた理由をグロスター伯から聞かされた王妃は、生まれくる子をウェールズ人にしようとするエドワード一世の抜け目のなさを指摘している）。ウェールズで生誕したのだから、ウェールズ人であるとの理屈のようだが、もちろんここには民族性という視点が、完全に抜け落ちている。しかし、『エドワード一世』がそのことを問題にすることは一切ない。

（11）本劇が扱うスコットランドとの外交問題は、歴史的には一二九二年から生じている訳だが、これは、ウェールズとの抗争でルウェリンが敗死してから、およそ一〇年もの時間が経過した時点であることに注意を払う必要がある。『エドワード一世』では、イングランドとこれら二国との関係が同時並行的に記述されていて、そのことが劇的緊張感を高めることに寄与していることは言うまでもない。

（12）第一三場で、ベイリオルは貴族らへ「これはわが国の大義であり、我々と／我々の勇敢な子孫の公益なのだ。／武器を取れ、武器を」（一三場二〇三一—三三行）と呼びかける。ベイリオルの個人的野心を完全には否定できないものの、この台詞が、ウェールズの反乱軍兵士たちの愛国心と、共鳴し響き合う要素を備えていることは確かであろう。
（13）Ribner 87.
（14）Hook, introduction 19–23.
（15）『エドワード一世』をめぐる最大の謎の一つは、テクストの極端な乱れであり、大団円の有りようさえ定かではない。本書は、現行版の中では最も信頼できるイェール版の場面配置に基づいて、すべての議論を展開している。本劇のテクストに関しては、Hook, introduction 23–46 参照。
（16）『エドワード一世』は、初演時（上演劇団は不詳）の反スペイン感情の追い風に乗って、人気を博したと考えられており、一五九三年に出版もされている。さらに、一五九五年八月二九日から一五九六年七月九日の期間に、『長脛王』という戯曲が一四回上演されたことが、ヘンズロウによって記録されている。この戯曲が『エドワード一世』であることはほぼ確実であるとされているが、『エドワード一世』のこの再演における人気ぶりは、一五九四年五月頃の新生海軍大臣一座発足後、徹底した日替わりレパートリー・システムを採用していた同劇団が、『エドワード一世』のスペクタクル性を歓迎し、それが観客に受け入れられたためかも知れない。Hook, introduction 7.
（17）Ribner 226.
（18）ハーベッジは、『エドマンド剛勇王』を『エドモンド剛勇王』と表記しているが、エリザベス朝演劇史においても、イングランド政治史においても、一般に前者が使用されているので、本書もそれにしたがう。
（19）例えば、Ribner 241 や Braunmuller and Hattaway 425 などを参照。
（20）『エドマンド剛勇王』からの引用はすべて、Eric Sams, ed., *Shakespeare's Lost Play: Edmund Ironside* (London: Fourth Estate, 1985）に拠る。
（21）エドリカスの劇的機能を探る上で興味深いのは、彼が独白でみずからのことを「アンビデクスター役ならお手のもの／敬愛していると誓っておきながら同時に、心から憎むこともできる」（一幕二場三三〇—三一行）と定義し、『キャンバイシーズ』に登場する二枚舌の悪党に言及している点である。またエドマンドもエドリカスのことを「策略」（四幕一場一三六五行）と呼んでいる。エドリカスは明らかにヴァイスの系譜に連なる人物である。

（22）　例えば、『ロクライン』にも同様の描写が存在する。第二章参照。

（23）　同様の言説は、チェスター伯とノーフォーク公の息子たちが、カヌートから虐待を受ける際に発する「ああ、イングランドよ、外国の王を決して信用してはならない」（二幕三場七二九行）という台詞にも確認することができる。さらに、一五九〇年前後に作劇されたイングランド史劇に、この種のメッセージを見出すことは容易であり、例えば『ジョン王の乱世』や（年代的には少し後になるが）『ジョン王』の大団円の台詞を指摘するだけで、事足りるであろう。

（24）　Holinshed, vol. 1 725.

（25）　『エドマンド剛勇王』の劇作家が、こうした大胆な改変をもっともらしく見せるために、彼なりの努力をしていることは言うまでもない。軍隊同士の戦闘であったアシンドン戦を国王同士の一騎打ちに変更し、体格的に勝っていたエドマンドの勝利を受け入れ易くさせるという、材源の情報を利用すると共に、エドマンド王と臣下・人民との関係を注意深く描き出す。例えば、決闘直前のエドマンドに向かって、先王の王妃エマは、「祖国が唯一頼りとする陛下」（五幕二場一九三五行）と呼びかけ、国家の象徴としての国王像を明確にする一方、兵士や民衆に配慮を怠らず、人民からも敬愛されるエドマンドの姿を劇作家は描写する（一例として、第一幕第三場における、兵卒たちの給料や支給品を横取りする隊長に対するエドマンドの激しい怒りを参照）。このようなイングランド王表象は、カヌートに対する突然で唐突かつ物惜しみしない分割提案の衝撃を、ある程度は和らげるものと考えられる。

（26）　Ribner 241.

第七章　シェイクスピアの第二・四部作
――近代的国家表象を求めて――

一五九五年から一五九九年にかけて、シェイクスピアは『リチャード二世』、『ヘンリー四世』二部作、『ヘンリー五世』の四つのイングランド史劇を創作する。通常、シェイクスピアの「第二・四部作」あるいは「後期四部作」と呼ばれるこれらのイングランド史劇連作は、時に「ランカスター四部作」と呼称されることがあるように、リチャード二世からの王位奪取とヘンリー四世によるランカスター王朝の成立、そしてヘンリー五世の代におけるその最盛期を描き出す。従来、この四部作は、簒奪王ヘンリー四世を中に挟み、リチャード二世の悲劇的破滅とヘンリー五世の英雄的勝利を両極に据える構図のもと、各国王の政治的振る舞いを中心に考察されることが一般的であった。

しかし近年、シェイクスピアのイングランド史劇研究において――とりわけ、そのカルチュラル・スタディーズ的分析の中で――近代的な国家像である「国民国家」という概念が、重要なものとして浮上してきた。[1] この概念は、一九八〇年代になってから、本来社会科学の分野で、ベネディクト・アンダーソンやホミ・K・バーバらによって提唱されたもので、彼らの仕事が明示したものは、国家規模の共同体の幻想性と、その幻想性の利用による均質な「国民」の生産と近代化プロジェクトの言説であった。[2] 言うまでもないことだが、一九八〇年代に入って「国民国家」の概念が産出され、脚光を浴びるようになった背景には、ソヴィエト連邦や東欧諸国の崩壊など、世界史的な歴史の大変動があり、それまで自然なものとして我々の思考に刷り込まれていた国家なるものが、根本的な形で脱自然化されたのであった。

一九八〇年以降のシェイクスピア批評を概観した時、「テクストの歴史化／歴史のテクスト化」の旗印のもとに、新歴史主義批評は、テクストとそのテクストを生産した主体としての劇作家、ならびにそれを受容し読み解く現代の我々を、歴史や時代・時間の規定を受ける存在として措定してきたが、それ以降、その発展形としてのポストコロニアル批評やカルチュラル・スタディーズの中においても、シェイクスピアが位置づけられていた歴史的位相と、現代の我々の時代認識との関係性への関心は、きわめて高いものがある。近代的中央集権国家の祖型が姿を現しつつあった一六―一七世紀の歴史的状況の中で、シェイクスピアはイングランドを主題とする一連のイングランド史劇の制作を行っていた訳だが、そのようにして生み出されたテクストの分析の中に、あるいはテクストを書くシェイクスピア自身の主体読解の中に、国家の解体を直接に目撃した二〇世紀末の、時代認識の表現形態の一つである「国民国家」の概念が導入されたとしても、それは当然の展開であると言ってよいであろう。

本章では、こうしたイングランド史劇批評の流れを念頭に置きながら、以下、二つの検討課題――『リチャード二世』から『ヘンリー五世』に至る個々のイングランド史劇において、イングランドはいかに表象されているのか、またそこに国家像をめぐるパラダイム・シフトは存在するのか――を軸に、三戯曲の検証を行う。(3)

第一節　『リチャード二世』――国王の身体の二重性神話の瓦解

『リチャード二世』におけるイングランド表象を考察するに当たって、最も留意すべきことは、戯曲のドラマトゥルギーの変化と国家表象のそれとが相関関係にあるという点である。『リチャード二世』の劇的構造は、第二幕までの前半部と、それ以降の後半部とに二分される。前半部では、ウッドストック殺しの真犯人追求に関連したボリングブルックの国外追放と、ジョン・オヴ・ゴーント死去にともなうランカスター公爵領の強制没収が描出されるが、これらの事象は要するに、リチャード二世と成り上がり者の取り巻き連中による恣意的な国家運営つまり失政の描写そのものであり、ここには作者不詳のイングランド史劇『トマス・オヴ・ウッドストック』のドラマトゥルギーが色濃く継承されている。(4) しかし、第三幕以降になると状況は一変、リチャード二世の廃位がアクションの中心を構成し、それに呼応する形で、ドラマの焦点も王位譲渡に逡巡するリチャード二世の内面探求へと移行してゆく。以下の論述では、こうした作品内におけるドラマトゥルギーの変化に対応して、いかにイングランド表象が変容しているかを検証したい。

不動産としてのイングランド

『リチャード二世』前半部でのイングランドへの言及と言えば、何をおいてもジョン・オヴ・ゴーントの臨終間近の台詞がよく知られていよう。

この歴代の国王の王座、この王権の統治する島、
この威厳溢れる領土、この軍神マルスの故国、
この第二のエデン、地上の楽園、
疫病や災い、戦争の手に対して
自然の女神みずからが築き上げたこの要塞、
この幸運なる民族、この小宇宙、

白銀の海にはめ込まれたこの宝石、
その大海は時に城壁となり、
また時に本丸を護る濠として、
運に見放された国々の悪意を退ける。
この祝福された耕地、この国土、この王国、このイングランド。　（二幕一場四〇―五〇行）

イングランドの由緒正しき歴史を語り、神に言祝がれた島国を称揚する、ジョン・オヴ・ゴーントによる国土の描写は、確かに「イングランド賛歌」として一般に受容されている側面を持ち合わせてはいる。だが、ジョン・オヴ・ゴーントの真意がそこにある訳ではない。ジョン・オヴ・ゴーントが伝えようとしているメッセージは、むしろ、そうした栄えある過去のイングランドとは、似ても似つかぬ現在の堕落したイングランドの姿であり、「栄光あるイングランド」はそのことをより効果的に伝達するための仕掛けでしかないのである。

そのような優れた王を育んだこの国土、幾重にも愛おしく、
世界にとどろくその名声故何物にも代え難いこの国土が、
今や貸し出されてしまった――死にゆく私は断言するが――
まるで借地か価値のない農地のように。
圧倒的な海に囲まれたイングランド、
その峨々たる海岸は海神ネプチューンの悪意ある包囲を
打ち返していたのだが、今や恥辱に囲まれ、

インクの汚点と腐った羊皮紙の契約書でがんじがらめにされている。（二幕一場五七―六四行）

そして、ここで注目すべきは、「農地のごとく貸し出された国土」および「羊皮紙の契約書類でがんじがらめにされたイングランド」という箇所である。これらの表現を使用してジョン・オヴ・ゴーントが直接に意味していることは、リチャード二世による放漫な宮廷経営による国庫の疲弊と、それを補うための王領の一時貸与であるが、ジョン・オヴ・ゴーントのこの辛辣な苦言の中には、「空白調達指令書」（blank charters）や「徳税」（benevolences）と呼ばれる、臣民への強制献金も当然含意されていよう(5)。

この直後、ジョン・オヴ・ゴーント危篤の知らせを受け、その死を見届けるべく駆けつけたリチャード二世に向かって、ジョン・オヴ・ゴーントはこう言い放つ――「今のお前はもはや国王ではなく、イングランドの地主だ」（二幕一場一一三行）。（イングランドの行く末を案ずる者から見れば）リチャード二世にとりイングランドは統治すべき国家ではなく、所有しそこから収益を上げる不動産にすぎない。ジョン・オヴ・ゴーントの命をかけたこの最後の非難にたがうことなく、リチャード二世はこの後ランカスター家の遺産を、アイルランドの反乱鎮圧の遠征費に充当すべく、間髪を容れずにそして躊躇することなく没収する。ランカスター家の領地が、瞬時に換金の対象へと換算される訳である。そして「地主」としてのリチャード二世からすれば、その所領はすべて経済的価値からのみ評価され、そこに生存する臣民は一切考慮されることはない。

リチャード二世の臣民蔑視は、ボリングブルック国外退去の際の平民へのおもねりに、否定的に言及すること（第一幕第四場）にまず示される。しかしより決定的なのは、ジョン・オヴ・ゴーント亡き後、本劇において唯一愛国心と忠誠心と良識を代弁する人物ヨーク公の次の警告である――「あなたはみずからの頭上に一千もの危険を降りかからせ／一千もの好意的な民の心を失うことになる」（二幕一場二〇五―六行）。事実、この警告は、ボリングブルック

に味方するロス卿の報告で裏書きされ、

王は重税を課すことで民衆を略奪し、
民の心を完全に失いました。そして貴族には古いもめごとを種に
罰金を科し、忠義の心を完全に失いました。　（二幕一場二四六―四八行）

この事態が、さらに民衆蜂起へのヨーク公の懸念を誘発する――「貴族らは逃亡し、庶民院の連中は冷淡であり、／ヘレフォード（＝ボリングブルック）に味方して蜂起するのではないかと心配だ」（二幕二場八八―八九行）。王領の貸し出し、貴族の所領の没収と換金、臣民への強制的課税――あらゆる所有財産を経済的価値で判断し、イングランドの地主へと成り下がったリチャード二世からすれば、自身の支配するすべての臣民も、当然のことながら同一の価値基準で裁かれ、そこには王国の基盤を形成する臣民への配慮はみじんも存在しない。このような政治のもとでは、王は民心を失い、平民の蜂起を招くのはごく自然な展開である。『リチャード二世』の前半部における国家表象とは、以上のような形であることをまず確認しておこう。

国王の二つの身体とイングランド

ところで、『リチャード二世』の前半部最終場（第二幕第四場）では、ウェールズ人の隊長の口から、リチャード二世の死の噂と天空を飛び交う流星群への言及がなされるが、この運命悲劇的な仕掛けをてこに、ドラマは王の失墜と破局へと大きく舵が切られることになる。リチャード二世がアイルランド遠征より帰還し、再び王領の土を踏む時、彼は国土に対して次のような挨拶を捧げる。

嬉しくて泣けてくる、
わが王国に再び立つことができて。
愛おしい大地よ、わが手でお前に挨拶をするぞ、
反逆者どもの乗り回す馬の蹄に痛めつけられていようとも。
わが子と長い間別れ別れになっていた母親が、
再会に際して涙と微笑みとに愚かしいほどに戯れるように、
泣きながら、微笑みながら、わが大地よ、お前に挨拶をしよう、
そしてこの王の手でお前に恩寵を授けるのだ。　（三幕二場四―一一行）

愛しき故国イングランドに対して、愛情溢れる母としておのれの肉体をもって抱擁する――この祖国への挨拶は、外国からの帰国者の感情的な愛国心の発露としては、（母国を「子」ととらえる点を除けば）いささか常套的とも評しうる台詞ではあるが、イングランドへのこの呼びかけが、「地主」リチャード二世によってなされていることを忘れてはならない。みずからの王領を不動産としてのみ処理し、自己とは切り離された客体として扱ってきたリチャード二世が、本劇後半部第三幕に入った時点から、一八〇度反転するかのように、イングランドとの不可分の一体化――それも母子関係の比喩がにおわすような濃密な一体化――を強調する。

そして、この一体化の方向性は、王国イングランドと神聖で不可侵な政治的身体を有する国王との一体化を誘発し、ここに中世的な「国王の二つの身体」を備えたリチャード二世を出現させる。本劇後半部の劇的展開は、エルンスト・H・カントーロヴィチが指摘する通り、まさしくこの「国王の二つの身体」の悲劇であり、王の身体の二重性の神話が瓦解する過程でもある。(6)『リチャード二世』は、この神話解体の過程を第三幕第二場から第四幕第一場

までの三つの段階を通して呈示しようとするが、その有りさまを順次検証しよう。

第三幕第二場、ウェールズの海岸に上陸したリチャード二世は、「激しく荒れ狂う大海の水すべてをもってしても、／聖別された王から聖油を洗い流すことはできぬ。／世俗の人間の言葉が、主に選ばれた／代理である国王を廃位することなどできぬ」（三幕二場五四―五七行）と述べて、神の代理人としての王の神聖な身体を強調する。しかし、老若男女を問わない臣民すべての反逆や、取り巻き連中の処刑など、次々と届く凶報を前にリチャード二世は動揺をきたし、彼の「二つの身体」は一気に分裂、国王の崇高な身体は死すべき人間としての自然的身体へと後退する――「私もお前たち同様パンを食らい、窮乏を感じ、／悲しみを味わい、友を必要とするのだ」（三幕二場一七五―七六行）。この段階で、国王の政治的身体とイングランドとの一体化は早くも解体し、リチャード二世自身によって代表される、イングランドの国家表象はこれ以降消滅してしまう。続く第三幕第三場――ここにおいても、ほぼ同様の過程が繰り返されるが――フリント城を取り囲んで集結したボリングブルックの軍勢を前に、城壁に登場した王の姿は、威厳ある権威で輝く。そして、ボリングブルックの上陸を謀反として厳しく非難するリチャード二世の振る舞いには、確かに、神を後ろ盾とした神聖さの回復を見て取ることができる。しかし、ボリングブルックの権利回復要求を不本意ながら容認したリチャード二世は、続けて「王は今何をしなければならぬ。服従か。／王はそうしよう。廃位か。／王は喜んでそうしよう。王の名の／喪失か。神の名において捨て去ろう」（三幕三場一四三―四六行）と、みずから進んで王権を譲渡しようとする。そして、ボリングブルックの謁見の求めに応じて、城壁から城庭へと降りてゆくリチャード二世の下降は、もちろん単なる物理的な空間移動ではなく、また臣下ボリングブルックと同一の階層への下降でさえない。それは、リチャード二世自身が言及する「パエトン」（三幕三場一七八行）神話に象徴されるように、神聖な天からの転落であり失墜そのものである。かくして、神の代理人としての政治的身体を喪失した彼は、当然のことながら、ロンドン連行の命にしたがうより他に方途はないのである。

シェイクスピアはこの後、材源にもない「庭園（庭師）の場」（第三幕第四場）を挿入する。この短い場が提示しようとするメッセージは、要するに、リチャード二世の国政に関する職務怠慢がみずからの身の破滅を招いたという因果応報の教訓であり、その意味でこの場面は一種コーラス的な機能を果たしていると言えるが、作者は一旦ここで先行する二つの段階を総括した上で、「国王の二つの身体」にまつわる悲劇のクライマックスへと向かおうとする。第四幕第一場、ウェストミンスター・ホールで、ボリングブルックはヘンリー四世として即位する。だが、司教カーライルは、改めてボリングブルック即位後のイングランドの災禍を予言する。この後、ボリングブルックの国王としての神聖さを主張した上で、ボリングブルックを謀反人として弾劾し、リチャード二世の国王としての神聖さを主張したリチャード二世には、しかしながら、みずからの不可侵の政治的身体を訴える力さえない。王位と王冠を譲渡した後、リチャード二世に残された仕事は、自身の内奥の悲哀へと後退することであり、その内面世界の王を務めることだけである――「私の栄光と私の王位を剝奪することはできても、／私の悲しみを奪うことはできぬ。私は常に悲しみの王なのだ」（四幕一場一九二―九三行）。そして、リチャード二世は自分の涙で聖油を洗い流し、自分の舌で神聖なる王位を放棄する。だが、おのれの失政の弾劾文を朗読するよう要求されたリチャード二世は、激情の最中、過去の自分を構築していたものすべてが失われてしまったことを痛切に悟る――「私にはもう名はないのだ、肩書きもな」（四幕一場二五五行）。そして、この自己洞察は、ボリングブルックという王者の陽光の前に跡形もなく消え去る雪だるまの形象に結晶し、完全に崩壊した王としての主体と、それを映し出さぬ自己の容貌との齟齬の間で、砕け散った鏡の破片に逆説的に照射されているのである。

『リチャード二世』の第四幕第一場――いわゆる「廃位の場」――は、エリザベス一世の在位中に刊行された三つの四つ折本には存在せず、一六〇八年に出版された第四・四つ折本において初めて印刷された。この事実をめぐって、従来より「廃位の場」削除説と新規加筆説とが論争を展開してきた。[7] この議論の要点は、要するに、この「廃位の場」が体制側にとり危険なものであったのかどうか、という点に収斂する。とりわけ、エセックス伯反乱事件の前日である一六〇一年二月七日におけるエセックス伯追随者らによる依頼上演以前の時期において、『リチャード二世』という戯曲は、あるいはリチャード二世にまつわる主題は、安全であったのかという項目に関して今なお検証が続けられている。(8)

『リチャード二世』という戯曲、あるいはリチャード二世にまつわる主題の有する政治性を考察する際、一五九〇年代に出版された次の二つの書物が重要な鍵を握る。一つは、一五九四年にイエズス会士ロバート・パーソンズが偽名で出版した、『イングランドの次期王位継承に関する会議』。国王の廃位を是認し、先例としてリチャード二世を引き、エリザベス一世の後継者としてスペイン王女を主張する本書は、出版禁止処分を受けている。もう一つは、一五九九年に出版されたサー・ジョン・ヘイワードの『ヘンリー四世の生涯と治世・第一部』。リチャード二世の治世と廃位・殺害を扱う本書は、同年中に焚書処分を受けている。こうしたリチャード二世をめぐる政治言説の中に『リチャード二世』を位置づける時、初演時の観客――特に知識階層の観客――が、本劇の有する転覆性に思いを致した可能性は高いと考えてよかろうし、本章が記述する中世的国王像・国家像の解体が、そのような解釈の一助となった可能性も存在するであろう。

リチャード二世は廃位され、王権にまつわるすべてを失った。しかし、その王としての政治的身体の喪失とは引き替えに、えたものも確かに存在する。それは、自己の内面へと沈潜し、死すべき人間としての自然的身体へと後退する中で、リチャード二世が時間の不可逆的な流れに身をさらすことから獲得した事実認識である。

ここにいる私には、弦の乱れの不協和を
とがめる明敏な聴覚があるというのに、

わが王国とわが命の調和に関しては、
わが命と統治の不協和を聞き分ける耳はなかった。
私は時を浪費し、そして今、時が私を破壊する。

（五幕五場四五―四九行）

牢獄に響く音楽の乱れを聞きとがめるリチャード二世は、国政の乱れを聞き分けることはできなかった。だが、その認識不足を認識するリチャード二世が、今ここにはいる。時の特権の濫用を戒めるヨーク公の警告（「ヘレフォードの権利を取り上げるならば、それは時から／その特権と慣習上の権利を奪うことと同等だ。／今日に明日が続くことを阻止することだ。／お前がお前自身でなくなることだ」（二幕一場一九五―九八行））を認識するリチャード二世が、今ここにはいるのである。

シェイクスピアの『リチャード二世』は、主題的には、エリザベス朝演劇の「弱き王」の系譜に属する戯曲であり、作品構造や劇的効果の点でマーロウの『エドワード二世』の影響のもとに作劇されたものと見なされている。しかし、落命の瞬間まで現世的王権を象徴する王冠にしがみつき、自己の内面を見つめることのなかったエドワード二世と比較した時[9]、リチャード二世のこの認識の深さは、両作品を隔てる大きな相違と言ってよいであろう。この相違こそ、二人の劇作家の格差の一面であり、また両作品を分かつおよそ三年の年月の間に、イングランド史劇が見せた、主体表象の深化という点での成熟の一面とも考えられるのである。

第二節　『ヘンリー四世』――近代性をめぐるイングランド史劇

『ヘンリー四世』の三つの特異性

一五九〇年代に創作されたシェイクスピアのイングランド史劇連作の中で、『ヘンリー四世』二部作は、いくつかの点で他のイングランド史劇と明瞭に区別される特徴を備えている。それらは、(一) フォールスタッフを軸とする喜劇的宮廷外世界の存在、(二) 複数の父子関係が織り成す家父長制的構図と女性人物の周縁化、(三) 反乱暴動の描写がイングランドを際だたせる展開設定とされていること、の三点に要約することができるが、次にこれらの点を順に敷延してみる。

(一) 喜劇的人物としてのフォールスタッフの原型・劇的機能・人物像等については、「ほら吹き兵士」(miles gloriosus) から始まってカーニヴァル的さかしまの世界の王に至るまで、数多くの研究の蓄積があるが、本章の関心からは、王子ハルとの擬似父子関係を指摘しておきたい。これには二つの側面があり、「無礼講の主催者」(lord of misrule) としてのフォールスタッフの追放による、新王ヘンリー五世の活力の更新という祝祭喜劇に特有の現象が、まず第一の相として指摘されうる。[10] さらに、もう一つの相に関しては、次のハルの台詞が重要である。

> 今のこの不品行な振る舞いをうち捨て、
> 約束などしていなかった借金の返済を行う時、
> 以前の言動をはるかにしのぐ立派な人物となることで、
> それだけ一層人々の予想をいい意味で裏切ることになる。

そして地味な背景の上で輝く金属のように、
おれの改心は、おれの悪行の上で輝き、
引き立たせるものがない場合よりも
一層美しく見え、一層人々の目を引きつけるだろう。
おれが罪を犯すのも、その罪を術策とするためだ。
人々が思いもよらぬ時に、失った時を買い戻すのだ。

（『ヘンリー四世・第一部』一幕二場二〇八―一七行）（傍線部著者）

この場面は、ハルがフォールスタッフ一党と交際をする、その意図を表明する箇所であるが、『ヘンリー四世・第一部』のアクションが始動したばかりの第一幕第二場に置かれ、しかもその場面とはハルとフォールスタッフ一党が最初に登場する場面であり、かつこの台詞は独白の形で直接に観客に向けて語られるものである。その意味で、この場面は、『ヘンリー四世』全体におけるハルとフォールスタッフの関係の基調を決定するものであると同時に、ハルの対フォールスタッフ観を印象深く観客に告げてくれる場でもある。つまり、ハルみずからが「術策」（skill）と呼ぶように、ここには、権力を担っていこうとするハルと、その権力に統治される臣民としてのフォールスタッフとの間で、権力行使による統治―被統治のリハーサルが存在する訳である。[11]『ヘンリー四世』二部作を通じて、ハルが「成長」を遂げる――本章の言葉で言えば、王権交替の学習を行う――ことはしばしば指摘されてきたが、その観点からも、この擬似父子関係は重要なのである。

（二）『ヘンリー四世』には、この擬似父子関係以外に、国王とハルならびにノーサンバーランド伯とホットスパーの血縁父子関係、およびヘンリー五世と高等法院長の師弟的父子関係が存在する。前者の王権対反逆者の対峙構造は、『リチャード二世』からの一貫した言説で考えるのがよかろう。そこには、ヘンリー四世における罪と神罰の意識、旧世代の背景化に加えて、中世的価値観の敗北が描き込まれ、それらを通して近代的なるものの表象をうかがうことができると考えられるが、これらの点については後述する。また、王権が男性的法権力と結びつく後者には、次に述べる点とも連動する父権制強化の現象を読み取ることができよう。

『ヘンリー四世』では、女性の主要人物は皆無と言ってよい。登場量の比較的多い宮廷外の女性二人――居酒屋のおかみクイックリーとフォールスタッフの愛人的なドル・ティアシート――もしょせんは、フォールスタッフの三大欲求――食欲・性欲・金銭欲――を満たす存在にすぎず、『ヘンリー四世・第二部』の最後には法権力へと回収されてしまう。(12) このことは、『ヘンリー四世』というイングランド史劇に父権的色合いを、そして家父長制的構図を付与することに一層貢献するであろう。

『リチャード二世』の後に『ジョン王』が書かれ、その劇的世界の中で父権制社会の基盤となる神話を解体してみせたシェイクスピアは、(13) その危険因子たる女性のセクシュアリティを『ヘンリー四世』では抑圧してみせたのかも知れない。(14) またこの事象は、『ヘンリー五世』の最終場面つまり第二・四部作の総仕上げの部分での、ヘンリー五世によるキャサリン獲得が、父権制システムに根ざす王権を完成させるための補完物として描写されていることと関係するようにも考えられる。

（三）『リチャード二世』および『ヘンリー四世』において、タイトルロール、ヘンリー四世の言動の中から、彼自身の国家に関するヴィジョンを指摘することは難しい。『リチャード二世』にあっては、策士ボリングブルックとしてリチャード二世を廃位へと冷徹巧妙に誘導し、またオーマールらの謀反を未然に処理する有能な政治家としての資質を確認することはできるが、それ以上のことは言えない。さらに『ヘンリー四世』では、老齢の王として、有力貴族の反乱と後継者問題に苦悩する弱体化した国王像が描き出されていて、ここでもヘンリー四世が直接的に体現するイングランドの姿を認めることはできない。では、『ヘンリー四世』が提示する国家表象とは、どのようなものなのか。

イングランド史劇は言うまでもなく、内乱外征混沌相の連続体であるが、その中で『リチャード二世』から『ヘンリー四世』にかけて展開される政治的軍事的葛藤は、アイルランド、ウェールズ、スコットランドのイングランド外勢力、およびそれら辺境の脅威と結託した北方貴族ならびに教会勢力との間のものである。このことは必然的に、王権と国家としてのイングランドとの重ね合わせ、もしくはそれに向けての方向づけを可能にするであろう。換言すれば、ランカスター家の一連の勝利が、他者性の排除や権力への回収、周縁性の客体化という形で、「イングリッシュネス」（＝イングランドの主体とアイデンティティ）なるものの自己生成と二重写しにされてゆく訳である。

『ヘンリー四世』における近代性の問題

『ヘンリー四世』と近代的国民国家の関係を考察する場合、近代（およびその表象）とは何かという問いと、“state”と“nation”の連関の問題を避けて通る訳にはゆかない。「近代」そのものの定義や解釈はきわめて大きな問題であるし、それらを『ヘンリー四世』の中に直接探求することは、あまり意味のある作業とは思われない。むしろ、近代的なるものの表象探求こそ我々のなすべき作業であろう。そしてその場合、ヘンリー四世が実際に統治を行った一四〇〇年代初頭（ヘンリー四世の在位期間は、一三九九年から一四一三年）の歴史的事象の直接的再現の有無それ自体が重要なのではなく、またこの時代と一五九〇年代との時事性の類似性の指摘にとどまるのでもなく、やはり、初期近代と歴史学上位置づけられる一五九〇年代に定位されるシェイクスピアという主体が[15]、彼自身の自己と時代を『ヘンリー四世』というフィクションの中でいかに問い直し表象しているかを、我々は考えてゆかなければならないであろう。このような視点から『ヘンリー四世』二部作を再検討する時、ハルの重要性は一層高まる。『ヘンリー四世』の構造は、『ヘンリー四世・第一部』ではホットスパーの最終的敗北を、そして『ヘンリー四世・第二部』ではヘンリー四世の贖罪意識とヘンリー五世の即位を、最も前景化するからである。

『ヘンリー四世・第一部』では、シュルーズベリーの戦いにきわまる国王側とノーサンバーランド伯側との対立対峙が主要なトピックであるが、この構図は、実際のホットスパーの年齢を大幅に引き下げ、ハルと同世代の若武者として設定することで、この二人の対比の中に集約する形が取られている。[16] ハルの策士的人物像に関しては、すでに引用した台詞から十分明確に断定できると思われるが、ホットスパーの人物像については、次の二つの台詞を引用しておこう。

その貴公子という言葉を耳にすると、悲しくなる。その上、
ノーサンバーランド卿がそのような祝福された息子の
父親であることをねたんで罪を犯してしまいそうだ。
あの息子は名誉の中心主題であり、
森の中で一番にまっすぐに育つ若木であり、
運命の女神の寵児であり誇りなのだ。
その一方で私は、彼の称賛を目にしながら、
わが息子ハリーの顔が放蕩と不名誉で汚れているのを
見なければならない。願わくば、
夜を行き交うどこかの妖精が、揺りかごの中で眠る
産着を着た二人の子供を取り替えて、

わが子をパーシーと呼び、彼の子をプランタジネットと呼ぶことができれば。
そうすれば、あのハリーがわが息子となって入れ替わるのに。
（『ヘンリー四世・第一部』一幕一場七八―九〇行）（傍線部著者）

ホットスパー　その危険な橋を踏みはずせば、一巻の終わり。沈むか泳ぐかだ。
危険というものが東から西まで走るというのなら、
名誉を北から南まで走らせて交差させ、
取っ組ませるまで。ああ、野ウサギを追い立てるよりも、
ライオンを狩り出す方が、血が騒ぐ。
ノーサンバーランド　偉業の思いに気持ちを駆り立てられて
自制心の枠からすっかり飛び出しておるわ。
ホットスパー　本当に何のことはない、たやすい一仕事にすぎん、
青白い月から輝く名誉をつかみ取るにしろ、
測索さえその海底に届かぬ
深海の底めざして飛び込み、
溺れた名誉の髪をつかんで引っぱり上げるにしろ。
ただし、名誉を救い出した者が、その名声のすべてを
競争相手なしに独占できるならばの話だが。
分け前の一部など話にならん。
（『ヘンリー四世・第一部』一幕三場一九四―二〇八行）（傍線部著者）

前者の引用は、ヘンリー四世が息子ハルとの比較を通して、ホットスパーの名声に言及する場面であるが、その名声の獲得がすべて軍事的功績によるものである点に注意する必要がある。また後者の引用は、ノーサンバーランド伯の一族が、国王に対する不満をきっかけに反乱を企てる場面だが、名誉を求めて軍事的行動へとはやりたつホットスパーの姿がよく描かれている。しかも、これらの台詞は、第一幕の第一場・第三場というドラマの開幕部に置かれており、観客によるホットスパーの人物像形成に、きわめて大きな影響を与えるものであることも考慮に入れる必要がある。

ところで、この二人の関係性を仮に単純化して、「誉れ高き行動派の騎士の鑑」対「放蕩を装う理知的策略家」と呼んでみることの中に、あるいはまた、ホットスパーを評する「陛下、パーシーは私の代理人にすぎません。／私に代わって名誉ある偉業を買い占めているのです。／時至ればやつにきびしく釈明を要求し、／あらゆる栄誉を譲渡させましょう、／そう、やつが生まれてこの方手に入れた最も取るに足らない名誉でさえも。／もし拒むようなら、決算報告はやつの心臓にさせてみせます」(『ヘンリー四世・第一部』三幕二場一四七―五二行)というハルの台詞を引用してみることの中に、我々は「近代的」な懐疑主義やマキアヴェリズム、はたまた経済的なコンテクストをうかがい知ることはできるのであろう。だが、『ヘンリー四世』というドラマは、近代的なるものを明確に呈示するテクストではない。そうではなく、ある事象の陰画を示すことで陽画を浮かび上がらせる、近代的ではないものの表象を通して、近代的なるものの表象を立ち上げてゆく戦略を有するドラマなのである。換言すれば、名誉の観念を行動律とする前近代的なるホットスパーの最終的な、しかもハル自身の手による敗北を描き込むことで、ハルに付与される近代性を照射するのである。一言で表現すれば「騎士」に収斂するホットスパーの属性は、『ヘンリー四世』二部作を通して、とりわけヘンリー四世によるハルとの比較の中で規定されてゆく訳だが、『ヘンリー四世・第一部』第三幕第一場における土地分割への執着も見逃す訳にはゆかない。

ここバートンから北のおれの取り分は、
広さの点で君たちのどちらのものとも対等とは思われない。
見てみろ、このトレント川はおれの取り分の方に向きを転じ、
本来ならおれの領土の一部となるべき最良の部分を、
この大きな突出部を、巨大な半月形に切り取ってしまっている。
おれはこの場所で川を堰き止めさせよう。
そうすれば、静かに流れゆくトレントの白銀の流れを
新しい水路に導いて、領地を公平に分かつことができる。
この川がここでこんなにも深く湾曲しくい込んで、
おれから豊かな平原地帯を奪うようなことはさせない。

（『ヘンリー四世・第一部』三幕一場九五―一〇四行）（傍線部著者）

この場面では、反乱軍のホットスパー、モーティマー、グレンダウアーの三名が領土の分割について相談を行うのであるが、ホットスパーは分割のやり方が不公平であるとして、異議を申し立てている。彼らが土地というものに――とりわけ肥沃な土地に――執着するのは、（テクストに明示されてはいないが）その土地から生産される農作物やその土地で労働する労働者たちが、そっくりそのまま領主の経済力となり、政治力となり、軍事力となるからであった。その意味で、ここには明らかに領地に基盤を置く封建諸侯の描写があり、その彼らが、『ヘンリー四世』二部作全体を通して、次々に敗れ去ってゆくことの意味を――そしてその結果、ドラマの意味として生成されるものを――考える必要があるのである。

『ヘンリー四世・第二部』では、病み衰えてゆくヘンリー四世の意識に注目したい。国内の騒乱とハルの放蕩——この二つの事象がヘンリー四世の関心事となるのだが、ヨーク大司教の挙兵に代表される大土地所有者の封建貴族階級が王権に反逆する構図は、同様に封建貴族のノーサンバーランド伯一族の支援を受けたボリングブルックが、リチャード二世を廃位した際の構図と通底するものである。また放らつのハルは、ヘンリー四世の思考の中で、国政をないがしろにしたために王位を追われたリチャード二世との同定を受けている。このドラマにおけるヘンリー四世の言説は、このように、常に先行するリチャード二世の時代とつながってゆくのだが、その中世的残影を引きずる大司教たちも順次敗退し、ドラマの背景へと退いてゆく。また、十字軍遠征を熱望し、贖罪意識と神の許しの希求の内に息を引き取るヘンリー四世に、昔日の策士ボリングブルックの姿を見取るのはもはや困難であろう。『ヘンリー四世・第二部』のアクションは、かくして、中世勢力の背景化・後退化を呈示すると同時に、ヘンリー四世の思考に内在する中世的なるものを、彼の死と共にある程度葬り去るのである。そしてその代わりに、ドラマの、そして歴史の前面に登場してくるのが、共にマキアヴェリアン的属性を有するジョン・オヴ・ランカスターであり、ヘンリー五世なのである。

さまざまな父子関係を経由したイニシエーションを通過し、戦略と意志をその身に備えた新王ヘンリー五世が、議会を召集し法権力を「師」としてしたがえる『ヘンリー四世・第二部』第五幕第二場に至る時、そこにもやはり近代的なるものの表象が、浮き彫りにされてくると考えてよいであろう。『ヘンリー四世』二部作とは、つまるところ、王権をめぐる物語、王の権威を争奪する物語と言うよりは、世代間の王権の移行に関するテクストであり、このことと近代性の表象とは、密接に関連していると考えられるのである。

『ヘンリー四世』と国民国家

最後に、国民国家の問題について検討しておこう。先述したように、この問題の考察に当たっては、“state”と“nation”の概念が不可欠であり、この二つの項目の意味内容の再度の確認から始める必要があろう。端的に言えば、これらの概念は国家というものを、統治者を中心とした視点から見るのか、それとも国民のまなざしに重心を置いて考えるのか、ということに関係する。前者の、君主や国王といった統治者を中心とする視点とは、エリザベス朝の文学テクストにその例を探れば、例えばエリザベス一世礼賛という明示的な形を取るものとなり、この種のオマージュはそこかしこに容易に見出されうるものである。その意味で、“state”表象とは見えやすい表象と言うことができるであろう。シェイクスピアが『ヘンリー四世』創作時にすでに『ヘンリー五世』を構想していたことは、『ヘンリー四世・第二部』のエピローグからも明白である。そして、その中で描写される新しい愛国的な王権が、多くの点でエリザベス一世の王権を象徴していると考えてよいと思われるが、このことから我々は、『ヘンリー四世』から『ヘンリー五世』にかけて流通する言説の中に、シェイクスピアの主体を経由した“state”表象や“state”意識を確認することができるであろう。

だが、それに対して“nation”表象はどうであろうか。“nation”という語が「国民」と「国家」という意味を同時にあわせ持つように、“nation”表象とは、「国民」に「国家」との一体感を抱かせる「共同体幻想のイデオロギー」のことであり、そのイデオロギーによる「国民」の思考操作のことでもある。その意味で、先に言及した『ヘンリー四世』におけるランカスター家の勝利が、「イングリッシュネス」形成の方向を指し示していることは間違いないであろう。しかし、均質な「国民」を生み出すための（あるいは「国民」を均質にするための）イデオロギー装置としての「国民国家」という視点から見た場合、その幻想性を抱かせるには、『ヘンリー四世』のテクストにはあまりにも多くの雑多なノイズが存在する。さらに、そもそも『ヘンリー四世』における「国民」とは誰なのか、という根本的な問いかけもなされなければならない。「国民」とは、「国民ではない者」を排除することによって成立する概念である。『ヘンリー四世』の中で国家の存立に貢献しうる者とは、結局のところ、ジェンダー始めさまざまな言説において分断・選別された「戦う兵力たりうる者」に限定され、その意味で、ごく限られた者たちのみが、「国民」との認定を受けるのではないであろうか。[17]『ヘンリー四世』では、このように、「国家を支える者たち」と「均質な国民総体」との間には、なお大きな乖離が見出される。つまり、「均質な国民」が構成する国家像としてのイングランドは、はるかに遠い存在なのであり、このことが、言説としての「イングリッシュネス」のこの時点での限界を示すものと考えてよいであろう。

第三節　『ヘンリー五世』――近代的国家表象の幻想とその解体

『ヘンリー五世』の批評史を概観すれば容易に判明するように、一九世紀前半の批評以来[18]、この戯曲にあっては、騎士的国王の愛国的な美徳を強調する「英雄的叙事詩」としての解釈と、侵略戦争に関連する偽善性や残虐性を読み込む諷刺的読解とが相拮抗してきた。『ヘンリー五世』における国家表象も同様に、英雄的イングランド像を懸命に築き上げようとする愛国的な言説と、その矛盾を突きつけることで、それらを無効化してしまう言説とが激しくせめぎ合っている。こうした言説間の闘争は、コーラスやヘンリー五世による英雄的国家像の構築を、反乱貴族や下級兵士また非イングランド系の将校らが突き崩し、それがさらに再構築される、という過程の中で提示されてゆくが、以下その展開を検証しよう。

英雄の再来としてのヘンリー五世

エドワード三世以降のイングランド王を主人公に仕立てたイングランド史劇において、エドワード三世とその長子黒太子は英雄像の原型であり、この二人の英雄に言及することで愛国的なトーンをかもし出すことは、この種のイングランド史劇を作劇する際の常套手段であった。『ヘンリー五世』の創作に当たったシェイクスピアも、その例にもれない。第一幕第二場、教会所領を没収する法案の議会通過を阻止すべく、巨額の献金を国王に申し出ることで、カンタベリー大司教らは、ヘンリー五世の関心をフランス王位の権利主張へと向けさせようとする。そして、フランスが突きつけた女系相続を禁止するサリカ法を否定する中で、カンタベリー大司教はエドワード三世と黒太子の名を首尾よく持ち出すと、イーリー司教がすかさずその効果を増幅する――「この勇敢なるご先祖の記憶を呼び起こし、／陛下の力強い腕でその偉業を復活させて下さい。／陛下はその後継者であり、ご先祖より引き継がれた王座におつきです。／ご先祖を高名にした血と勇気は／陛下のお体にも流れているのです」（一幕二場一一五―一九行）。これによりヘンリー五世は、英雄の再来として定義され、それに一層輪をかける形でその若さと将来性もが強調される――「権勢無双のわが陛下は、／まさに五月の朝さながらの若さの最中、／偉業をなすべく壮大な企てを始動なさる機は熟しました」（一幕二場一一九―二一行）。かくして、ヘンリー五世個人の英雄性が樹立されたのを受けて[19]、この有望なる英雄王を支える臣下たちに関しても、ウェストモランド伯が次のように付言する――「イングランド王がかつて／これほど豊かな貴族とこれほど忠実なる臣民を持ったためしはありません」（一幕二場一二六―二七行）。『ヘンリー五世』のテクストは、アクションの比較的早い段階から、忠実な臣下をしたがえた英雄的国王としてのヘンリー五世を確立し、一気にフランス遠征への気運を高める[20]。

しかし、ヘンリー五世は一旦ここで、北方の隣国スコットランドからの不意打ちに対する警戒心を示す。それに対してカンタベリー大司教は、国家を身体にたとえる「ボディ・ポリティック」の言説や、封建的階級社会を蜜蜂の営巣にたとえる寓話などを用いることで、王の説得を試みる。カンタベリー大司教の議論は、首尾一貫した論理的なものとは言えないが、彼の主旨は要するに遠征軍と防衛軍という形でのイングランド軍の分割であり、これら廷臣の進言に得心した上で、ヘンリー五世はフランス使節に向かって挑戦状を叩きつけることになる。

愛国的イデオロギーの構築とその無効化

第二幕冒頭、コーラスの描写は、「すべてのキリスト教国の王の中の鑑」（二幕コーラス六行）であるヘンリー五世につきしたがう、イングランドの若者に焦点を当てる。イングランドのすべての青年は、軍馬を購入するために土地を売却する、とコーラスは描き出す——「今やイングランドの若者はすべて火と燃え立ち、／…／馬を購入するために牧草地を売り払う」（二幕コーラス一、五行）。だが、この包含関係には微妙な矛盾が隠蔽されている。コーラスの指示する「全員」とは、実は全員ではない。そうではなく、有り体に言えば、牧草地を売ることができるだけの土地保有階級に限られた者たちなのである。この例を嚆矢として、『ヘンリー五世』には、対フランス総力戦をかもし出す記述と、それとは齟齬をきたす記述とが併存していて、そこに（ドラマが呈示しようとする）一枚岩的な愛国像の亀裂を我々は確認することができる。第二幕からもう一つの例を拾ってみよう。ヘンリー五世は出国に際して、イングランド人民の精神的一体化を強調する——「私がこの港から連れてゆく者の中に、／私と一心同体でない者はまったく存在しない。／また、ここに残してゆく者の中に、成功と征服が／わが軍につきしたがうことを願わない者はまったく存在しない」（二幕二場二一—二四行）。この台詞は、すでにその謀反を察知したケンブリッジ伯らを前にして語られるため、彼らに対する皮肉と脅迫また謀反露見後の効果を見込んでのものであることに間違いはない。だが、コーラスが通常の中立的な解説者の位置を捨て、愛国的言説の操作者としての役割を演じ始めた第二幕以降に配された上記ヘンリー五世の発言には、単なるアイロニカルなトーン以上の、観客のイングランドに対する思いを昂揚させる機能が具備され、しかもそれが発話されて間もなくの段階で陰謀発覚によって帳消しにされるところに、『ヘンリー五世』に構造的に組み込まれた、イデオロギーの構築と無効化のパターンを見て取ることができよう。

さらに、この『ヘンリー五世』のテクストは、より露骨で巧妙な情報の隠蔽と歪曲を行う。王に対して謀反を企てたケンブリッジ伯らは、フランス王に金銭で買収されたことがその動機であると、『ヘンリー五世』はくどいほどに記述する。だが、ケンブリッジ伯の真の目的が、より正統な王位継承権を有する第五代マーチ伯モーティマーを王位に就けることであったのは、『ヘンリー四世・第一部』第三幕第五場でモーティマー自身がすでに語っている通りである。『ヘンリー五世』はこの事実をほぼ完全に隠蔽するだけでなく、ケンブリッジ伯ら反乱貴族を「このイングランドの怪物ども」（二幕二場八五行）として他者化し、また国王本人に「私はお前（＝スクループ）のために泣かずにいられない。／何故なら、今回のお前の謀反は、／新たな人類の堕落のように思われるからだ」（二幕二場一四〇—四二行）と語らせることで、本質的には王位継承という政治問題であった事柄を、個人間の道徳問題にすり替えてしまう。もちろん、この操作を通して、ヘンリー五世にまつわる王位継承のいかがわしさを封印することが、本劇の狙いであることは言を俟たないし、このような形で障害を除去することが、対フランス戦の（神による）吉兆と解釈される仕組みとなっている。

さあ、諸卿、フランスだ。今回の企ては、
私にとってと同様、諸卿にとって栄えあるものとなるだろう。
私は、この戦争が勝ち目のある幸運にみちたものであることを、疑わない。
何故なら、神はかくも恵み深く明るみに出して下さったではないか、

わが行く手にひそみ、出ばなをくじかんとした
この危険な反逆を。
（二幕二場一八二―八七行）

『エドワード三世』などで典型的に確認されるように、英雄劇において主人公はいわゆる「君主の教育」を経験した後、英雄的軍事行為へと専心する。『ヘンリー五世』におけるこの反乱貴族の場面は、ヘンリー五世がみずから演出したものではあるが、やはり「君主の教育」の一環と見なされるべきものであり、この後、彼がハーフラー戦へと突入するのは自然な展開なのである。

第三幕に入ると、コーラスは再度総力戦の言説の構築を試みる。

皆様のお心をこの艦隊の船尾へしかと結びつけ、
真夜中のように静寂のイングランドを出発していただきたい。
その母国は、老人や赤子、年老いた女たちなど、
一人前の体力を失った者か、まだ未成熟の者によってのみ護られている。
何故なら、そのあごに初めてのひげが一本でも生えた者で、
選りすぐりの選抜騎兵部隊として、
フランスへ従軍しようとしない者など存在しようか。
（三幕コーラス一八―二四行）

コーラスがここで声高に主張する総力戦の部隊の構成員が、「戦う兵力たりうる者」に限定されていることは明白であるが、その意味で、『ヘンリー五世』は『ヘンリー四世』における国民国家表象の限界を引き継いでいることをま

ず押さえておきたい。コーラスが総力戦に関するイデオロギーの地ならしを行った後、第一場でハーフラーを舞台に、ヘンリー五世は勇ましい突撃命令をイングランドの貴族とヨーマンに向けて発するが、後者への呼びかけはとりわけ興味を引くものである――「そしてお前たち、立派なヨーマンよ、／お前たちの四肢はイングランドで育まれたのだから、／その牧草地気質をここで見せてくれ。いささかも疑いはしないが、／お前たちが見事な素性にたがわぬ者と断言させてくれ」（三幕一場二五―二八行）。ヘンリー五世が言及する「牧草地」とは、コーラスがすでに第二幕で使用した「牧草地」でもあり、ヘンリー五世はイングランド軍の主力が土地保有階層であることを図らずも露呈してしまう。総力戦の幻想は、ここでもまた突きくずされている訳である。そして、この幻想の崩壊は、第三幕における別の場面で、ヘンリー五世がみずから自軍の少数弱体を認めるという形で反復される――「わが兵力は弱体化した、傷病兵のみの護衛部隊にすぎない」（三幕六場一五五行）。ヘンリー五世のこの認識は、フランス軍使者を前にしての誇張と、戦闘による人的消耗を当然割り引いた上で考慮しなければならないが、それでも「護衛部隊」という語が含意する兵士数は、総力戦の言説とはいちじるしく齟齬をきたし、フランスに来襲したイングランド軍とは、実のところ、分割された一部の（第一幕第二場の台詞をそのまま信じれば、四分の一の）軍勢にすぎなかったことを、我々に強く想起させるのである。

ところで、ヨーマンに向けてのヘンリー五世の呼びかけは、本劇における国家表象を考える上で、もう一つの問題を提起してくれる。ヘンリー五世は、この台詞で養育の場所と出自血統の重要性を指摘し、それらがイングランド人の本質を決定する要素であることを主張することで、みずからの部隊が「均質なイングランド人」によってのみ構成されているかのごとき幻想を作り上げようとする。だが、この幻想は、続く第二場でウェールズ人とアイルランド人とスコットランド人の将校が登場することで、いともたやすく突きくずされてしまう。ヘンリー五世の軍隊とは、複数の民族から構成される混成軍であったのであり、この箇所でも我々は、『ヘンリー五世』における支配的な言説の亀裂を見届けることになる。[21]

第四幕のコーラスは、ヘンリー五世の超人的な姿――アジンコートの戦いを前に、意気消沈し憔悴しきったイングランド軍の陣中を、不安も消耗もみじんも感じさせない国王が、「兄弟よ、友よ、そして同胞よ」（四幕コーラス三四行）と声をかけながら、勇気と元気を寛大な恩恵として将兵たちに分かち与える――を描き出す。ここに見られるものは、第二幕と同様の、イングランド人の精神的一体化を鼓舞する言説であり、また神聖で不滅の国王の政治的身体のイデオロギーである。

だが、前者の言説は、続く第一場の下級兵士との議論の中で、早くもほころびを見せる。ウィリアムズに国王の戦争責任を糾弾されたヘンリー五世は、父親の命令で商用に出た息子が遭難により死亡した事例を持ち出して、兵士の死に国王は責任を負わないと切り返す。この論法には、しかしながら、戦争への従軍と商用への従事との致死率の相違がまったく考慮されていない、あるいは意図的に隠蔽されていることは明白であろう。ヘンリー五世はその上、兵士の死の問題を死に際しての魂の浄化の問題へと論点の重心移動を行い、責任回避を試みる。王の懸命な長広舌の効果か、ウィリアムズも取りあえずは納得し引き下がる。だが、この熱弁は、ヘンリー五世本人に別の効果を与えてしまう。下級兵士たちが退場した後、ヘンリー五世は、国王の政治的身体の裏に隠された、安眠を憧憬する王の自然的身体をみずから露呈し、政治的身体のイデオロギーの亀裂をも呈示するのである。

ところで、コーラスの構築した国王像の揺らぎは、これだけでは収まらない。それは、神に戦勝祈願をする際に、リチャード二世の廃位にさえヘンリー五世は言及するからである――「ああ神よ、今日だけは、／ああ今日だけは、わが父が王冠を獲得するに際して／犯したあの罪を、おもんぱかることなかれ」（四幕一場二九二―九四行）。この場面でヘンリー五世は、第二幕では隠しおおせた王位継承権のいかがわしさを、確かにあらわにしてしまっている。しかし、この露呈を一連の言説の揺らぎの中だけでとらえるのは十分ではない。それは、みずからの王位継承権の不確かさという事実を開陳する犠牲を払ってまでも、ヘンリー五世には神に勝利を祈る必要があったからであり、神への祈願という仕掛けを前もって設けておくことでこそ、アジンコートの勝利の奇跡と栄光が後に言祝がれうるからである。

アジンコートの決戦に臨み、ヘンリー五世は全軍にげきを飛ばす。

この物語は、家長からその息子へと語り伝えられるだろう。
そして今日この日から最後の審判のその日まで、
聖クリスピヌスの祝日が訪れるたびに
我々の事績は必ずや思い起こされるだろう、
我ら少数、我ら幸せな少数、我ら兄弟の一団のことが。
何故なら、今日私と共にその血を流す者を、
私は自分の兄弟としよう。いかに出自の卑しい者も、
この日の働きで貴族となるのだ。（四幕三場五六―六三行）

『ヘンリー五世』においては、国王とコーラスは言説の構築という点で共犯関係にあるが、この箇所でも同様に、ヘンリー五世はイングランド人の精神的一体化の言説を再強化しようとしている。最後の審判まで一直線に延びる時間軸、その果てまでも継続する兄弟の縁。しかも今回は、土地保有階層に限定されない、このフランスの地にいるすべてのイングランド人が、王侯と肩を並べうる友愛の結びつき――ヘンリー五世は、この壮大な誇張を駆使して「均質なイングランド人」の幻想を打ち立てようとする。[22]そしてこうした手続きを踏んだ上でこそ、戦勝後の神への

感謝と称賛が、空疎な措辞としてではなく、実体を有した言葉として観客に受容されるのである。

第五幕のコーラスは、遠征軍のイングランド帰還を描き出す——イングランドの海岸には人々が押し寄せ、彼らの拍手と歓声がみち溢れ、そしてロンドン近郊では、盛装したロンドン市長と同僚たちは古代ローマの元老院議員さながらに、市民たちを群がる平民たちのごとくしたがえ、「我らが征服王シーザー」(五幕コーラス二八行)を出迎える。[23] ヘンリー五世の栄光を最大限に称え、ドラマの最終的メッセージとしての愛国的英雄像(および栄えあるイングランド像)を構築しようとするこの口上は、しかしながら同時に、国王を頂点としたヒエラルキーをも現前させている。このように、『ヘンリー五世』というテクストは、総力戦や均質な国民に代表される近代的国民国家の言説や幻想を生成しては、絶えず無効化するテクストであり、そのせめぎ合いの上に愛国的な国家表象のメッセージがかろうじて伝達されている戯曲である。その意味で、『ヘンリー四世』と『ヘンリー五世』とは、劇的トーンこそ違え、国家表象の点において同一の方向性を有する作品と考えられるのである。

＊　＊　＊

最後に、各戯曲のイングランド表象と国家像をめぐるパラダイム・シフトの問題とに関し、簡潔に結論を述べておきたい。『リチャード二世』(特にその後半部)は、国家と一体化された中世的な王の身体の二重性の神話が、瓦解する過程を描き出す。だが、そのリチャード二世に取って替わったボリングブルックの政治体制に、明確な近代性を認識することはこの段階ではまだ難しい。また、この神話を解体したヘンリー四世ならびにハルが主人公を務める『ヘンリー四世』二部作も、近代的なるものを「明瞭に」呈示するテクストではない。ただ、旧世代の後退に加えて、中世的・封建的価値観の敗北が描き込まれ、そうした前近代的なものが消え去ってゆく描写によって、近代的なるものを浮かび上がらせるドラマと言うことは可能であり、それらを通して我々は近代的なるものの表象をうかがうことができると考えられる。そして、その視点に立てば、『リチャード二世』から『ヘンリー四世』さらには『ヘンリー五世』へと向けて、中世的なパラダイムが近代的な認識の枠組みへと移行しつつあると考えてよいであろう。

しかし、近代的な、均質な「国民」を生み出すための（あるいは「国民」を均質にするための）イデオロギー装置としての「国民国家」という視点から見た場合、その幻想性を抱かせるには、『ヘンリー四世』のテクストにはあまりにも多くの雑多なノイズが存在し、このあたりにこの二部作の "nation" 表象の限界があると言えよう。第二・四部作を完結させる『ヘンリー五世』における国家表象も同様に、近代的な国家表象の幻想の絶えざる生成と解体の拮抗が描かれ、英雄的イングランド像を懸命に築き上げようとする愛国的な言説と、その矛盾を突きつけることでそれらを無効化してしまう言説とが、激しくせめぎ合っていて、その対抗関係の中から愛国的なイングランド像の呈示が試みられている。

（1）例えば、Joughin, ed., *Shakespeare and National Culture* あるいは Burnett and Wray, eds., *Shakespeare and Ireland: History, Politics, Culture* などを参照。

（2）Benedict Anderson, *Imagined Communities: Reflections on the Origin and Spread of Nationalism*（London: Verso, 1983）. Homi K. Bhabha, ed., *Nation and Narration*（London: Routledge, 1990）.

（3）『ヘンリー四世』二部作を独立した別個の作品ととらえるか、連続した一つの戯曲と見なすかは、従来より意見の分かれるところであるが、（後述するように）本作品を世代間の王権の移行に関するテクストと考える本書では、この二部作を一作品とする立場を取る。

（4）John Dover Wilson, introduction, *King Richard II*, ed. John Dover Wilson（Cambridge: Cambridge UP, 1961）および A. P.

Rossiter, *Angel with Horns and Other Shakespeare Lectures*, ed. Graham Storey（London: Longmans, 1961）23–39 参照。

（5）その証拠として、第二幕第一場・第二場を中心に、『トマス・オヴ・ウッドストック』からの語句レヴェルの借用が散見される。シェイクスピアは、この先行作品の情報を観客が所有しているとの前提のもとで、作劇していた可能性が高い。

（6）Ernst H. Kantorowicz, *The King's Two Bodies: A Study in Medieval Political Theology*（Princeton, NJ: Princeton UP, 1957）24–41.

（7）削除説としては、Andrew Gurr, introduction, *King Richard II*, by William Shakespeare（Cambridge: Cambridge UP, 1984）9 および Clare 47–51 を参照。新規加筆説としては、David Bergeron, "The Deposition Scene in *Richard II*," *Renaissance Papers 1974*（1975）: 31–37 参照。

（8）『リチャード二世』の政治性に関する比較的近年の議論としては、Charles R. Forker, introduction, *King Richard II*, by William Shakespeare（London: Thomson Learning, 2002）5–16 を参照。

（9）第四章参照。

（10）C. L. Barber, *Shakespeare's Festive Comedy: A Study of Dramatic Form and Its Relation to Social Custom*（Princeton, NJ: Princeton UP, 1959）192–221.

（11）この関係を表面的には逆転させた場面が、『ヘンリー四世・第一部』第二幕第四場に存在する。ここでは、翌日父王ヘンリー四世の前に出頭することになっているハルが、フォールスタッフを国王に見立てて、予想されるやり取りのリハーサルを行う。だが、話題がハルが交際をしているフォールスタッフという男に及ぶ段階で、二人の役は入れ替わり、ハルが国王役を務めることになる。この場面はもちろん、喜劇的で劇中劇的な効果が中心となっているが、ハルが常に主導権を持っている点に注意する必要がある。換言すれば、フォールスタッフを国王に仕立てることが、ハルのイニシアティヴ・統治性を逆に照射することになるのである。

（12）『ヘンリー四世』二部作には、この他に、『ヘンリー四世・第一部』にホットスパーの妻パーシー夫人とモーティマー夫人、『ヘンリー四世・第二部』にパーシー夫人とノーサンバーランド伯夫人が、それぞれ登場するが、本章の論点からは、女性というジェンダー故に、戦う兵力たりうる者である「国民」としては、排除される対象としてとらえる。

（13）『ジョン王』の創作年代に関しては、現在でも一致した見解は存在しないが、本書ではハーベッジの見解にしたがっている。仮に『ジョン王』が、一五九〇年代の非常に早い時期に書かれたものだとすれば、それはシェイクスピアが、その劇作活動の初期から、女性のセクシュアリティの転覆性を意識化・内在化していた、ということを意味することになる。

（14）　これはあくまでも、第二・四部作を通して考えた場合の可能性を提示したものにすぎない。『ヘンリー四世』に限って言えば、セクシュアリティの抑圧をめぐる言説が、あまりにも少なすぎて、判断がつかないとしか言えない。

（15）　歴史学では、一般的に、近代イングランドの起源を薔薇戦争の終結とヘンリー七世の即位に求めているが、本書では、修道院所有の大土地没収、中央集権化の促進、宗教と政治権力の一体化などの観点から、ヘンリー八世の時代を近代化の出発点と考える。

（16）　ヘンリー四世、ハル、ホットスパー三者の年齢関係に影響を与えたのは、『ヘンリー四世』二部作の材源の一つである、サミュエル・ダニエルの『ランカスター・ヨーク両家の内乱』（一五九五年）である。この三者は、史実では、シュルーズベリーの戦いの時、それぞれ三六歳、一六歳、約三九歳ということであったが、ダニエルは国王をかなりの年長者に設定し、ハルとホットスパーを同世代の人物とする形で、彼の長篇史詩を創作している。したがって、シェイクスピアはこの設定をそのまま利用したことになる。

（17）　『ヘンリー四世・第一部』第四幕第二場には、フォールスタッフが、オンボロの鉄砲玉の餌食にしかならないような部隊を率いる場面が、また『ヘンリー四世・第二部』第三幕第二場にも同様に、虚弱で女々しい貧乏人たちがフォールスタッフによって徴兵される場面が存在する。いずれの場面でも、体格のしっかりした裕福な連中は、賄賂を使って徴兵逃れをしたことが、フォールスタッフ自身によって報告されたり、実際に演じられたりしている。これらの「戦う兵力たりえない者」の兵隊化は、「戦う兵力たりうる者＝国民」の存在を際だたせる機能を果たすと同時に、『ヘンリー四世』における"nation"言説を突きくずす、痛烈な打撃を与えるものでもあろう。

（18）　『ヘンリー五世』が観客に喚起する分裂した反応に最初に言及したのは、William Hazlitt, *Characters of Shakespeare's Plays*（1817）である。

（19）　この英雄像の構築には、『ヘンリー五世の名高き勝利』という先行テクストの利用や影響が、関与していることは言うまでもない。

（20）　エドワード三世と黒太子の名は、開戦を目前に控えた第二幕第四場で敵方のフランス国王の口からも再度言及され、ヘンリー五世の英雄的系譜が一層強調される。

（21）　もちろんこうした設定には、諸民族を包摂した上に成立する「大イングランド」的な構想が、シェイクスピアの脳裏に存在した可能性がある。特に、材源には見られなかったウェールズ人将校フルーエレンが、ヘンリー五世の忠誠心厚い臣下として描写され、その一方で、アイルランド人将校マックモリスが、自国民・自民族に触れられた際激しく反応（「わが民族だと。わが民族が何だと言うんだ。そんなことを口にするやつは、悪党だ、私生児だ、ならず者だ、ごろつきだ。わが民族が何だと言うんだ。わが民族のことをつべこべ言うやつは誰だ」（三幕二場一二二―二四行））しつつも、ヘンリー五世のために職務を果たす事実は、このことを裏書きするであろう。ウェールズ人が好意的に描出される背景には、エドワード一世によって併合されて以来、長い馴化の時間が経過していること、ヘンリー五世自身がウェールズのモンマスの生まれであること（「お前も知っての通り、私はウェールズ人だ」（四幕七場一〇五行））、そしてテューダーの家系がウェールズの血を引くこと、などの理由が指摘されよう。それに対して、アイルランドは、本劇創作・初演時にエセックス伯がアイルランド征討遠征中であったことが典型的に象徴するように、やはり手なずけ難さが前景化されていると考えられる。

(22) 引用の台詞の直後、ヘンリー五世は、イングランドで安眠をむさぼる貴族たちは、後日この戦闘への不参加を呪うとの台詞を付言する。そしてそのことにより、彼はこの総力戦の幻想のほころびをみずから明かしてしまう。だが、この場面ではむしろ、これは、イングランド軍の団結と一体化をより強化する効果を有するものと理解すべきであろう。

(23) コーラスは、ヘンリー五世をシーザーにたとえた後、次の台詞を語る――「身分はヘンリー王より低くとも、好意に溢れた期待を背負って、／我らが恵み深き女王陛下の将軍が、時至り、／その剣先に反逆者の首を突き刺して／アイルランドより帰還するならば、／この平和にみちたロンドンから、どれほど多くの市民が／歓迎のために解き放たれるでしょう」（五幕コーラス二九―三四行）。周知のように、この一節は、アイルランド征討のために、一五九九年三月二七日にロンドンを出発したエセックス伯に言及したものである。エセックス伯は征討に失敗し、同年九月二八日にエリザベス一世の許可をえることなく帰国する。大いなる期待をもって送り出された彼の名誉は、いちじるしく揺らぐことになる。

ちょうどこの遠征と同じ時期に、本章ですでに言及したサー・ジョン・ヘイワードの問題の歴史書が出版され、同年五月には没収・焚書処分を受けている。同書には、エセックス伯へのラテン語の献辞が付されており、同書の危険性を察知した政府は献辞の削除を最初に命じたが、一年後の一六〇〇年七月、エセックス伯の無許可帰国を裁く裁判の際、この歴史書は再び問題視される。

ヘンリー五世の英雄像が、『ヘンリー五世』の中でさまざまな挑戦を受けていたのと同様、コーラスによってヘンリー五世と等号で結ばれたエセックス伯も、彼の評価はこれら一連の事件を通して危ういものとなっていた。『ヘンリー五世』の初演時もしくはそれに近い時期の観客たちが、この戯曲の同時代的意味の一つとして、エセックス伯をめぐる言説を想起したとしてもそれは自然なことであったであろう。サー・ジョン・ヘイワードの歴史書にまつわる経緯に関しては、Leeds Barroll, "A New History for Shakespeare and His Time," *Shakespeare Quarterly* 39（1988）: 441–64 参照。また、『ヘンリー五世』とエセックス伯の遠征に関しては、Patterson, *Shakespeare and the Popular Voice* 71–92 参照。

第八章　ロマンス化するイングランド史劇

――『サー・ジョン・オールドカスル・第一部』と『エドワード四世』――

本章では、一五九九年に創作された二つのイングランド史劇――『サー・ジョン・オールドカスル・第一部』と『エドワード四世』――を取り上げ、ロマンスあるいはセンティメンタリズムの方向へ傾斜を開始する時期の、イングランド史劇の有りようを、国家表象の観点を交えて分析を行う。

『サー・ジョン・オールドカスル』とフォールスタッフ

一五九九年の春、ロンドンの演劇界では、およそ一〇年にわたるシェイクスピアのイングランド史劇連作を締めくくる、『ヘンリー五世』が舞台にかけられていた。愛国的英雄像によるナショナリズムと『ヘンリー四世』以来のフォールスタッフ人気に支えられて、『ヘンリー五世』が興行的成功を収めていたであろうその同じ時期に、実は、そのヘンリー五世を主要登場人物の一人とする別の芝居――シェイクスピアのイングランド史劇とは異なり、対外戦争の記述もなければ、高らかに祖国愛をうたい上げることもない芝居――が、ヘンズロウに連なる劇作家たち（マイケル・ドレイトン、リチャード・ハスウェイ、マンディ、およびロバート・ウィルソン）によって準備されていた。本章前半で検証する、『サー・ジョン・オールドカスル』二部作（『サー・ジョン・オールドカスル・第一部』一五九九年、『サー・ジョン・オールドカスル・第二部』一六〇〇年）がそれである。

ヘンズロウの「日記」やロンドン書籍出版業組合登記簿の記載から、この二部作が一五九九年の後半から一六〇〇年の前半にかけて制作・上演されたことは確実であり、またこの作品創作の第一義的目的が、『サー・ジョン・オールドカスル・第一部』のプロローグにある著名な台詞（「我々が上演しようとするのは、大喰らいの大食漢でもなければ、／若者を罪へと誘う年寄りの相談役でもありません」（プロローグ六―七行））の述べる通り、シェイクスピアのフォールスタッフによってゆがめられたオールドカスル像を、修正することであったのもほぼ間違いない。[1]『ヘンリー四世』における当該人物の話者名が、当初の「オールドカスル」から「フォールスタッフ」へと変更されたその理由として、オールドカスルを祖先とする、エリザベス一世の宮廷の有力廷臣コバム卿サー・ウィリアム・ブルックならびにその息子サー・ヘンリー・ブルックの不興による圧力があった、としばしば指摘されてきた。[2] この事例から端的にうかがわれるように、実際、フォールスタッフの及ぼした影響はきわめて大きく、本章が考察対象とする世紀の変わり目前後に限ってみても、例えば、ジョン・ウィーヴァーの詩『殉教者の鑑』（一六〇一年）に代表されるごとく、プロテスタントあるいはその心性の持ち主による、（彼らにとっての）真のオールドカスルの回復は、一つの運動の様相を見せていた。

従来、『サー・ジョン・オールドカスル』はこうした演劇的環境の中で分析され、先に引用したプロローグとあわせて、プロテスタント的プロパガンダ劇として処理されることが多かった。作者たちが公言する通り、その側面は確かに存在するだろう。だが、彼らの意図は、どこまで達成されているのか。仮に不十分であるならば、そこにどのような効果が生じているのか。ここに、『サー・ジョン・オールドカスル』をめぐる問題があるように思われる。

第一節　『サー・ジョン・オールドカスル・第一部』――伝記的イングランド史劇

歴史上のオールドカスルは、ヘンリー四世およびヘンリー五世に仕え、その信頼も厚い騎士であったが、ジョン・ウィクリフの流れを汲むロラード派の教義を信仰するようになったことから異端の烙印を受け、彼の生は暗転する。オールドカスルの生涯は、一四一四年のロラード派の反乱とその失敗・逃亡と焚刑で山場を迎えることになるが、この両義的な波乱にみちた生と死が、その後二〇〇年以上にわたる毀誉褒貶の激しい評価を生み出すことになり、とりわけ、宗教改革期のイングランドでは、新旧両宗派の領有の対象とされたのであった。

『サー・ジョン・オールドカスル』二部作は、この人物の後半生を扱っており、ドラマ開始の時点で彼はすでにロラード派の有力者として設定されているのだが、作者たちが主人公に付与した劇的機能を探る上での重要な手がかりは、彼の宿敵ロチェスター司教が、彼に投げつける二つのレッテル――謀反人と異端者――にある。すなわち、政治的側面と宗教的位相における彼の正統性を強調すべく、オールドカスルの劇的振る舞いが規定される訳であり、前者に関しては国王に対する忠誠心が、後者については神への揺るぎない信仰が、アクションの中心となる。それは、『サー・ジョン・オールドカスル・第一部』が、オールドカスルの政治面での姿――ロラード派蜂起との無関係性・身の潔白さの証明に加えて、国王暗殺計画の情報提供と陰謀の阻止――を前景化するからであり、また現存はしないものの『サー・ジョン・オールドカスル・第二部』は、残されたタイトルが明示的に告げるように、主人公の殉教の有りさまを焦点化するからである。(3)

『サー・ジョン・オールドカスル』における政教分離の構造

『サー・ジョン・オールドカスル』二部作の形態上の特徴は、この政教分離の構造にある。『サー・ジョン・オールドカスル・第二部』が存在しない以上深入りはできないが、政教一体のエリザベス朝のアナクロニスティックな視点から書かれた本劇であってみれば、ロラード派の反乱から処刑に至る彼の生の軌跡が、『サー・トマス・モア』などと同様、ドラマの中心に据えられてしかるべきであろう。だが実際には、殉教の部分は『サー・ジョン・オールドカスル・第二部』へと引き継がれ、蜂起も『サー・ジョン・オールドカスル・第一部』中盤の一エピソードとして処理されている。

オールドカスルの生涯において、おそらくは最大の出来事であるはずのこの蜂起をいかに巧みに扱うか、換言すれば、異端（宗教面）と謀反（政治面）の非難を回避しつつ、逆に勇敢な武人像をどう呈示するのか――作者たちの技量が問われるのは、まさにこの部分であった。この点に関し、先の引用に続けて彼らは、勇壮なる殉教者で徳高き貴顕であるオールドカスルの、真の信仰と忠誠が君主と王国の繁栄に向けて表明される様を描写すると述べる。

そうではなく、その美徳が他の誰よりも輝く
勇壮なる殉教者、徳高き貴顕をご覧に入れましょう。
その真実の信仰と、彼が仕える真の君主と王国の繁栄に
向けて表明された忠誠心の中に、
我々は努めて彼に対する敬愛の情と称賛を示し、
観客の皆様の好意を勝ち取る所存。　（プロローグ八―一三行）

オールドカスルの信仰の正しさを良心や信念の次元で強調し、死でもって証明する――作者たちは宗教面での課題をこのような劇作術で乗りきろうとし、またそれは、この種の伝記劇にあっては常套的な手段でもあった。だが、主人公と反乱の関わり合いが史的に明らかな政治面ではどうか。謀反人の称号を返上させることはできるのか。ここで彼らは、消極的美化の技法を採ったように思われる。すなわち、オールドカスルはロラード主義を信奉する貴族であり、その意味では同派の指導的立場にいるのだが、今回の反乱については、まったくあずかり知らぬ存在という仕掛けである。ただこれだけでは、彼の美徳を印象づけるのに十分ではない。そこで作者たちが考案した筋書きは、彼の公私両面にわたる美点の反復記述である。ケンブリッジ伯一党による陰謀を事前に密告することでヘンリー五世の命を救い、見事国王への忠誠を証す公的な面から、信仰上のいさかいから人をあやめてしまった仲間の貴族や廃棄物扱いされた戦傷兵たちに救助の手を差し伸べ、また執拗に彼を迫害するロチェスター司教にさえ、気遣いを見せる私的な寛大さに至るまで、オールドカスルの人格面での美質が、つまりあくまでも個人的な次元での特質が、際だたせられてゆく。

『サー・ジョン・オールドカスル』は、通常、演劇史の中では、『ヘンリー四世』に対する「応答」として評価されてきた。(4) また一六〇〇年前後の宗教的緊張の中で、オールドカスルをプロテスタンティズムの先駆的英雄と見なす風潮があり、それを本劇に絡めて分析する批評史も、我々にはなじみのものである。(5) しかしこの劇は、本当にフォールスタッフと正面からぶつかろうとするほど、対立的なものなのか。作者たちの作劇の意図には、それほどの戦う姿勢が存在するのであろうか。答えはすでに明らかなように、作者たちに、あるいは少なくともその構築物であるオールドカスル像に、積極的な対向の方向性を見ることは難しい。むしろここには、逃げの戦略があるのではないであろうか。

『サー・ジョン・オールドカスル・第一部』には、ロラード派の転覆性を感じさせる二つの箇所がある。開幕劈頭に置かれた宗派の相違から生じる貴族間の乱闘騒ぎと、相当に戯画化されているとはいえ、反乱首謀者たちによる階級再配分の計画がそれである。歴史上のロラード主義者は、この彼ら自身の蜂起に先立って、今一つ大きな反乱に参加していた。リチャード二世治世下に発生した一三八一年の農民一揆がそれに当たるが、重税撤廃と階級の廃止を唱えて起こった貧農主体のこの反乱は、意外に知られていないことに、都市部労働者や騎士階級、そしてロラード主義者の参加もえていたのである。そして、この一揆を演劇化したものが、『ジャック・ストロー』である。検閲による改変のため、結末は秩序と体制を称えるものへと変えられてしまったが、そこには「アダムが耕し、イヴがつむいでいた昔、／身分の違いなどなかった」（一幕一場八二―八三行）などの台詞に見られる、過激な原始共産主義的解放思想や、一揆指導者による階級逆転の意志が明瞭に語られている。史実の上では通底する二つの反乱の反体制言説を、作者も作劇環境も異なる『ジャック・ストロー』と『サー・ジョン・オールドカスル』とに、そっくりそのままの形で読み込むことはもちろんできない。だがここでは、後者におけるロラード派表象が、どの程度の転覆性を有するものでありうるのかを、前者の暴動表象を通じて確認できれば十分である。そして、『サー・ジョン・オールドカスル』の主人公が、このような反乱の潜勢力から切り離す形で描写されているという事実は、個人的人格面での美質の強調と相まって、本章の主張する逃げの戦略――歪曲されたオールドカスル像を修正すべく、フォールスタッフと真っ向から対決するのではなく、もう一つ別の主人公像を呈示することで代替してしまう劇作術――を裏書きするだろう。

「汚れなき真実を美しく飾り立てよう、／捏造とでっち上げが醜くしてしまったのだから」（プロローグ一三―一四行）と高らかにうたう作者たちの意図は、しかしながら、王権への忠誠を保ちながら神への信仰を維持させるという困難な作劇条件のもとで、結局オールドカスルの個人的美徳の中に実現するという形を強いられ、人物像の明らかな矮小化を余儀なくされている。だが、このような主人公の背丈の矮小化の背景には、別種の事情が存在したことも指摘しておかなければならない。それは、『ヘンリー四世』二部作が書かれなければ、『サー・ジョン・オールドカスル』の創作も、おそらくはなかったであろうということである。言い換えるなら、この作品は、『ヘンリー四世』の、あるいは『ヘンリー五世の名高き勝利』以来の演劇的伝統に観客が精通していることを前提にして、初めて可能になるドラマなのである。『サー・ジョン・オールドカスル』の執筆に際しては、興行主や作者の宗教的関わり合いがいかなるものであれ、カトリック司教の否定的描写にうかがわれるような、反カトリック的方向性という要素は確かに存在するし、二大劇団のライヴァル関係とその背後に控えるパトロンたちの宮廷権力闘争という要因も、当然ある程度影を落としているだろう。(6) だがこの芝居は、フォールスタッフの造形をきっかけに白熱化したフォールスタッフ／オールドカスル論争に、ヘンズロウが興行的に乗っかった、というのが実のところではないか。フォールスタッフが巻き起こしたセンセーションを取り込み、それを「枠」にして劇作がなされた、という図式である。実際、『サー・ジョン・オールドカスル・第一部』では、ヘンリー五世即位前後のきわめて限られた時点が劇化され、「臆病な」フォールスタッフ像を払拭すべく、歴代の年代記史家が称賛した「勇壮なる指導者」(7)（ホール）、「屈強なるジェントルマン」(8)（ホリンシェッド）の主人公の姿を呈示しようにも、ハル王子時代の放らつな挿話中心の『ヘンリー四世』のプロットではその余地はなく、必然的に作者たちは、彼の人格面での長所に焦点を移さざるをえなくなる、という訳である。こうした興行面での思惑がプロローグでの意図を帳消しにしてしまうさらなる例に、サー・ジョン（ルータムの聖職者）の存在がある。一言で言えば、この人物は、反カトリックのニュアンスを背負わされたトリックスターなのだが、その言動には（観客の受けを狙った）フォールスタッフの再利用とでも表現すべきものが確実にある。ドラマの各階層を身軽に横断し、狂言回し的に喜劇的興味をかき立てる分にはよいが、修正されるべきフォールスタッフが喚起されるという点で、本劇の所期の目論みとは齟齬をきたしていると言わなければならない。ここにも劇作家たちの苦しい折衷作業を見る思いがする。

ロマンス化への流れ

一七世紀ジェイムズ朝に入ると、イングランド史劇の人気は急速に衰退していった。その原因は複合的だが、イングランド史劇の凋落はある種、宿命的なものでもあったであろう。イングランド史劇というジャンルはエリザベス朝演劇特有のものであり、それだけに他ジャンルとの危ういバランスの上に成立した固有種であって、この時代の悲劇や喜劇の動向を左右する動因でもあれば、演劇状況を映し出す鏡でもあった。一五九〇年代のイングランド史劇と悲劇の関係が、その一つの証左となるだろう。

一六〇〇年代初頭にロマンス劇が人気を博し、イングランド史劇も結局はここに溶解していった、という演劇史の指摘はおそらくは正しい。イングランド史劇がロマンス化するその兆候は、素材そのものの史実／伝説の弁別が困難な、『アーサーの悲運』や『ロクライン』に早くも求めることができるが、その一方で別の流れも生起していた。先に触れた、伝記劇というサブジャンルがその一つである。中世の聖人伝にまでさかのぼるこの演劇様式は、聖史劇を直接の源とし、複数のエピソードの連鎖を構造上の特色としていて、本来ロマンス的なものであった(9)。『サー・ジョン・オールドカスル』は、この様式が隆盛から衰微に向かう時期に書かれた作品群に属するものであるが、作者たちの劇作術は、ここに内在するロマンスへの方向性を一層助長していると考えてよいのではないであろうか。

挿話を連ねることでドラマに対する視点を拡散させ、オールドカスルの生涯の軌跡が発するはずの観客へのメッセージもしくは政治的教訓性を、彼の人物像を英雄化ではなくむしろ矮小化することで、少なからず遠景化する。そしてその代替として、主人公の人格にいくつかの徳目を付与することで、美徳の衣をまとわせる。可能性から言うなら、プロローグでの宣言通りのより戦闘的なオールドカスルの呈示もありえたのであろうが、結果的には、歴史的人物の表象としては明確な輪郭を欠く、美徳そのものを身体とするような主人公像が造形された。真正のオールドカスルへの修正をめざした企ては、劇的効果の点では歴史的実体の希薄な像を結んだことになる。その意味で、『サー・ジョン・オールドカスル・第一部』も、ロマンス化への流れにさおさしていた、あるいは加担していた作品と言えそうである。

『サー・ジョン・オールドカスル』における国家表象

最後に、『サー・ジョン・オールドカスル・第一部』における国家表象に関して言及しておく。『サー・トマス・モア』と同様に、『サー・ジョン・オールドカスル・第一部』は、国家権力を体現する国王ではなく、一人の臣下を主人公に仕立てた戯曲であり、伝記劇というサブジャンルに属するイングランド史劇である。また劇中で描写される出来事も、イングランドの輪郭を際だたせるような対外的な事件とはほぼ無縁と言ってよい。その意味で、先行する各章で分析を行った国家表象――例えば、主人公である国王が行使する王権が、そのままイングランドの国体と同等視される場合や、スペインやフランスといったイングランドに脅威を与える他者としての外国との差異化によって、イングランド表象が浮上する場合など――と同様の国家表象を、本劇の中に探ることは困難である。しかし、それでも以下の二項目を、『サー・ジョン・オールドカスル・第一部』が観客に喚起するイングランド表象として指摘することは可能であろう。(一)第七場、ケンブリッジ伯らが集結し、王位への正統な権利を主張するために反乱を画策する場面で、フランスからの使者もこの陰謀に加担する。反逆者たちが次に登場する第一五場で、彼らは逮捕されるため、この反乱計画は実効を持つことはない。だが、一時的とはいえ、イングランドの王権に挑戦する外国勢力という構図が成立することで、イングランドという国家が意識化されることになる。(二)上述のように、『サー・ジョン・オールドカスル・第一部』には、ロチェスター司教の否定的描写に代表されるような、反カトリック的方向性という要素は確実に存在する。また、ヘンリー五世からロラード派の信仰を捨てるよう説得されたオールドカスルは、ローマ教皇を断固として拒絶する（「ローマ教皇に対する服従に関して／私には何らその義務はありません。またイングランドにいる剃髪の司祭どもに／私の信仰を変えさせるようなまねはさせません」（六場一一―一三行））。劇中に散在するこうした反カトリック的描写は、同時代の観客にイングランドが置かれていた激しい宗教的対立を改めて想起させ、そのことが、イングランドというみずからの国家を意識化させる契機となった、と考えることはできるであろう。

第二節　『エドワード四世』――センティメンタルなイングランド史劇

一五九九年に出版されたヘイウッドの創作とされる『エドワード四世』二部作は、エドワード四世の治世を中心とするイングランド史劇的な結構を有するものの、二部作のアクションの主軸となるものは、金細工商夫妻のセンティメンタルで悲劇的な夫婦愛であり、その意味で、王権の権力闘争や国家の盛衰を描く純粋な歴史劇とは相当に趣を異にする作品である。リブナーは、演劇史的観点から、この作品に過渡期の相を認め、イングランド史劇が最盛期から衰退へと向かう時期に、歴史劇というジャンルに作用した力を『エドワード四世』がよく示していることを指摘している(10)。リブナーがここで意味しているのは、劇中における市民階級の称賛に代表されるような、劇作家のブルジョワ的感情移入と同時に、ドラマのアクションをセンティメンタリズムへと傾斜させるロマンス化への同時代的傾向のことであり、確かに、本劇がその影響の中にあることは間違いない(11)。だが本劇が、同じヘイウッドの『私をご存じないならばどなたもご存じない』二部作（一六〇四―五年）同様に、ロンドン市民の市井生活を中心に描写しながらも、その背景をなす同時代的政治状況とも渾然一体となってドラマを作り上げていることも事実であって、この種の戯曲をその劇作活動の初期に創作したヘイウッドにとり、上述の手法と戯曲における歴史記述の狙いとは相関関係にある可能性も存在する。そこで、本章後半では、このような問題意識のもと、『エドワード四世』二部作におけるイングランド史劇的部分を主要な対象として、本劇におけるイングランド表象の様態を分析し、さらにその表象を通して伝達されるヘイウッドの歴史記述のメッセージの解明を試みたい。

イングランド史劇としての『エドワード四世』は、エドワード四世即位直後の時点からリチャード三世の即位までを扱い、フォーコンブリッジの反乱、エドワード四世のフランス遠征、そしてグロスター公リチャードの王位奪取が主要な政治的事件となっている。これらの中でイングランド表象の観点から重要なのは、『エドワード四世・第一部』冒頭の反乱の場面と、『エドワード四世・第二部』冒頭のフランス遠征の場面とであるが、さらに『エドワード四世・第一部』の中盤に配されたなめし革職人と国王との交遊の場面も、落とすことはできない。以下の議論では、これら三つの場面における国家表象を検証し、そこでえられた知見とヘイウッドの演劇論とを比較することによって、イングランド史劇としての『エドワード四世』が何を達成しようとしていたのかを探求する。

ヘイウッドによる反乱表象

『エドワード四世・第一部』の冒頭で展開されるフォーコンブリッジの反乱は、ロンドン市長とシティの有力者そして徒弟たちの愛国的な団結力、さらにはそれを背景にしてのショア夫妻の前景化に主眼が置かれている点で、政治的事件よりもロンドン市民の行動や対応を優先させる本劇の姿勢を典型的に示している。換言すれば、『エドワード四世』において重要なのは、反乱を惹起した政治的・経済的原因といった側面や、この反乱が同時代や後代の社会に与えた影響などの社会学的項目（＝what）ではなく、反徒が攻め寄せる緊急事態の中で市民らがいかに振る舞ったかという方法や様態（＝how）なのである。フォーコンブリッジの反乱軍は、幽閉されたヘンリー六世を救出するという大義のもと、彼を首謀者としてエセックス・サセックス・ケント各州出身の反徒により構成され、ロンドン占拠をめざして進軍する。民衆暴動表象をドラマの重要な要素として組み込んだイングランド史劇は、一五九〇年代前半に集中的に創作された訳だが、『エドワード四世』におけるこの反乱は、しばし途絶えていた舞台上での暴動を再現しているという点で、また九〇年代前半の暴動表象の骨格を形成していた一三八一年の農民一揆言説の再利用という点で、そして何よりもその言説をパロディ化しているという点で、きわめて特異な民衆暴動表象となっている。

それでは、具体的に、フォーコンブリッジの反乱表象は、どのような点に特色が存在するのであろうか。反徒らは、「我らの古よりの自由」（九頁）というスローガンを掲げ、自分たちの戦いを名誉あるものと見なす。そして、彼ら自身、「我々は、タイラーやケイド、ストローや青ひげ、／またその他のごろつきの一党のようには蜂起したりしない」（九頁）と言い放つことで、フォーコンブリッジらはみずからの存在と大義なき暴徒との弁別化を試みようとする。(12) しかし、こうした先行暴動表象との差異化にもかかわらず、独自の刻印金貨の鋳造や宮殿の増築、水道水のアルコール飲料化、シティでの略奪計画などを語ることで（一〇―一一頁）、反徒らはすぐさま正体を露呈し、ケイドらと同類であることを暴露するばかりか、この後、本劇の暴徒たちは、仲間割れの挙げ句に恩赦を求めての裏切り行為にまで及ぶ（三五―三六頁）。つまり、『エドワード四世』にあっては、先行する民衆暴動表象を凌駕する形での、反徒たちの衆愚化が行われているのである。ヘイウッドがここで、九〇年代前半の民衆暴動劇を参照利用しつつ、それらから距離を取った上でパロディ化していることは明らかであるが、では彼の意図はどこにあるのか。

その解答は、反乱軍と対峙する体制側の扱いにより明示的に示されている。本劇において反徒たちを撃退するのは、王への忠誠心とロンドンへの愛着そして家族愛で結ばれた市長を中心とする市の幹部と徒弟たちであり、王や顧問団は反乱鎮圧にまったく関与しない。そして、市長以下市民たちを鼓舞するものは、一三八一年の農民一揆での反乱首謀者を当時のロンドン市長が倒したという先例なのである。ヘイウッドは、反乱軍の描写に当たっては、この農民一揆をパロディ化してみせたが、防衛市民軍の描出においてはそれを精神的支柱として使用しているのである。

だが、徒弟の劇的機能の変化こそ、ヘイウッドの作劇意図をよりよく具現化している。従来の民衆暴動劇にあっては、徒弟連中は反徒の主力を形成する都市貧民層の実体として、衆愚の代名詞となっていたが、本劇では逆に、一八〇度反転した位置に定位されている。ヘイウッドは『俳優弁護論』の中で、歴史劇の機能の一つとして、王権への忠誠と謀反への戒めという教訓を指摘した。[13]『エドワード四世』の徒弟処理はこの指針に沿うものであるが、同時に、先述した彼の市民階級に対するブルジョワ的感情移入と、そして何よりも、反徒のパロディ描写と通底する先行暴動表象に対する距離を置いた姿勢とを、我々はここに読み取るべきであろう。

フォーコンブリッジの反乱はイングランド国内における内乱であり、また王権がこの暴動鎮圧にまったく関わっていないため、ここには、それほど濃密な国家表象が描き込まれている訳ではない。この場面において焦点化されているのは、ロンドン市民たちの妻子に対する家族愛であり、ロンドンの自由に対する愛着なのである。ただ、それらと併存する形で、市民たちのエドワード四世に対する忠誠心も間違いなく言明されている。とりわけ、フォーコンブリッジがヘンリー六世の大義を振りかざしロンドン入城を要求する際、市長やショアらがエドワード四世への忠義を理由に断固拒絶する様は、愛国的な響きをドラマに付与する。そしてこうした意味的磁場の中で、なめし革職人ホブズとエドワード四世との交渉が、続けて描写されることになるのである。

国王と臣民との友情譚

ロンドン近郊における暴動があら方鎮圧された後、何の脈絡もない形でホブズとエドワード四世を中心とするフォークロア的場面が開始される。二人の邂逅は、変装の上鹿狩りに出かけた王が偶然ホブズと出合うところから始まるが、（エドワード四世は王の従者と名乗り正体を隠すため）互いに相手の飾らない率直さに好意を持つことで、彼らの交遊は結局、ホブズが王の正体を知ることになる『エドワード四世・第一部』の最終場まで維持されることになる。アクションの途中に、逃亡したフォーコンブリッジの逮捕・処刑や（『エドワード四世・第二部』前半の主題となる）フランス遠征に関連するプロットを挟みながらも、エドワード四世とホブズの一種の友情譚は、ショア夫人の誘惑および陥落場面と合わせれば分量的にも『エドワード四世・第一部』の約六割を占め、そのことは『エドワード四世・第一部』の副題も明示する通りである（「エドワード四世第一部および第二部。タムワースのなめし革職人との陽気な気晴らし、および美しきショア夫人への王の懸想、夫人の大いなる昇進と失墜と困窮、さらに夫人とその夫の哀れな死を含む」）。

では、この友情譚における愛国的表象とは、いかなるものなのか。ヘイウッドは三つの異なる次元で、ホブズにエドワード四世への忠誠を表明させている（ただし、ホブズは、眼前のエドワード四世を王の従者と認識した上で、こうした言動を行うのであり、それだけに一層ホブズの腹蔵のない率直な愛国心が、観客に伝達される仕組みになっている）。まず第一の相は、ホブズの個人的な国王評価に関わるものであり、彼はヘンリー六世とエドワード四世を天秤にかけ、その上で後者を陽気な女好きと批判しつつも（「王は包み隠しのない色男であり、愉快な仲間で、大の女好きだ」）、かえってそこに好意を寄せ、同時に王の知恵と勇気を持ち合わせた資質を指摘する（「王は十分な知恵と勇気の持ち主だ」）ことも忘れない（四四—四五頁）。ホブズのこの忌憚のない評価は、エドワード四世の性格面での功罪を公平にはかりにかけた上で、最終的に国王としてのエドワード四世への支持を明らかにしている。二つ目の相は、劇的技巧に関わるものであり、変装のエドワード四世がホブズの家で来客として一夜の歓待を受ける、たわいもない場面に関連するものであるが、ここで彼らは余興の一環として「三人組の歌」を歌い、その歌の内容はヘンリー五世によるアジンコートでの大勝利となっている（五二頁）。この歌謡は、劇中これ以上発展させられる訳ではないのだが、エドワード四世とイングランド史上最も高名な戦勝の一つとを接続することで、エドワード四世に英雄的雰囲気を外的に付与しようとする、ヘイウッドの意図は理解されなければならない。そして最後の三つ目の相は、戦費調達に対する献金という経済的側面に関するものとなる。これは、対フランス戦を遂行するために必要な戦費を工面するための、「徳税」（六九頁）という名の一種の強制献金であるが、ホブズは率先して献金や物納を行い、出し渋っていた隣人も彼のこの積極的な気前のよさに感化される（六八―七三頁）。ホブズの協力的な態度は後にエドワード四世に伝えられ、王に満足をもたらすことになるが、ここでは、臣下の国王に対する経済的忠誠を描くことを通して、愛国心が表出されることになる。[14] 以上のように、エドワード四世とホブズとの交遊の中で醸成される愛国的感情は、なるほど歴史的現実味を欠いた情緒的度合いの高いものではあるが、それでも愛国的な意味合いをこの戯曲に確実に付加している。

ヘイウッドにとっての歴史劇の機能

『エドワード四世』におけるイングランド表象として留意すべき最終箇所は、『エドワード四世・第二部』の三分の一を使用して展開されるフランス遠征である。しかし、ヘイウッドがこの軍事侵攻で描出を試みるのは、通常予想されるような英雄的戦闘行為でもなければ、現実的な兵員の消耗や厭戦気分でもない。ここにあるのは、英仏両王への奸計を企むバーガンディ公とフランス軍総司令官の悪事とその暴露、ならびに英仏両国の和平なのである。しかも、この和平は、エドワード四世に対するフランス王の臣従の誓言（＝王冠と王笏の譲渡）と毎年の献納金という、一方的にイングランド側に有利な条件のもとで平和的に締結され、バーガンディ公とフランス軍総司令官という フランス王に対する二名の反逆者の謀反を背景にして、英仏両王の友愛さえうたわれる。フランス側が、屈辱的とも言いうるほどの条件に対して、こうした柔和な友好的態度を取る理由は、トールボットやベッドフォード、ヘンリー王によってこうむった傷跡がまだ生々しいためであり（九七頁）、またエドワード四世がエドワード三世の直系の子孫であるとフランス王によって認定されたためである（一一〇頁）、とヘイウッドはアクションを構築してゆく。つまり、本劇にあっても、エドワード四世の英雄性を立ち上げるために、イングランド史上の英雄が言及されるという常套的手段が用いられている訳であり、その種の英雄言説の中にエドワード四世が位置づけられているのである（ただし、同様の手法を用いた先行劇とは異なり、『エドワード四世』の中では外国軍を敵とした戦闘行為は一度も描かれることがない点、特異である）。

ヘイウッドのこのような劇的手法の意図するところは、きわめて明快である。それは、まず第一に、イングランドの完全な勝利を描写しエドワード四世へは英雄性を付与することで、イングランドを好意的に表象し、観客の愛国心を昂揚させること。また第二の理由としては、おのれの野心のために体制の転覆を企てる策略家の破滅を描出することで、観客に教訓を与えること。そして、これらの項目は、すでに指摘した『俳優弁護論』でのヘイウッドの考える歴史劇の機能そのものなのである。

以上の議論から判明するように、『エドワード四世』が、センティメンタリズムを主眼とした劇作術故に、政治と歴史を遠景化しながらも、その中でヘイウッドが歴史劇の役割と考えるものを、メッセージとして提示しようとしたことは認識されなければならない。しかし同時に、本劇が、民衆暴動表象を九〇年代前半のイングランド史劇以上に私的略奪へと矮小化し、また国王と臣民との友情譚や事実上の無血遠征でのフランス征服といったロマンス化されたプロットを使用したことで、『エドワード四世』のイングランド史劇的場面を、ショア夫妻のセンティメンタルな主筋の引き立て役へと還元してしまったことも否定できないのである。

世紀の変わり目を前にして、確かに、イングランド史劇を取り巻く演劇的環境に何らかの変化が生じていた可能性が存在する。[15] 第九章・第一〇章で論じることになるが、個々の国王を中心人物とする、シェイクスピア的な、列王伝風のイングランド史劇は一七世紀以降激減する。その意味で、イングランド史劇の一つの完成型と考えられる『ヘンリー五世』と、ロマンスへの傾斜やセンティメンタリズムを特徴とする『サー・ジョン・オールドカスル・第一部』と『エドワード四世』とが、同じ一五九九年に創作・出版されたことは、イングランド史劇というジャンルの消長を考える上で、興味深い現象と言わなければならない。

＊　＊　＊

伝記劇という性質上、『サー・ジョン・オールドカスル・第一部』には、王権の行使によって喚起されるイングランド表象や、対外戦争などを通じて輪郭化されるイングランドの姿はほとんど存在しない。しかし、劇中に散在する反カトリック表象が、同時代の観客の心中に、プロテスタント国家としてのイングランドを意識化させる可能性を想定することができる。また、『エドワード四世』のイングランド史劇的場面は、センティメンタルなプロットの侵食作用故、副次的な意味しか有しないが、それでも、イングランドの完全な勝利を描写し、エドワード四世へは英雄性を付与することで、イングランドを好意的に表象し観客の愛国心と忠誠心を昂揚させようとしている。

（1）『サー・ジョン・オールドカスル・第一部』からの引用は、Peter Corbin and Douglas Sedge, eds., *The Oldcastle Controversy: Sir John Oldcastle, Part I and The Famous Victories of Henry V*（Manchester: Manchester UP, 1991）に拠る。

（2）例えば、Alice-Lyle Scoufos, *Shakespeare's Typological Satire: A Study of the Falstaff-Oldcastle Problem*（Athens: Ohio UP, 1979）42 参照。

（3）ロンドン書籍出版業組合登記簿の一六〇〇年八月一一日の項目に、「コバム卿サー・ジョン・オールドカスル伝第二部殉教編」の記載が存在する。Chambers, *The Elizabethan Stage*, vol. 3 306.

（4） Chambers, *The Elizabethan Stage*, vol. 3 307.

（5） 例えば、Helgerson 230 参照。

（6） このあたりの事情に関しては、Hunter 240–41 に簡潔に記述されている。

（7） Edward Hall, *Hall's Chronicle; Containing the History of England, during the Reign of Henry the Fourth, and the Succeeding Monarchs, to the End of the Reign of Henry the Eighth, in Which Are Particularly Described the Manners and Customs of Those Periods: Carefully Collated with the Editions of 1548 and 1550*（New York: AMS, 1965）48.

（8） Holinshed, vol. 3 62.

（9） 伝記劇に関しては、Ribner 194–223 参照。

（10） Ribner 272–77.

（11） ヘイウッドのエリザベス朝市民社会に対する愛着という観点からは、Otelia Cromwell, *Thomas Heywood: A Study in the Elizabethan Drama of Everyday Life*（Hamden: Archon, 1969）が、社会環境とヘイウッドの劇作術という観点からは、Kathleen E. McLuskie, *Dekker and Heywood: Professional Dramatists*（New York: St. Martin's, 1994）ch. 3 が、参考になる。

（12） 『エドワード四世』からの引用は、*The Dramatic Works of Thomas Heywood: Now First Collected with Illustrative Notes and a Memoir of the Author*, vol. 1（New York: Russell & Russell, 1964）に拠る（この版には、行数表示がほどこされていないため、該当箇所は頁数で表記する）。また、この「我らの古よりの自由」は、おそらくはヘイウッドが、『ジャック・ストロー』の反徒たちの要求項目「幸福と自由」（三幕一場七〇四—五、七〇七、七三五行）を参照したものと考えられる。史実では、一三八一年の農民一揆軍は、事前に十分な検討を経た要求項目を用意していたが、『ジャック・ストロー』の作者は、反徒たちの無計画性・場当たりさを印象づけるために、それらを意図的に単純化している。

（13） Arthur Freeman, ed., *An Apology for Actors*（by Thomas Heywood）. *A Refutation of the Apology for Actors*（by I. G.）F3v.

（14） 『トマス・オヴ・ウッドストック』は、同じ「徳税」や「空白調達指令書」の描写を通じて、監視主義的体制がもたらす恐怖を諷刺的に伝えていたが、『エドワード四世』と『トマス・オヴ・ウッドストック』との劇的効果の大きな相違は、『エドワード四世』に作用したロマンスへと傾斜する力の大きさを如実に物語っている。

（15） 詳細は、第九章第二節参照。

第九章　『ヘンリー八世』への道
――一七世紀初頭におけるイングランド史劇の展開――

第一節　『ヘンリー八世』の創作をめぐって

一六世紀も押し詰まった一五九九年春、およそ一〇年にわたって連綿と書き連ねてこられた、シェイクスピアのイングランド史劇連作を締めくくる『ヘンリー五世』が、ロンドンの舞台にかけられていた。ヘンリー・ボリングブルックによるリチャード二世からの王位の奪取、そこを震源とする薔薇戦争の勃発、そしてヘンリー・リッチモンドによるテューダー王朝の成立――シェイクスピアが二つの四部作を投入して描ききった、一〇〇年あまりのイングランドの政治劇は、この『ヘンリー五世』をもって一応の完結を見た訳だが、そこには、彼と同時代のイングランド人の心性につきまとって離れることがなかった、内乱の恐怖と秩序への希求が鮮明に描写されていた。シェイクスピアがあえて歴史の流れを逆転させ、薔薇戦争の内実をまず第一に、しかもおそらくはデビュー作の形で世に問うたこと自体、内乱と秩序をめぐる言説の訴求性を物語るであろう。

『ヘンリー五世』執筆の後、シェイクスピアは悲劇やロマンス劇の制作へと筆を進める。この時期、歴史への関心は主にローマものへと向けられ、テューダー朝とそれに隣接する歴史を素材としたドラマの新たな制作は、一六一三年の『ヘンリー八世』の登場を待たねばならない。一〇年以上の間隔を置いてシェイクスピアがイングランド史劇に再度取り組んだ、その正確な理由は分かっていない。有力な説としては、同年二月に執り行われた、ジェイムズ一世の娘エリザベスとファルツ選帝侯（フリードリヒ五世）との婚礼を祝賀するためのものとの見解があるが、裏づけとなる状況証拠は多いものの、やはり確定するところまではゆかない。

だが、シェイクスピアがこの戯曲を構想するに当たって、サミュエル・ローリーの『私を見れば分かるはず』（一六〇四年）を念頭に置いていたことは間違いない。時間的に八年から九年の開きがあるものの、ヘンリー八世を舞台に上げた先行作品としては、この戯曲しか存在していなかった訳だし、実際、『ヘンリー八世』のプロローグでは、「浮かれた、俗悪な芝居」（プロローグ一四行）や「道化やけんか騒ぎが満載の／見せ物」（一八―一九行）という具合に、『私を見れば分かるはず』を一蹴し、自分たちは「我らが選び抜いた真実」（一八行）を提供するとの、明らかにこの先行戯曲を意識した作劇の意図が述べられているからである。

ところで、『ヘンリー八世』の制作をめぐっては、今一つ考慮しておくべき事項が存在する。それは、『ヘンリー五世』上演後、『ヘンリー八世』の制作までの期間に一〇本前後のイングランド史劇が執筆されているが、宮内大臣一座／国王一座に台本所有権があった作品は、『ヘンリー八世』を除けば、一六〇〇年の作者不詳の『クロムウェル卿トマス』のみであり、その他のイングランド史劇は、ヘンリー王子一座やアン王妃一座によって上演されたという事実である。『クロムウェル卿トマス』と『ヘンリー八世』との関係は、時間的な間隔もあり従来あまり注目されてはこなかったが、国王の身体が隔離された形で表象されていることや、「運命の変転と盛者必衰」（*de casibus*）の主題の点で確実に通底するものが存在する。『ヘンリー八世』は、ジェイムズ朝期における最も主要なイングランド史劇であるが、本章では、まず第一にこの戯曲が誕生するまでに当該ジャンルがいかなる変遷を経てきたのかを、

『クロムウェル卿トマス』と『私を見れば分かるはず』を中心に時間的に跡づける。さらに第二の作業として、各戯曲におけるイングランドの描出の有りようを検証する。

第二節　王朝の交替とイングランド史劇の変容

一六〇三年、エリザベス一世が崩御し時代がジェイムズ朝へと移行すると、それに呼応する形でイングランド史劇のジャンルにも大きな変化が生じている。その変容の実体は、質・量両面に及ぶものであったが、まず量的には、歴史劇全体の創作数の急激な低下という現象が発生している。この点については、題材となるべき新たな君主の枯渇、異国スコットランドからの国王到着とその親スペイン政策による国民的精神の喪失、諷刺劇の興隆、歴史劇に対する観客の食傷とそれにともなう興行界での需要低下、あるいは歴史的事象に対するピューリタンの攻撃増加や、祝典局長による検閲強化など、さまざまな研究者がさまざまな理由を付与している。おそらく、これらの諸説はいずれもそれなりに正解であり、複合的に作用し合ったのであろう。

しかし、それ以上に顕著な変貌を遂げたのは、質的な面である。すなわち、一五九〇年代を中心とするエリザベス朝のイングランド史劇が、その素材やテーマとして扱っていたのが、テューダー朝成立に連なるそれ以前の歴史であったとすれば、ジェイムズ朝のイングランド史劇が対象としたのは、テューダー朝そのものあるいはテューダー朝期における歴史的事象であったからである。具体的な戯曲名を挙げてみれば、まず一六〇四年にはデカーとジョン・ウェブスターの合作『サー・トマス・ワイアット』、ローリーの『私を見れば分かるはず』、さらにヘイウッドの『私をご存じないならばどなたもご存じない・第一部』の三本の劇が書かれ、翌一六〇五年にはその続編『私をご存じないならばどなたもご存じない・第二部』が、そして一六〇六年にはデカーの『バビロンの娼婦』が執筆されている。

もちろん、一五九二―九三年頃の『サー・トマス・モア』や一六〇〇年の『クロムウェル卿トマス』のように、エリザベス朝期にヘンリー八世の治世を題材とした劇が、書かれなかった訳ではない。また、現代には伝わっていないものの、一五九九年にはロバート・ウィルソンの『ヘンリー・リッチモンド・第二部』、そして一六〇〇年にはドレイトン他の『オーエン・テューダー』、さらに一六〇一年には枢機卿トマス・ウルジーを主人公にした二部作の存在が確認されている。(1) しかし、『サー・トマス・モア』や『クロムウェル卿トマス』の中で、ヘンリー八世が姿を現すことは一度もなく、『ヘンリー・リッチモンド・第二部』という劇にしても、ヘンリー七世ではなく、その前身の位階であり肩書きであるヘンリー・リッチモンドがタイトルとなっていることは、何やら暗示的である。これらのことからも明らかなように、生身のヘンリー八世やエリザベス一世が、役者の肉体を借りて舞台をにぎわすのは、ジェイムズ朝に入ってからのことであり、この時期の演劇におけるテューダー朝の歴史に対する集中的な取材ぶりは、やはり注目に値すると言ってよい。

第三節　『クロムウェル卿トマス』――盛者必衰の伝記劇

王朝の交替にともなうイングランド史劇の変容の概観を確認したところで、では、問題の『クロムウェル卿トマス』をまず検証しよう。この作品は一六〇二年にロンドン書籍出版業組合登記簿に登記された戯曲で、創作は一六〇〇年頃と推定されており、いわゆるシェイクスピア・アポクリファ（外典）の一本で、作者は現在のところ判明していない。宮内大臣一座によって上演されたようだが、現存のテクストは一七〇〇行ほどしかなく、傷んでいる可能性が高いと思われる。ドラマの大筋を最初に要約しておけば、ロンドンの鍛冶職人の息子クロムウェルは、向学心と野心に溢れた大学生として登場してくるが、やがて貿易商人の書記としてアントワープに渡り、そこで着実に信用を築き上げてゆく。しかし、見聞を広めたいという思いやみ難く、彼はイタリアへ旅立ち、そこで苦境に陥っている旧知の貴族を見事策略を用いて救出した後、さらにスペインへと出発するのだが、ここでプロットはいきなり途絶え、突然現れたコーラスが、数年の経過とクロムウェルが現在記録長官の従者であることを我々に知らせる。ドラマの前半部では、このように、クロムウェルが政治的経歴を積み上げる以前の、いわば商人的なあるいは一般市民的な世界が描き出され、人情に厚いクロムウェルの勧善懲悪的な活躍が活写されている。もちろん、ヘンリー八世が政治的な姿でこの種の世界に登場する余地はなく、悪徳商人が破滅する原因となった国王の宝石盗難事件が描かれるにすぎない。

ドラマの後半は、前半とは対照的に、クロムウェルの政治的昇進と失墜が物語の中心となる。彼はまず枢機卿ウルジーの側近に取り立てられるが、その死後は、イタリアで助け出した貴族の恩返し的な推薦もあって、ナイトの爵位、宮廷宝石室長官、枢密院議員、玉璽保管官、記録長官、そして最終的には大法官の地位にまで昇りつめる。しかし、位高ければ敵また多しということで、クロムウェルが修道院廃止の先導役を務めたことを恨んだ、ウィンチェスター主教スティーヴン・ガードナーの敵意を買い、彼の陰謀にはめられてクロムウェルは大逆罪のかどで断頭台の露と消えてゆく（ちなみに、これ以降のイングランド史劇において、このガードナーは常連的な悪役を務めることになるが、これには、この劇の材源の一つとなったジョン・フォックスの『殉教者の書（『迫害の実録』）』（一五六三年）が関与していることに、留意しておく必要がある）。

ところで、ヘンリー八世だが、この後半でもやはり姿を見せることはなく、国王の意思をわずかでも感じさせる箇所としては、ウルジーの遺した政治的文書の行方を王が気にするところと、逮捕されたクロムウェルの面会要求を、国王が拒否したとガードナーが伝える部分、そして劇の終末で国王が死刑執行延期命令を手遅れの形で送って寄こす、都合三箇所にすぎない。つまり、この劇におけるヘンリー八世の存在感の希薄さは、『サー・トマス・モア』以上と言ってよいのだが、(2) その理由は、(エリザベス一世存命中における)ヘンリー八世表象の有する政治的危険性はもとより、きわめて散漫な、挿話中心の構成や劇そのものの短さも関与していると考えられる。

クロムウェルという人物は、歴史的によく知られているように、イングランドにおける宗教改革すなわちイングランド国教会の成立に大いに寄与した政治家だが、その人物を主人公に仕立てた伝記劇を創作する際、政治的・宗教的な面での検閲を配慮するなら、舞台上でのヘンリー八世の現前は言うに及ばず、国教会設立の過程をアクションに組み入れることさえ難しくなるであろう。事実、国教会設立をめぐる事象は、あくまでもクロムウェルの昇進を快く思わないガードナーの個人的な憎悪に彩られる形で、簡単に触れられるのみであり、クロムウェルの政治的経歴を主眼としたこの戯曲の後半部でさえ、そこで強調されるものは、親や恩人に対する感謝の念あるいは人間的な温かさといった彼の人格面での美徳なのである。

このような事由から、『クロムウェル卿トマス』の中に明確なイングランド表象を見出すことは容易ではない。強いて指摘すれば、第四幕第二場で、ガードナーが修道院の土地処理の件でクロムウェルを難詰した際の、クロムウェルの返答がそれに該当する。

　　アンチ・キリストの撲滅と、
　この王国からのカトリックの廃止だ。
　私は決して信仰の敵ではない。
　だが、私が行ったことは、イングランドのためなのだ。(3)　(四幕二場七四―七七行)

また、カトリックの立場に固執したガードナーが悪役として設定され、プロテスタントのクロムウェルと顕著な対照を見せることから、本劇が観客にプロテスタント国家としてのイングランドを意識させたことは、確かであろう。

最後にもう一点だけ、この劇の重要な項目について分析しておこう。それはいわゆる「運命の変転と盛者必衰」の主題だが、本劇では主筋・脇筋を問わず、このテーマが執拗にアクションや台詞の形で反復されてゆく。しかし、ここで想起しておきたいことは、一五九〇年代のイングランド史劇が、「運命の変転と盛者必衰」のテーマで繰り返し描き出していたのが、まさに国家権力の最上層部にいた国王その人であったのに対し、『クロムウェル卿トマス』で上昇しては下降する人物は、下は商人から始まって、上はウルジー、モア、クロムウェルまでの層に限られていることである。国王はただ一人、運命の影響圏から切り離された、安定した恒常的世界にいるかのごとき印象を我々は受ける訳だが、このことが、生身の国王表象を避けようとする劇作家の意図と通底していることは言うまでもないであろう。

第四節　劇作家の歴史認識をめぐって

『クロムウェル卿トマス』の分析が完了したところで、ジェイムズ朝初期のイングランド史劇群に再び焦点を合わせることにするが、手始めに先行研究の流れを確認しておこう。一五九〇年代のイングランド史劇に対する近年の研究が、ヘルガーソンのような少数の例外を除けば、実のところ、シェイクスピアの二つの四部作に極端とも言えるほどに限定され、他のイングランド史劇は等閑視される状況にあった訳だが、それと同様、ジェイムズ朝期のイングランド史劇批評は量的にも少なく、二、三の論考を別にすれば、あまり豊かな成果を生んだとは言えない。そうした中で、奇しくも同じ年に発表された次の二本の研究は、基本的文献として避けて通ることができないものであろう。まず最初に取り上げておきたいのは、アン・バートンの論考である。[4] バートンは、エリザベス朝の終焉と共に起きたイングランド史劇の大きな変化に注意を喚起した上で、ジェイムズ朝から劇場閉鎖期までのイングランド史劇の展開を大まかにたどってみせる。彼女の主たる関心は、ジョン・フォードの『パーキン・ウォーベック』を中心としたチャールズ朝の作品群であり、その点、本章の対象とはややずれるが、エリザベス朝のイングランド史劇とステュアート朝のそれとの間の変化の実体、とりわけ、王の概念や資質がエトス的なものからポリティックス系統のものへと移行した、との指摘は参考になる。次に、もう一つのより画期的な論文として、ジュディス・ドゥーリン・スパイクスの議論を見ておこう。[5] スパイクスもバートン同様、王朝の交替と連動したイングランド史劇創作における断絶を最初に指摘する。彼女の問題意識は、こうした明らかな断絶にもかかわらず、従来の批評が、一五九〇年代のイングランド史劇を分析する際に使用した、いわゆる「テューダー朝神話」の枠組みを、そっくりそのままジェイムズ朝のイングランド史劇研究に持ち込み、それらのイングランド史劇を過小評価したことにあった。このような先行批評に対して、スパイクスは、一六〇〇年以降ジェイムズ朝終焉までの期間に執筆されたイングランド史劇の多くが、フォックスの『殉教者の書』に取材している事実を重要視する。その上でスパイクスは、フォックスの著述の中心言説となっている、終末論的歴史感覚とプロテスタントとしてのイングランド国民の選民神話とを摘出し、ジェイムズ朝の上記イングランド史劇群が、これらの言説を体現したものであることを論じている。スパイクスの着眼点はこの時期の研究としては非常に斬新であり、その議論は説得的で、現在でもその有効性を失ってはいない。しかし、該当作品と彼女の論考とを照応させれば分かるように、スパイクスは、劇作家の作劇上の意図や各戯曲のアクションをすべて、上述の終末論と選民神話に沿う形で解釈し、そこから逸脱する部分への言及は避ける、という一種の還元主義的陥穽に陥っているきらいがあり、この点、今後の修正が必要であろう。

ところで、スパイクスは、以上の議論の他に、こうした作品群を生み出した政治的環境――つまり、何故この時期に、フォックス的史観を盛り込んだイングランド史劇が作劇されるようになったのか――に関して重要な指摘を行っている。彼女の見解によれば、ジェイムズ一世がイングランドの王位を継承した段階から、カトリック復興を如実に感じさせるさまざまな事象――例えば、カトリック信者であるジェイムズ一世の王妃による政治介入、ジェイムズ一世自身の対フランス・対スペイン融和政策、とりわけ一六〇四年のスペインとの平和条約の締結、皇太子とスペイン王室との縁組み計画など――が立て続けに起こり、それが一六〇五年の火薬陰謀事件で確証へと変わる。こうした危機的状況に際して、劇作家たちは、「イングランドで最終的勝利を収めるのは、プロテスタンティズムなのか、それともカトリシズムなのか」という究極的課題に直面させられ、そしてこの問題意識が彼らをフォックスへと向かわせたということになる。(6) また、この種のジェイムズ一世の政治への失望から来る、エリザベス一世あるいは彼女の治世に対するノスタルジアという要素も当然のようにある訳で、特にヘイウッドのような気質の劇作家を考える場合、はずすことのできない項目となるであろう。(7) 一七世紀初頭のイングランド史劇のすべてが、カトリックとプロテスタント両宗派の対立を作品の基本構造として取り込み、そこからプロテスタント国家としてのイングランドの存立をメッセージとして提出するのには、こうした背景が存在するのである。

これらの有力な分析が四〇年ほども前に公にされ、その後新歴史主義等の批評動向が興隆したにもかかわらず、この方面の研究は大きな前進を見せてはいない。数少ない近年の成果としては、アイヴァ・キャムプスが、一七世紀のイングランド史劇は、一六世紀の摂理的歴史意識に対する懐疑主義を反映したものであることを主張し、またマーシャ・S・ロビンソンが、当該時期のイングランド史劇を産出する動因となったフォックス的史観（とその領有）に改めて着目し、その歴史観と戯曲との関わり合いを分析している程度である。(8) 本章では、こうした先行研究を踏まえた上で、エリザベス朝イングランド史劇・ジェイムズ朝イングランド史劇それぞれに見られる、歴史（解釈）に対する姿勢の相違を最初に考えておきたい。そして、それがいかなる演劇表象を生み出したのか、またイングランド史劇の演劇史的展開の中で、どのような影響を残すことになったのか——これらの論点に関しても、あわせて考察を進めたい。

エリザベス朝・ジェイムズ朝二つのイングランド史劇間の歴史解釈の相違については、先述のように、キャンプスは摂理史観対懐疑主義ととらえ、またスパイクスは王朝的歴史観と国民的歴史観との対立と分析している訳だが、劇作家自身の歴史的位置と作品中の歴史との折り合い——つまり、劇作家が自己の生きる時代にみずからをどう位置づけ、そしてそれを作品の中の歴史表象にどのように投影するか——という視点から考えてみた場合、端的に言えば、エリザベス朝のイングランド史劇の多くは、過去や歴史は解釈されうるものであるとの歴史認識を有していたと言ってよいであろう。したがって、この時期のイングランド史劇の意義とは、過去を再解釈することによって、一五九〇年代なら九〇年代の自己（あるいは同時代人）の主体をそこに投入し、それを問い直すことにこそあったはずである。その結果、当然これらの劇作品は、劇作家の歴史認識の有りよう次第で、かなり多様に変容しえた訳である。

これに対し、ジェイムズ朝初期のイングランド史劇が、スパイクスの指摘するように、黙示録「的」ヴィジョンを有していることは間違いないであろう。しかし、黙示録の本来のヴィジョンとは、将来的で楽天的、そして神の再臨信仰を中心とする超自然的なものである訳だが、この時期のイングランド史劇はむしろ現世的であり、かつ人間界に関する二元論——すなわちプロテスタントとカトリックとの対立構図——を特徴としている点、明らかにキリスト教的「黙示文学」の系列に属するもので、黙示録の本来的ヴィジョンとキリスト教黙示文学のヴィジョンとは、厳密に区別しておく必要がある。また、本来の黙示録のヴィジョンが、将来的な方向性を有するのとは対照的に、これらのイングランド史劇は、過ぎ去った時代を回顧的に眺めた上で、新たに劇的時間を再構築している点、ここに一種ノスタルジアとない交ぜになった、ねじれの感覚が機能していることにも注意を払っておきたい。このように、ジェイムズ朝のイングランド史劇を「黙示録的」と断定するのは、厳密な定義上の問題も含めてさまざまな問題があることが判明する。そこで本章では、その用語に替えて、ジェイムズ朝初期のイングランド史劇を特徴づける歴史記述は、予定調和的であると考えておきたい。つまり、歴史認識が解釈の余地を相対的に残さず、固定的なものとなる訳である。これにはもちろん、取材対象の時代が創作の時期とあまりにも接近しすぎていて、そのことが劇作家たちの想像力を大いに制限してしまった、ということでもあろうし、一六世紀末からより顕著な形を取り始めるピューリタン的ミレニアム思想の意識的・無意識的な影響もどうしても存在するであろう。要するに、戯曲の結末は最初からある程度決まっている訳である。そしてそうなると、後は、アクションの内実が、劇作家にとっての腕の振るいどころとなってくるであろう。

第五節　一七世紀初頭のイングランド史劇

『サー・トマス・ワイアット』――メアリー一世の即位と結婚をめぐるイングランド史劇

では、具体的に作品を検証してゆこう。まず『サー・トマス・ワイアット』だが、このドラマは現存のテクストで一五〇〇行足らず、一個の完結した作品でないことは明らかである。元々は、一六〇二年頃『レイディ・ジェイン』二部作として構想されたものが、何らかの理由――例えば、記憶による不十分な再構成あるいは地方公演用の短縮化――で、簡略にされたものが現在に伝わっていると考えられている。(9) したがって、この作品のエピソード主体の不完全な構成は、テクストの生い立ちそのものが大いにあずかっていると判断してよいであろう。物語は、エドワード六世の後継者として、ジェイン・グレイを擁立するノーサンバーランド公とサフォーク公が、メアリー・テューダーを推す勢力に敗れ反逆者として処刑され、さらにジェインとその夫ギルフォード・ダドリーがそれに連座する筋と、メアリー一世のフェリペ二世（結婚時は皇太子）との結婚問題、そしてそれを阻止せんとするワイアットの蜂起と彼の処刑――この二つの部分がゆるやかにつながる形で成り立っている。デカーとウェブスターにとり、メアリー一世の即位とスペイン王室との縁戚関係というカトリック的な枠組みが、物語の既定路線として機能していて、劇作家たちの関心は、これら二つの物語の中でいかに人物を描出するかというところにあると考えられる。前者の王位継承に関わるプロットでは、メアリー一世の即位が言祝がれることは決してなく、むしろドラマの焦点と観客の共感は、運命に翻弄され夫婦の絆を引き裂かれるジェインとダドリーの哀感にみちた場面にそそがれることになる。また、反乱にまつわる後者のプロットでは、ワイアットは、異国の君主の支配に屈服することを断固拒否する、プロテスタントの忠実な臣下として前景化される。ワイアットは最初メアリーを正統な王として支持し、彼女の即位に貢献する。だが、メアリー一世のフェリペ二世との結婚問題が進展し出した段階から、大胆な異議申し立てを行い、その試みが頓挫した時点でイングランドをスペインの支配から護るため挙兵を決意する。

フェリペは、高慢な国民スペイン人の皇太子であり、
わが国の民が彼らを忌み嫌うのは当然である。
恵み深き天よ、私を助けたまえ。そしてご覧に入れよう、
彼らの頸木を受けることに対して、いかなる憎悪を私が抱いているかを。
ケントに向かおう、そこで味方を召集するのだ、
この国を救うため、この王国を護るためにな。[10]

（三幕一場一六一―一六六行）

ワイアットの立場は、正統王の擁立と祖国の独立防衛という点で一貫しており、ここに明瞭な愛国的イングランド

表象を認めることができるが、劇作家たちの本劇における政治的関わり合いも、このあたりにあると考えてよいであろう。また、先に触れたノスタルジアという観点からも、メアリー一世とフェリペ二世への言及は観客の心中にエリザベス一世を想起させ、そのことが、ワイアットの反乱が喚起する愛国的イングランド表象と相乗的効果をあげるものと考えられる。

デカーとウェブスターがカトリック的な枠組みを採用したことは、奇妙に感じられるかも知れないが、メアリー一世の公約破棄の上のカトリックへの寝返り、司教ガードナーの冷血な人物像、さらにはワイアット処刑の扱いの小ささなどを考慮に入れれば、本来この劇のオリジナルが有していたであろうプロテスタント勝利の最終ヴィジョンが、簡略化の過程で失われてしまったのかも知れない。

『私をご存じないならばどなたもご存じない・第一部』——エリザベス一世の苦難と即位の物語

次に、ヘイウッドの『私をご存じないならばどなたもご存じない・第一部』だが、この作品も一六〇〇行足らずしかない、明らかに原形が損なわれた短い戯曲で、今分析した『サー・トマス・ワイアット』が終了した時点から物語を開始している。すなわち、ワイアットの反乱への共犯の嫌疑でロンドン塔に拘禁されたエリザベスが、肌身離さず携帯している英語聖書を心の支えとして、メアリー一世やカトリックの司祭からの迫害に耐え抜き、終幕で女王に即位するという物語である。ヘイウッドが『レイディ・ジェイン・第一部』の共作者ということは判明しているので、この設定は彼の意図的なものであろう。また、ヘイウッドは、ずっと後の時代である一六三一年に『イングランドのエリザベス』という散文の歴史物も出版しており、彼のエリザベス一世に対する愛着や思慕の情は並々ならぬものがある。(11)

ところで、本劇は、今回分析の対象とした六本の戯曲の中では、最も黙示録的なものと呼んでよいのかも知れない。それはエリザベスの周囲に、常に神へのまなざしあるいは神的な存在が配置されているからである。彼女は反乱への関与を尋問される場で神の加護を祈り、また君主メアリー一世に直訴状をしたためる際にも神に霊感を祈る。

汝永遠なる神よ、けがれなき者の正しき導き手よ、
すべての王国の王笏を統べる者よ、
忌まわしき死を圧制の掟により突きつける
あの貪欲なるあごから、罪なき者を護りたまえ。
わが心の完全なる純潔を、汝見そなわすからには、
我に解放を、もしくは耐え抜く力を与えたまえ。(12)

（二〇八頁）

汝不滅の神よ、すべての魂を導く者よ、
わが筆に真の説得力を与えたまえ。
短気なわが姉の耳に届き、
わが苦境を哀れむようその心を動かすことができるように。

（二一七―二一八頁）

するとエリザベスはここで突然眠りに陥り、彼女の夢という形で黙劇が展開されるが、その中では二人の天使が修道僧に襲われたエリザベスを救い出し、彼女に聖書を手渡す。さらには、エリザベスに対するたび重なる計略が頓挫した後で、敵役のガードナーはこうも漏らす――「彼女の命は神の手によって護られている」（二三一頁）と。

この作品が、エリザベス一世の即位を既定の枠組みとして利用し、プロテスタント色を鮮明に打ち出していることは間違いない。それは、メアリー一世の死去と女王への即位を告げられたエリザベスが、ロンドンへ入城した際、市長から英語聖書を贈られ、それに口づけしてみせる大団円からも明らかであろう。しかし、この劇が厳密な意味での黙示録的なものではないこともまた、明白であろう。ここに描き出されているのは、ヘイウッドのエリザベス一世に対する限りなくノスタルジアに近い賛美と憧憬の念であり、また確固とした信念と信仰を持ちながらも、恐怖と不安と苦痛の中で揺れ動くエリザベスの人間的な姿なのである。この戯曲が一六三九年に至るまで八回版を重ねた理由も、このあたりにあると考えてよいのではないであろうか。

『私をご存じないならばどなたもご存じない・第二部』――ロンドン商人を主軸としたイングランド史劇

『私をご存じないならばどなたもご存じない・第二部』は、第一部との直接的関連もなければ、第二部前半のロンドン商人の活躍と後半のイングランド史劇的部分との有機的関係もない、いかにもヘイウッドらしいさまざまな素材を混淆させた一本と言える作品である。ハンターは、この構成に関して、元々存在したトマス・グレシャムの伝記劇に、第一部の人気にあやかろうとエリザベス一世のエピソードを付加し、そこにブルジョワ的感情をまぶしたものと述べているが[13]、実際、その程度のものであったのかも知れない。ここでは、この後半部のみを扱うことにするが、物語と呼ぶに値するものは実はほとんど何もなく、まず最初にエリザベス一世暗殺未遂事件があり、その後は次々に入ってくる無敵艦隊撃破の知らせと、終幕でのサー・フランシス・ドレイクのスペイン軍旗を持っての登場のみとなる。神の思慮による無敵艦隊撃破という結論を、愛国主義で絡めることがヘイウッドの意図なのであろう。ただ、ここで興味深いのは、この一連の無敵艦隊関連の描写に（国王ジェイムズ一世への配慮もあるのだろうが）、スペインへの敵意やローマ教皇の悪魔化といったものが一切なく、このことが、ドラマ前半でグレシャムやホブソンといったロンドン商人が示す寛容の精神と不思議な調和をかもし出している点も、付け加えておきたい(14)。

第八章でも指摘したように、ヘイウッドは『俳優弁護論』の中で、歴史劇の機能の一つとして、王権への忠誠と謀反への戒めという教訓を主張している。『私をご存じないならばどなたもご存じない』二部作が上演された時期は、すでにジェイムズ一世の時代ではあったが、ヘイウッドの中心的意図がジェイムズ一世の王権への忠誠を直接的に提唱することではなかったであろう。それよりもむしろ、本二部作の主眼は、身まかってまだそう遠くないエリザベス一世に対する、純粋なそしてあけすけなほどの賛美と追憶であり、そのことが観客に想起させる(古き)よきイングランドへの憧憬と愛国への思いなのである。

『バビロンの娼婦』——アレゴリカルな反カトリック劇

ところで、『私をご存じないならばどなたもご存じない・第二部』と同じ、無敵艦隊撃破に取材したデカーの『バビロンの娼婦』は、イングランドの勝利という既定の結論と愛国主義を一層押し進めた作品である。そして、デカーの筆致が露骨で攻撃的な分だけ、愛国主義の主張も強い印象を与える。『バビロンの娼婦』の創作は、一六〇五年一一月に発覚した火薬陰謀事件に触発されただけあって、(ヘイウッドには見られなかった)ローマ教皇本人とカトリック諸国に対する激越な非難が特徴で、デカー自身も読者への序文の中で、この作品の目的をエリザベス一世の優れた美徳を称えローマ教皇の悪を描くこと、と言いきっている。

この劇詩の全体的な目的は、先にお隠れになった我らの女王陛下の偉大さ、寛大さ、剛毅さ、慈悲、その他の比類なき英雄的美徳を、(比喩的・象徴的に)描き出すことにある。また(その対極として)、わが国の君主の命を奪い、その王国の完全潰滅を目論むローマのあの紫の娼婦の、執拗な悪意、大逆、陰謀、破壊工作、絶えざる残虐な謀略を描き出すことにある。(15)

（「読者へ」一―七行）

物語そのものはヘイウッドのものと大差なく、妖精の国に激しい憎悪を抱くバビロンの女帝（＝ローマ教皇）が、スペイン・フランス・神聖ローマ帝国の三人の国王を送り込むことで、妖精の女王ティターニア（＝エリザベス一世）を取り込もうとするが、見事にはねつけられる。そのためバビロンの女帝は、数次にわたる暗殺者の波状攻撃と無敵艦隊の派遣を仕掛けるが、「時」と「真実」と廷臣たちに護られたティターニアは勝利を収め、彼らから聖書を贈られる、というものである。エドマンド・スペンサーの『妖精の女王』（一五九〇―九六年）と『大聖書』（一五三九年）の「ヨハネの黙示録」そのものを主要な材源としていて、(16)その詩的アレゴリー故、最も黙示録的なものになりえた作品だが、アレゴリーを形成する一連のメタファーと、その裏に示されるはずの意味の体系の照応関係が非常に不安定で、統一的ヴィジョンの提示が不首尾に終わっている。また、詩的アレゴリーを演劇に持ち込んだため、動きのないアクションと実体の希薄な人物たちがここでは生成されてしまっていて、デカー本人が「劇詩」と呼ぶこの戯曲は、芝居としては成功を収めることはできなかった。

第六節　『私を見れば分かるはず』――『ヘンリー八世』に先行するヘンリー八世劇

最後に残した『私を見れば分かるはず』だが、このイングランド史劇だけは、ジェイムズ朝期の他の四本とはやや毛色が違っている。ヘンリー八世の伝記劇とでも分類されうる本作品は、ウルジーの大陸政治への介入と教皇就任への野望と失敗、王子エドワードの誕生とプロテスタント的教育、新教徒の新王妃キャサリン・パーに対するカトリックの聖職者による陰謀が物語の中心となっているが、これらは既述の四作品の枠組みほどの拘束力は有していない。もちろん作者ローリーの眼目は、王子・王妃のプロテスタンティズムの前景化にあるのだが、それ以外にもこの戯曲は夾雑物にみち溢れている。例えば、王の妹メアリーのフランス王との婚姻とイングランド貴族サフォーク公との再婚、神聖ローマ帝国皇帝カール五世のロンドン訪問とガーター勲章の授与といった具合だが、さらには、ヘンリー八世が変装の上深夜にロンドンの街路を徘徊し、札つきの乱暴者とのけんか騒ぎを起こしたため収監され、そこで市民の腐敗などを体験するというエピソードや、その当のヘンリー八世が、飾り気のない気さくな温かさと、突発的で抑制のきかない激怒がない交ぜになったステレオタイプに造型されていること、そして王の道化ウィル・サマーズが全編を通じて機転よくカトリックの欺瞞や計略を暴く活躍ぶりなど、この『私を見れば分かるはず』は、同時期のイングランド史劇とは確実に一線を画す、どことなく懐かしい、エリザベス朝的なにおいのするイングランド史劇であると言ってよいであろう。

また、両宗派の対決とプロテスタントの優位という本劇の宗教的なメッセージにしても、プロテスタントの王妃パーやトマス・クランマーと、ロンドン・ウィンチェスターの両司教との対峙が、この威厳はあるが老齢で短気な人間くさいヘンリー八世を挟む形で設定されていたり、さらには、新教徒の王子エドワードを中心にして、彼の二人の姉たち——カトリックのメアリーとプロテスタントのエリザベス——が向かい合う、同様の構図を採用するなど、新旧両宗派の対決という一七世紀初頭のイングランド史劇に共通して見られる関心事が、この劇では、道徳劇的サイコマキア風の古めかしい仕立てになっている点に留意すべきであろう。

『私を見れば分かるはず』は、歴史上の出来事の前後関係を大胆に入れ替えてはいるものの、イングランド国教会成立以前のヘンリー八世の治世を扱っていると考えられるため、国王自身はカトリックとして描かれている。しかし、上述のように、戯曲全体としてはカトリックとプロテスタントの対峙を前景化し、その上でプロテスタントに好意的な描写を付与しているのである。一例として、エリザベスがエドワードに与えた手紙とエドワードの反応を引用してみよう。

エリザベスは何と書いて寄こしたのだろう。姉上、私の心はあなたのものです。
そして、王子であるこのエドワードの愛情の大部分も、あなたのものです。
「親愛なる王子よ、姉としての愛情をもってあなたに挨拶します。
あなたの信仰に忠実でいなさい、そしてあなたの祈りを
神にのみ捧げなさい。何故なら神だけが
あなたを強くし、あなたの敵を打ちこらすことができるからです。
あなたの希望を揺らぐことなく天にしかと預けるのです。
すべての誘惑に打ち勝つよう、神があなたを強くし、
偶像崇拝を遠ざけるよう、あなたに恩寵を授け、
また神があなたを選び、永遠の生命をお与えになりますように。
私はあなたを神に委ねます、そして神が常にあなたを護るよう祈ります。
あなたを敬愛する姉エリザベス。」
私の最愛の姉上、あなたは何と愛情にみちた方なのか。
あなたの言葉は、私の瞑想の救済となるでしょう、
そして、あなたの美徳を想い私は黙想しましょう。
私とあなたのために、私は神に一心に祈りを捧げましょう。(17)
（二四〇八―二三行）

『クロムウェル卿トマス』と同様、ウルジー、ガードナー、ボナーといったカトリックの聖職者たちが敵役として設定され、プロテスタントのパーやクランマーと顕著な対照を見せることから、本劇も観客にプロテスタント国家としてのイングランドを意識させ、さらにそれがエリザベス一世へのノスタルジアによって増強されたことは、確かであろう。

第七節　『ヘンリー八世』への水脈

以上、本章では、『クロムウェル卿トマス』とジェイムズ朝初期のイングランド史劇五本とを分析の対象としてきた。従来の演劇史では、後者のイングランド史劇群は、そのプロテスタンティズム色の強さを強調して「選民劇」（The Elect Nation Plays）と呼称されることが多く、（これらの戯曲の批評上の不人気もあってか）この名称は長い間何の疑問も持たれることなく、五本の劇を「一くくりにして」適用されてきた。しかし、ここまでの議論から明らかなように、『私を見れば分かるはず』を代表格に、その内実は多岐多様であり、今や従来のレッテルを再検討し、作品毎の特徴を浮き彫りにすべき時期に差しかかっていると言ってよいであろう。

イングランド史劇はこの時期を過ぎると一六一三年の『ヘンリー八世』まで書かれることはなく、さらにその後は、文字通り散発的にしか執筆されていない。スパイクスによれば、今回分析対象とした戯曲群は、例えば王子ヘンリーの死去のような国家的危機の際復活上演されることがあったようだが、(18) それにしても創作数の点から言っても、また各戯曲の有する劇的スケールの面から見ても、イングランド史劇の衰微は否定し難い事実である。その意味で、一七世紀の初頭とは、イングランド史劇が最後の輝きを放った時代ということになるのであろうが、この時期のこれらのイングランド史劇の特徴と考えられる、歴史解釈の固定化とアクションの抽象化や人物の記号化・非人格化を、極端なまでに押し進めた『バビロンの娼婦』が、興行的には失敗であったという事実は、何故歴史劇がジャンルとしてこの時期から衰亡に向かったのかという問題を考えるに当たって、示唆するものが多いと言えよう。

また、この『バビロンの娼婦』の七年後に登場し、一六二四年のトマス・ドルー作『サフォーク公爵夫人』まで後続のイングランド史劇を持たなかったが故、歴史劇の系譜で論じられるよりも、むしろ同時期の他ジャンルとの類縁関係を取りざたされることが多かった『ヘンリー八世』にしても、本章における記述から判明する通り、決して隔絶された特異な戯曲ではないのである。歴史の真実に基づいて偉人の失墜を描き出すと宣言する劇作家の脳裏には、明らかに『私を見れば分かるはず』の、より洗練された形での政治劇化の意図が存在していた訳であり、さらに、その実際の作劇に際しても、国王の公的身体の恒常的安定感と彼を取り巻く人物たちの「運命の変転と盛者必衰」のテーマなど、『クロムウェル卿トマス』と通底する表象の有りようを見逃すことはできない。『ヘンリー八世』へと流れ込むイングランド史劇の水脈は、間違いなく途絶えてはいなかったのである。

＊　＊　＊

最後に、本章における国家表象の特徴をまとめておこう。この章で分析の対象とした一七世紀初頭のイングランド史劇はすべて、カトリックとプロテスタント両宗派の対立を作品の基本構造として取り込み、そこからプロテスタント国家としてのイングランドの存立をメッセージとして提出している。また、各戯曲中で描出もしくは喚起されたエリザベス一世へのノスタルジアが、観客に強い愛国心を抱かせたことも想像に難くない。特に、『サー・トマス・ワイアット』では、ワイアットの反乱が喚起する愛国的イングランド表象とエリザベス一世へのノスタルジアが、相乗的効果をあげている。さらに、『私をご存じないならばどなたもご存じない』二部作では、崩御してまだそう遠くないエリザベス一世に対する純粋な賛美と追憶が表明され、そのことが観客によきイングランドへの愛国的憧憬の念を抱かせるのである。

（1）チェトル作『枢機卿ウルジーの生涯』ならびにチェトル、ドレイトン、マンディ、ウェントワース・スミス共作の『枢機卿ウルジーの謀反』。

（2）『サー・トマス・モア』第四幕第一場、大法官モアを中心とした枢密院会議の場に、国王からの書状を持参した廷臣が突然登場し、議員たちに半ば強制的に承認の署名を求めてゆく。モアとロチェスター司教は署名を保留したため、自宅謹慎や連行を命じられ、その後、幽閉・処刑という展開をたどる。ここでは、書状の内容（王位継承者法関連のもの）や国王の固有名は伏せられ、国王の発言も廷臣を通した間接的なものとなっているが、王権の持つ強圧的な力は確実に伝わってくる。

（3）『クロムウェル卿トマス』からの引用および幕場割りは、Tucker Brooke, ed., *The Shakespeare Apocrypha* に拠る。

（4）Anne Barton, "He that plays the King: Ford's *Perkin Warbeck* and the Stuart History Play," *English Drama: Forms and Development*, eds. Mary Axton and Raymond Williams（Cambridge: Cambridge UP, 1977）69–93.

（5）Judith Doolin Spikes, "The Jacobean History Play and the Myth of the Elect Nation," *Renaissance Drama* 8（1977）: 117–49.

（6）Spikes 123.

（7）この系列の先行研究はかなり豊富に存在するが、例えば、Anne Barton, "Harking Back to Elizabeth: Ben Jonson and Caroline Nostalgia," *English Literary History* 48（1981）: 706–31 参照。

（8）Ivo Kamps, *Historiography and Ideology in Stuart Drama*（Cambridge: Cambridge UP, 1996）. Marsha S. Robinson, *Writing the Reformation:* Actes and Monuments *and the Jacobean History Play*（Aldershot: Ashgate, 2002）. キャムプスのこの著作は、当該領域における初の本格的な研究書であり、一六世紀から一七世紀にかけての歴史記述の変遷をたどりながら、その歴史記述の変化が、イングランド史劇の創作に密接な関連を有している点を骨子としているが、分析対象とされた作品が少数であり、それが全体の論旨とうまくかみ合っていないこと、さらには、スパイクスへの言及の欠落が象徴するように、宗教的側面への考慮が不足している点などが惜しまれる。

（9）Ribner 216.

（10）『サー・トマス・ワイアット』からの引用は、Fredson Bowers, ed., *The Dramatic Works of Thomas Dekker*, vol. 1（Cambridge: Cambridge UP, 1953）に拠る。

（11）*England's Elizabeth, her life and Troubles, during her Minoritie, from the Cradle to the Crowne.*

（12）『私をご存じないならばどなたもご存じない・第一部』からの引用は、*The Dramatic Works of Thomas Heywood*, vol. 1 に拠る。

（13）Hunter 261.

（14）『私をご存じないならばどなたもご存じない・第一部』においても、フェリペ二世にはかなり好意的な描写が与えられ、その一方、ガードナーやロンドン塔長官などのイングランド側のカトリック教徒には、顕著な他者化がほどこされている。

（15）『バビロンの娼婦』からの引用は、Bowers, ed., *The Dramatic Works of Thomas Dekker*, vol. 2（Cambridge: Cambridge UP, 1964）に拠る。

（16）Ribner 284.

（17）『私を見れば分かるはず』からの引用は、Samuel Rowley, *When You See Me, You Know Me*, ed. F. P. Wilson（Oxford: Oxford UP, 1952）に拠る。本劇におけるエドワード王子の描かれ方から、エドワードを戦闘的なプロテスタントとして期待されていたヘンリー王子と重ね合わせることができる、と指摘する研究も存在する。Margot Heinemann, "Political Drama," *The Cambridge Companion to English Renaissance Drama*, eds. A. R. Braunmuller and Michael Hattaway（Cambridge: Cambridge UP, 1990）196.

（18）Spikes 142.

第一〇章　ジェイムズ朝中・後期とチャールズ朝の歴史劇

第一節　ジェイムズ朝中期の歴史劇

本章では、ジェイムズ朝中・後期とチャールズ朝の歴史劇を取り上げ、まずその前半部では、一六一〇年代の一〇年間を中心としたジェイムズ朝の中期に作劇された歴史劇を、国家表象の視座から分析することを試みたい。真正のイングランド史に取材したシェイクスピアの『ヘンリー八世』を別にすれば、この時期に創作された他の歴史劇はすべて、伝説的なブリテン史もしくはアングロ・サクソン時代の歴史からその素材を選択しており、しかもその大半は、同時期に人気を博していたロマンス劇的劇作術や、センティメンタリズムを主眼としたアクションを前面に打ち出していて、素材となった歴史そのものは後景に追いやられるか戯曲の枠組みを提供するにとどまっている。そして、このような選別を行った時、唯一『マーリンの誕生』（一六〇八年）のみ、歴史劇的見地から検討するに値する作品と判断することが妥当であると考えられる。(1) そこで、本章前半では、この二作品におけるイングランドおよびブリテン表象の有りようを以下の議論において検証し、その作業によってジェイムズ朝中期の歴史劇における国家表象の特徴を考察したい。[2]

第二節　『マーリンの誕生』――ブリトン対サクソンの歴史劇

ウィリアム・ローリーの作とされる『マーリンの誕生』は、従前よりシェイクスピアの関与が疑われ、シェイクスピア・アポクリファの一角を占めてきた作品であるが、演劇史では通例ロマンス劇に分類され、歴史劇と考えられることも少なければ戯曲それ自体の評価も低い状態に甘んじてきた。[3] 本劇のプロットはアーサー王伝説と深く関わり、当該伝説における予言者として大いに活躍するマーリンの生誕の秘密にまつわる超自然的部分と、アーサーの父ユーサー・ペンドラゴンのブリテン王即位をめぐる歴史劇的部分とに二分され、タイトルロールともなっているマーリンが、この二つの筋を結びつける機能を果たしている。

ブリテン王国の混乱とサクソン人の導入

本劇が扱う政治史を要約すれば、四世紀後半から五世紀にかけての、ブリトン人と外来のサクソン人との権力抗争ということになるが、このあたりの事情を伝説も踏まえながらもう少し敷延しておこう。ピクト人の来襲に悩まされていたブリテン王国では、コンスタンティン王が即位して統治を行い、三人の王子をもうける。やがてコンスタンティン王は殺害され王位をめぐって混乱が生じるが、狡猾な重臣ヴォーティガーンが、コンスタンティン王の長子コンスタンスを傀儡の王として即位させ、自身は政治の実権を掌握すると同時に王位への野望を抱く。ヴォーティガーンは陰謀によってコンスタンスを暗殺し退けると王位を簒奪し、さらに権力基盤を強化し北方の外敵を撃退するためにサクソン人の指導者ヘンギストを傭兵的に使用し、その功績を認めて血縁のサクソン人の大ブリテン島への招来を許可するが（これがアングロ・サクソン人の来襲の最初と考えられている）、その結果ヘンギストの勢力が強大化したために、ヴォーティガーンはウェールズへの撤退を余儀なくされる。そしてこのような状況下で、大陸に逃亡していたコンスタンティン王の次男オーリーリアスと三男ユーサーが大ブリテン島に上陸し、ここに三者間での王位争奪の戦いが繰り広げられる。材源の登場人物や状況設定に脚色や翻案を加えつつも、『マーリンの誕生』の歴史劇的部分が描き出そうとするのは、王位をかけたこの民族間の武力闘争と、最終的なユーサーの勝利と即位なのである。(4)

『マーリンの誕生』のアクションは、ブリトン人がキリスト教の隠遁者アンセルムの奇蹟によりサクソン軍を撃破した後の、休戦交渉の場面から開始される。本劇における構成上の特徴は、開幕の時点からブリトン人対サクソン人という対峙構造が明示され、ヴォーティガー（本劇におけるヴォーティガーンの表記）関連の部分は第四幕以降にのみ限定されていて、マーリンの行う奇蹟と予言を除けば、このヴォーティガー関連の場面には、大きな意味は付与されていないことである。また、ブリトン人対サクソン人の対峙構造は同時に、キリスト教と異教との対立としても設定されているが、これは材源をそのまま踏襲したものであって、作者がこの設定自体に特別なメッセージを込めているとは考えられない。ただ、アンセルムのキリスト教信仰の力によってサクソン方の魔術師の呪術が敗北する場面（第二幕第三場）などには、異教を材源以上に他者化しようとする劇作家の意図が働いていることは明らかであろう。(5)

ブリトン・サクソン両軍の休戦交渉における最大の要点は、サクソン人の大ブリテン島からの完全一掃であり、サクソン人の来襲と占拠によって攪乱されたブリテン王国の政治的主権にとり、国家としての主体とアイデンティティの回復のためにも、このことは絶対に譲ることのできない項目であった。しかし、交渉役として登場したサクソン軍の将軍（同時に東アングル族国王）オストーリアスの妹アーティージャの美貌に惑溺したブリテン王オーリーリアスは、彼女を王妃とすることでブリトン人主導による和平交渉の制御権を失い、ここからブリテン王国の迷走と分裂が始まる。一方、同じアーティージャの色香に惑わされ森の中をさまよっていたユーサーは、宮廷帰還後にアーティージャの正体を見抜き、この段階から兄のブリテン王に代わってブリテン国を担う存在へと変容してゆく。

マーリンの機能

ここでマーリンの登場と機能について、言及しておこう。彼は、悪魔（夢魔）が道化の妹ジョウン・ゴーツゥートにはらませた胎児という形では、第二幕の冒頭から登場していた。妹を妊娠させた相手を捜しての道化とジョウンの喜劇的な道中は、結局第三幕で当の悪魔がジョウンの前に姿を現すことで解決され、本劇の副題「マーリン、父を発見す」もこの展開に由来する。そしてこの後の第三場で、ジョウンはマーリンを出産することになるのだが、分娩に当たって悪魔が召喚した誕生の女神ルーキーナが予言するマーリンの能力には、本劇におけるマーリンの機能と国家表象の観点から見逃すことのできない項目が包含されている。

この子の誕生を祝して、運命の三女神に命じよう、
マーリンの身の助けとなる、知識・学芸・学識・知恵に関する
すべての力を授けるようにと、そして
来たるべき時代の出来事を予見する、驚嘆すべき
神秘の予言の力を与えるようにと。この子の術を
ブリテンの国土を護る真鍮の壁としよう。
（三幕三場二一四―二一九行）

マーリンの能力とは深い学識と予言ということになり、そしてその能力は、ブリテンという国家を外敵から防御する防護壁となる。

第四幕に入ると、ドラマは大きな展開を見せる。ユーサー麾下のブリテン軍が簒奪王ヴォーティガー追討のために進攻する一方で、オストーリアスらサクソン人は、ヴォーティガーに表向き同盟を持ちかけ、その実、裏切り行為を目論む。ヴォーティガーは結局ブリテン軍に倒されるが、それに先立ってユーサーはヴォーティガーに対して、サクソン人の導入がブリテン国の衰退を招いたことをきびしく非難する。

最大の不幸をもたらす
暴君よ、お前が簒奪した王国は、お前から
離れようとしている。お前の簒奪行為を支援させるために
お前が連れてきたサクソン人は強大となり、
やつらが占領しているところでは、人々の記憶から
ブルートやブリテン人にまつわる記録が絶えず
抹消されようとしている。そしてみずからを
ヘンギスト人と名乗り、ヘンギストの国と称したため、
もはやブリテンの名は知られなくなってしまった。これらすべては
お前のせいだ、祖国を卑しくも破壊したお前のな。　（四幕三場一一―二〇行）

広義のエリザベス朝演劇において、ブリテン国を舞台とする歴史劇は、ほぼ例外なくその始祖ブルートに言及し、

連綿と続く由緒正しき血統を誇示するのを常としていた。そしてその延長線上に、その種の歴史劇を観劇するイングランド人が位置づけられ、観客は、ブルート以来の歴史を有する祖国イングランドに特別な一体感を感じるよう仕向けられていたのであった。しかし、それらの歴史劇が本劇のように、アングロ・サクソン人の来襲とブリトン人の駆逐を問題視したことはなく、ブリテンとイングランド人との接続は曖昧化されたまま行われ、両者の連関に関する事柄は、隠蔽されてきたのである。その意味で、この問題を顕在化させた『マーリンの誕生』は、特異な作品と評価できよう。だが、サクソン人の末裔でもあるイングランド人に向けて、本劇はブリトン人に好意的な描写を与え、サクソン人に関しては否定的な描写が付与される。換言すれば、「ヘンギスト人」(Hingest-men) の子孫であるイングランド人は、自分たちの祖先が駆逐しつつも、同時代の文化の中で同化するよう条件づけられていたブリテンを、受け入れるようこの作品では要請されている訳であり、その点ここには、観客の一体化の方向性にねじれ現象が生じていると言えよう。しかしながら、ドラマ自体はそのことを、これ以上焦点化することはない。

ここでドラマの展開に議論を戻すと、ユーサーはヴォーティガーを倒し、またオーリーリアス王が毒殺されたことを受けて、ブリテン王として即位する。ユーサーはこの後サクソン人と戦火を交えることになるが、その過程において、マーリンはブリテンにとり不可欠な守護者としての地位を獲得する。(6) そしてサクソン人はユーサーに敗北を喫し、サクソン方の邪悪な欺瞞を象徴していたアーティージャは、ユーサーによって餓死の刑に処せられることになる。だが、『マーリンの誕生』の後半部第四幕・第五幕が焦点化するのは、このようなブリテン国の暫定的な勝利ではない。ここで本劇が前景化を試みるものは、ブリテン国の消長を見通すマーリンの卓越した予言能力であり、その予言の中で賛美されるアーサーの来たるべき栄光――西ヨーロッパを平定し騎士道の華と称えられる偉大なるアーサー王の栄光――なのである。

劇的ヴィジョンの分裂

『マーリンの誕生』のアクションがもしこれ以上展開しないのであれば、本劇は、アーサー王伝説とイングランドの建国神話を曖昧さを抱えながらも接続することで、イングランドの歴史を言祝ぐロマンス風歴史劇としての評価を獲得することが可能であったかも知れない。しかしながら、マーリンの予言は、アーサーの死のみならず、ブリテン国の消滅をも語ってしまう。いやそれどころか、ブリテン国の後に成立するアングロ・サクソン王国の分裂まで でも、マーリンは予告する。『マーリンの誕生』が、そのタイトル通りに、マーリンが主人公の戯曲であり、マーリンの予言とそれを駆使した活躍の描写が劇作家の狙いであるのならば、この作品はその点では理解しやすい構成を有していると言うことができよう。しかし同時に、作者のブリトン人への肩入れも明瞭である時に、ユーサーの即位やアーサーの称賛といった本来なら観客に強い印象を与えるべき箇所で、本劇は、いわば観客の期待に肩すかしを食らわせるような、クライマックスを欠いた構成となっていることもまた事実なのである。『マーリンの誕生』は、つまるところ、歴史劇的部分において上述のごときヴィジョンの分裂を内包しており、そのことがドラマとしての評価を低下させる一因となっている。ブリテンへの好意的描写とイングランド史の記述との断層を、この作品は埋めきれていない、あるいはむしろ、その亀裂をこの作品はみずから露呈してしまっているのだが、その露呈そのものが、マーリンの能力のおひろめであるところにこの戯曲の作劇上の苦しさが存在するのである。

第三節　『ヘンリー八世』——国王の恒常的身体表象

『ヘンリー八世』におけるイングランド表象を考えるに当たって重要なことは、イングランドという国家を規定する、他者としての外国の描写が乏しいという事実である。劇中で言及される外国関連の事象としては、ドラマ冒頭部で報告されるフランスとの平和条約交渉、およびそれを阻止しようとするスペイン王の訪英が主だったものであるが、これらの出来事にしても、結局、枢機卿ウルジーの権謀術数を強調するところに重点が置かれている。また、ドラマ大団円におけるカンタベリー大司教クランマーによる、エリザベス一世（と王女エリザベス）ならびにジェイムズ一世に対する愛国的言祝ぎも、イングランド王家の子々孫々に至る永続性を高らかにうたい上げるという点で、ある意味、本劇における最も重要な項目であり、観客の愛国心を大いに昂揚させたことに相違はないのであるが、『ヘンリー八世』のアクション全体の展開から判断すれば、やはり付属的な意味合いをぬぐい去ることは難しい。

では、本劇におけるイングランド表象を考察する際、どこに視座を定めて分析することが有効であろうか。こうした問いかけから導き出される一つの解答は、やはり国王ヘンリー八世が、いかに描出されているかというところに帰着する。それは、ドラマの大半が宮廷およびその周辺で展開され、アクションの大部分がその宮廷における権力の交替に集中している『ヘンリー八世』の場合、イングランドというものを最もよく表象するものは、国王以外にはありえないからである。しかし、本劇におけるヘンリー八世の身体は、触知しとらえることがかなり厄介な存在であることはよく知られている。そこで本章では、『ヘンリー八世』に先行するヘンリー八世表象を内包する戯曲の検証を通して、『ヘンリー八世』の事例の特徴を明らかにし、それに基づいて本劇の国家表象を考えたい。『ヘンリー八世』以前にヘンリー八世の治世を取り上げた戯曲は三本現存し、創作年代順に列挙すれば、『サー・トマス・モア』、『クロムウェル卿トマス』、そして『私を見れば分かるはず』ということになるが、まず最初に『サー・トマス・モア』から見てゆくことにしよう。

先行戯曲におけるヘンリー八世の身体表象

『サー・トマス・モア』は、シェイクスピアの自筆原稿や、祝典局長エドマンド・ティルニーの自署入り検閲の存在などで名高い劇だが、本章の関心事である国王表象とそれに関連する宗教的側面の処理という点でも、大いに興味をそそられる戯曲である。本劇においてヘンリー八世表象が関わる箇所は、ドラマの後半第四幕第一場以降に存在する。この場面は、大法官モアを中心とした国政に関する枢密院会議が開催される部分で、対フランス戦争についての戦略が討議された後、国王からの書状を持参した廷臣が突然登場し、枢密院議員たちは半ば強制的に承認の署名を求められてゆく。しかし、モアとロチェスター司教だけは書面を一べつするや署名を保留し、そのために自宅謹慎あるいは連行を申し渡され、再度の署名要請を拒絶した後、両者ともロンドン塔に幽閉・処刑という展開をたどる。

この一連のアクションの流れの中で留意すべき点は、国王からの書状の内容がきわめて曖昧にしか描写されないこと、国王は一度も姿を現さずその固有名詞も明示されず、また国王の発言も側近や廷臣を通した間接的なものでしかないこと、そして最後に、国王への批判的な発言は一切ない、ということである。モアが大法官を罷免され、処刑される直接の原因となった事件ということであれば、これが王位継承者法（Act of Succession）絡みのものであり、この書状を送りつけてきた王がヘンリー八世であることは、当時の観客には自明のものであったであろうが、(7)王位継承者法による正統継承がエリザベス一世の統治にとって根幹のものであることを考慮してみれば、ヘンリー八世を登場させず、かつその名を伏せておくという作劇は、国王表象の有する政治的危険性を視野に入れた劇作家の大きな配慮と言わざるをえないであろう。現に、署名を保留したモアに王の側近が自宅謹慎を申し渡す、一見何でもないような台詞にも、ティルニーは削除の印と全面的書き換えの指示を残している（四幕一場八一―一〇五行）。また、自宅謹慎中のモアが家族にその心境を語る第四幕第四場には、「しかし、私たち一家は、不興の結果拷問にかけられ、／幸福な生活から奴隷の身分へと転落したのだ」という、国王批判とも解釈できる台詞がオリジナル原稿には含まれていたため、(8)この場面は、家族の行く末を案じる家庭的なモアの姿を前景化した場面に、改訂者の手によって差し替えられている。

『サー・トマス・モア』という作品は、政治的・宗教的に危険なものをできる限り隠蔽・回避し、国王からの書状拒否の場面でもモアが王権に対し決して転覆的な力としては存在せず、常に体制内にとどまる形で描き出されている。その結果、ドラマ全体としては、モアの機知・陽気さ・人情味といった人格面が支配的トーンとなり、我々がヘンリー八世の存在を仮に感じるとしても、それは隔離された場所から伝わってくる、影としての存在感でしかない。

次に、『クロムウェル卿トマス』に話を移そう。前述のように、この作品は一六〇二年にロンドン書籍出版業組合登記簿に登記された戯曲で、創作は一六〇〇年頃と推定されており、これもエリザベス一世の治世下におけるヘンリー八世ものと言うことができる。ドラマの前半部では、クロムウェルが政治的経歴を積み上げる以前のいわば商人的な世界が描き出されていて、ヘンリー八世が政治的な姿でこの世界に登場することはない。またドラマの後半部では、前半とは対照的に、クロムウェルの政治的昇進と失墜が物語の中心となるが、ヘンリー八世はこの後半でもやはり姿を見せることはない。「国王」という言葉の使用は散発的にあるものの、国王の意思をわずかでも感じさせる箇所としては、ウルジーの遺した政治的文書の行方を王が気にするところと、逮捕されたクロムウェルの面会要求を国王が拒否したとウィンチェスター主教が伝える部分、そして劇の終末で国王が死刑執行延期命令を手遅れの形で送って寄こす、都合三箇所にすぎない。つまり、この劇におけるヘンリー八世の存在感の希薄さは、『サー・トマス・モア』以上と言ってよいのである。

それでは、本劇におけるヘンリー八世表象の特徴とは何か。それは、「運命の変転と盛者必衰」の主題が描き出す政治家の有為転変が、下は商人から始まって、上はウルジー、モア、クロムウェルまでの層に限られていることであり、国王はただ一人、運命の影響圏から切り離された安定した恒常的世界にいるかのごとき印象を我々が受けることである。そしてこのことが、生身の国王表象を避けようとする劇作家の意図と通底していることは言うまでもない。

一六〇三年にエリザベス一世が崩御しテューダー朝が終焉を迎えると、ヘンリー八世やエリザベス一世が舞台をにぎわせる。ヘンリー八世の生身の姿を舞台に登場させたのは『私を見れば分かるはず』が最初だが、この戯曲はエドワード王子の誕生直前から物語を開始した後、王子の誕生、母親のジェイン・シーモアの死去、ヘンリー八世のキャサリン・パーとの再婚という形で展開してゆく。そして本劇において、ヘンリー八世自身の政治的身体に起こる出来事といえば、実はこれだけにすぎない。だがその反面、この作品にみち溢れるさまざまな夾雑物は、ヘンリー八世の周辺にいる人物に生起するよう設定され、しかもそれらはドラマの宗教的ヴィジョンに関わるものとなっている。

このヴィジョンとは、要するに、プロテスタントとカトリックとの対峙、およびプロテスタントの優位ということであるが、その事例を二箇所確認しておこう。まず最初は、ある程度成長したエドワード王子の教育に関してであるが、王子の教授にはプロテスタントのトマス・クランマーが当たっており、王子自身も新教徒として描かれている。次代のイングランドを担う希望の星であるエドワードには、彼の二人の姉たち――カトリックのメアリーとプロテスタントのエリザベス――も手紙などを送っては、みずからの宗派の方に彼の関心を引こうとする。もちろん、エドワードはメアリーの振る舞いに困惑するのみで一顧だにしないが、ここで興味深いのは、新旧両宗派の対決という一七世紀初頭のイングランド史劇に共通して見られる関心事が、意外にも、道徳劇的サイコマキアという古めかしい乗り物に乗せられていることであろう。そしてこれとまったく同様の構造を、新王妃キャサリン・パーに対する陰謀の中にも観察することが可能である。プロテスタントのパーが王妃となったことを危惧したカトリック勢力――枢機卿のウルジーとロンドンおよびウィンチェスターの両主教（エドマンド・ボナーとスティーヴン・

ガードナー）――は、ヘンリー八世に向けてクランマーとパーを中傷・誹謗する情報を流す。王はこの話を真に受け、パーたちは一旦は王の不興を買い、生命の危機にさらされたりするが、カトリックの策略が暴かれるに及んで、彼らは再び王の寵愛を取り戻す、というものである。ヘンリー八世を道徳劇の「人類」（Mankind）に見立てれば、ここにもサイコマキアの図式は明らかであろう。

『私を見れば分かるはず』という戯曲は、従来のヘンリー八世表象と比較した場合、国王の政治的身体の触知性という点で、群を抜く作品となっている。そしてその理由は、上述の項目だけにとどまるものではなく、国王の私的身体を感じさせるような場面にも存在する。例えば、ヘンリー八世は変装の上深夜にロンドンの街路を徘徊し、乱暴者とのけんか騒ぎを起こしたため、夜警にとらえられて監獄に送り込まれ、そこで彼は市民の腐敗などを体験することになる。このように、『私を見れば分かるはず』におけるヘンリー八世の表象は、一五九〇年代におけるシェイクスピアのイングランド史劇連作で描出された国王たちの身体表象――とりわけ『ヘンリー四世』や『ヘンリー五世』のそれ――に類似した触知性を有するものとなっていて、この点、『サー・トマス・モア』および『クロムウェル卿トマス』とは極端に異なった様相を呈している。だが、忘れてはならないことは、『私を見れば分かるはず』におけるこうした国王の触知性の高さにもかかわらず、本劇の国王もやはり、権力の交替劇の圏外に安全に定位された存在だということであって、このことに関しては先行作品と何ら変わらないのである。

ヘンリー八世の公的な身体

以上の議論を踏まえて、『ヘンリー八世』におけるヘンリー八世表象と、それを通して提示されるイングランドの有りようを確認しておこう。この作品の創作年代は一六一三年の前半と推定されているが、一〇年以上の間隔を置いて、シェイクスピアがイングランド史劇に再度取り組んだ、その正確な理由は分かっていない。有力な説としては、同年二月に執り行われたジェイムズ一世の娘エリザベス王女と、ファルツ選帝侯（フリードリヒ五世）との婚礼を祝賀するためのものとの見解がある。確かに、枢機卿ウルジーの没落とプロテスタント勢力の台頭、エリザベス一世と王女エリザベスとの重ね合わせ、劇中に組み込まれたページェントなど、それを裏づける状況証拠は多いのだが、やはり確定するところまではゆかない。

だが、いずれにしろ、シェイクスピアがこの戯曲を構想するに当たって、『私を見れば分かるはず』を念頭に置いていたことは間違いない。時間的に八年から九年の開きがあるものの、ヘンリー八世を舞台に上げた先行作品としては、この『私を見れば分かるはず』しか存在していなかった訳だし、実際、本劇のプロローグには、

滑稽でみだらな見せ物と／剣戟の音に耳を傾けようと来た／方々や、黄色く縁取られたまだら服を／まとった道化師を見に来られた方々は、／欺かれた思いをなさるでしょう。教養ある聴衆の皆様、／私どもの選りすぐりの真実と、阿呆や剣戟の／見せ物とを同列に並べたり、聡明な芝居を／めざす私どもの思惑や／真実一路な上演との評判を捨ててしまいますならば、／芝居に通じたお客様をすべて失うことになるでしょう。／それ故に、ロンドンの一流の／芝居通として知られた皆様方、／私どもの意図通り、どうぞ真剣におつき合いのほどを。／お目にかけますは王侯の物語、生けるがごとく／ご覧のほどを。威厳をほしいまにし、／大勢の群衆とひしめく従者を／率いても、その次の瞬間に、／権力の座からの悲惨な失墜。

（プロローグ一三―三〇行）

との、明らかに『私を見れば分かるはず』の内容を意識した、作劇の意図が述べられているからである。

『ヘンリー八世』の批評史をたどってみれば分かるように、この劇には当初より共作者の同定やジャンルの問題が

存在したため、正当なイングランド史劇として分析されることは少なかった訳だが、歴史への関心が回復した近年においても、高い評価を付与されることはあまり多くはない。この作品を評価しない批評の中で、しばしば欠点として指摘される項目として、中心人物の不在や歴史解釈への曖昧な姿勢、重要な政治的側面の欠如などが存在する。しかし、これらの項目を眺めれば容易に判明することだが、こうした判定を下す研究者の批評的枠組みには、一五九〇年代の（シェイクスピアの）イングランド史劇との連続性の希求が、根底に横たわっていることは明らかであろう。換言すれば、この手の批評家たちは、あくまでもシェイクスピア個人の創作活動の展開や、劇作家としての経歴という枠内で問題を処理しようとする傾向があり、十数年の演劇界における時間的経過にそれほど配慮することなく、一五九〇年代の二つのイングランド史劇四部作とこの戯曲とを直接結びつけようとする訳である。そして、そこに断層や非連続性を見出すや、次の段階として同時期のロマンス劇との類縁性に活路を開こうとする。事情は共作者問題に関しても同様で、作品のまとまりのなさや中心的主題の欠如を、共作による不統一や共作者ジョン・フレッチャーの悲喜劇的傾向に還元しようとする。

ところで、このような批評の流れに対して、ヘンリー八世の描かれ方の分析から問題に迫ろうとする動きがある。一五九〇年代のシェイクスピアのイングランド史劇連作が、王権の交替劇つまり国王という位階の不安定さを描いていたのに対し、この『ヘンリー八世』では国王が絶対的な存在として確立されていることに注目することで、ヘンリー八世の身体は、一貫して「おおやけ」の、公的なものであると断定し、そこにヘンリー八世像の希薄さの原因を探ろうというものである。

しかし、少し考えてみれば分かることだが、国王の身体というものは、それが肉体をともなった生理的なものであれ、政治的身体としての抽象的なものであれ、第三者の表象に委ねられた時点ですべて公的なものに化すのであって、後は程度問題にすぎない。本章で今まで検討してきたように、ヘンリー八世が実際に舞台に登場するかどうかは別にしても、ヘンリー八世の治世を扱ったすべての戯曲の中で、国王の地位は絶対的なものとして描写されていた。したがって、ここにシェイクスピアらの独自性を見るのではなく、むしろ『ヘンリー八世』という劇は、この時期の同系列の劇の伝統を踏まえた作品であると理解すべきであろう。また、フランク・カーモードは、本劇の中で、バッキンガム公、王妃キャサリン、ウルジー、クランマー四人の裁判（＝権力からの転落）が反復されることから、この劇が一種の新しい『為政者の鑑』であることを主張しているが、(9) 直接的影響関係こそ不明なものの、『クロムウェル卿トマス』にも複数の栄枯盛衰が描かれていたことを、ここで再確認しておきたい。

先に我々は、本劇のプロローグを引用し、そこに『私を見れば分かるはず』を乗り越えようとするシェイクスピアたちの明確な意志を確認した。『私を見れば分かるはず』から低俗なあるいは通俗的な要素を削ぎ落とし、より真摯な政治的事象を盛り込むことで、作者たちは内容の真剣な改変を試みている。そして、このより真正なヘンリー八世像を描出したいという彼らの意気込みを、我々は、本劇の別題『すべて真実』（*All is True*）の中や台詞中に多用される「真実」（truth）の中にも、目撃することができる訳である。

『ヘンリー八世』における国家像

では、シェイクスピアらは、こうした公的なヘンリー八世表象を通して、どのようなイングランド像を本劇の中に構築したのであろうか。繰り返しを承知で再度確認しておけば、本劇におけるヘンリー八世の表象――とりわけその公的な政治的身体の姿――は、同系列の先行劇と同様、政治権力の交替劇から隔離された安全圏において表象されていた。そして、その国王の周囲で上昇と下降の軌跡を描いていた者たちが、主に『ヘンリー八世』のアクションを形成していたのである。権勢から失墜した者たちとは、バッキンガム公であり、王妃キャサリンであり、ウルジーであった。その一方、昇進を勝ち取った者たちとは、アン・ブリンであり、クランマーであり、クロムウェルであった。失墜者のすべてが必ずしもカトリック色の濃い人物描写をほどこされている訳ではないが、昇進した者たちがすべて、プロテスタントであることは目を引く。こうしたプロテスタントとカトリックの対峙は、素材となったヘンリー八世の治世の特色から当然生じるものではあろうが、同時に『私を見れば分かるはず』と共通する、あるいはこの先行作を領有した特徴であることもここで改めて思い起こしておきたい。すなわち、カトリックとプロテスタント両宗派の対立を作品の基本構造として取り込み、そこからプロテスタント国家としてのイングランドの存立をメッセージとして提出する創作姿勢である。

『ヘンリー八世』は、上述のように、多くの点で先行戯曲の影響下に置かれた作品だと判断することができるのであるが、ではこの作品には、国王表象および国家表象の上で独自性を有する特色は存在しないのであろうか。ヘンリー八世の表象が権力闘争の圏外に位置づけられた時、その国王の人物像を規定するものは、ヘンリー八世の他者、すなわちヘンリー八世の周囲で謀反人として失墜してゆく者たちとなり、彼らの転落の有りさまが重要な関わりを持ってくる。その意味で、バッキンガム公、キャサリン、ウルジーの三者と国王との権力関係を、整理しておくことが不可欠の作業となる訳だが、これら三名はいずれも、究極的には、国王に不実であり、国法を犯し、そのことをもって国家に破滅をもたらそうとした謀反人として、姿を消すよう描かれている。[10]『ヘンリー八世』にあっては、こうした劇的設定と展開を通して、国王が法であり国家であるとの意味が生成されるような作劇がほどこされている。そして、本劇における国王が、不変の権力者としての位置を与えられていたことは既述の通りだが、同様にして、本劇におけるイングランドも、不滅の国家としての表象を帯びることになる。シェイクスピアらは、このような劇的展開の最後に置かれたクランマーのエリザベス賛美の中で、エリザベス一世とジェイムズ一世をいみじくも「不死鳥」と形容してみせた。

驚異の鳥のごとく、
不死鳥である処女王がこの世を去る時、
その灰の中より処女王同様の
大いなる称賛を受ける後継者が新たに生まれ出る　（五幕四場三九―四二行）

この連綿と続く不動の玉座の形象を、永続するイングランドの国家像と見事に呼応させることで、劇作家たちは、拡散しがちなアクションに彼らなりの結末を付与したのである。

第四節　ジェイムズ朝後期とチャールズ朝のイングランド史劇

本章の後半部は、『ヘンリー八世』以降、一六四二年の劇場閉鎖に至るまでの期間におけるイングランド史劇を、イングランド表象の観点を交えながら、通時的に分析することを目的としている。ステュアート朝期のイングランド史劇における分水嶺とも言うべき『ヘンリー八世』創作以降、リブナーの集計にしたがえば、一二の歴史劇が執筆されている。だが、これらの中には、ミドルトンの『ケントの王ヘンギストあるいはクイーンバラの首長』のように、イングランド成立以前の伝説的過去を虚構的に扱ったものや、アンソニー・ブルーアーの『恋わずらいの王』（一六一七年）などの、歴史よりはむしろロマンスに傾斜したものも含まれている。こうした現象は、題材となるべき王侯貴族がほぼ出払ってしまったことや、同時代の演劇的風土が悲喜劇的な色彩を強めていたことを勘案すれば、致し方ない面もあるが、劇作家の歴史劇創作に際しての歴史記述への意識という相から考えた場合、やはり純正度の高い歴史劇と同列に論じるには無理があり、それらの歴史劇風の作品は別の系譜のもとに論じられるべきものであろう。

　そこで、このような選別を行った時、おのずと残ってくるものは以下の三作品となる。ドルー、『サフォーク公爵夫人』、ロバート・ダヴェンポート、『ジョン王とマティルダ』（一六三一年）およびジョン・フォード、『パーキン・ウォーベック』。しかし、本章では、このリストにさらにもう一点つけ加えたい。その戯曲は、ミドルトンの『チェス・ゲーム』（一六二四年）であるが、詳細は後の分析にゆずるとして、リブナーがこの作品を彼の検討項目に加えなかった理由は比較的見えやすい。周知のように、この戯曲は、一六二三—二四年頃の対スペイン外交——皇太子チャールズとバッキンガム公による、スペイン王女との婚姻計画とその無惨な失敗——を反カトリック的立場から扱ったものであり、その政治諷刺やアレゴリーに大きな特徴がある。公演は大変な当たりを取ったが、その反響を恐れたジェイムズ一世の命により、九日後には禁止となった。ハーベッジも「政治的諷刺」と呼ぶこの作品は、あまりにも直近の過去を取り上げ、またその劇作の意図も醜聞と中傷を旨とする煽動と感じられたところが、歴史劇の与える教訓性を一つの大きな基準としていたリブナーの選から漏れた理由であろう。だが、あまりにも近すぎる過去を対象としようとも、また諷刺やアレゴリーという修辞技法がいかに特異であろうとも、政治・外交・宗教という、この期のイングランド史劇に特徴的な要素がこの作品にはそろっている以上、一度は分析を試みる価値があると考えられる。

　以上の観点から、本章後半では、上記四作品を推定創作年代順に論じることとする。(11) その際の着眼点は、それぞれの劇作家が各作品を執筆するに当たって、どのような歴史意識を持って題材を処理しようとしたのか、それをイングランド史劇という器に盛り込む際のジャンル意識はどのようなものであったのか、そして各戯曲に表象されたイングランドの姿はどのようなものであるのか、ということである。

第五節　『サフォーク公爵夫人』――メロドラマ的イングランド史劇

『サフォーク公爵夫人』は一六二四年頃創作され、ポールズグレイヴ伯一座によりフォーチュン座で上演された後、一六三一年に一度だけ出版されている。作者ドルーについては、何も判明していない。この作品は、時の祝典局長サー・ヘンリー・ハーバートにより一六二三／二四年一月二日に許可された記録が残されているが、実は、それに先立ってハーバートの手で多くの改変が行われており、その理由として、劇中の反カトリック主義をハーバートが危険視したためであろうと考えられている。物語の主人公は、サフォーク公爵チャールズ・ブランドンの未亡人キャサリン・ウィロビー。ボナー司教による迫害と、公爵夫人の困難と苦難と波瀾万丈の逃避行、そして結末での夫人の復活（地位回復）がプロットの中心となっているが、本劇の焦点である公爵夫人の痛ましい不幸を理解するためには、ある程度具体的な内容を記述する必要がある。

エピソード主体のドラマトゥルギー

〈第一幕〉公爵夫人と召使いたちが登場しているところに、ガードナーとボナーが連行されてくる。夫人はこの光景を喜び、ボナーを攻撃する（これが彼の復讐の動機となる）。

　　私の慈悲の心は、
お前の窮状に対してドアを閉ざしています。
いいですか、私の悲しみの涙はすべて乾きました、

お前の捕縛により真実が解放されるのを見、
安堵の甘い風に吹かれて。[12]
（一幕四八—五二行）

続いて、ポーランド王ファルツ伯やその他の貴族が夫人に求愛するが、彼女は喪に服して日が浅いという理由で拒絶する。しかし、夫人は召使いのバーティを夫として選び、貴族らにも承認される。場面が替わり、ガードナーとボナーがエドワード六世の病気について話し合っているところに、王の死とメアリー一世の即位、両司教の復職が伝えられる。さらにそこに、非カトリック教徒を一掃せよとの女王命令（エリザベスも例外ではないらしい）が与えられると、ボナーは部下に公爵夫人の屋敷を強制収用するよう指示する。

〈第二幕〉バーティは夫人の信仰のために、一足先に外国へ出かけるところである。夫人は夫との別離を悲しみながら、同時にエリザベスの苦境を思いやる。召使いが現れ財産と使用人が処分されたことを知らせると、彼女は今夜脱出する計画を彼に伝える。次に、プロテスタントのサンズ博士が役人に追われて登場するが、博士はたまたまその場にあったタイル工の道具を利用して、役人たちをまくことに成功する。そこに市民に変装した公爵夫人と召使いと乳母（夫人にはもう赤ん坊が生まれている）が登場し、ボナーの部下たちと目まぐるしい逃亡劇を演じることになり、三人はバーティが船を用意しているはずのエセックスへ向かうことにする。一方濡れ衣を着せられたタイル工たちは火刑を命じられるが、夫人のエセックス逃亡を聞いたボナーらの注意がそれたため、難を逃れる。

〈第三幕〉公爵夫人一行とサンズ博士は、エセックスの町の商人ゴスリングの家でかくまわれている。役人らが捜索に来るが、商人は夫人を自分の娘と偽って切り抜けようとする。だが、追っ手の中にかつて解雇した召使いフォックスの姿を認め夫人は観念するが、フォックスは見逃すだけでなく、ボナーを井戸に落とし夫人たちの船での逃亡を援助する。場面替わって、バーティが登場。彼のもとには夫人の航海に関してよからぬ情報が届けられるが、そこに夫人一行が現れ再会を喜び合う。しかし、捜査の手が回っているということで、夫婦は二手に分かれることにする。別離の悲しみの後、バーティ退場。その後四、五名の盗賊が夫人一行を襲い、召使いは重傷を負う。そこに運よくバーティが戻り、計略をめぐらせて盗賊たちを引き離し、夫人を陵辱しようとしていた男を倒し、逃げた乳母を捜しに行くと赤ん坊だけを発見する。だが、夫人の様子がおかしい。出産が近づいているのである。しかも雪と雨と雷。彼らは取りあえず教会の玄関に避難すると、エラスムスが登場し救いの手を差し伸べる。

〈第四幕〉夫人一行はペレセラという人物の家に滞在することになり、夫人はここで男児を出産する。バーティがこの不可思議に感動しているところに、捜索の手が迫っているとの知らせ。バーティは絶望するが、ペレセラは葬儀の列を装って逃げ出すことを提案する。バーティらは見事に検問を突破するが、本物の葬列が直後に通過したため、警備陣は欺かれたことに気づく。場面はイングランドに替わり、ガードナーとボナーがドイツからの吉報を待ちわびているところに、プロテスタントの聖職者たちが火あぶりのために連行されると、ボナーは無慈悲に刑の執行を申しつける。

この者たちは自己を正当化しようとする破門人どもだ、
引っ立てい、焚刑にしてしまえ。
……………………
えーい、つばを吐きかけても構わん。慈悲など無用だ。（四幕二六二―六三、二六七行）

場面は再びドイツ。バーティ一家がウィンダム城に向かう途中で、追っ手にとらえられる。隊長がバーティや夫人の名誉を毀損したため、バーティが隊長を打つと兵士らがバーティに襲いかかる。この危機を夫人は剣を手にして振り払う（夫人は今回の出産を経験して強くなっている）。市長と兵が新たな追っ手として現れると、バーティは市長が正当な法的手続きを取るとの条件で投降する。

〈第五幕〉市長が夫人とバーティを、ファルッ伯や貴族の前に連行。両者は互いを認識し驚く。そこにイングランドの追っ手が到着し夫人らを引き渡すよう要求するが、逆にファルッ伯に無断入国を非難される。ファルッ伯は、カトリックの圧力に屈しない証拠として、バーティを伯爵に、サンズ博士を宮廷付牧師に昇格させる。その時、イングランドからの使者が、夫人の追跡撤回命令を伝える。メアリー一世が死去し、エリザベス一世が即位したのである。夫人は神の御業に驚き、エリザベス一世の長命と不滅を祈る。夫人は新女王に忠誠をつくすために、イングランドに戻ることにする。場面はイングランドに替わり、ボナーは市民の罵声を浴びながら監獄へ向かうところ。助かりたい一心で、ボナーは信仰撤回さえ口にする。海軍大臣や廷臣らが夫人一行を出迎える。廷臣たちは彼女に女王による地位回復を伝え、またサンズ博士はヨーク大主教に任命される。夫人はここで投獄されているかつての恩人ゴスリングに気づき、解放の約束をした後で女王に面会に行く。

『サフォーク公爵夫人』を簡潔にまとめることは難しい。上記の記述は梗概にすぎないが、それでもこれだけの紙面をふさぐ。このことからもこの劇がいかにエピソード主体の伝記劇であり、その道具立てがセンティメンタルでメロドラマ的であるかが理解できよう。公爵夫人が宗教的迫害のもとにいくつもの間一髪の逃亡を繰り返す様は、例えば『サー・ジョン・オールドカスル・第一部』などと非常に似通っており、実際『サー・ジョン・オールドカスル・第一部』もロマンス的特質を色濃く有していた。また、この戯曲が一七世紀初頭のイングランド史劇と共通する項目は他にもあり、それはずばり材源がジョン・フォックスの『殉教者の書』だという点である。ただし、『殉教者の書』では公爵夫人の物語は二義的な扱いを受けており、劇作家はそれにサンズ博士の話（『殉教者の書』の別の部分に記載）を付加したという事実は、少し注意をしておいてよいかも知れない。

『サフォーク公爵夫人』におけるイングランド

『サフォーク公爵夫人』におけるイングランド表象に注目した場合、この作品が、フォックスに材源を仰ぎ、プロテスタントとカトリックの対峙と前者の最終的勝利を戯曲の骨格とし、神の恩寵とその体現者としてのエリザベス一世の栄光への称賛を趣旨としている点は、重要である。新旧両宗派の対立とプロテスタントの最終的勝利は、観客に新教国イングランドを改めて意識させ、エリザベス一世への言及は、やはりこの時期でも一定の愛国的感情を喚起したことであろう。『サフォーク公爵夫人』が採用した一七世紀初頭のドラマトゥルギーは、一六二〇年代の作品としては異色と言わなければならないが、もし本劇が遅れてきた伝記劇だとするならば、我々がさらに問うべきは、では何故ドルーはその古い劇作術をここで復活させたのか、ということである。次節の『チェス・ゲーム』論でも扱うことだが、一六二〇年代の中盤は、イングランドの外交政策がカトリックの方位へ大きく振れようとしていた時期であり、そのことが、一七世紀初頭同様、宗教政策に関する危機意識をイングランドの人民に抱かせる結果となり、それが劇の背景に存在したことは考えられうる。また、ハイネマンのように、より一層の時事性を読み込んで、メアリー一世の治世に追放となった公爵夫人の苦難と、ヨーロッパ大陸における三〇年戦争のあおりを受けて退位させられたボヘミア王妃（＝ジェイムズ一世の娘エリザベス）の困窮とを、重ね合わす試みも存在する。(13) さらにこの路線を継承すれば、劇中で言及されるエリザベス一世とボヘミア王妃を（『ヘンリー八世』のように）重ね合わせて、後者のよき未来を祈念する、といった読解も可能であろう。

しかし、『サフォーク公爵夫人』をどれほど政治的に読んだとしても、この劇の焦点が、公爵夫人の不幸とそれに対する観客の同情と共感であることに間違いはないであろう。そして、この種のドラマトゥルギーは、一七世紀初頭の同系列の演劇と何ら変わるところがないのである。こうしたある種の進歩のなさを、イングランド史劇の衰退に還元してしまってよいものかどうかは問題のあるところであるが、差し当たり我々としては、一六二〇年代イングランド史劇の劇作術の一つが、二〇年程度過去のものと同種であることを確認しておけばよいであろう。

第六節　『チェス・ゲーム』――イエズス会が主役の諷刺劇

国王一座がグローブ座で上演したこの作品は、反カトリック感情の爆発を背景に幅広い階級の人々が劇場に押し寄せ、九日間の連続公演で一〇〇〇―一五〇〇ポンド稼ぎ出したと言われている。[14] 先述のように、反響のすさまじさに驚いたジェイムズ一世の命により再演禁止となったが、（不思議なことに）上演の翌年一六二五年には問題なく出版されている。この劇をめぐる政治的危険性や検閲に関しては困難な問題が多く、例えば、上演に先立って台本自体は祝典局長から許可を与えられており、また、上演禁止令が出された後に劇作家や役者が投獄された訳でもなく、さらに一三日後には王は一座に上演再開の許可を与えてもいる。この一連の措置について、きびしいと見るかどうかは研究者の間でも意見が分かれているようであるが、仮にこれが寛大な処分だとして、ではその背後にはどのような勢力が関わっていたのか。あるいはそもそもこの戯曲の上演を可能にした支援はどこから来たのか。これらの疑問に対して、ハンターやハイネマンらは、ピューリタンの実力者、ペンブルック・コネクション、あるいはボヘミア王妃サークルなどの存在を示唆している。[15] スペイン、ローマ、イエズス会を否定的に描き、イングランド国教会やプロテスタント勢の（ゲーム上の）勝利を言祝ぐ構造であれば、おそらくはそうなのであろう。では、次にテクストに立ち入ってみよう。

黒白対峙のプロット

まずプロローグで、劇の最終ヴィジョンが、徳の敵の敗北であることが述べられた後（「そして最後に／徳の敵をチェックメートにする様をお見せしましょう」（プロローグ七―八行）、序幕が始まる。[16] ここでは、「過ち」を連れたイグナティウス・ロヨラが、イングランドのイエズス会勢力の弱小さを嘆くと同時に、この国における真実と善の存在を認める。

一度たりとも陵辱されたことのない真実と善の
目から放たれた光がここには溢れている。
確かにイエズス会士はここにはいなかった。（序幕九―一一行）

続いて、「過ち」が夢の中で見たイエズス会士の活躍するチェス・ゲームにロヨラも興味を示し、本劇が開始される（ロヨラはこの後登場しないし、劇中イングランドの国体そのものが前景化されることもない）。さて、チェスの形式を借りたこの戯曲のアクションそれ自体は、動きに乏しく平板である。筋を大まかに拾っておけば、白のクイーン（＝イングランド国教会）に仕える白のクイーンのポーン（＝敬虔と真の信仰を表象）の、黒のビショップのポーン（＝イエズス会のもたらす恐怖と嫌悪を表象）による魂の誘惑（＝イエズス会に入会させること）と、黒のキング（＝スペインのフェリペ四世）による白のクイーンの陵辱計画がまず存在する。もちろんこの計画は計画止まりに終わるが、白のクイーンのポーンへの陵辱未遂事件が起こり、それが暴露されるや、黒のビショップのポーンの上司、黒のビショップ（＝イエズス会首領）や黒のナイト（＝スペイン駐英大使、ゴンドマル伯爵サルミエント・ド・アクーニャ）は、アリバイを偽造して隠蔽に乗り出す。そしてこの偽証工作も、最後にはカトリックの悪の一環として暴かれる。

一方、劇の中盤からはでぶのビショップ（＝スパーラト大司教マルコ・アントニオ・ド・ドミニス）が登場する。

彼は本来カトリックの人間であったが、ホワイト・ハウスの方に寝返り、カトリックを激しく誹謗する。ところが、枢機卿にしてやるとの黒のナイトの陰謀にはまり、再度寝返るも最後は欺かれるという、野心に取りつかれた男の滑稽な悲劇（?）が展開される。また、同じく裏切りの筋として、黒のクイーンのポーン（＝黒のビショップのポーンのかつての愛人で娼婦）は、自分を捨てた黒のビショップのポーンに復讐すべく、彼が白のクイーンのポーンの処女を奪う状況を設定した上で、自分が黒のビショップのポーンと寝たりする（いわゆるベッド・トリック）。

ところで、この裏切りの筋で最も重要なものは、白のナイト（＝皇太子チャールズ）と白のデューク（＝バッキンガム公爵）によるブラック・ハウス全体に対する欺きであろう。彼らは黒のナイトの策略に落ちたと見せかけて、ブラック・ハウスに潜入し、ブラック・ハウスの最高の価値観である欺きや偽りを逆手に取ってチェックメートをかけ、黒のキング以下をとらえる。白のキング（＝ジェイムズ一世）は白のナイトの無事な帰還と功績を喜び、幕となる。

対スペイン外交のカリカチュア

『チェス・ゲーム』は、既述のように、一六二三―二四年の対スペイン外交を下敷きにした作品である、と一般には見なされている。このあたりの事情は、以下の通りである。三〇年戦争において領土を喪失したジェイムズ一世の娘婿ボヘミア王フリードリヒ五世を支援すべく、ジェイムズ一世はチャールズとスペイン王女との縁談を提案する。スペイン側は、イングランドにおけるカトリック政策の転換を合意の条件としていたが、チャールズとバッキンガム公は直接マドリッドに乗り込み、半年間交渉を行ったものの破談となった。[17] ところが、先の梗概からも分かる通り、この破談話は確かにドラマに取り込まれてはいるもののプロットの一部にすぎず、この点留意しておく必要がある。

『チェス・ゲーム』の材源の一部は、ピューリタンの聖職者トマス・スコット（議会派でしかも急進派）が一六二〇年に出版した『人民の声』を始めとする、同時代の著作物であるとされており、ミドルトンがこれに一六二三年の外交史を絡めて作劇したことは、間違いないであろう。実際劇中には、スペインの世界王国建設への言及が頻出するし、黒のナイトはイエズス会の諜報活動について語ったりもする。

世界王国の事業は現在のところ
うまく進行している。キリスト教諸国に
可能な限り張りめぐらせた諜報網からの
情報で、イエズス会の大なべは
いつも煮えたぎっているはずだ。　（一幕一場二四三—四七行）

もちろんこの世界王国への言及も、カトリックの悪を強調することが主眼で、あくまでも言及にのみとどまっている。また、劇の結構が、カトリックの悪の敗北とイングランド国教会の勝利、そして真の信仰の称揚であることも確かである。しかし、このようなカトリックへのこき下ろしとさえ呼びうるあからさまな攻撃と、イングランド国教会の勝利賛歌は、時事的話題性を最大限に活用した登場人物の当てこすりと相まって、同時代のイングランドの政局と自国イングランドの有りさまを、観客に痛烈に意識させたことであろう。さらに、前節『サフォーク公爵夫人』論においても指摘したように、一六二〇年代の中盤におけるイングランドの外交政策の方向転換が、宗教政策に関する危機意識をイングランドの人民に抱かせ、そのことも『チェス・ゲーム』の観客のイングランド意識に拍車をかけたと考えることができる。

ところで、諷刺劇としての本劇が最も前景化するものは、黒のナイトやでぶのビショップというこの劇の売りであるアレゴリーを抜け出た、ゴンドマルとドミニスの二人である。しかも、彼らはなるほどカトリックの人物なのだが、政体変革やクーデター、軍事的侵略、また魂の堕地獄や救済といった、政治的・神学的な大きな物語で動きを起こすことはほとんどない。ゴンドマルは、『チェス・ゲーム』の悪をほとんど一人で仕切っているような人物であるが、彼の描かれ方としては、良心をまったく問題にせず偽証や策略などの悪知恵にたけており、悪辣な手口で大金をため込むといった具合であり、また女子修道院の廃墟の池から六〇〇〇の幼児の頭蓋骨が発見された話題に言及するなど、セックスへの関心にも事欠かない[18]。その上彼の痔瘻に対する当てこすりも、スカトロジカルとまでは言えなくとも、かなり顕著である。他方、ドミニスに対する描出はもっと単純で、食事内容に不満を抱いたため別の宗派に鞍替えしたところ今度は昇進に不満を覚え、策略に乗せられて出戻ったものの欺かれるというものである。この二人は、当時のイングランドですでに十分諷刺の対象となっていた人物だということだが、注意すべきことは、これらが政治的諷刺というよりも、むしろもっと乾いた突き放したカリカチュアだという点である。

ミドルトンがこの作品を創作した時、イングランド史劇というジャンルを意識していた可能性は非常に小さいであろう。『チェス・ゲーム』は一見したところ、イングランド史劇として扱われうる『バビロンの娼婦』と似ていなくもないが、劇作家の歴史意識という点では大きな隔たりがある。この点に関して、ハンターは、『バビロンの娼婦』と比べて『チェス・ゲーム』の方は対象と距離を置いており、政治問題はウィットの戦いに変質し、神の側が勝ったとしてもそれはより怜悧であったから、と発言している。そしてさらに彼は、そこにフランシス・ベイコンやマキアヴェリの実利主義的な史観の存在を指摘している[19]。だが、そこにもう一歩踏み込めば、複数の陵辱計画や見習い修道女とカトリック僧の性交渉、その結果を隠蔽するために殺害され遺棄された数千の私生児の遺骸など、劇中に横溢する性的言説と排泄疾患関連への言及とは、実利史観さえ越えた、きわめて即物的なヴィジョンのにおいを漂わせている。これが一つの潮流となって、後続の演劇に影響を与えたかどうかは、後の劇作品を検証する必要があるが、先走って言えば、少なくとも歴史劇に関してはこの過激な即物性の影響は認め難い。やはりミドルトン的な気質があずかっている、と考えるべきであろう。

第七節　『ジョン王とマティルダ』——ジョン王の情欲をめぐるイングランド史劇

ヘンリエッタ王妃一座により室内劇場のコックピット座で上演。出版は一六五五年。推定創作年代には幅があり、一六二八—三四年とされているが、ハーベッジは一六三一年の項目に入れている。作者ダヴェンポートはイングランド史劇に関心を有していたようで、『ヘンリー一世』（一六二四年）や『ヘンリー二世』（一六二四年）を作劇した記録が残っている。この点に関しリブナーは、『ジョン王とマティルダ』の中には、シェイクスピアとりわけ『リチャード二世』の台詞の痕跡が数多く見られることを指摘し、またマティルダ誘拐の際の国王による仮面舞踏会の使用や、貴族側の首領フィッツウォーターの決め台詞（「私は質実なるロビンだ」（一幕三場一三一行他））がウッドストックのそれ（「私は常に質実なるトマスなのだ」（三幕二場二四一、四幕二場一五三行））と類似している点から、『トマス・オヴ・ウッドストック』をモデルとしたかのようである、と述べている。[20] だが、ダヴェンポートがこの作品に当たったという証拠はなく、『ジョン王とマティルダ』の唯一の材源は、チェトルとマンディによる『ハンティンドン伯ロバートの死』（一五九八年）だとされている。[21]

『ジョン王とマティルダ』は、広義のエリザベス朝演劇の中で「ジョン王もの」の最後を飾る作品であるが、それ以前の三作品と比べてかなり毛色が変わっている。具体的には、アーサーの扱いと対ローマ教皇観の問題なのであるが、『ジョン王とマティルダ』では前者はかろうじて言及があるのみであり、後者に関しても副次的な位置にとどまっている。確かに、ジョンはドラマ開始以前の段階で教皇と争っていたようであり、その関係を修復するためにパンダルフがイングランドを訪問する。ジョンは王冠と国土を一旦教皇に差し出し、大量の献金を約す文書に署名する。その引き替えにパンダルフは、王座・王冠・王国、教会への再加入、王としての権力と自由を授けるという具合である。だがこのアクション自体は、実は劇の焦点ではない。今回教皇によって改めて認定された王権は、本劇におけるジョンの唯一の関心事とも言うべきマティルダへの情欲をジョンが激しく追求する際に、一層の後ろ盾として機能する、ただそれだけのものである。献金文書への署名に反対したフィッツウォーターにしても、ローマ教会それ自体に反抗する訳ではないのである。

マグナカルタとの関わり

『ジョン王とマティルダ』には、もう一点顕著な事項が存在する――マグナカルタへの言及がそれである。リブナーによれば、『ジョン王とマティルダ』はマグナカルタに特に言及している唯一の現存劇である[22]。だが、この著名な歴史的事項にしても、やはり副次的なのである。この劇は開幕の時点から、国王側と貴族側とが対立し戦闘状態にある（ただあまり緊迫感を感じさせる作劇とはなっていない）。そしてその原因は、ジョンがマグナカルタを遵守せず貴族側の忠誠が裏切られ、損害を受けたためであることが知らされる。つまり、ジョンは暴君であり失政を重ねている訳なのだが、その失政が実は政治や宗教・外交といった純粋に政治的な次元での失政ではなく、もっぱらマティルダへの情欲が過剰だ、という意味で失政なのである。もちろん、情欲が原因で「政治的に」失敗した王の物語やドラマは数多く存在するが、この劇では、情欲が原因で何か失政が引き起こされるというよりも、情欲の過剰それ自体が問題とされているのである。マグナカルタに関することは、あくまでも両陣営の対立をドラマの背景として設定するための項目にすぎない。しかし、この貴族と国王のぶつかり合いを、一六三〇年前後の議会と国王の対立に重ね合わせて読解しようとする政治的な批評は当然ありうる。

ダヴェンポートを本劇の創作に向かわせた主要な要因の一つが、「マグナカルタ神話」の言説内で一般に了解されていた「権利請願」（一六二八年）の提出であったことは、ほぼ間違いないであろう。国王チャールズ一世に対する議会側の不満が、ジョンに対して反乱を企てる貴族たちに投影されていて、そのことはフィッツウォーターがマグナカルタに複数回言及していることからも明らかである。そしてこのような政治的補助線を引くことで、作品全体を解釈しようとする試みも存在する。[23] しかし、国王と貴族のマグナカルタをめぐる争いがドラマの前半第一幕・第二幕で出尽くしてしまうこと、ドラマの中盤から大団円にかけてアクションの中核をなすジョンとマティルダの攻防が、一六三〇年前後の政治・宗教情勢とはうまく照応しないことを見ても、この種の読みの有効性には疑問を付さざるをえない。ダヴェンポートがマグナカルタ言説を利用したことから、もし何らかのイングランド表象につながるものを見出すことができるとすれば、それは、イングランドが分裂や内乱の危機にひんしている、という意識を観客に抱かせる効果であったかも知れない。『ジョン王とマティルダ』において、それ以外に明確なイングランド表象と認定できるものは以下の二箇所にすぎない。

ああ、私のマティルダ、権力や策略で
この腕にもう一度お前を取り戻せるなら、
王国を一つかけさえしてもよい。（一幕四場四五―四七行）

まず私たちが受けた侮辱を順に取り上げよう。
そしてその側に民衆の不平を並べよう、

泣き叫ぶイングランドのうめきをだ。その泣きはらした頬は
自分たちの権利が日々損なわれるのを見て、
涙で汚れ硬くなっている。

（三幕四場一六―二〇行）

前者のジョンの台詞は、寵臣への愛と王国を等価交換しようとしたマーロウの『エドワード二世』の台詞と似ていなくもないが、エドワード二世の欲望の強烈さやそれによってあぶり出されるイングランド像の輪郭と比べた時、『ジョン王とマティルダ』のイングランド表象ははるかに矮小化されている。また後者の台詞は、貴族側の重鎮老ブルース卿によるイングランドの現状指摘である。ここに見られる困窮の描写そのものは、エリザベス朝のイングランド史劇においてなじみの内容であるが、この台詞の内容が、貴族側において十分な検討を経ることもなく直後のフランスへの援軍要請と安易に結びつけられるところに、『ジョン王とマティルダ』における、あるいはダヴェンポートにおける、おざなりな歴史解釈と作劇姿勢の問題が存在するのである。

歴史ロマンスのロマンス化

ところで、本劇の材源が『ハンティンドン伯ロバートの死』であることは先に述べたが、「歴史ロマンス」と一般に呼称される三〇年以上前の戯曲を素材とする『ジョン王とマティルダ』自体も、大半は非歴史的な民間伝説に取材している。例えば、ジョンが追い求めるマティルダはハンティントン伯と婚約していたらしいが、その伯爵もすでに死んでいるという設定からしてそうである。歴史と虚構を混淆して歴史劇を創作するという作劇方法自体は、エリザベス朝歴史劇では常套的手段であるが、それにしても『ジョン王とマティルダ』の場合その内実が相当に伝承的で、そのためにリブナーは、ダヴェンポートの主要な関心は「情念」の悲劇を書くことであり、本劇の第一の

教訓は女性の美徳を賛美することであると分析している[24]。

本劇が悲劇だとすると、では一体誰の悲劇なのか。この疑問に答えることなく、リブナーは以下のように続ける。『ジョン王とマティルダ』において顕著な点は、材源が伝説的ロマンスであるにもかかわらず、劇作家が演劇における歴史の伝統的使用を意識し、政治的目的のために歴史的背景を使用したと。リブナーは、情欲に圧倒された王によって引き起こされた内乱劇の例として、『ロクライン』や『エドワード三世』を引きながら、『ジョン王とマティルダ』のジョンは最後に情欲の害を認識し、そこから回復して教訓を述べ、貴族側もまたジョンを常に王として認識し、その転覆ではなく矯正をめざしている、と記述する[25]。

しかし、この分析は、『ジョン王とマティルダ』における構成要素をいわば点として拾い上げたものではあっても、アクションの展開とそれが生成する効果にはほとんど配慮がなされていない。先に、この劇の対立や戦闘描写には、何故か緊迫感がないと指摘した。それは具体的には、ある人物がいつの間にか敵の捕虜になっていたり、（これまたいつの間にか）敵味方の形勢が逆転していたり、またある人物の所在が観客に知らされることなく移動していたりという具合で、要するに、劇作家の展開力が非常におざなりでご都合主義的なのである。これは何もこうした周辺的な事柄に限らない。終幕のジョンによる情欲の害に対する認識も、いかにも取ってつけたように表面的で浅薄である。さらに、そのジョンと対峙していた貴族たちにしてもそう変わらない。形勢逆転を狙ってフランスより皇太子の軍勢を呼び寄せ、自分たちは日和見を決め込む。ジョンが優勢なら皇太子と合流し、ジョンが劣勢ならジョンを支援する。

ダヴェンポートがエリザベス朝のイングランド史劇に関心を寄せ、それを意識していたとしても、ここに呈示された王権や臣下の忠誠心またイングランドの描写は、前世紀のものとははるかに異質なものに変容してしまっている。ダヴェンポートの他のイングランド史劇が残存せず、また『ジョン王とマティルダ』と影響関係を有するような同時代の歴史劇が見出されていない以上、断定的なことは述べられないが、『ジョン王とマティルダ』本体に限って言えば、安直とも言いうるほどの歴史解釈によって、材源の歴史ロマンス劇を一層ロマンス化したことだけは確かであろう。

第八節 『パーキン・ウォーベック』――イングランド史劇復活の試み

最後に、『パーキン・ウォーベック』について考えてみよう。この作品は、一六三三年ヘンリエッタ王妃一座の手で初演されている。創作年代も一六三三年で、一六三四年に出版されている。周知のように、本劇はチャールズ朝最高の、そして事実上最後のイングランド史劇であり、従来より多くの批評家の関心を引いてきた。その内容をあえて要約すれば、劇作家や観客の共感や同化は、ヘンリー七世に対してなされるのかそれともウォーベックになされうるのか、ということになる。本章もこの点に留意しながら考察を進めるが、その前にまずプロットを確認しておこう。

『パーキン・ウォーベック』の二元的プロット

『パーキン・ウォーベック』の舞台はイングランドとスコットランドの二箇所であるが、説明の便宜上国家単位で通時的に記述する。まずイングランドでは、ヘンリー七世がヨーク家の亡霊に悩まされている。ウォーベックが王位を狙っているのである。続いて廷臣たちがクリフォードを陰謀加担の嫌疑で尋問し、宮内大臣サー・ウィリアム・スタンリーも密通者であることが判明する。このスタンリーはリチャード三世との戦い以来の腹心であったため、王は大いに動揺する。そこへコーンウォールで蜂起の知らせが到着。スタンリーの自白を受けて、王は処分に苦悩するが、結局スタンリーは死罪となる。ヘンリー七世は反乱軍を迎撃する準備を進め、またウォーベック・スコットランド連合軍に備えて北へも派兵する。コーンウォールの反乱軍は敗北し首謀者は死刑、それ以外の者は放免となる。次に、イングランドとスコットランドの間を取り持つために、スペイン王の特使ハイアラスが到着。

ここで舞台を切り替えると、スコットランドの宮廷をウォーベックが訪れている。国王ジェイムズ四世は、困窮しているウォーベックを支援してやることにする。また王の親族で顧問官ハントリーの娘キャサリンは、ウォーベックに魅せられる。王はこの二人を結婚させようとし、父親ハントリーの絶望的な抗議にも耳を貸さない。このあたりのウォーベックはまさに王者気取りで、自分が王位に就いた時には共同で統治を行おうと申し出たりする。ウォーベックとジェイムズ四世はイングランドに侵攻することにし彼らは敵の城を包囲するが、このあたりからジェイムズ四世はウォーベックの存在に疑いを持ち出す。ジェイムズ四世は形勢不利となったため撤退することにし、敵の司令官サリー伯と一騎打ちを行うため使者を送る。

サリー伯はこの申し出を権限外ということで退けるが、この機会を利用して和平交渉を行うことにする。一方、スコットランドに到着したハイアラスはジェイムズ四世に、フランス・スペイン・神聖ローマ帝国・イングランドの同盟が成立したこと、イングランドとスペイン間で婚姻がまとまったことを告げ、スコットランドも同盟に参加するよう誘いかける。さらにイングランドのダラム司教が、ヘンリー七世の娘とジェイムズ四世自身の結婚を提案すると、ジェイムズ四世もその気になりウォーベックを追放することにする。ウォーベックはジェイムズ四世が冷淡になり、計画も行き詰まったため激昂・狼狽するが、コーンウォール人が彼を待ち望んでいるとの連絡を受けて出発することにする。ウォーベックはジェイムズ四世に感謝しつつ妻を同道することを懇願し、王もそれを認めてやる。ウォーベックはコーンウォールで大いに歓迎され、市民らは彼を王と布告する。

他方、ヘンリー七世は貴族らにウォーベック軍を迎撃させる。ウォーベックは（裏切りに遭い）敗走、妻キャサリンもオックスフォード伯の手に落ちるが丁重に扱われる。ウォーベックは結局逮捕されヘンリー七世の前に連行され尋問されるが、毅然と気高くそして潔く王位要求の経緯を語り、部下に対する慈悲を願い出る。最終場では、異色の人物鷹匠のシムネルが、役人らと共にウォーベックと向かい合う。この男は以前ウォリック伯と僭称して反乱を企てたが、今は王の慈悲にあずかって鷹匠となっていて、この男がウォーベックに自分同様王の慈悲にすがるよう誘いかけるのである。ウォーベックは、しかし、自分は気高く死ぬつもりであるとはねつける。そこに、キャサリンと貴族たちが登場。周囲の者たちがウォーベックを非難する中で、彼女は結婚の神聖な契りを主張し、ウォーベックも二人の愛の王国を称え口づけでもって二人の結びつきの強さを確認し合う（このあたりはセンティメンタルで、『サー・トマス・ワイアット』の結末部を想起させる）。ウォーベックは部下たちに、勇気をもって死に臨み、歴史に名を残そうと呼びかける。

フォードの歴史（劇）観

フォードは、この『パーキン・ウォーベック』を作劇するに当たって、プロローグできわめて興味深い記述をしている。それは、フォードに、イングランド史劇というジャンルが衰亡してかなりの年月が経つ、という意識が存在していたことである。

この種のもの（＝イングランド史劇）に関心を寄せることは、
近年流行らなくなり、追随する者もいなくなったが、
賢明さや勤勉さにのみ好意の目を向けようとするよりも
時代の滑稽な愚行を復活させる方が

分別のあることなのである。(26)　　（プロローグ一―五行）

この点に関連してリブナーは、『パーキン・ウォーベック』の重要性とは、この時期の主要な劇作家がその衰えたジャンルを復活させようとしていて、かつ前時代の最良のものに匹敵する歴史劇が書かれたことである、と指摘している。(27) つまり、フォードはイングランド史劇というジャンルを明瞭に意識しながらイングランド史劇を作劇した訳であり、この種のメタジャンル意識をもって創作された重要なイングランド史劇は、この『パーキン・ウォーベック』が最初ではないかと思われる（もっとも何事であれメタ意識が発生するのは、当該の対象がある程度成熟して下降期に向かう場合に多く、その意味ではこのメタジャンル意識は、イングランド史劇の衰退を如実に示しているのかも知れない）。

では、フォードは、この自意識的なイングランド史劇という器に、どのような歴史観を盛り込もうとしていたのか。一般にはあまり知られていないようだが、フォードは悲劇だけを書いていた作家ではない。少なくとも彼には、一六二〇年頃から歴史への傾斜が見られる。例えば、一六二〇年に『不滅の名声の系譜』というパンフレットを出版し、そこで彼は独自の王権論を展開している。この小冊子は政治家としてまた国際平和の推進者としての有能な統治者を記述し、そのような国王の例としてジェイムズ一世に言及する。

ところで、『パーキン・ウォーベック』におけるフォードの歴史観を探る手がかりは、そのプロローグと材源に求めることができよう。まず前者においてフォードは、歴史記述を行う際の重要な二つの項目を提示している。

我々は場面をある一箇所に限ることはできない。
何故なら、王国を求めて相争う者たちの舞台として一国だけでは狭すぎるからだ。
また大勢の客の歓心を買うための無理矢理の
浮かれ騒ぎも不要である。観客の正当な期待がみたされるか
どうかは次の二つにかかっている。すなわち真実と政治である。

（プロローグ二一―二六行）

上記の引用における「真実」（Truth）と「政治」（State）がそれに当たるが、リブナーは「真実」を過去の忠実な再現、そして「政治」を重要な政治原理の提案と解釈している。そして、この「過去の忠実な再現」、すなわち過去から引き出される教訓ではなく、歴史的真実それ自体こそ重要であるとの姿勢は、ベン・ジョンソン的な歴史観であって、ここには一五九〇年代のものとは異なる歴史記述が存在するということになる[28]。次に材源の問題だが、筆頭に挙げられるべきものとしては、ベイコンの『ヘンリー七世の治世』（一六二二年）があり、それ以外にトマス・ゲインズフォードの『パーキン・ウォーベックの真の驚嘆すべき物語』（一六一八年）他が参照されている。ベイコンのこの著作は、ハンターも指摘するように、近代的歴史記述を採用したもので、マキアヴェリ的な「政治力学的史観」のイングランドにおける最も初期の例の一つである（ベイコンという接点で、本劇と『チェス・ゲーム』は多少つながるかも知れない[29]）。フォードは、（いくつかの改変を除けば）基本的には忠実にこの材源を利用している。だが、材源に忠実であるからと言って、材源の歴史観と戯曲のそれとが同一であるとは限らない。この点を次に検証してみよう。

三人の国王の表象

本劇には、（僭主をも含めれば）三人の王が登場する。そしてそのそれぞれが、政治的に色分けされ描写されてい

る。ジェイムズ四世は、キャサリンのウォーベックへの付与や敵将軍への一騎打ちの申し出にうかがわれるように、典型的な王権神授説の信奉者として呈示されている。しかしその彼も、ヨーロッパ諸国との同盟やイングランドとの政略結婚という形でポリティックスの方へと傾き、ウォーベックを捨てることになる。ヘンリー七世の特徴は、実利的で同時に（国王の資質とされた）寛容の精神を多少はあわせ持つということになろう。彼は新しい王朝を創設した初代の王として、その基盤のとりわけ国庫面の整備に余念がない、実際的な人物として描出されている。重税故の反乱を鎮めた後も、課税の手を緩めることはない。敵と通じた大臣や謀反の首謀者は当然のように死罪となり、国家に功績・武功のあった者には褒美を取らせる――信賞必罰が彼の政策方針であり、このあたりがベイコン的、ジョンソン的と称される所以であろう。だがその一方で、ヘンリー七世は謀反の首謀者以外は無罪放免とし、大臣の処分に関しては（表面上？）慈悲への揺れを見せ、実績を上げた臣下への昇進の配慮を忘れない。

これに対してウォーベックは、ヨーク家への王位返還を要求する者としては血統的裏づけが乏しい。劇中彼を王侯たらしめているものは、彼の高貴な振る舞いや言動といった、ウォーベックのパフォーマンスに基づくものばかりである。(30) ウォーベックのこの側面を評価したジェイムズ四世もポリティックスへと向かい、そのウォーベックは王位奪還の夢破れて没落し、そして最後にはヘンリー七世の大義が勝利する。

実際、『パーキン・ウォーベック』を国家表象の視座から考えた場合、スコットランドやコーンウォールといった周辺地域との抗争を通してイングランドが輪郭化され、さらに国際的にはヨーロッパ近隣諸国と同盟や縁戚関係を結ぶことで、その輪郭化が一層鮮明にされる。その一方で、ヘンリー七世は国内では国家財政の基盤を固め、顧問団を活用して政治を運営し、権力を適宜配分して正義を執行する。このような政治運営と権力執行を通してヘンリー七世の王権は構築され、その王権がイングランドを体現するよう表象されてゆく。

『パーキン・ウォーベック』における最終的政治ヴィジョンを考える時、ドラマの展開から抽出される要素を検討する限り、実利的歴史解釈に帰着すると考えてよいであろう。しかし他方、ウォーベックを中心とするアクションの展開とそれがもたらす観客への同化効果を考える時、話は別となる。『パーキン・ウォーベック』の難しさと魅力は、実はここにある。先に、この劇に対する関心は、ヘンリー七世とウォーベックとに二分されると述べた。リブナーを始めとする批評史の大半はヘンリー七世の側に立つものであるが、『パーキン・ウォーベック』論でなら必ず引用されるジョウナス・A・バリッシュは、むしろウォーベックの外見の気高さが放つまさにその輝きを称賛し、近年ではハンターが効率優先の王権と詩的な王侯の威厳を対比させた『リチャード二世』を引きながら、ウォーベックは歴史上の敗北者だが演劇上のヒーローだと発言している。[31] ことこれほどに、ウォーベックの語る台詞の力は（この期のイングランド史劇としては）圧倒的に魅力的なのである。

では、仮にフォードの歴史観がベイコン的なものであったとして、彼の歴史意識——ヘンリー七世の治世を一六三〇年前後の同時代に再現する意味——は、どのあたりに存在したのであろうか。この点について、リブナーにはめずらしいことだが、次のような政治的解釈を与えている。ジェイムズ四世もヘンリー七世もチャールズ一世にとっては共に祖先に当たるが、この二つの王権の相違を呈示することによって、王権神授説を乱用していたチャールズ一世に隠微な形で疑問を突きつけること、つまり善き王を構成するものは何かという問題であると。[32] その可能性は存在するであろう。だが、論証の問題や演劇が及ぼしえた影響力の過大視の傾向、また肝心のウォーベックがこの解釈では処理しきれないなど、疑問点も多々残る。

確かに、混迷を増しつつある時局の中にあって、フォードが指向したものは、理想的な王のあり方、善き王とは何かという古典古代以来の、と同時にきわめて現実的・実際的な課題であったことは、十分に考えられることである。イングランド史劇というジャンルに対する自意識的な参照性や、歴史や王権といったものに対する劇作家の傾倒が、それをある程度証してくれるだろう。しかし、『パーキン・ウォーベック』全体を覆う、どことなくよどんだ活力のなさは、どう理解すればよいのか。それも、新生テューダー朝の初代国王が登場している戯曲であるというのに。チャールズ一世の治世になにがしかの望みをかけて、ヘンリー七世を造型したのであれば、ドラマの展開に多少なりとも展望のよさがあってしかるべきではないのであろうか。だがここには、同類の功利主義者ボリングブルックが有していたような、活力のあるエネルギーのかけらさえ感じ取ることは難しい。『パーキン・ウォーベック』をめぐる問題の一つがここにある。

やはりここは、ウォーベックの表象のあり方を検討するしか手はなかろう。ウォーベックには、彼を正統な王たらしめる領土も血統も財力も人員も何もかもない。彼を劇中王侯たらしめているものは、雄弁であり王者の言葉であり、気高く高貴な振る舞いだけなのである。そして繰り返しになるが、その質は十分に高い。まさに最盛期の、シェイクスピア悲劇もしくはイングランド史劇を連想させる、詩的昂揚感を有する響きなのである。しかしここでぜひ留意しておきたいことは、匹敵はするものの凌駕するものではないということ、また変容させたものでもないことであり、実際のところ一五九〇年代盛期のイングランド史劇の台詞を模倣再現したものだということであろう。ならばこれは一体何を意味するのであろうか。ジャンルに対する自己参照性、ポリティックスへと傾斜した歴史観、そして同時代に対する政治意識――イングランド史劇再興のための道具立ては完璧である。だが、そこに出来上がった戯曲には、来たるべき時代に対する展望は乏しく、ただ格調は高く印象的だが、既視感を抱かせるようなノスタルジックな台詞が響いているのみ。ここに、フォード的と言われる悲劇の劇作術――自己を取り巻く社会状況の中でおのれの信念や主義に殉じ、死へと突き進むことによって生のあえぎを解消し、死を希求する態度――を見ることもあながち間違いではないであろう。しかし同時に、劇作家がイングランド史劇という時代遅れになった器の容量を最初から正確に見抜いていた、あるいは彼自身が置かれていた演劇的環境の中で見切りをつけていた、と考えることも可能であろう。フォードの意図を推し量ることは難しい。だが結果的には、彼がイングランド史劇という器を使って、何かを成し遂げることはなかった。イングランド史劇という「かたち」を、今一度意識し確認しておくこと――フォードのイングランド史劇史における功績とは、実はこのあたりにあるのかも知れない。

＊　＊　＊

最後に、本章における国家表象の特徴をまとめておこう。『マーリンの誕生』は、アーサー王伝説とイングランドの建国神話を曖昧さを抱えながらも接続することで、イングランドの歴史を言祝ぐロマンス風歴史劇の結構を有しているが、同時に王国の消滅や英雄の死を語ることで、ドラマの結末は開かれたものとなっている。一方、『ヘンリー八世』では、ヘンリー八世が国家権力を体現する構成となっており、またその国王が絶対的権力者として表象されているため、イングランドは結果的に不滅のプロテスタント国家としての位置づけを付与されることになる。そして大団円における、クランマーによる、エリザベス一世（と王女エリザベス）ならびにジェイムズ一世に対する愛国的言祝ぎが、この流れに接続される。

『サフォーク公爵夫人』が、プロテスタントとカトリックの対峙および前者の最終的勝利を骨格とし、神の恩寵とその体現者としてのエリザベス一世の栄光への称賛を趣旨としている点は、重要である。新旧両宗派の対立とプロテスタントの最終的勝利は、観客に新教国イングランドを改めて意識化させるからである。『チェス・ゲーム』は、プロテスタント的価値観を過激に主張し、時局に乗ったため爆発的人気を博したが、そのことを通して同時代のイングランドの政局と自国イングランドの有りさまを、観客に痛烈に意識させたことであろう。『ジョン王とマティルダ』には明瞭な国家表象を見出すことはできないが、マグナカルタへの言及が、国家に対する危機意識を観客に抱かせた可能性は存在する。『パーキン・ウォーベック』の場合、国家表象という見地に立てば、ヘンリー七世の描写にのみそれを求めることができる。周辺地域との抗争や国際的関係を結ぶことでイングランドの輪郭が鮮明にされ、その一方で、ヘンリー七世の政治運営と権力執行を通して彼の王権は構築され、その王権がイングランドを体現するよう表象されてゆく。

（1）『マーリンの誕生』の創作時期を、正確に断定することは困難な問題である。ハーベッジは、一六〇八年の項目にこの戯曲を配当しつつも、同時に一五九七年から一六二一年までを創作の可能性のある時期としている。また、ミドルトンの『ケントの王ヘンギストあるいはクイーンバラの首長』との内容上の関連から、ジェイムズ朝後期を作劇時期と考える研究も存在する。

（2）シェイクスピアの『シンベリーン』（一六〇九年）を歴史劇と考えるか否かには、微妙な問題が関与する。G・ウィルソン・ナイトが『シンベリーン』の歴史的要素に注目（『生の王冠』（一九四八年））して以来現在に至るまで、『シンベリーン』は、大まかに分類すれば、（一）作品創作時の時事に関連する言説面からの分析、（二）シェイクスピアが取材したブリテン史の意味の検証、の二つの側面を中心に歴史劇として断続的に研究されてきている。とりわけ近年の『シンベリーン』研究では、愛国主義や帝国的言説を前面に打ち出した見解が優勢を占めるような印象を受けるが、本劇を一読すれば容易に判明するように、劇中に上記の見解を支持するような明示的要素は意外にも寡少である。

したがって、個々の戯曲に描出された国家表象を中心にドラマの分析を試みる本書の視座からは、『シンベリーン』に関して記述すべきことはあまりない。ただ、シンベリーン王がローマに勝利を収め、新たに後継者を獲得して新生ブリテンの統治を開始する時期が、キリスト生誕の時期であり、また初代皇帝アウグストゥスのもとでローマ帝国が黄金期を迎える時期と重ね合わされ、さらにイングランドとスコットランドの統合のヴィジョンを抱くジェイムズ一世の「ブリテン志向」が『シンベリーン』の中に読み込まれる時、『シンベリーン』という作品は、歴史劇における歴史編纂の面から興味あるドラマとして浮上してくる。シェイクスピアの時代には、イングランドの起源を基礎づける古典がなく、そのような古典を持たない時代における（ローマ支配に先行する）シェイクスピアのブリテン史探求は、イングランドの国家としてのアイデンティティを確立する一つの試みであった――このような解釈が、近年の批評において『シンベリーン』を歴史編纂的な立場から読む要因となっているのである。

（3）シェイクスピアの共作が取りざたされるのは、一六六二年に出版された初版本のタイトル・ページに、シェイクスピアとローリーの名が併記されているためであるが、シェイクスピアの筆を認定する研究者は少ない。

（4）『マーリンの誕生』の制作に当たっては、アーサー王伝説に関連する多くの先行作品が影響していると考えられるが、ジェフリー・オヴ・モンマス、『ブリタニア列王史』（一一三五―三七年頃）とラヤモン、『ブルート』（一三世紀初頭）の二書がとりわけ重要であろう。

（5）『マーリンの誕生』からの引用および幕場割りは、Tucker Brooke, ed., *The Shakespeare Apocrypha* に拠る。

（6）ただし、このプロセスはドラマ内において実際に呈示される訳ではなく、マーリン自身の発言と、それを裏書きするような形で述べられるユーサーの台詞（「たとえわが竜が眠るとしても、我とわがうるわしの王国を／マーリンが守護してくれるとの確固たる希望がある」（五幕二場三九―四〇行））で確認できるにすぎない。

（7）ロチェスター司教の破滅の原因が、王位継承者法の拒絶であったことに間違いはないが、モアの場合、正確には、ヘンリー八世の離婚問題が直接の原因であり、王位継承者法の拒絶は彼を失墜させる第二波の打撃であった。しかし、本劇では、そのあたりの事情を省略して、ロチェスター司教とモアの没落を同時的に描出している。

（8）四幕四場七八―七九行（オリジナルテクストにおける行数表示）。第四幕第四場は、オリジナルと改訂版との二種類が存在するため、どちらを採用するかは編者の判断による。ちなみに、本書で使用したレヴェルズ版はオリジナルを用いている。

（9）Frank Kermode, "What is Shakespeare's *Henry VIII* about?," *Shakespeare: The Histories*, ed. Eugene M. Waith（Englewood Cliffs, NJ: Prentice Hall, 1965）168–79.

（10）王妃キャサリンに関しては、この記述が比喩的な表現であることは言うまでもない。しかし、『ヘンリー八世』の離婚問題では、婚姻解消の理由が意図的に曖昧な形で処理された上に、最終的には、この婚姻が「法的無効」（「以前の結婚は無効とされた」（四幕一場三三行））として決着が計られている点に注目しておきたい。つまりキャサリンの事例でも、国法違反ということになるのである。

（11）これら以外に、この時期には、エリザベス・ケアリー、『エドワード二世の生涯、統治および死の物語』（一六二七年頃）というイングランド史に取材した興味深い作品が存在する。周知のように、ケアリーは、イングランド人女性による（現存の）最初の戯曲『マリアムの悲劇』（一六〇四年）の作者であると同時に、女性として初めてイングランド史の記述を行った人物でもある。『エドワード二世の生涯、統治および死の物語』は、散文と韻文による歴史記述と、二二箇所に及ぶ長台詞の混淆からなる、特殊な構成を特徴としている（Diane Purkiss, ed., *Renaissance Women: The Plays of Elizabeth Cary / The Poems of Aemilia Lanyer*（London: William Pickering, 1994）で集計すれば、全一四六頁中、台詞部分の合計は約二四頁となり、全体の一六パーセント強を占めることになる）。この作品を歴史書と判断するか、歴史物語（詩）と位置づけるかは難しい問題であるが、少なくとも上演戯曲と見なすことはできない。しかし、マーロウが取材したエドワード二世の治世を再び取り上げていること、作品の重要なモメントが台詞の形で表現されていること、そして何よりも、チャールズ一世の治世初期の政治言説がさまざまな国家表象をともなって作品の中に投影されていることから、ここで言及するに値するものと考えられる。

　この作品の物語そのものは、王妃やスペンサーといった主要人物への重心の置き方に大きな相違があるとはいえ、マーロウの先行戯曲と基本的には変わらない。ケアリーのイングランド表象の特徴は、エドワード二世が寵臣らと政治権力を恣意的に振るっている時には、国王が国家権力と同一視される一方、貴族や民衆の反乱によって国王の勢力が弱体化し、統率力が衰えて指揮系統が混乱する時、イングランドが悲嘆の対象として客体化されることであろう。とりわけ、後者のイングランド表象には、一六二八年の「権利請願」の成立を前にしたバッキンガム公爵を中心とした政局の混迷と、ケアリー自身のカトリックへの改宗にともなうさまざまな試練が重ね合わされていると考えられる。

（12）『サフォーク公爵夫人』からの引用は、*English Verse Drama Full-Text Database* に拠る。

（13）Heinemann, "Political Drama," *The Cambridge Companion to English Renaissance Drama* 200.

（14）Hunter 490. ただし、この収益は当時の興行収入から見た時、相当の巨額でいささか信じ難い。いくら召使いから貴族まで、また新旧宗派を問わず観客が押し寄せたとしても、実際の利益はこれほどのものではなかったであろう。

（15）Heinemann 203; Hunter 491.

（16）『チェス・ゲーム』からの引用はすべて、Thomas Middleton, *A Game at Chess*, ed. T. H. Howard-Hill（Manchester: Manchester UP, 1993）に拠る。各登場人物が指示する歴史上の人物や事項も、この版の脚注を参照した。

（17）Simon Adams, "Spain or the Netherlands? The Dilemmas of Early Stuart Foreign Policy," *Before the English Civil War: Essays on Early Stuart Politics and Government*, ed. Howard Tomlinson（London: Macmillan, 1983）79–101.

（18）Jerzy Limon, *Dangerous Matter: English Drama and Politics in 1623/24*（Cambridge: Cambridge UP, 1986）114.

（19） Hunter 491–92.

（20）『ジョン王とマティルダ』からの引用はすべて、Joyce O. Davis, ed., *Robert Davenport's* King John and Matilda: *A Critical Edition*（New York: Garland, 1980）に拠る。

（21） Ribner 294.

（22） Ribner 295.

（23） 例えば、Albert H. Tricomi, *Anticourt Drama in England, 1603–1642*（Charlottesville, VA: UP of Virginia, 1989）参照。

（24） 確かに、マティルダの純潔と美徳は際だっているし、ジョンの王妃イザベル（前半では嫉妬心からマティルダに乱暴を働く場面もあるが）にしても、また命や食料と引き替えに操を要求されながら、それを断固として拒み餓死してゆくブルース夫人（貴族側の幹部の妻でジョンの捕虜）など、この劇における女性人物は例外なく気高い。それに対して、男性人物はたいてい欠点を付与されているようである。ジョンの情欲、マティルダを毒手袋で暗殺し、ブルース夫人を非人間的に餓死させるジョンの部下のブランド、そしてあろうことか、マティルダの父フィッツウォーターにしてから、マティルダを后にするとのジョンの言葉に権力欲をかき立てられてか、娘にジョンとの結婚を提案してしまう。

（25） Ribner 294–96.

（26）『パーキン・ウォーベック』からの引用はすべて、John Ford, *The Chronicle History of Perkin Warbeck: A Strange Truth*, ed. Peter Ure（Manchester: Manchester UP, 1968）に拠る。

（27） Ribner 298.

（28） Ribner 299. ただし、後述するように、ベイコンやジョンソンの歴史観が過去の正確な再現であったとしても、そのことによって劇作家が時局に関わった場合、それはもはや単なる再現ではなくなり、過去を題材として現在を映し出す劇作術に変わってしまう。

（29） Hunter 271.

（30） パーキン・ウォーベックは、元々フランドル市民の子（一四七四年頃生まれ）であったが、一四九一年にブルターニュ商人の供をしてアイルランドのコークを訪れた際、第八代キルデア伯ら旧ヨーク派の目に留まり、彼らの擁立を受けてヨーク公爵リチャードと詐称させられた。一四九二年には、フランス王シャルル八世に招かれてフランスに渡り、そこでヨーク公爵リチャードの叔母であるバーガンディ公妃マーガレット・オヴ・ヨークから甥と認められ、また一四九四年には、神聖ローマ皇帝マクシミリアン一世からイングランド王と認定された。一四九五年、ジェイムズ四世に迎えられ、翌年同王とイングランド侵攻を図ったが失敗。一四九七年には、コーンウォールに上陸し、リチャード四世を名乗って王位を要求した。エクセターまでは進撃したが、支持者が集まらず国王軍に敗北・投降。一四九九年に処刑されている。

『パーキン・ウォーベック』は、上記の記述からも判明するように、彼の生涯の最終期を劇化したものである。ウォーベックという人物は、確かにヨーク家の血筋とはまったく無縁な存在であり、この点は劇中でヘンリー七世やその廷臣たちが指摘する通りである。しかし、フランス王の招待や神聖ローマ皇帝の認定といったウォーベックの権威づけは、ドラマの中では省略もしくはかすかな言及にとどまっており、それに反比例するかのように、彼の言動面での高貴さが強調されていることを考慮に入れれば、ここにフォードの作劇上の意図を読み取るのは、自然なことであろう。

（31）Jonas A. Barish, "*Perkin Warbeck* as Anti-History," *Essays in Criticism* 20（1970）: 151–71; Hunter 272.

（32）Ribner 300.

結章

本書では、一六世紀初頭から一七世紀劇場閉鎖期に至る広義のエリザベス朝演劇における、イングランド史劇を中心とした歴史劇を対象に、個別のイングランド史劇に描き込まれた国家表象（イングランド表象）の有りようを、時系列に沿って記述した。ここで論を閉じるに当たって、各章で取り上げた戯曲を確認し、各章毎のイングランド表象の特徴を要約しておく。

第一章「歴史劇の祖型あるいは黎明期の歴史劇――一六世紀初期・中期のインタールードとイングランド表象――」では、『寛仁』（一五一五年）、『騎士アルビオン』（一五三七年）、『三階級の諷刺』（一五四〇年）、『ジョン王』（一五三八年）、『国家』（一五五三年）の五つのインタールードと『ゴーボダック』（一五六二年）を取り上げた。インタールードや黎明期の歴史劇は、イングランド表象の視点から見た場合、統治者である国王を中心とした国家のヴィジョンのもとに、作劇が行われていたということを明らかにした。戯曲作者の置かれていた政治的位置――作者が廷臣や議員といった支配層そのものであったり、有力者と政治的・宗教的に近い場所での活動――が、その最大の要因と考えられる。

この時期のインタールードにおいては、イングランドは、国王の政治権力や政治的身体と同一視される方向性を有する場合（『寛仁』）と、権力によって迫害搾取され哀れまれるべき対象とされる場合（『騎士アルビオン』、『ジョン王』、『国家』）とに二分されるが、『ゴーボダック』に至って祖国愛を捧げる対象としての新たな相が出現する。

第二章「セネカ流歴史劇と英雄劇的イングランド史劇」では、セネカ流歴史劇として『リカルドゥス・テルティウス』（一五八〇年）、『リチャード三世の真の悲劇』（一五九一年）、『リチャード三世』（一五九三年）、『アーサーの悲運』（一五八八年）、『ロクライン』（一五九一年）の五作品を、英雄劇的イングランド史劇として『ヘンリー五世の名高き勝利』（一五八六年）と『エドワード三世』（一五九二―九三年）を取り上げた。

本章前半で扱ったリチャード三世劇（『リカルドゥス・テルティウス』、『リチャード三世の真の悲劇』、『リチャード三世』）では、その創作年代順にイングランドへの言及が減少してゆくのが特徴であり、それに反比例して主人公の内面性・主体性が掘り下げられてゆくことを見た。また、『リカルドゥス・テルティウス』では、父権的な「祖国」（patria）と母系的な「母国」（natale solum）の使い分けがなされ、そのことで国家を野心の対象として客体化させたり、母国との一体化をかもし出そうとする台詞操作が行われている。『アーサーの悲運』と『ロクライン』とでは、作劇時の対カトリック関係を踏まえた政治的な意味を見出すことが可能であり、特に『アーサーの悲運』では、為政者に対する真摯なメッセージが呈示されていることを確認した。さらに両作品には、部分的ではあるが、臣民へのまなざしを確認することができ、統治者と民衆双方を取り込んだ国家像の兆しを感じ取ることができる。

本章後半で論じた『ヘンリー五世の名高き勝利』と『エドワード三世』は、イングランド史を代表する英雄王（エドワード三世とヘンリー五世）を主人公とした戯曲であるため、イングランドを背負って立ちイングランドと一体化する国王の振る舞いと、それが喚起する愛国心とが、最も重要な項目である。しかし同時に、これらの戯曲は、英雄王の活躍の陰で犠牲になる人民の姿も露呈し、こうした権力が本質的に内在させる両義性も描き込まれている点を指摘した。

第三章「王権と教皇権とイングランド――『ジョン王の乱世』と『ジョン王』――」では、『ジョン王の乱世』（一五八八年）と『ジョン王』（一五九六年）を取り上げた。『ジョン王の乱世』においては、正統な王位継承権を保持するジョンがドラマの中心人物として機能し、ジョンの王権がすなわちイングランドという国家を体現するよう設定されている。スペイン無敵艦隊来襲時のイデオロギーを色濃く反映している本劇にあっては、教皇の権力も外国の軍勢も、すべてイングランドを侵犯する外敵としての意味を付与されていることを見た。これに対して、『ジョン王』では、ジョンはドラマ冒頭から簒奪王としての位置づけとなっているため、イングランドの王権およびイングランド国家そのものは、教皇（代理）と英仏両王三者の間で争奪される対象として宙吊り状態に置かれ、中心に空白を抱えたままドラマは進行する。最終的には、イングランドは虐げられた犠牲者として、愛国心を呼び起こす存在として表象されていることを明らかにした。

第四章「弱き王たちの王国――『ヘンリー六世』と『エドワード二世』におけるイングランド――」では、『ヘンリー六世』三部作（一五九一―九二年）および『エドワード二世』（一五九二年）を分析した。『ヘンリー六世・第一部』は、トールボットが象徴するイングランドの名誉と栄光が、あるいは名声と栄誉を誇っていたイングランドが、おのれの権力闘争によって自己崩壊をきたす様相を描き出す。この状況は、ケイドの反乱とヨーク公のクーデターという巨大な政治的争乱により一層混迷を深める『ヘンリー六世・第二部』のイングランドへと引き継がれるが、『ヘンリー六世・第三部』においては、シェイクスピアが、リッチモンドの登場を触媒として、観客の愛国意識とその意識がドラマに与えうるイングランドという枠組みとの活性化を図っていることを確認した。一方『エドワード二世』では、そもそも王国を治めること自体がエドワード二世のまったくの関心外であり、国王としての責務――国家と臣民への統治者としての意識――は、この国王からは完全に欠落してしまっている。またマーロウの過激な劇作術がこの作品の歴史的な内実や実体を相当に奪っており、マーロウが表象しようと試みたイングランドが、触知しうる形で、あるいは観客の想像力の中で実感をともなう形で、浮き彫りにはされてこないことを指摘した。

第五章「一五九〇年代前半期における民衆暴動表象の展開——反乱暴動劇を中心に——」では、『ヘンリー六世・第二部』(一五九一年)、『ジャック・ストロー』(一五九一年)、『サー・トマス・モア』(一五九二—九三年)、『トマス・オヴ・ウッドストック』(一五九二年)、『エドワード二世』、『エドワード四世』(一五九九年)の六作品を分析した。反乱暴動劇では、概して王権と民衆暴動との対峙が前景化されるため、王権によって表象されるイングランドか、あるいは圧政や失政による被害者としてのイングランドとそれが喚起する愛国心か、という形態を取ることが多い。だが、アクションが暴動そのものを中心に展開する時、イングランドの姿が見えにくい場合も存在する。

ここでは、『ジャック・ストロー』、『サー・トマス・モア』ならびに『トマス・オヴ・ウッドストック』のイングランド表象をまとめておく。『ジャック・ストロー』では、反乱軍と体制側との対峙という劇構造がそのまま国家表象に反映されており、反乱軍が形象するイングランドは、迫害された悲哀の対象として客体化されている点に特色がある。その一方で、体制側のイングランドは、中心としての国王にすべてのものが求心的に志向する構造となっていることを確認した。同時代の外国人排斥運動に取材した『サー・トマス・モア』では、ロンドン市民たちが外国人を敵対視する過程で、彼らは(そして観客たちもが)、否が応でも自分たちがイングランド人であることを意識させられる結構となっていることを指摘した。『トマス・オヴ・ウッドストック』のイングランド表象は多様であるが、主人公ウッドストックを中心とした大貴族らによる外国風ファッションの排撃と、圧政のもとで破滅させられたイングランドへの哀悼とが、イングランドへの意識を喚起する点でとりわけ顕著であることを見た。

第六章「一五九〇年代前半期のその他の歴史劇——『エドワード一世』と『エドマンド剛勇王あるいは戦が皆を友人とす』——」では、『エドワード一世』(一五九一年)と『エドマンド剛勇王』(一五九〇年)を分析した。『エドワード一世』においては、冒頭部で高らかにイングランドの栄光が称賛され、愛国的なトーンが設定される。しかし、イングランドが武力で併合し撃退したウェールズとスコットランドは、それぞれ独自の民族意識と国家独立主義を主張し、イングランドへの抵抗を試みる。また、王妃を通して描写されるスペインの影響力が、王権内部の切り崩しを行う。『エドワード一世』は、隣接国家とのこうした複雑なせめぎ合いを描くイングランド史劇であることを明らかにした。他方、『エドマンド剛勇王』では、イングランド人とデーン人との人物配置と道徳的評価が明瞭な対称性を持たせて描写されており、さらに外国軍の残忍さの強調とデーン人へのカトリック性の付与によって、イングランドへの肩入れが戯曲の意味として提示されている。しかし、大団円における共同統治の提案が、このドラマの結末を開かれたものにしていることを指摘した。

第七章「シェイクスピアの第二・四部作――近代的国家表象を求めて――」では、『リチャード二世』（一五九五年）、『ヘンリー四世』二部作（一五九七年）および『ヘンリー五世』（一五九九年）の第二・四部作を取り上げ、各戯曲のイングランド表象と、国家像をめぐるパラダイム・シフトの問題を検証した。『リチャード二世』（特にその後半部）は、国家と一体化された中世的な王の身体の二重性の神話が瓦解する過程を、描き出すことを見た。だが、そのリチャード二世に取って替わったボリングブルックの政治体制に明確な近代性を認識することは、この段階ではまだ難しい。また、この神話を解体したヘンリー四世ならびにハルが主人公を務める『ヘンリー四世』二部作も、近代的なるものを「明瞭に」呈示するテクストではないことを確認した。ただ、旧世代の後退に加えて、中世的・封建的価値観の敗北が描き込まれ、そうした前近代的なものが消え去ってゆく描写によって、本二部作が近代的なるものを浮かび上がらせるドラマであると言うことは可能であり、それらを通して我々は近代的なるものの表象をうかがうことができると考えられる。そしてその視点に立てば、『リチャード二世』から『ヘンリー四世』さらには『ヘンリー五世』へと向けて、中世的なパラダイムが近代的な認識の枠組みへと移行しつつあると考えてよい。

しかし、近代的な、均質な「国民」を生み出すための（あるいは「国民」を均質にするための）イデオロギー装置としての「国民国家」という視点から見た場合、その幻想性を抱かせるには、『ヘンリー四世』のテクストにはあまりにも多くの雑多なノイズが存在し、このあたりにこの二部作の“nation”表象の限界があると言えよう。第二・四部作を完結させる『ヘンリー五世』における国家表象も同様に、近代的な国家表象の幻想の絶えざる生成と解体の拮抗が描かれ、英雄的イングランド像を懸命に築き上げようとする愛国的な言説と、その矛盾を突きつけることでそれらを無効化してしまう言説とが激しくせめぎ合っていて、その対抗関係の中から愛国的なイングランド像の呈示が試みられていることを明らかにした。

第八章「ロマンス化するイングランド史劇――『サー・ジョン・オールドカスル・第一部』と『エドワード四世』――」では、『サー・ジョン・オールドカスル・第一部』（一五九九年）と『エドワード四世』二部作（一五九九年）を取り上げた。『サー・ジョン・オールドカスル・第一部』には、伝記劇という性質上、王権の行使によって喚起されるイングランド表象や、対外戦争などを通じて輪郭化されるイングランドの姿は、ほとんど存在しないことを見た。しかし、劇中に散在する反カトリック表象が、同時代の観客の心中に、プロテスタント国家としてのイングランドを意識化させる可能性を想定することができる。また、『エドワード四世』のイングランド史劇的場面は、センティメンタルなプロットの侵食作用故、副次的な意味しか有しない。だがそれでも、フランスに対するイングランドの完全な勝利を描写し、エドワード四世へは英雄性を付与することで、イングランドを好意的に表象し、観客の愛国心と忠誠心を昂揚させようとしていることを確認した。

第九章「『ヘンリー八世』への道――一七世紀初頭におけるイングランド史劇の展開――」では、『クロムウェル卿トマス』（一六〇〇年）、『サー・トマス・ワイアット』（一六〇四年）、『私を見れば分かるはず』（一六〇四年）、『私をご存じないならばどなたもご存じない』二部作（一六〇四―五年）、『バビロンの娼婦』（一六〇六年）の六作品を分析した。本章で分析の対象とした一七世紀初頭のイングランド史劇はすべて、カトリックとプロテスタント両宗派の対立を作品の基本構造として取り込み、そこからプロテスタント国家としてのイングランドの存立をメッセージとして提出していることを明らかにした。

また、各戯曲中で描出もしくは喚起されたエリザベス一世へのノスタルジアが、観客に強い愛国心を抱かせたことも想像に難くない。特に『サー・トマス・ワイアット』では、ワイアットの反乱が喚起する愛国的イングランド表象とエリザベス一世へのノスタルジアが、相乗的効果を上げている。さらに、『私をご存じないならばどなたもご存じない』二部作では、崩御してまだそう遠くないエリザベス一世に対する純粋な賛美と追憶が表明され、そのことが観客によきイングランドへの愛国的憧憬の念を抱かせることを見た。『バビロンの娼婦』は、火薬陰謀事件に触発されただけあって、反カトリック的描写とイングランドへの愛国的感情が際だっている。『私を見れば分かるはず』も、政治的メッセージの点では同一線上にあるが、ドラマトゥルギーが（狭義の）エリザベス朝的である点、異色であることを指摘した。

第一〇章「ジェイムズ朝中・後期とチャールズ朝の歴史劇」では、ジェイムズ朝中期の歴史劇として、『マーリンの誕生』（一六〇八年）と『ヘンリー八世』（一六一三年）に言及し、ジェイムズ朝後期とチャールズ朝のイングランド史劇として、『サフォーク公爵夫人』（一六二四年）、『チェス・ゲーム』（一六二四年）、『ジョン王とマティルダ』（一六三一年）、『パーキン・ウォーベック』（一六三三年）の四作品を分析した。

『マーリンの誕生』は、アーサー王伝説とイングランドの建国神話を曖昧さを抱えながらも接続することで、イングランドの歴史を言祝ぐロマンス風歴史劇の結構を有しているが、同時に王国の消滅や英雄の死を語ることで、ドラマの結末は開かれたものとなっていることを見た。一方『ヘンリー八世』では、ヘンリー八世が国家権力を体現する構成となっており、またその国王が絶対的権力者として表象されているため、イングランドは結果的に不滅のプロテスタント国家としての位置づけを付与されることになる。そして大団円における、クランマーによる、エリザベス一世（と王女エリザベス）ならびにジェイムズ一世に対する愛国的言祝ぎが、この流れに接続されることを明らかにした。

『サフォーク公爵夫人』が、プロテスタントとカトリックの対峙および前者の最終的勝利を骨格とし、神の恩寵とその体現者としてのエリザベス一世の栄光への称賛を趣旨としている点は、重要である。新旧両宗派の対立とプロテスタントの最終的勝利は、観客に新教国イングランドを改めて意識化させるからである。『チェス・ゲーム』は、プロテスタント的価値観を過激に主張し、時局に乗ったため爆発的人気を博したが、そのことを通して同時代のイングランドの政局と自国イングランドの有りさまを、観客に痛烈に意識させたことを指摘した。『ジョン王とマティルダ』には、明瞭な国家表象を見出すことはできないが、マグナカルタへの言及が国家に対する危機意識を観客に抱かせた可能性は存在する。『パーキン・ウォーベック』の場合、国家表象という見地に立てば、ヘンリー七世の描写にのみそれを求めることができる。周辺地域との抗争や国際的関係を結ぶことでイングランドの輪郭が鮮明にされ、その一方で、ヘンリー七世の実利的な政治運営と権力執行を通して彼の王権は構築され、その王権がイングランドを体現するよう表象されてゆくことを確認した。

以上、本書では、『寛仁』（一五一五年）から『パーキン・ウォーベック』（一六三三年）に至る、およそ一二〇年に及ぶイングランド史劇を中心とした歴史劇の変遷を俯瞰し、全一〇章を費やして各戯曲におけるイングランド表象の有りようと、"nation" 表象探求の手がかりとして重要な民衆や市民への言及を、記述してきた。序章でも述べたように、エリザベス朝イングランド史劇史研究としての本書の批評史への貢献は、個別の歴史劇におけるイングランドの再現の実体を、このように体系的に記述したことに存在する。

この体系的記述のもう一つの目的は、ヘルガーソンの議論の洗い直しであった。ヘルガーソンは、シェイクスピアのイングランド史劇はエリート文化的であり、海軍大臣一座系の歴史劇を民衆文化的であると判断し、そこに彼の提唱する“state”表象と“nation”表象を対応させた。しかし、本書の議論を通して検証したように、ヘルガーソンの行ったこの照応が精確ではないことは明らかである。シェイクスピア以外の劇作家たちの創作による歴史劇のすべては、戯曲の筋立てやアクションの一部に民衆的なものを含むことはあっても、ドラマの総体的ヴィジョンから分析すれば、やはり“state”表象的と判断されることになる。むしろ、“nation”表象の方向性を最も表現してみせた、あるいは観客に“nation”表象的な意識を喚起しえた戯曲は、シェイクスピアの『ヘンリー四世』二部作および『ヘンリー五世』ということになる。

あるイングランド史劇の国家表象が“nation”表象的かどうかということは、戯曲そのものの芸術的価値や、その戯曲が観客に与える芸術的効果とは、無縁のものである。したがって、『ヘンリー四世』二部作および『ヘンリー五世』が“nation”表象の方向性を最も表現してみせたと述べることは、シェイクスピアのこれらの戯曲が、当該時期の歴史劇の中で最も優れた作品であるということを意味する訳ではない。また、本書は、シェイクスピアのイングランド史劇連作に集約されがちなイングランド史劇史に一石を投じ、初期近代イングランドにおける歴史劇の豊かな多様性を証明した論述でもある。しかし、それでもなお“nation”表象にまつわるこの指摘は、有意味なものとして記述されなければならないだろう。

本書は、イングランド史劇が初期近代イングランドに固有のテクストであり、その固有性・独自性の一端が、各作品に描き込まれた国家表象の検証から解明できるのではないかという問題意識のもと、記述を行ってきた。イングランド史劇の創成に関しては、劇作家・受容者双方における、イングランドという国家やその国体の意識化が前提となる。換言すれば、イングランドという国家やその国体が客体化される必要があり、その客体化をもたらす他者が必要となる。その意味で、一五三〇年代を中心にヘンリー八世が施行した宗教改革関連法ならびに修道院解散法と、一連のこの改革が惹起したスペインを始めとするカトリック勢力との多面的な摩擦は、重要な契機となる。

そして、この改革によりテューダー朝を通して追求された中央集権的国家の構築が、次に重要な契機となったのである。

国教としてのプロテスタンティズムとカトリシズムの選択の問題は、少なくとも本書の守備範囲である劇場閉鎖の時期まで間断なく続く。本書で分析した多くの戯曲が、国教としてのプロテスタンティズムとカトリシズムの選択問題に取材することで、プロテスタント国家としてのイングランドの存立をメッセージとして伝達し、観客の愛国心に訴求していたことは、多くの事例で本書が明らかにしてきたところである。また、薔薇戦争や農民一揆、さらには都市部の暴動といった、大規模な内乱や反乱に取材したイングランド史劇の場合でも、重要なのは、過去のそのような国家規模の国難が、観客の想像力において、今現在のイングランドの存亡と重ね合わされることであり、宗教改革を経て成立したテューダー朝中央集権国家としてのイングランドの存亡と、同一視されることであった。イングランド史劇成立の要因には多様なものがあるとしても、やはり宗教改革をめぐる問題系こそ、イングランド史劇の独自性と固有性の問題に最も深く関わるものである。

歴史劇年表

＊データはハーベッジのものを基本的には使用したが、研究の進展等に対応して変更した箇所も存在する

タイトル	推定創作年代	作者	上演劇団・台本所有劇団・上演組織・上演場所・上演機会等
『寛仁』（*Magnificence*）	一五一五	ジョン・スケルトン（John Skelton）	不明
『騎士アルビオン』（*Albion Knight*）	一五三七	不明	不明
『ジョン王』（*King John*）	一五三八（A版）	ジョン・ベイル（John Bale）	トマス・クランマー邸
『三階級の諷刺』（*A Satire of the Three Estates*）	一五四〇（第一版）	サー・デイヴィッド・リンジー（Sir David Lindsay）	ジェイムズ五世の御前上演（第一版）
『国家』（*Respublica*）	一五五三	不明（ニコラス・ユーダル（Nicholas Udall）？）	少年劇団、クリスマス、ロンドン
『ゴーボダック』（*Gorboduc*）	一五六二	トマス・サックヴィル（Thomas Sackville）＆トマス・ノートン（Thomas Norton）	インナー・テンプル

タイトル	推定創作年代	作者	上演劇団・台本所有劇団・上演組織・上演場所・上演機会等
『リカルドゥス・テルティウス』（*Richardus Tertius*）	一五八〇	トマス・レッグ（Thomas Legge）	ケンブリッジ大学セント・ジョンズ学寮
『ヘンリー五世の名高き勝利』（*The Famous Victories of Henry V*）	一五八六	不明	エリザベス女王一座、ブル館
『アーサーの悲運』（*The Misfortunes of Arthur*）	一五八八	トマス・ヒューズ（Thomas Hughes）他	グレイズ・イン、御前上演
『ジョン王の乱世』（*The Troublesome Reign of King John*）	一五八八	不明	エリザベス女王一座
『アルカザーの戦い』（*The Battle of Alcazar*）	一五八九	ジョージ・ピール（George Peele）	海軍大臣一座
『エドマンド剛勇王あるいは戦が皆を友人とす』（*Edmund Ironside, or War Hath Made All Friends*）	一五九〇	不明	不明
『ジョージ・ア・グリーン、ウェイクフィールドの家畜監視人』（*George a Greene, the Pinner of Wakefield*）	一五九〇	ロバート・グリーン（Robert Greene）？	サセックス伯一座

『エドワード一世』（*Edward I*）	一五九一	ジョージ・ピール	エリザベス女王一座？
『ヘンリー六世・第二部』（*II Henry VI*）	一五九一	ウィリアム・シェイクスピア（William Shakespeare）	ストレインジ卿一座？ ペンブルック伯一座？
『ヘンリー六世・第三部』（*III Henry VI*）	一五九一	ウィリアム・シェイクスピア	ストレインジ卿一座？ ペンブルック伯一座？
『ジャック・ストロー』（*Jack Straw*）	一五九一	不明	不明
『ロクライン』（*Locrine*）	一五九一	'W. S.'	不明
『リチャード三世の真の悲劇』（*The True Tragedy of Richard III*）	一五九一	不明	エリザベス女王一座
『エドワード二世』（*Edward II*）	一五九二	クリストファー・マーロウ（Christopher Marlowe）	ペンブルック伯一座
『ヘンリー六世・第一部』（*I Henry VI*）	一五九二	ウィリアム・シェイクスピア	ストレインジ卿一座
『トマス・オヴ・ウッドストック』（*Thomas of Woodstock*）	一五九二	不明	不明
『エドワード三世』（*Edward III*）	一五九二—九三	ウィリアム・シェイクスピア	ペンブルック伯一座

タイトル	推定創作年代	作者	上演劇団・台本所有劇団・上演組織・上演場所・上演機会等
『サー・トマス・モア』（*Sir Thomas More*）	一五九二—九三	アンソニー・マンディ（Anthony Munday）、デカー（Dekker）、チェトル（Chettle）、ヘイウッド（Heywood）、シェイクスピア	不明
『リチャード三世』（*Richard III*）	一五九三	ウィリアム・シェイクスピア	ストレインジ卿一座？ペンブルック伯一座？
『リチャード二世』（*Richard II*）	一五九五	ウィリアム・シェイクスピア	宮内大臣一座
『トマス・ステュークリー隊長』（*Captain Thomas Stukeley*）	一五九六	不明	海軍大臣一座
『ジョン王』（*King John*）	一五九六	ウィリアム・シェイクスピア	宮内大臣一座
『ヘンリー四世』（*Henry IV*）二部作	一五九七	ウィリアム・シェイクスピア	宮内大臣一座
『エドワード四世』（*Edward IV*）二部作	一五九九	トマス・ヘイウッド（Thomas Heywood）？	ダービー伯一座
『ヘンリー五世』（*Henry V*）	一五九九	ウィリアム・シェイクスピア	宮内大臣一座
『サー・ジョン・オールドカスル・第一部』（*I Sir John Oldcastle*）	一五九九	マイケル・ドレイトン（Michael Drayton）、ハスウェイ（Hathway）、マンディ、ウィルソン（Wilson）	海軍大臣一座

『クロムウェル卿トマス』(*Thomas Lord Cromwell*)	一六〇〇	不明	宮内大臣一座
『私をご存じないならばどなたもご存じない・第一部』(*I If You Know Not Me You Know Nobody*)	一六〇四	トマス・ヘイウッド	アン王妃一座
『サー・トマス・ワイアット』(*Sir Thomas Wyatt*)	一六〇四	トマス・デカー(Thomas Dekker) & ジョン・ウェブスター(John Webster)	アン王妃一座
『私を見れば分かるはず』(*When You See Me You Know Me*)	一六〇四	サミュエル・ローリー(Samuel Rowley)	ヘンリー王子一座
『私をご存じないならばどなたもご存じない・第二部』(*II If You Know Not Me You Know Nobody*)	一六〇五	トマス・ヘイウッド	アン王妃一座
『ノウバディとサムバディ』(*Nobody and Somebody*)	一六〇五	不明	(アン?)王妃一座
『バビロンの娼婦』(*The Whore of Babylon*)	一六〇六	トマス・デカー	ヘンリー王子一座
『マーリンの誕生』(*The Birth of Merlin*)	一六〇八	ウィリアム・ローリー(William Rowley)	不明
『シンベリーン』(*Cymbeline*)	一六〇九	ウィリアム・シェイクスピア	国王一座

タイトル	推定創作年代	作者	上演劇団・台本所有劇団・上演組織・上演場所・上演機会等
『ヘンリー八世』(*Henry VIII*)	一六一三	ウィリアム・シェイクスピア & ジョン・フレッチャー(John Fletcher)	国王一座
『サフォーク公爵夫人』(*The Duchess of Suffolk*)	一六二四	トマス・ドルー(Thomas Drue)	ポールズグレイヴ伯一座
『チェス・ゲーム』(*A Game at Chess*)	一六二四	トマス・ミドルトン(Thomas Middleton)	国王一座
『エドワード二世の生涯、統治および死の物語』(*The History of the Life, Reign, and Death of Edward II*)	一六二七頃	エリザベス・ケアリー(Elizabeth Cary)	
『ジョン王とマティルダ』(*King John and Matilda*)	一六三一	ロバート・ダヴェンポート(Robert Davenport)	ヘンリエッタ王妃一座
『パーキン・ウォーベック』(*Perkin Warbeck*)	一六三三	ジョン・フォード(John Ford)	ヘンリエッタ王妃一座

関連歴史年表

＊記載項目は、本書中で言及した政治・宗教・経済関係の事象を中心としたものであり、本年表は網羅的なものではない

年代	出来事
四三	ローマ支配の開始
三五〇—四〇〇	ローマの支配力、次第に減退
四一〇	ローマ軍、ブリタンニアより撤退
四五〇頃	西ゲルマン族の大ブリテン島への来襲・定着
五世紀中期	ジュート人が来襲し、ケント王国を建国
六世紀中期	アングロ・サクソン七王国（Heptarchy）形成
八世紀後半	デーン人が初めて大ブリテン島に上陸。以降、波状的に来襲
八二九	ウェセックス王エグベルトがイングランドの統一をほぼ達成し、大王となる
九世紀後半	デーン人、ヨーク王国を建国
九九一	モールドンの戦いで、デーン人はイングランド軍を大破する。デーンロー成立
一〇一三	デンマーク王スヴェン一世、イングランド王と認定
一〇一六	カヌートも同様にイングランド王となる

年代	出来事
一〇六六	ノルマン人の征服。ウィリアム一世即位
一一〇〇	ヘンリー一世即位
一一五四	ヘンリー二世即位。プランタジネット朝開始
一一八九	リチャード一世（獅子心王）即位
一一九九	ジョン即位
一二〇七―一三	ジョン、教皇インノケンティウス三世と争い、臣従の礼をとる
一二一五	ジョン、マグナカルタを承認
一二一六	ジョン死去。ヘンリー三世即位
一二六七	ルウェリン、ヘンリー三世よりウェールズ君主として認められる
一二七二	エドワード一世即位
一二七七	エドワード一世、ウェールズの反乱を鎮圧・征服（〜一二八四）
一二九一―九二	エドワード一世、王位継承争いを調停。ジョン・ベイリオルをスコットランド王位に就ける
一三〇一	後のエドワード二世がプリンス・オヴ・ウェールズの称号を受ける
一三〇七	エドワード二世即位
一三二六	王妃イザベラとロジャー・モーティマー、フランスより上陸
一三二七	エドワード二世廃位・殺害。エドワード三世即位
一三三〇	ロジャー・モーティマー処刑
一三三七	百年戦争開始（〜一四五三）

関連歴史年表

一三四六	クレシーの戦い
一三四八—四九	イングランドを黒死病席巻
一三五六	ポワティエの戦い
一三七七	リチャード二世即位
一三八一	農民一揆
一三九九	リチャード二世廃位。ヘンリー四世即位
一四〇三—八	パーシー家の反乱
一四一三	ヘンリー五世即位
一四一四	ロラード派蜂起
一四一五	アジンコートの戦い
一四二二	ヘンリー六世即位
一四二九	ジャンヌ・ダルクの活躍
一四五〇	ジャック・ケイドによるケントの乱
一四五五	薔薇戦争（～一四八五）
一四六一	エドワード四世即位
一四八三	リチャード三世即位
一四八五	ヘンリー七世即位。テューダー朝成立
一四九七	パーキン・ウォーベック、王位を僭称
一五〇九	ヘンリー八世即位（～一五四七）
一五一三	スコットランド王ジェイムズ四世、イングランドに侵攻・敗死

年代	出来事
一五一五	トマス・ウルジー、枢機卿兼大法官に就任
一五一七	血の五月祭事件
一五二九	トマス・クロムウェル台頭
一五三三	トマス・クランマー、カンタベリー大司教に就任。ヘンリー八世、アン・ブリンと結婚
一五三四	国王至上法。イングランド国教会成立
一五三五	サー・トマス・モア処刑
一五三六	小修道院解散法。恩寵の巡礼
一五三九	大修道院解散法
一五四二	メアリー・ステュアート、スコットランド王に即位
一五四七	エドワード六世即位（～一五五三）
一五五三	メアリー一世即位（～一五五八）
一五五四	メアリー一世、スペイン王子フェリペと婚約。サー・トマス・ワイアットによるケントの反乱
一五五五	アウグスブルク宗教和議
一五五八	エリザベス一世即位（～一六〇三）
一五五九	第二次国王至上法。エリザベス一世のイングランド国教会再建
一五六六	サー・トマス・グレシャム、王立取引所を創設
一五六七	メアリー・ステュアート廃位
一五六八	メアリー・ステュアート、イングランドに亡命・軟禁

関連歴史年表

一五七〇	教皇ピウス五世によるエリザベス一世への破門宣告
一五八〇年代	大陸よりイエズス会士到来。ピューリタンの運動活発化
一五八五	ネーデルラント独立支援のため遠征軍を派遣し、スペインと開戦
一五八六	バビントン陰謀事件発覚
一五八七	メアリー・ステュアート処刑
一五八八	スペイン無敵艦隊撃破。マーティン・マープレリト論争（〜一五九〇）
一五八九	プロテスタントのアンリ四世がフランス王として即位。アンリ四世支援のためフランス遠征
一五九一	エセックス伯の軍勢三〇〇〇人がルーアンの包囲戦に参戦
一五九二	六月に外国人排斥運動再燃。ペストの猖獗
一五九三頃	外国人排斥運動盛ん
一五九三	アンリ四世、カトリックに改宗
一五九四	イエズス会士ロバート・パーソンズ、偽名で『イングランドの次期王位継承に関する会議』出版。 アイルランドでヒュー・オニール反乱を起こす
一五九九	サー・ジョン・ヘイワードの『ヘンリー四世の生涯と治世・第一部』出版。エセックス伯、アイルランド鎮圧のため三月二七日にロンドンを出発、九月に無許可帰国
一六〇〇	六月、エセックス伯の無許可帰国を裁く裁判
一六〇一	二月七日、エセックス伯追随者らによる『リチャード二世』の依頼上演。二月八日、エセックス伯反乱
一六〇三	エリザベス一世死去。ジェイムズ一世即位（〜一六二五）
一六〇四	スペインとの和平条約の締結

年代	出来事
一六〇五	一一月、火薬陰謀事件発覚
一六〇七	ミッドランド蜂起
一六一二	皇太子ヘンリー死去
一六一三	王女エリザベス結婚
一六一八	三〇年戦争勃発（〜一六四八）
一六二三	皇太子チャールズとバッキンガム公、スペインに婚儀折衝に出向くが不首尾に終わる
一六二五	チャールズ一世即位（〜一六四九）
一六二八	権利請願の提出
一六二九	チャールズ一世、議会を解散し、一一年間の無議会政治を開始
一六四二	内乱勃発。劇場閉鎖

あとがき

多くの研究書がそうであるように、本書もさまざまな支援や援助の上に成立しています。ここでは、そのような方々や機関のご厚意に対して感謝の気持ちを申し上げたいと思います。

本書の中核をなす議論は、筑波大学大学院人文社会科学研究科に提出した博士学位請求論文『エリザベス朝イングランド史劇史研究』とその後の二つの研究プロジェクトの成果を基に構成されています。論文の審査に当たっては、加藤行夫教授、楠明子教授、荒木正純教授、浜名恵美教授、江藤秀一教授の五名の先生方から多方面にわたるご指導をいただき、議論の向上につなげることができました。ここに改めて御礼申し上げます。特に、加藤行夫先生には、学部生の頃から演劇の興味深さと研究の奥深さを教えていただき、研究者の世界へと進む道を拓いて下さいました。また筑波大学では、同じ研究室に所属させていただき、ご一緒に仕事をする機会に恵まれましたことは、感謝の念に堪えません。先生はこの春筑波大学を定年退職なさいますが、偶然にもそのタイミングで刊行されることになる本書が、先生からいただいた長年のご厚情に報いるささやかなはなむけになることを願ってやみません。

本書の執筆・上梓に関しては、独立行政法人日本学術振興会から各種の研究費の支援を受けることができました。本書に収録された議論のいくつかは、基盤研究の補助金によるプロジェクトの成果を反映したものであり、さらに本書の出版そのものも同振興会平成二六年度科学研究費助成事業（科学研究費補助金）（研究成果公開促進費）からの資金援助により可能となったものです。日本学術振興会の関係者の方々に厚く御礼申し上げる次第です。

本書では五〇編ばかりの歴史劇が分析の対象として取り上げられていますが、このジャンルとのそもそもの邂逅は『サー・トマス・モア』が最初でした。一九九四年、上智大学で開催された第三三回シェイクスピア学会で、私はセミナー「エリザベス朝演劇と検閲」に参加し、『サー・トマス・モア』の分析を担当することになりました。暴動場面とそれに対する検閲で知られる『サー・トマス・モア』には、周知のように『ジャック・ストロー』や『トマス・オヴ・ウッドストック』などの同系列の戯曲が存在し、調査を進めるにしたがってそれら以外のイングランド史劇をも含めた歴史劇の豊かな広がりと向き合うことになり、その全体像の検証へと乗り出すことになったのでした。

この検閲セミナーを企画されたのが九州大学教授の太田一昭さんであり、その太田さんとの出合いは福岡という土地を抜きにして語ることはできません。私は四年目の大学院生活を終えた時、最初の研究拠点である福岡教育大学に赴任する幸運に恵まれました。研究のためのステージを初めて提供してくれた福岡教育大学は、今でも私にとって重要なトポスであり、初めての土地であった福岡での生活を温かく支えて下さった数多くの人たちの中でも、かつての同僚であった福岡教育大学名誉教授の原口春海先生と同教授の堀口里志さんとの交遊は、今の私を形成する貴重な一部となっています。

原口先生のご紹介で私は福岡シェイクスピア研究会（当時）に参加させていただき、そこで太田さんという知己をえましたが、振り返ってみるならばその延長線上で、太田さんから歴史劇と遭遇するきっかけを与えていただいたことになるのでしょう。本来でしたら「太田先生」とお呼びすべき関係のようにも思いますが、その飾らない気さくなお人柄故、尊敬すべき先輩として今に至るまでご高誼をいただいている、私にとってはまさに畏友のような存在の方であり、共同研究や論文に対するコメントに始まり、科研費申請のノウハウに至るまで、私の研究活動のあらゆるシーンにとってかけがえのない方と言っても決して過言ではありません。

あとがき

本書の存在それ自体も太田さんのご芳情なしにはありえなかったものです。人文系の学術図書の出版事情がきびしい昨今、原稿を引き受けてくれる出版社を見つけられない限り、図書として日の目を見ることは不可能だからです。幸いにも本書は、太田さんが間に立って下さったおかげで九州大学出版会のお世話になることができました。研究者としての出発の地福岡から本書を上梓できますことは、私にとって望外の悦びであり、その想いを実現して下さった九州大学出版会に心より感謝申し上げます。

本書の誕生に際しては、その構想の端緒から完成のこの瞬間に至るまで、同出版会の尾石理恵さんの献身的なケアを受けています。博士論文として形をなした後長らく静止状態にあった原稿に関心を寄せて下さり、そこから活字化プロジェクトへの活動を始動できたのも、尾石さんの一方ならぬご支援のおかげでした。原稿の細部に対する驚くべき集中力と、同時に原稿全体をコマンドする視野の広さに長けた編集者として、尾石さんからは数多くのアイデアやヒントまた改善へのご指摘を頂戴しました。本書が統一感のあるリーダブルな図書に仕上がっているとするならば、それはすべて尾石さんからの援助のたまものであり、そのことに心からの御礼を申し上げますと共に、そのような優秀な編集者に本書と私が支えられた幸運にも深く感謝したいと思います。

広義のエリザベス朝の歴史劇を網羅的に検証するという本書のプロジェクトの遂行には、それ相応の時間と研究環境の構築を必要としました。温かく見守り恒常的な環境を提供することで、それを可能にしてくれた京都と筑波の家族には、感謝の気持ちを伝えたい。とりわけ出版を心待ちにし、常に励ましと支えを忘れない妻と娘には、ありがとうの言葉を添えて本書の完成を共に慶びたい。

二〇一五年一月

佐野隆弥

索　引

＊本索引は（劇）作家，作品，歴史的事項を中心にしたものである。
＊人物名については，作品内の人物や（実在人物でも）虚構性の高い場合はすべて対象外とし，政治や宗教などの歴史的事象，また文学や文化的事象に関連性のあるものに限定している。

あ行

アウグスブルク宗教和議　99
アーサー王伝説　270, 275, 312
アン王妃一座　246
アングロ・サクソン時代　178
アンダーソン Benedict Anderson　191
アンリ四世 Henri IV　106, 116, 187
イエズス会　200, 292–93, 295
『為政者の鑑』*Mirror for Magistrates*　43, 47, 283
イングランド国教会　34, 53, 99, 139, 250, 292–95
イングリッシュネス　205, 211–12
インタールード　4, 14, 21–37
ウィーヴァー John Weever　228
　『殉教者の鑑』*The Mirror of Martyrs*　228
ウィクリフ John Wycliffe　229
ウィルソン Robert Wilson　227, 248
　『ヘンリー・リッチモンド・第二部』*II Henry Richmond*　248
ヴォーティガーン Vortigern　270–71
ウォーベック Perkin Warbeck　314–15
ウルジー Thomas Wolsey　24, 26, 42, 248
運命の変転と盛者必衰（de casibus）　87, 246, 251, 265, 278
英雄劇的イングランド史劇　63–68, 81, 216
エセックス伯 Earl of Essex, Robert Devereux　117, 200, 224–25
エセックス伯反乱事件　200
『エドマンド剛勇王あるいは戦が皆を友人とす』*Edmund Ironside, or War Hath Made All Friends*　178–86
エドマンド二世 Edmund II　179
エドワード一世 Edward I　166–67, 169–71, 173, 224
エドワード二世 Edward II　127, 136, 169–70, 313
エドワード四世 Edward IV　154, 236–37, 242
エリザベス一世 Elizabeth I　32, 38, 40, 49, 53, 57, 60, 80, 99, 109, 126, 141, 187, 199–200, 211, 224, 228, 247–48, 250, 253, 257, 259–61, 264, 276–79, 281, 284, 291
エリザベス女王一座　47, 53–54, 58, 68
エリザベス（ボヘミア王妃）Elizabeth Stuart　246, 276, 281, 291
王位継承者法　266, 277, 312
王権神授説　307–8
オールドカスル Sir John Oldcastle　228–31
恩寵の巡礼　27

か行

海軍大臣一座　11, 53, 62, 189, 324
外国人排斥運動　58, 141–42, 145, 147–49, 154
ガーター勲爵士団　75
ガードナー Stephen Gardiner　43, 249
カヌート Canutus　179, 184–85
火薬陰謀事件　253, 260
カルヴァン John Calvin　43
カントーロヴィチ Ernst H. Kantorowicz　197
『騎士アルビオン』*Albion Knight*　26–28
騎士道精神　73–75, 113
『キャンバイシーズ』*Cambises*　55, 189
空白調達指令書（blank charters）　195, 244
宮内大臣一座／国王一座　246, 248, 292
クランマー Thomas Cranmer　31
グリーン Robert Greene　122–23, 142
　『ジョージ・ア・グリーン，ウェイクフィールドの家畜監視人』*George a Greene, the Pinner of Wakefield*　188
　『百万の後悔によってあがなわれた三文の知恵』*Groatsworth of Wit bought with a Million of Repentance*　122
グレシャム Thomas Gresham　259
クロムウェル Thomas Cromwell　31–32, 250
『クロムウェル卿トマス』*Thomas Lord Cromwell*　246–51, 264–65, 278–80, 283
ケアリー Elizabeth Cary　312–13
　『エドワード二世の生涯，統治および死の物語』*The History of the Life, Reign, and Death of Edward II*　312–13
ケイド Jack Cade　121, 143
ゲインズフォード Thomas Gainsford　306
　『パーキン・ウォーベックの真の驚嘆すべき物語』*The True and Wonderfull History of Perkin Warbeck*　306
劇場閉鎖　58, 158
劇団再編　158
検閲　149, 157, 232, 247, 250, 276, 292
ケントの乱　121
権利請願　299, 313
国王至上法　88
国王の二つの身体　196–99
国民国家（nation-state）　10, 12, 191–92, 205, 211–12, 216, 220
『国家』*Respublica*　28, 35–37
コバム卿ブルック Baron Cobham, Sir William Brooke　228
ゴーント John of Gaunt　149–50

さ行

サックヴィル＆ノートン Thomas Sackville & Thomas Norton　38, 43, 45, 48
　『ゴーボダック』*Gorboduc*　4, 21–22, 31, 38–41, 45, 48–49, 52, 60–61, 186
三〇年戦争　291, 294
シェイクスピア William Shakespeare　10, 53, 57–58, 67, 72, 78, 82–83, 85, 87, 89–90, 106, 111–12, 121–23, 125–27, 133, 191–92, 199, 204–5, 211, 213, 222–24, 245–46, 270, 280–84, 311

『エドワード三世』*Edward III*　63, 68, 72–78, 83–84, 216, 301
『コリオレイナス』*Coriolanus*　142
『ジョン王』*King John*　85–90, 92, 94–110, 190, 204, 222–23
『シンベリーン』*Cymbeline*　311
『タイタス・アンドロニカス』*Titus Andronicus*　58
『ヘンリー五世』*Henry V*　3, 8, 11–12, 68, 78, 84, 191, 204, 211–20, 223–25, 227, 243, 245–46, 280, 325
『ヘンリー八世』*Henry VIII*　159, 245–46, 261–65, 269, 275–85, 291, 312
『ヘンリー四世』*Henry IV*　8, 68, 191, 202–12, 216–17, 220–23, 227–28, 231, 233, 280
『ヘンリー四世・第一部』*I Henry IV* 203, 206, 208–9, 215, 222–23
『ヘンリー四世・第二部』*II Henry IV* 204, 206, 210–11, 222–23
『ヘンリー六世』*Henry VI*　21, 46, 56, 111–27, 136, 158
『ヘンリー六世・第一部』*I Henry VI* 63, 65, 111–18, 124
『ヘンリー六世・第二部』*II Henry VI* 83, 112, 114, 117–22, 136, 142–45, 147, 149–51
『ヘンリー六世・第三部』*III Henry VI*　112, 114, 118, 122–26, 136
『リチャード三世』*Richard III*　46, 55–58, 78, 80, 126
『リチャード二世』*Richard II*　111, 133, 152, 154, 158, 191–201, 204–5, 297, 308
ジェイムズ一世 James I　246, 253, 259–60, 276, 281, 284, 286, 291–92, 294, 305, 311
ジェイムズ五世 James V　28, 30
シドニー Sir Philip Sidney　64–65
『詩の弁護』*An Apology for Poetry* 64
社会不安　141–42
『ジャック・ストロー』*Jack Straw* 119, 145–47, 149, 157, 232, 244
終末論　252
『初期英国演劇記録』*REED*（*The Records of Early English Drama*）　53
『ジョン王の乱世』*The Troublesome Reign of King John*　21, 46, 85–94, 98–100, 106, 109–10, 190
ジョンソン Ben Jonson　306–7, 314
スケルトン John Skelton　24, 26
『寛仁』*Magnificence*　14, 24–26, 28
スコット Thomas Scott　295
『人民の声』*Vox Populi*　295
ストレインジ卿一座　53
ストロー Jack Straw　143
スパイクス Judith Doolin Spikes　252–54, 264
スペイン無敵艦隊　4, 21, 47, 60, 75, 80, 83–84, 86, 106, 113, 116, 126, 165, 173, 182, 187, 259–60
スペンサー Edmund Spenser　261
『妖精の女王』*The Faerie Queene* 11, 261
正統主義（the orthodox doctrine）　134
セネカ（悲劇）風　40, 46, 48, 52–53, 55, 59–60, 62
セネカ流歴史劇　45–46, 59
一三八一年の農民一揆　121, 144–45, 149–50, 155, 232, 238, 244
センティメンタリズム　155, 227, 236, 242–43, 269
選民劇（The Elect Nation Plays）　264
選民神話　252

た行

ダヴェンポート Robert Davenport 297, 299–301
『ジョン王とマティルダ』*King John and Matilda* 109, 297–302
『ヘンリー一世』*Henry I* 297
『ヘンリー二世』*Henry II* 297
ダニエル Samuel Daniel 223
『ランカスター・ヨーク両家の内乱』*The Civil Wars between the Two Houses of Lancaster and York* 223
タールトン Richard Tarlton 53–54, 68
チェトル Henry Chettle 147, 266
『枢機卿ウルジーの生涯』*The Life of Cardinal Wolsey* 266
チェトル他 266
『枢機卿ウルジーの謀反』*The Rising of Cardinal Wolsey* 266
チェトル＆マンディ Henry Chettle & Anthony Munday 297
『ハンティンドン伯ロバートの死』*The Death of Robert, Earl of Huntingdon* 297, 300
血の五月祭事件（Evil May Day） 147
チャールズ一世 Charles I 299, 308–9, 313
チャールズ皇太子 286, 294
ティリヤード E. M. W. Tillyard 6–9, 114
ティルニー Edmund Tilney 276–77
デカー Thomas Dekker 147, 247, 260–61
『バビロンの娼婦』*The Whore of Babylon* 247, 260–61, 265, 296
デカー＆ウェブスター Thomas Dekker & John Webster 247, 256–57
『サー・トマス・ワイアット』*Sir Thomas Wyatt* 155, 247, 255–57, 304
デカー他
『レイディ・ジェイン』*Lady Jane* 255
『レイディ・ジェイン・第一部』*I Lady Jane* 257
テューダー絶対主義 99
テューダー朝神話 6–7, 252
伝記劇 81, 148–49, 231, 234–35, 248–51, 259, 261, 290–91
デーンロー 179
徳税（benevolences） 195, 241, 244
『トマス・オヴ・ウッドストック』*Thomas of Woodstock* 83–84, 111, 150–54, 158–59, 193, 222, 244
『トマス・ステュークリー隊長』*Captain Thomas Stukeley* 81
ドルー Thomas Drue 265, 286–87, 291
『サフォーク公爵夫人』*The Duchess of Suffolk* 265, 287–92
ドレイク Sir Francis Drake 187
ドレイトン Michael Drayton 11, 227, 248, 266
『オーエン・テューダー』*Owen Tudor* 248
『サー・ジョン・オールドカスル』*Sir John Oldcastle* 227–36, 243, 290
『サー・ジョン・オールドカスル・第一部』*I Sir John Oldcastle* 227–36, 243, 290
『サー・ジョン・オールドカスル・第二部』*II Sir John Oldcastle* 228–30, 243

な行

ナッシュ Thomas Nashe　64–65, 68, 113, 116
『文なしピアスが悪魔への嘆願』*Pierce Penilesse His Supplication to the Devil*　64, 113
nation・state 表象　10, 15, 19, 30, 34, 37, 40, 52, 205, 211–12, 223, 324–25
年代記　10–11, 47, 51, 58, 64, 68, 74, 130, 136, 139–40, 151, 156, 184–85, 233
『ノウバディとサムバディ』*Nobody and Somebody*　155, 159

は行

ハスウェイ Richard Hathway　227
パストラル　167
パーソンズ Robert Parsons　200
『イングランドの次期王位継承に関する会議』*A Conference about the next succession to the Crown of England*　200
バッキンガム公爵（初代）Duke of Buckingham, George Villiers　286, 294, 313
パトナム George Puttenham　143
『英詩の技法』*The Arte of English Poesie*　143
バートン Anne Barton　252
バーバ Homi K. Bhabha　191
ハーバート Sir Henry Herbert　287
ハーベッジ Alfred Harbage　21, 26, 72, 80, 159, 178, 189, 222, 286, 297, 311
薔薇戦争　14, 74, 112, 114, 118, 123–26, 139, 223, 245, 326
ハリングトン John Harington　52
バンクロフト Richard Bancroft　144
ハンター G. K. Hunter　5, 47, 71–72, 259, 292, 296, 306, 308
反乱暴動劇　139–43, 158
百年戦争　72–74, 112, 115
ヒューズ Thomas Hughes　46, 59
『アーサーの悲運』*The Misfortunes of Arthur*　59–61, 63, 234
ピール George Peele　46, 161, 170–77, 187–88
『アルカザーの戦い』*The Battle of Alcazar*　81
『エドワード一世』*Edward I*　46, 81, 161–77, 188–89
『老婆の物語』*The Old Wives Tale*　173
貧農イデオロギー　143–44
ファルツ選帝侯（フリードリヒ五世）Frederick V　246, 281, 294
フォックス John Foxe　249, 252–53, 290–91
『殉教者の書（『迫害の実録』）』*The Book of Martyrs*（*Acts and Monuments*）　249, 252, 290
フォード John Ford　252, 304–6, 308–10, 315
『パーキン・ウォーベック』*Perkin Warbeck*　4, 159, 252, 302–10, 315, 324
『不滅の名声の系譜』*A Line of Life*　305
フォールスタッフ／オールドカスル論争　233
プリンス・オヴ・ウェールズ　166–70
ブルーアー Anthony Brewer　285
『恋わずらいの王』*The Lovesick King*　285
無礼講の主催者（maister of misrule）（lord of misrule）　167, 202

フレッチャー　John Fletcher　282
浮浪民　141, 144, 156, 159, 187
フロワサール　Jean Froissart　83
ヘイウッド　Thomas Heywood　65, 147, 154, 236–42, 244, 247, 253, 257, 259–61
『イングランドのエリザベス』*England's Elizabeth*　257
『エドワード四世』*Edward IV*　143, 154–55, 236–44
『エドワード四世・第一部』*I Edward IV*　154–55, 237–41, 244
『エドワード四世・第二部』*II Edward IV*　237, 240–42
『俳優弁護論』*An Apology for Actors*　65, 239, 242, 260
『私をご存じないならばどなたもご存じない』*If You Know Not Me You Know Nobody*　236, 247, 257–60, 267
『私をご存じないならばどなたもご存じない・第一部』*I If You Know Not Me You Know Nobody*　247, 257–59, 267
『私をご存じないならばどなたもご存じない・第二部』*II If You Know Not Me You Know Nobody*　247, 259–60
ベイコン　Francis Bacon　296, 306–8, 314
『ヘンリー七世の治世』*History of the Reign of King Henry VII*　306
ベイリオル　John Balliol　171
ベイル　John Bale　31–32, 34, 43, 45, 86, 147
『ジョン王』*King John*　23, 28, 31–35, 37, 45, 86, 147
ヘイワード　Sir John Hayward　200, 224–25
『ヘンリー四世の生涯と治世・第一部』*The First Part of the Life and Raigne of King Henrie the iiii. Extending to the end of the first yeare of his raigne*　200
ペスト　58, 154
ヘルガーソン　Richard Helgerson　10–11, 16, 19, 156, 251, 324–25
ヘンギスト　Hengist　270–71, 274
ヘンズロウ　Philip Henslowe　11, 112, 189, 227–28, 233
「日記」*Diary*　112, 228
ペンブルック伯一座　72
ヘンリエッタ王妃一座　297, 302
ヘンリー王子　Prince Henry　267
ヘンリー王子一座　246
ヘンリー五世　Henry V　70, 79, 191, 224, 229, 233, 240
『ヘンリー五世の名高き勝利』*The Famous Victories of Henry V*　21, 47, 66, 68–72, 111, 223, 233
ヘンリー三世　Henry III　166
ヘンリー七世　Henry VII　14, 125, 223, 248, 308
ヘンリー八世　Henry VIII　14, 22, 24, 32, 42, 147, 223, 246, 248, 261–62, 276–77, 283–84, 312, 325
ヘンリー四世　Henry IV　191, 205, 223, 229
ボディ・ポリティック　213
ほら吹き兵士（miles gloriosus）　202
ホリンシェッド　Raphael Holinshed　11, 51, 68, 83, 94, 98, 109, 136, 139, 156, 184–85, 233
ホール　Edward Hall　6, 51, 139, 233
ポールズグレイヴ伯一座　287

ま行

マキアヴェリ Niccolò Machiavelli 63, 67–68, 82, 296, 306
『君主論』*Il Principe* 67
『ティトゥス・リウィウスの初篇十章に基づく論考（『ディスコルシ』）』*Discorsi sopra la prima Deca di Tito-Livio* 67
マキアヴェリアン 56, 124, 153, 179, 210
マキアヴェリズム 67, 208
マグナカルタ 298–99
マーティン・マープレリト論争 53
マーロウ Christopher Marlowe 63, 67, 87, 127, 130, 132–34, 136, 201, 300, 313
『エドワード二世』*Edward II* 119, 127–34, 136, 152–53, 158–59, 201, 300
『タンバレイン大王』*Tamburlaine the Great* 47, 63, 67–68, 87, 136, 158
マンディ Anthony Munday 147, 227, 266
『サー・トマス・モア』*Sir Thomas More* 119, 135–36, 142, 147–49, 230, 235, 248, 250, 266, 276–78, 280
ミアズ Francis Meres 52
ミッドランド蜂起 142
ミドルトン Thomas Middleton 178, 285–86, 295–97, 311
『ケントの王ヘンギストあるいはクイーンバラの首長』*Hengist, King of Kent, or The Mayor of Queenborough* 178, 285, 311
『チェス・ゲーム』*A Game at Chess* 286, 291–97, 306
民衆暴動 41, 119, 139–59, 238–39, 242
メアリー一世 Mary I 32, 35, 37, 43, 256–59, 291
メアリー・ステュアート Mary Stuart 28, 60, 109
メロドラマ 290
モア Sir Thomas More 51, 58, 148–49, 277, 312
黙示録 254–55, 257, 259, 261
モラル・インタールード 23–25, 27–28
モンマス Geoffrey of Monmouth 312
『ブリタニア列王史』*Historia Regum Britanniae* 312

や行

ユーダル Nicholas Udall 43
弱き王（weak kings） 111, 127, 135, 158–59, 201

ら行

ラヤモン Layamon 312
『ブルート』*Historia Brutonum* 312
リチャード三世言説 45–46, 48, 51–53, 55, 57–58, 80
『リチャード三世の真の悲劇』*The True Tragedy of Richard III* 46, 52–56, 58, 80
リチャード二世 Richard II 74, 111, 121, 143, 200, 232, 245
リブナー Irving Ribner 2, 13, 83, 178, 186, 236, 285–86, 297, 300–1, 305–6, 308
リンジー Sir David Lindsay 28, 30–31
『三階級の諷刺』*A Satire of the Three Estates* 28–31, 37
ルウェリン Lluellen 166–67, 187
レッグ Thomas Legge 21, 45, 48–52

『リカルドゥス・テルティウス』*Richardus Tertius*　21, 45, 48–52, 54, 60
『ロクライン』*Locrine*　46, 61–63, 72, 190, 234, 301
ロビン・フッド　167–68, 188
ロマンス（化）　2, 155, 173, 234–36, 242–44, 270, 275, 285, 290, 300–2
ロラード派　229–32
ローリー　Samuel Rowley　246–47, 262
『私を見れば分かるはず』*When You See Me You Know Me*　246–47, 261–65, 279–81, 283–84
ローリー　William Rowley　270, 312
『マーリンの誕生』*The Birth of Merlin*　269–75, 311–12
ロンドン書籍出版業組合登記簿　26, 228, 243, 248, 278

参考文献

Adams, Joseph Quincy. *Chief Pre-Shakespearean Dramas: A Selection of Plays Illustrating the History of the English Drama from Its Origin down to Shakespeare*. Boston: Houghton Mifflin, 1924.

Alulis, Joseph, and Vickie Sullivan, eds. *Shakespeare's Political Pageant: Essays in Literature and Politics*. Lanham, MD: Rowman & Littlefield, 1996.

Anderson, Benedict. *Imagined Communities: Reflections on the Origin and Spread of Nationalism*. London: Verso, 1983.

Astington, John H. *English Court Theatre 1558–1642*. Cambridge: Cambridge UP, 1999.

Baker, David J. *Between Nations: Shakespeare, Spenser, Marvell, and the Question of Britain*. Stanford, CA: Stanford UP, 1997.

Baker, David J., and Willy Maley, eds. *British Identities and English Renaissance Literature*. Cambridge: Cambridge UP, 2002.

Baldo, Jonathan. *Memory in Shakespeare's Histories: Stages of Forgetting in Early Modern England*. New York: Routledge, 2012.

Barber, C. L. *Creating Elizabethan Tragedy: The Theater of Marlowe and Kyd*. Ed. Richard P. Wheeler. Chicago: U of Chicago P, 1988.

——. *Shakespeare's Festive Comedy: A Study of Dramatic Form and Its Relation to Social Custom*. Princeton, NJ: Princeton UP, 1959.

Barber, C. L., and Richard P. Wheeler. *The Whole Journey: Shakespeare's Power of Development*. Berkeley: U of California P, 1986.

Barish, Jonas A. "*Perkin Warbeck* as Anti-History." *Essays in Criticism* 20 (1970): 151–71.

Barroll, Leeds. "A New History for Shakespeare and His Time." *Shakespeare Quarterly* 39 (1988): 441–64.

Barton, Anne. *Essays, Mainly Shakespearean*. Cambridge: Cambridge UP, 1994.

——. "Harking Back to Elizabeth: Ben Jonson and Caroline Nostalgia." *English Literary History* 48 (1981): 706–31.

——. "He that plays the King: Ford's *Perkin Warbeck* and the Stuart History Play." *English Drama: Forms and Development*. Eds. Mary Axton and Raymond Williams. Cambridge: Cambridge UP, 1977. 69–93.

Beier, A. L. *Masterless Men: The Vagrancy Problem in England 1560–1640*. London: Methuen, 1985.

Bennett, Susan. *Performing Nostalgia: Shifting Shakespeare and the Contemporary Past*.

London: Routledge, 1996.
Bentley, Gerald Eades. *The Jacobean and Caroline Stage*. 7 vols. Oxford: Clarendon P, 1941–68.
——. *The Profession of Dramatist in Shakespeare's Time 1590–1642*. Princeton, NJ: Princeton UP, 1971.
Bergeron, David. "The Deposition Scene in *Richard II*." *Renaissance Papers 1974* (1975): 31–37.
Berry, Edward I. *Patterns of Decay: Shakespeare's Early Histories*. Charlottesville, VA: UP of Virginia, 1975.
Bevington, David M. "Drama and Polemics under Queen Mary." *Renaissance Drama* 9 (1966): 105–24.
——. *From* Mankind *to Marlowe: Growth of Structure in the Popular Drama of Tudor England*. Cambridge, MA: Harvard UP, 1962.
Bhabha, Homi K., ed. *Nation and Narration*. London: Routledge, 1990.
Birkholz, Daniel. *The King's Two Maps: Cartography and Culture in Thirteenth-Century England*. New York: Routledge, 2004.
Blanpied, John W. *Time and the Artist in Shakespeare's English Histories*. Newark: U of Delaware P, 1983.
Bly, Mary. *Queer Virgins and Virgin Queans on the Early Modern Stage*. Oxford: Oxford UP, 2000.
Boas, Frederick S. *Thomas Heywood*. London: Williams & Norgate, 1950.
——. *University Drama in the Tudor Age*. Oxford: Clarendon P, 1914.
Bowers, Fredson, ed. *The Dramatic Works of Thomas Dekker*. 4 vols. Cambridge: Cambridge UP, 1953–61.
Braunmuller, A. R. *George Peele*. Boston: Twayne, 1983.
Braunmuller, A. R., and Michael Hattaway, eds. *The Cambridge Companion to English Renaissance Drama*. Cambridge: Cambridge UP, 1990.
Bullough, Geoffrey, ed. *Narrative and Dramatic Sources of Shakespeare*. 8 vols. London: Routledge & Kegan Paul, 1957–75.
Burden, Dennis H. "Shakespeare's History Plays: 1952–1983." *Shakespeare Survey* 38 (1985): 1–18.
Burnett, Mark Thornton, and Ramona Wray, eds. *Shakespeare and Ireland: History, Politics, Culture*. London: Macmillan, 1997.
Burt, Richard, and John Michael Archer, eds. *Enclosure Acts: Sexuality, Property, and Culture in Early Modern England*. Ithaca, NY: Cornell UP, 1994.
Bushnell, Rebecca W. *Tragedies of Tyrants: Political Thought and Theater in the English Renaissance*. Ithaca, NY: Cornell UP, 1990.
Butler, Martin. *Theatre and Crisis, 1632–1642*. Cambridge: Cambridge UP, 1984.

Calderwood, James L. *Metadrama in Shakespeare's Henriad:* Richard II *to* Henry V. Berkeley: U of California P, 1979.

Campbell, Lily B. *Shakespeare's "Histories": Mirrors of Elizabethan Policy*. San Marino, CA: Huntington Library, 1947.

Carr, Virginia Mason. *The Drama as Propaganda: A Study of* The Troublesome Raigne of King John. Salzburg: Institut für Englische Sprache und Literatur, U Salzburg, 1974.

Carroll, William C. *Fat King, Lean Beggar: Representations of Poverty in the Age of Shakespeare*. Ithaca, NY: Cornell UP, 1996.

Cavanagh, Dermot. *Language and Politics in the Sixteenth-Century History Play*. Basingstoke: Palgrave Macmillan, 2003.

Cerasano, S. P., and Marion Wynne-Davies, eds. *Renaissance Drama by Women: Texts and Documents*. London: Routledge, 1996.

Chambers, E. K. *The Elizabethan Stage*. 4 vols. Oxford: Clarendon P, 1951.

——. *The Mediaeval Stage*. 2 vols. London: Oxford UP, 1903.

——. *Shakespeare: A Survey*. London: Sidgwick and Jackson, 1925.

——. *William Shakespeare: A Study of Facts and Problems*. 2 vols. Oxford: Clarendon P, 1930.

Champion, Larry S. *"The Noise of Threatening Drum": Dramatic Strategy and Political Ideology in Shakespeare and the English Chronicle Plays*. Newark: U of Delaware P, 1990.

——. *Perspective in Shakespeare's English Histories*. Athens, OH: U of Georgia P, 1980.

Charlton, H. B. *Shakespeare, Politics and Politicians*. Oxford: Oxford UP, 1929.

——. *Shakespearian Comedy*. London: Methuen, 1938.

Cheney, Patrick, ed. *The Cambridge Companion to Christopher Marlowe*. Cambridge: Cambridge UP, 2004.

Churchill, George B. *Richard the Third up to Shakespeare*. 1900. New York: Johnson Reprint Corporation, 1970.

Clare, Janet. *'Art made tongue-tied by authority': Elizabethan and Jacobean Dramatic Censorship*. Manchester: Manchester UP, 1990.

Clark, Sandra. *The Elizabethan Pamphleteers: Popular Moralistic Pamphlets 1580–1640*. London: Athlone, 1983.

Clemen, Wolfgang. *The Development of Shakespeare's Imagery*. 2nd ed. London: Methuen, 1977.

Collinson, Patrick. *This England: Essays on the English Nation and Commonwealth in the Sixteenth Century*. Manchester: Manchester UP, 2011.

Corbin, Peter, and Douglas Sedge, eds. *The Oldcastle Controversy:* Sir John Oldcastle, Part I *and* The Famous Victories of Henry V. Manchester: Manchester UP, 1991.

——, eds. *Thomas of Woodstock or Richard the Second, Part One*. Manchester: Manchester UP, 2002.

Cox, John D., and David Scott Kastan, eds. *A New History of Early English Drama*. New York: Columbia UP, 1997.

Cromwell, Otelia. *Thomas Heywood: A Study in the Elizabethan Drama of Everyday Life*. Hamden: Archon, 1969.

Cunliffe, John W., ed. *Early English Classical Tragedies*. Oxford: Clarendon P, 1912.

Danby, John F. *Shakespeare's Doctrine of Nature: A Study of* King Lear. London: Faber & Faber, 1948.

Danson, Lawrence. *Shakespeare's Dramatic Genres*. Oxford: Oxford UP, 2000.

Davis, Joyce O., ed. *Robert Davenport's* King John and Matilda*: A Critical Edition*. New York: Garland, 1980.

Dean, Paul. "Forms of Time: Some Elizabethan Two-Part History Plays." *Renaissance Studies* 4 (1990): 410–30.

Diehl, Huston. *Staging Reform, Reforming the Stage: Protestantism and Popular Theater in Early Modern England*. Ithaca, NY: Cornell UP, 1997.

Dillon, Janette. *Shakespeare and the Staging of English History*. Oxford: Oxford UP, 2012.

——. *Theatre, Court and City, 1595–1610: Drama and Social Space in London*. Cambridge: Cambridge UP, 2000.

Dobson, Michael, and Nicola J. Watson. *England's Elizabeth: An Afterlife in Fame and Fantasy*. Oxford: Oxford UP, 2002.

Dolan, Frances E. *Whores of Babylon: Catholicism, Gender, and Seventeenth-Century Print Culture*. Ithaca, NY: Cornell UP, 1999.

Dollimore, Jonathan, and Alan Sinfield, eds. *Political Shakespeare: New Essays in Cultural Materialism*. Manchester: Manchester UP, 1985.

Dominik, Mark. *William Shakespeare and* The Birth of Merlin. New York: Philosophical Library, 1985.

Dowden, Edward. *Shakspere: A Critical Study of His Mind and Art*. London: Routledge & Kegan Paul, 1875.

Drakakis, John, ed. *Alternative Shakespeares*. London: Methuen, 1985.

The Dramatic Works of Thomas Heywood: Now First Collected with Illustrative Notes and a Memoir of the Author. 6 vols. New York: Russell & Russell, 1964.

Dutton, Richard. *Mastering the Revels: The Regulation and Censorship of English Renaissance Drama*. Iowa City: U of Iowa P, 1991.

Eagleton, Terry. *William Shakespeare*. Oxford: Basil Blackwell, 1986.

English Verse Drama Full-Text Database. CD-ROM. Cambridge: Chadwyck-Healey, 1994.

Erickson, Carolly. *The First Elizabeth*. London: Robson, 1983.
Escobedo, Andrew. *Nationalism and Historical Loss in Renaissance England: Foxe, Dee, Spenser, Milton*. Ithaca, NY: Cornell UP, 2004.
Evans, G. Blakemore, and J. J. M. Tobin, eds. *The Riverside Shakespeare*. 2nd ed. 2 vols. Boston: Houghton Mifflin, 1997.
Farrell, Kirby, Elizabeth H. Hageman, and Arthur F. Kinney, eds. *Women in the Renaissance: Selections from* English Literary Renaissance. Amherst: U of Massachusetts P, 1988.
Foakes, R. A., and R. T. Rickert, eds. *Henslowe's Diary*. Cambridge: Cambridge UP, 1961.
Ford, John. *The Chronicle History of Perkin Warbeck: A Strange Truth*. Ed. Peter Ure. Manchester: Manchester UP, 1968.
——. *A Line of Life: Pointing at the Immortalitie of a Vertuous Name*. New York: Da Capo, 1972.
——. *Perkin Warbeck*. Ed. Donald K. Anderson, Jr. London: Edward Arnold, 1965.
Fraser, Russell A., and Norman Rabkin, eds. *Drama of the English Renaissance I: The Tudor Period*. Upper Saddle River, NJ: Prentice-Hall, 1976.
Friedenreich, Kenneth, Roma Gill, and Constance B. Kuriyama, eds. *'A Poet and a filthy Play-maker': New Essays on Christopher Marlowe*. New York: AMS, 1988.
Froude, James Anthony. *History of England: From the Fall of Wolsey to the Death of Elizabeth*. 12 vols. New York: AMS, 1969.
Gabrieli, Vittorio, and Giorgio Melchiori, eds. *Sir Thomas More*. By Anthony Munday et al. Manchester: Manchester UP, 1990.
Gajda, Alexandra. *The Earl of Essex and Late Elizabethan Political Culture*. Oxford: Oxford UP, 2012.
Garber, Marjorie. "Descanting on Deformity: Richard III and the Shape of History." *The Historical Renaissance: New Essays on Tudor and Stuart Literature and Culture*. Eds. Heather Dubrow and Richard Strier. Chicago: U of Chicago P, 1988.
Goldberg, Jonathan. *James I and the Politics of Literature: Jonson, Shakespeare, Donne, and Their Contemporaries*. Baltimore: Johns Hopkins UP, 1983.
Gossett, Suzanne, ed. *Thomas Middleton in Context*. Cambridge: Cambridge UP, 2011.
Goy-Blanquet, Dominique. *Shakespeare's Early History Plays: From Chronicle to Stage*. Oxford: Oxford UP, 2003.
Grabes, Herbert, ed. *Writing the Early Modern English Nation: The Transformation of National Identity in Sixteenth- and Seventeenth-Century England*. Amsterdam: Rodopi, 2001.
Grant, Teresa, and Barbara Ravelhofer, eds. *English Historical Drama, 1500–1660: Forms Outside the Canon*. Basingstoke: Palgrave Macmillan, 2008.

Grantley, Darryll. *English Dramatic Interludes 1300–1580: A Reference Guide*. Cambridge: Cambridge UP, 2004.

Greenblatt, Stephen J. *Learning to Curse: Essays in Early Modern Culture*. New York: Routledge, 1990.

——. *Renaissance Self-Fashioning: From More to Shakespeare*. Chicago: U of Chicago P, 1980.

——. *Shakespearean Negotiations: The Circulation of Social Energy in Renaissance England*. Berkeley: U of California P, 1988.

Greene, Robert. *The Scottish History of James the Fourth*. Ed. Norman Sanders. Manchester: Manchester UP, 1970.

Greg, W. W., ed. *The Battle of Alcazar 1594*. London: Chiswick, 1907.

——, ed. *The Book of Sir Thomas More*. 1911. Oxford: Oxford UP, 1990.

——, re-ed. *Respublica: An Interlude for Christmas 1553*. London: Oxford UP, 1952.

——, ed. *The True Tragedy of Richard III*. Oxford: Oxford UP, 1929.

Grene, Nicholas. *Shakespeare's Serial History Plays*. Cambridge: Cambridge UP, 2002.

Grosart, Alexander B., ed. *The Life and Complete Works in Prose and Verse of Robert Greene*. 15 vols. New York: Russell & Russell, 1964.

Gurr, Andrew. *Playgoing in Shakespeare's London*. Cambridge: Cambridge UP, 1987.

Guy, John. *Tudor England*. Oxford: Oxford UP, 1990.

Hall, Edward. *Hall's Chronicle; Containing the History of England, during the Reign of Henry the Fourth, and the Succeeding Monarchs, to the End of the Reign of Henry the Eighth, in Which Are Particularly Described the Manners and Customs of Those Periods: Carefully Collated with the Editions of 1548 and 1550*. New York: AMS, 1965.

Hamilton, Donna B. *Shakespeare and the Politics of Protestant England*. New York: Harvester Wheatsheaf, 1992.

Happé, Peter, ed. *Four Morality Plays*. Harmondsworth: Penguin, 1979.

Harbage, Alfred. *Annals of English Drama 975–1700*. Rev. S. Schoenbaum. London: Methuen, 1964.

Hattaway, Michael, ed. *The Cambridge Companion to Shakespeare's History Plays*. Cambridge: Cambridge UP, 2002.

Hazlitt, William. *Characters of Shakespeare's Plays*. London: Oxford UP, 1955.

Heinemann, Margot. *Puritanism and Theatre: Thomas Middleton and Opposition Drama under the Early Stuarts*. Cambridge: Cambridge UP, 1980.

Helgerson, Richard. *Forms of Nationhood: The Elizabethan Writing of England*. Chicago: U of Chicago P, 1992.

Heywood, Thomas. *An Apology for Actors / A Refutation of the Apology for Actors* (by I. G.). Ed. Arthur Freeman. New York: Garland, 1973.

Hibbard, G. R. *The Making of Shakespeare's Dramatic Poetry*. Toronto: U of Toronto P, 1981.

Hill, Tracey. *Anthony Munday and Civic Culture: Theatre, History and Power in Early Modern London 1580–1633*. Manchester: Manchester UP, 2004.

Hillman, Richard. *Shakespeare, Marlowe, and the Politics of France*. Basingstoke: Palgrave, 2002.

Hirschfeld, Heather Anne. *Joint Enterprises: Collaborative Drama and the Institutionalization of the English Renaissance Theater*. Amherst: U of Massachusetts P, 2004.

Hodgdon, Barbara. *The End Crowns All: Closure and Contradiction in Shakespeare's History*. Princeton, NJ: Princeton UP, 1991.

Holderness, Graham. *Shakespeare Recycled: The Making of Historical Drama*. New York: Harvester Wheatsheaf, 1992.

——. *Shakespeare's History*. New York: St. Martin's, 1985.

Holderness, Graham, Nick Potter, and John Turner. *Shakespeare: The Play of History*. Basingstoke: Macmillan, 1988.

Holinshed, Raphael. *Holinshed's Chronicles: England, Scotland and Ireland*. 6 vols. New York: AMS, 1976.

Holland, Peter, ed. *Shakespeare Survey 63: Shakespeare's English Histories and their Afterlives*. Cambridge: Cambridge UP, 2010.

Holt, J. C. *Robin Hood*. London: Thames & Hudson, 1982.

Honan, Park. *Christopher Marlowe: Poet & Spy*. Oxford: Oxford UP, 2005.

Honigmann, E. A. J. "The Play of *Sir Thomas More* and Some Contemporary Events." *Shakespeare Survey* 42 (1990): 77–84.

Howard, Jean E., and Marion F. O'Connor, eds. *Shakespeare Reproduced: The Text in History and Ideology*. New York: Methuen, 1987.

Howard, Jean E., and Phyllis Rackin. *Engendering a Nation: A Feminist Account of Shakespeare's English Histories*. London: Routledge, 1997.

Howard-Hill, T. H., ed. *Shakespeare and* Sir Thomas More*: Essays on the Play and Its Shakespearian Interest*. Cambridge: Cambridge UP, 1989.

Howe, James Robinson. *Marlowe, Tamburlaine, and Magic*. Athens, OH: Ohio UP, 1976.

Hume, Martin A. S. *Philip II. of Spain*. London: Macmillan, 1911.

Hunter, G. K. *English Drama 1586–1642: The Age of Shakespeare*. Oxford: Clarendon P, 1997.

Jackson, Gabriele Bernhard. "Topical Ideology: Witches, Amazons, and Shakespeare's Joan of Arc." *English Literary Renaissance* 18 (1988): 40–65.

Jones, G. A. "The Political Significance of the Play of *Albion Knight*." *Journal of English and Germanic Philology* 17. 2 (1918): 267–80.

Jones, Robert C. *These Valiant Dead: Renewing the Past in Shakespeare's Histories*.

Iowa City: U of Iowa P, 1991.

Joughin, John J., ed. *Shakespeare and National Culture*. Manchester: Manchester UP, 1997.

Justice, Steven. *Writing and Rebellion: England in 1381*. Berkeley: U of California P, 1994.

Kamps, Ivo. *Historiography and Ideology in Stuart Drama*. Cambridge: Cambridge UP, 1996.

Kantorowicz, Ernst H. *The King's Two Bodies: A Study in Medieval Political Theology*. Princeton, NJ: Princeton UP, 1957.

Kantrowitz, Joanne Spencer. *Dramatic Allegory: Lindsay's* Ane Satyre of the Thrie Estaitis. Lincoln: U of Nebraska P, 1975.

Kelly, Henry Ansgar. *Divine Providence in the England of Shakespeare's Histories*. Cambridge, MA: Harvard UP, 1970.

Kelsey, Harry. *Sir Francis Drake: The Queen's Pirate*. New Haven: Yale UP, 1998.

Kermode, Frank. "What is Shakespeare's *Henry VIII* about?" *Shakespeare: The Histories*. Ed. Eugene M. Waith. Englewood Cliffs, NJ: Prentice Hall, 1965. 168–79.

Kermode, Lloyd Edward, Jason Scott-Warren, and Martine Van Elk, eds. *Tudor Drama before Shakespeare, 1485–1590: New Directions for Research, Criticism, and Pedagogy*. New York: Palgrave Macmillan, 2004.

Kewes, Paulina, ed. *The Uses of History in Early Modern England*. San Marino, CA: Huntington Library, 2006.

Kiernan, Victor. *Shakespeare: Poet and Citizen*. London: Verso, 1993.

Kinney, Arthur F., ed. *Rogues, Vagabonds, and Sturdy Beggars: A New Gallery of Tudor and Early Stuart Rogue Literature*. Amherst: U of Massachusetts P, 1990.

Knight, G. Wilson. *The Crown of Life: Essays in Interpretation of Shakespeare's Final Plays*. London: Methuen, 1948.

Knights, L. C. *Drama and Society in the Age of Jonson*. London: Chatto & Windus, 1937.

Kumar, Krishan. *The Making of English National Identity*. Cambridge: Cambridge UP, 2003.

Lacey, Robert. *Sir Walter Ralegh*. London: Weidenfeld & Nicolson, 1973.

Leggatt, Alexander. *Shakespeare's Political Drama: The History Plays and the Roman Plays*. London: Routledge, 1988.

Legge, Thomas. *Richardus Tertius*. Ed. Dana F. Sutton. New York: Peter Lang, 1993.

Lemon, Rebecca. *Treason by Words: Literature, Law, and Rebellion in Shakespeare's England*. Ithaca, NY: Cornell UP, 2006.

Levin, Carole. "A Good Prince: King John and Early Tudor Propaganda." *Sixteenth Century Journal* 11（1980）: 23–32.

Levinson, Judith C., ed. *The Famous History of Captain Thomas Stukeley 1605*. Oxford: Oxford UP, 1975.

Limon, Jerzy. *Dangerous Matter: English Drama and Politics in 1623/24*. Cambridge: Cambridge UP, 1986.

Loftis, John. *Renaissance Drama in England & Spain: Topical Allusion and History Plays*. Princeton, NJ: Princeton UP, 1987.

Lordi, Robert J., ed. *Thomas Legge's* Richardus Tertius*: A Critical Edition with a Translation*. New York: Garland, 1979.

Lovejoy, Arthur O. *The Great Chain of Being: A Study of the History of an Idea*. Cambridge, MA: Harvard UP, 1936.

MacCaffrey, Wallace T. *Elizabeth I: War and Politics 1588–1603*. Princeton, NJ: Princeton UP, 1992.

Maley, Willy. *Nation, State and Empire in English Renaissance Literature: Shakespeare to Milton*. Basingstoke: Palgrave Macmillan, 2003.

Manheim, Michael. *The Weak King Dilemma in the Shakespearean History Play*. Syracuse, NY: Syracuse UP, 1973.

Mann, David. *The Elizabethan Player: Contemporary Stage Representation*. London: Routledge, 1991.

Manning, Brian. *Village Revolts: Social Protest and Popular Disturbances in England, 1509–1640*. Oxford: Clarendon P, 1988.

Marcus, Leah S. *Puzzling Shakespeare: Local Reading and Its Discontents*. Berkeley: U of California P, 1988.

Marlowe, Christopher. *Edward the Second*. Ed. Charles R. Forker. Manchester: Manchester UP, 1994.

——. *Edward the Second*. Ed. W. Moelwyn Merchant. London: Ernest Benn, 1967.

——. *The Jew of Malta*. Ed. N. W. Bawcutt. Manchester: Manchester UP, 1978.

——. *The Jew of Malta*. Ed. T. W. Craik. London: Ernest Benn, 1970.

——. *Tamburlaine*. Ed. J. W. Harper. London: A & C Black, 1984.

——. *Tamburlaine the Great Parts I and II*. Ed. John D. Jump. Lincoln: U of Nebraska P, 1967.

Marriott, J. A. R. *English History in Shakespeare*. London: Chapman & Hall, 1918.

Martin, Colin, and Geoffrey Parker. *The Spanish Armada*. New York: W. W. Norton, 1988.

Mattingly, Garrett. *The Defeat of the Spanish Armada*. London: Jonathan Cape, 1959.

McEachern, Claire. *The Poetics of English Nationhood, 1590–1612*. Cambridge: Cambridge UP, 1996.

McKerrow, Ronald B., ed. *The Works of Thomas Nashe*. 5 vols. Oxford: Basil Blackwell, 1966.

McLuskie, Kathleen E. *Dekker and Heywood: Professional Dramatists*. New York: St. Martin's, 1994.

McMillin, Scott, and Sally-Beth MacLean. *The Queen's Men and Their Plays*. Cambridge: Cambridge UP, 1998.

Meagher, John Carney, ed. *The Huntingdon Plays: A Critical Edition of* The Downfall *and* The Death of Robert, Earl of Huntingdon. New York: Garland, 1980.

Melchiori, Giorgio. "*The Booke of Sir Thomas Moore*: A Chronology of Revision." *Shakespeare Quarterly* 37 (1986): 291–308.

——. "The Master of the Revels and the Date of the Additions to *The Book of Sir Thomas More*." *Shakespeare Text, Language, Criticism: Essays in Honour of Marvin Spevack*. Eds. Bernhard Fabian and Kurt Tetzeli von Rosador. Hildesheim: Olms-Weidmann, 1987. 164–79.

——. *Shakespeare's Garter Plays:* Edward III *to* Merry Wives of Windsor. Newark, NJ: U of Delaware P, 1994.

Metz, G. Harold, ed. *Sources of Four Plays Ascribed to Shakespeare*. Columbia: U of Missouri P, 1989.

Middleton, Thomas. *A Game at Chess*. Ed. T. H. Howard-Hill. Manchester: Manchester UP, 1993.

——. *Hengist, King of Kent, or The Mayor of Queenborough*. Ed. Grace Ioppolo. Oxford: Oxford UP, 2003.

Miola, Robert S. *Shakespeare's Reading*. Oxford: Oxford UP, 2000.

Mohl, Ruth. *The Three Estates in Medieval and Renaissance Literature*. New York: Ungar, 1962.

Monta, Susannah Brietz. *Martyrdom and Literature in Early Modern England*. Cambridge: Cambridge UP, 2005.

Montrose, Louis A. "The Purpose of Playing: Reflections on a Shakespearean Anthropology." *Helios* 7 (1980): 51–74.

——. *The Purpose of Playing: Shakespeare and the Cultural Politics of the Elizabethan Theatre*. Chicago: U of Chicago P, 1996.

——. *The Subject of Elizabeth: Authority, Gender, and Representation*. Chicago: U of Chicago P, 2006.

Mooney, Michael E. *Shakespeare's Dramatic Transactions*. Durham: Duke UP, 1990.

Mottram, Stewart. *Empire and Nation in Early English Renaissance Literature*. Cambridge: D. S. Brewer, 2008.

Muir, Kenneth, and F. P. Wilson, eds. *The Life and Death of Jack Straw*. Oxford: Oxford UP, 1957.

Mullaney, Steven. *The Place of the Stage: License, Play, and Power in Renaissance England*. Chicago: U of Chicago P, 1988.

Mulryne, J. R., and Margaret Shewring, eds. *Theatre and Government under the Early Stuarts*. Cambridge: Cambridge UP, 1993.

Neill, Michael, ed. *John Ford: Critical Re-Visions*. Cambridge: Cambridge UP, 1988.

——. *Putting History to the Question: Power, Politics, and Society in English Renaissance Drama*. New York: Columbia UP, 2000.

Ornstein, Robert. *A Kingdom for a Stage: The Achievement of Shakespeare's History Plays*. Cambridge, MA: Harvard UP, 1972.

Paris, Bernard J. *Character as a Subversive Force in Shakespeare: The History and Roman Plays*. Rutherford, NJ: Fairleigh Dickinson UP, 1991.

Parker, Patricia, and Geoffrey Hartman, eds. *Shakespeare and the Question of Theory*. New York: Methuen, 1985.

Patterson, Annabel. *Reading Holinshed's Chronicles*. Chicago: U of Chicago P, 1994.

——. *Shakespeare and the Popular Voice*. Oxford: Basil Blackwell, 1989.

Pierce, Robert B. *Shakespeare's History Plays: The Family and the State*. Columbus: Ohio State UP, 1971.

Poole, Kristen. *Radical Religion from Shakespeare to Milton: Figures of Nonconformity in Early Modern England*. Cambridge: Cambridge UP, 2000.

Porter, Joseph A. *The Drama of Speech Acts: Shakespeare's Lancastrian Tetralogy*. Berkeley: U of California P, 1979.

Poulsen, Charles. *The English Rebels*. London: Journeyman, 1984.

Proudfoot, Richard. "*The Reign of King Edward the Third* (1596) and Shakespeare." *Proceedings of the British Academy* 71 (1985): 166.

Prouty, Charles T., gen. ed. *The Life and Works of George Peele*. 3 vols. New Haven: Yale UP, 1952–70.

Purkiss, Diane. *The English Civil War: Papists, Gentlewomen, Soldiers, and Witchfinders in the Birth of Modern Britain*. New York: A Member of the Perseus Books Group, 2006.

——, ed. *Renaissance Women: The Plays of Elizabeth Cary / The Poems of Aemilia Lanyer*. London: William Pickering, 1994.

Puttenham, George. *The Arte of English Poesie*. Ed. Edward Arber. 1906. Kent, OH: Kent State UP, 1970.

Raab, Felix. *The English Face of Machiavelli: A Changing Interpretation 1500–1700*. London: Routledge & Kegan Paul, 1964.

Rabkin, Norman. *Shakespeare and the Problem of Meaning*. Chicago: U of Chicago P, 1981.

Rackin, Phyllis. *Stages of History: Shakespeare's English Chronicles*. Ithaca, NY: Cornell UP, 1990.

Ramsay, Robert Lee, ed. *Magnyfycence: A Moral Play*. By John Skelton. London: Oxford

UP, 1958.
Rasor, Eugene L. *The Spanish Armada of 1588: Historiography and Annotated Bibliography*. Westport, CT: Greenwood, 1993.
Raysor, Thomas Middleton, ed. *Coleridge's Shakespearean Criticism*. 2 vols. London: Constable, 1930.
Reese, Gertrude. "Political Import of *The Misfortunes of Arthur*." *The Review of English Studies* 21 (1945): 81–89.
Reese, M. M. *The Cease of Majesty: A Study of Shakespeare's History Plays*. New York: St. Martin's, 1961.
Ribner, Irving. *The English History Play in the Age of Shakespeare*. Princeton, NJ: Princeton UP, 1957.
Richmond, Velma Bourgeois. *Shakespeare, Catholicism, and Romance*. New York: Continuum, 2000.
Ridley, Jasper. *The Tudor Age*. London: Constable, 1988.
Riggs, David. *Shakespeare's Heroical Histories:* Henry VI *and Its Literary Tradition*. Cambridge, MA: Harvard UP, 1971.
Robinson, Marsha S. *Writing the Reformation:* Actes and Monuments *and the Jacobean History Play*. Aldershot: Ashgate, 2002.
Roe, John. *Shakespeare and Machiavelli*. Cambridge: D. S. Brewer, 2002.
Rossiter, A. P. *Angel with Horns: Fifteen Lectures on Shakespeare*. Ed. Graham Storey. London: Longman, 1961.
——. *English Drama from Early Times to the Elizabethans: Its Background, Origins and Developments*. London: Hutchinson, 1950.
——, ed. *Woodstock: A Moral History*. London: Chatto & Windus, 1946.
Rowley, Samuel. *When You See Me, You Know Me*. Ed. F. P. Wilson. Oxford: Oxford UP, 1952.
Rozett, Martha Tuck. *Constructing a World: Shakespeare's England and the New Historical Fiction*. Albany, NY: State U of New York P, 2003.
Rutter, Carol Chillington, ed. *Documents of the Rose Playhouse*. Manchester: Manchester UP, 1984.
Saccio, Peter. *Shakespeare's English Kings: History, Chronicle, and Drama*. London: Oxford UP, 1977.
Sales, Roger. *Christopher Marlowe*. Basingstoke: Macmillan Education, 1991.
Sams, Eric, ed. *Shakespeare's Lost Play: Edmund Ironside*. London: Fourth Estate, 1985.
Sanders, Wilbur. *The Dramatist and the Received Idea: Studies in the Plays of Marlowe & Shakespeare*. Cambridge: Cambridge UP, 1968.
Schelling, Felix E. *The English Chronicle Play: A Study in the Popular Historical Literature Environing Shakespeare*. New York: Macmillan, 1902.

Scoufos, Alice-Lyle. *Shakespeare's Typological Satire: A Study of the Falstaff-Oldcastle Problem*. Athens, OH: Ohio UP, 1979.

Sen Gupta, S. C. *Shakespeare's Historical Plays*. London: Oxford UP, 1964.

Shakespeare, William. *Cymbeline*. Ed. J. M. Nosworthy. London: Methuen, 1955.

——. *Henry IV, Part 1*. Ed. David Bevington. Oxford: Oxford UP, 1987.

——. *Henry VI, Part One*. Ed. Michael Taylor. Oxford: Oxford UP, 2003.

——. *Henry VI, Part II*. Ed. Norman Sanders. London: Penguin, 1981.

——. *King Edward III*. Ed. Giorgio Melchiori. Cambridge: Cambridge UP, 1998.

——. *King Henry the Eighth*. Ed. A. R. Humphreys. London: Penguin, 1971.

——. *King Henry V*. Ed. Andrew Gurr. Cambridge: Cambridge UP, 1992.

——. *King Henry VI Part 1*. Ed. Edward Burns. London: Thomson Learning, 2000.

——. *King Henry VI Part 3*. Ed. John D. Cox and Eric Rasmussen. London: Thomson Learning, 2001.

——. *King Henry VI Part 2*. Ed. Ronald Knowles. London: Thomson Learning, 1999.

——. *King John*. Ed. L. A. Beaurline. Cambridge: Cambridge UP, 1990.

——. *King John*. Ed. E. A. J. Honigmann. London: Methuen, 1954.

——. *King Richard II*. Ed. Charles R. Forker. London: Thomson Learning, 2002.

——. *King Richard II*. Ed. Andrew Gurr. Cambridge: Cambridge UP, 1984.

——. *King Richard II*. Ed. John Dover Wilson. Cambridge: Cambridge UP, 1961.

——. *King Richard III*. Ed. Antony Hammond. London: Methuen, 1981.

——. *The Life and Death of King John*. Ed. A. R. Braunmuller. Oxford: Oxford UP, 1989.

——. *The Second Part of King Henry IV*. Ed. Giorgio Melchiori. Cambridge: Cambridge UP, 1989.

——. *The Second Part of King Henry VI*. Ed. Andrew S. Cairncross. London: Methuen, 1957.

——. *The Second Part of King Henry VI*. Ed. Michael Hattaway. Cambridge: Cambridge UP, 1991.

——. *The Third Part of King Henry VI*. Ed. Andrew S. Cairncross. London: Methuen, 1964.

Shakespeare, William, and John Fletcher. *King Henry VIII: All Is True*. Ed. Gordon McMullan. London: Thomson Learning, 2000.

Shapiro, James. *1599: A Year in the Life of William Shakespeare*. London: Faber and Faber, 2005.

Sharpe, Kevin. *Remapping Early Modern England: The Culture of Seventeenth-Century Politics*. Cambridge: Cambridge UP, 2000.

Sharpe, Robert Boies. *The Real War of the Theaters: Shakespeare's Fellows in Rivalry with the Admiral's Men, 1594–1603: Repertories, Devices, and Types*. London:

Oxford UP, 1935.

Sidney, Sir Philip. *An Apology for Poetry or The Defence of Poesy*. Ed. Geoffrey Shepherd. London: Nelson, 1965.

Siegel, Paul N. *Shakespeare's English and Roman History Plays: A Marxist Approach*. London: Associated UP, 1986.

Simpson, Percy, ed. *The Life of Sir John Oldcastle 1600*. London: Chiswick, 1908.

Simpson, Richard, ed. *The School of Shakspere*. 2 vols. London: Chatto & Windus, 1878.

Sinfield, Alan. *Faultlines: Cultural Materialism and the Politics of Dissident Reading*. Oxford: Clarendon P, 1992.

Slater, Eliot. *The Problem of* The Reign of King Edward III*: A Statistical Approach*. Cambridge: Cambridge UP, 1988.

Smidt, Kristian. *Unconformities in Shakespeare's History Plays*. London: Macmillan, 1982.

Smith, Alan G. R. *The Emergence of a Nation State: The Commonwealth of England 1529–1660*. London: Longman, 1984.

Smith, Bruce R. *Homosexual Desire in Shakespeare's England: A Cultural Poetics*. Chicago: U of Chicago P, 1991.

Spencer, Theodore. *Shakespeare and the Nature of Man*. New York: Macmillan, 1942.

Spikes, Judith Doolin. "The Jacobean History Play and the Myth of the Elect Nation." *Renaissance Drama* 8 (1977): 117–49.

Spurgeon, Caroline F. E. *Shakespeare's Imagery and What It Tells Us*. Cambridge: Cambridge UP, 1935.

Stenton, F. M. *Anglo-Saxon England*. 3rd ed. Oxford: Clarendon P, 1971.

Stephen, Sir Leslie, and Sir Sidney Lee, eds. *The Dictionary of National Biography: From the Earliest Times to 1900*. 22 vols. London: Oxford UP, 1917–.

Sterling, Eric. *The Movement towards Subversion: The English History Play from Skelton to Shakespeare*. Lanham, MD: UP of America, 1996.

Straznicky, Marta. *Privacy, Playreading, and Women's Closet Drama, 1550–1700*. Cambridge: Cambridge UP, 2004.

Sylvester, Richard S., ed. *The History of King Richard III*. New Haven: Yale UP, 1963. Vol. 2 of *The Complete Works of St. Thomas More*. 15 vols. 1963–.

Tawney, R. H., and Eileen Power, eds. *Tudor Economic Documents: Being Select Documents Illustrating the Economic and Social History of Tudor England*. 3 vols. London: Longmans, Green, 1924.

Taylor, Gary. "Shakespeare and Others: The Authorship of *Henry the Sixth, Part One*." *Medieval and Renaissance Drama in England* 7 (1995): 145–205.

Tennenhouse, Leonard. *Power on Display: The Politics of Shakespeare's Genres*. New

York: Methuen, 1986.
Thayer, C. G. *Shakespearean Politics: Government and Misgovernment in the Great Histories*. Athens, OH: Ohio UP, 1983.
Thompson, E. M. "The Autograph Manuscripts of Anthony Munday." *Transactions of the Bibliographical Society* 14 (1917): 325–53.
Tillyard, E. M. W. *The Elizabethan World Picture*. London: Chatto & Windus, 1943.
——. *Shakespeare's History Plays*. London: Chatto & Windus, 1944.
Tomlinson, Howard, ed. *Before the English Civil War: Essays on Early Stuart Politics and Government*. London: Macmillan, 1983.
Townsend, George. *The Acts and Monuments of John Foxe: With a Life of the Martyrologist, and Vindication of the Work*. 8 vols. New York: AMS, 1965.
Traversi, Derek. *Shakespeare: From* Richard II *to* Henry V. Stanford: Stanford UP, 1957.
Trevor-Roper, Hugh. *The Crisis of the Seventeenth Century: Religion, the Reformation, and Social Change*. Indianapolis: Liberty Fund, 1967.
Tricomi, Albert H. *Anticourt Drama in England, 1603–1642*. Charlottesville, VA: UP of Virginia, 1989.
Tucker Brooke, C. F., ed. *The Shakespeare Apocrypha: Being a Collection of Fourteen Plays Which Have Been Ascribed to Shakespeare*. Oxford: Clarendon P, 1908.
Tydeman, William, ed. *Two Tudor Tragedies*. Harmondsworth: Penguin, 1992.
Vanhoutte, Jacqueline. "Community, Authority, and the Motherland in Sackville and Norton's *Gorboduc*." *Studies in English Literature* 40. 2 (2000): 227–39.
Waith, Eugene M. *The Herculean Hero in Marlowe, Chapman, Shakespeare and Dryden*. London: Chatto and Windus, 1962.
——. *Patterns and Perspectives in English Renaissance Drama*. Newark: U of Delaware P, 1988.
Walker, Greg. *John Skelton and the Politics of the 1520s*. Cambridge: Cambridge UP, 1988.
Wallace, Willard M. *Sir Walter Raleigh*. Princeton, NJ: Princeton UP, 1959.
Walsh, Brian. *Shakespeare, the Queen's Men, and the Elizabethan Performance of History*. Cambridge: Cambridge UP, 2009.
Watson, Donald G. *Shakespeare's Early History Plays: Politics at Play on the Elizabethan Stage*. London: Macmillan, 1990.
Wheale, Nigel. *Writing and Society: Literacy, Print and Politics in Britain 1590–1660*. London: Routledge, 1999.
Wickham, Glynne. *Early English Stages 1300 to 1660*. 3 vols. London: Routledge & Kegan Paul, 1981.
Wickham, Glynne, Herbert Berry, and William Ingram, eds. *English Professional Theatre, 1530–1660*. Cambridge: Cambridge UP, 2000.

Wikander, Matthew H. *The Play of Truth and State: Historical Drama from Shakespeare to Brecht*. Baltimore: Johns Hopkins UP, 1986.

Wilders, John. *The Lost Garden: A View of Shakespeare's English and Roman History Plays*. London: Macmillan, 1978.

Wiles, David. *The Early Plays of Robin Hood*. Woodbridge, Ipswich: D. S. Brewer, 1981.

Williams, Penry. *The Late Tudors: England 1547–1603*. Oxford: Clarendon P, 1995.

Wilson, F. P. *English Drama 1485–1585*. Ed. G. K. Hunter. Oxford: Clarendon P, 1986.

Wilson, John Dover. *The Fortunes of Falstaff*. Cambridge: Cambridge UP, 1943.

Winny, James. *The Player King: A Theme of Shakespeare's Histories*. London: Chatto & Windus, 1968.

Wood, Andy. *Riot, Rebellion and Popular Politics in Early Modern England*. Basingstoke: Palgrave, 2002.

Yachnin, Paul. *Stage-Wrights: Shakespeare, Jonson, Middleton, and the Making of Theatrical Value*. Philadelphia: U of Pennsylvania P, 1997.

Yates, Frances A. *Shakespeare's Last Plays: A New Approach*. London: Routledge & Kegan Paul, 1975.

松田隆美編.『イギリス中世・チューダー朝演劇事典』. 慶應義塾大学出版会, 1998年.

太田一昭.『英国ルネサンス演劇統制史——検閲と庇護』. 九州大学出版会, 2012年.

玉泉八州男.『シェイクスピアとイギリス民衆演劇の成立』. 研究社, 2004年.

上野美子.『ロビン・フッド伝説』. 研究社出版, 1988年.

著者紹介

佐野隆弥（さの・たかや）

京都市生。博士（文学）（筑波大学）。福岡教育大学等を経て，現在筑波大学人文社会系教授。共著書に『エリザベス朝演劇と検閲』（英宝社，1996年），『エリザベス朝の復讐悲劇』（英宝社，1997年），『シェイクスピアを読み直す』（研究社，2001年），『シェイクスピア　世紀を超えて』（研究社，2002年），『シェイクスピアとその時代を読む』（研究社，2007年），『シェイクスピアと演劇文化』（研究社，2012年）など。

エリザベス朝史劇《ちょうしげき》と国家表象《こっかひょうしょう》

——演劇はイングランドをどう描いたか——

2015年2月10日　初版発行

著　者　佐　野　隆　弥

発行者　五十川　直　行

発行所　一般財団法人　九州大学出版会

〒812-0053 福岡市東区箱崎 7-1-146

九州大学構内

電話　092-641-0515（直通）

URL　http://kup.or.jp/

印刷・製本　研究社印刷株式会社

ISBN 978-4-7985-0148-2